POR DIZER

Neil Abramson

POR DIZER

Tradução
ALYDA SAUER

Rocco

Título original
UNSAID

Esta é uma obra de ficção. Nomes, personagens, lugares, e incidentes são produtos da imaginação do autor, foram usados de forma fictícia. Qualquer semelhança com acontecimentos reais, localidades ou pessoas, vivas ou não, é mera coincidência.

Copyright © 2011 *by* Neil Abramson

Todos os direitos reservados. Nenhuma parte desta obra pode ser reproduzida ou transmitida por qualquer forma ou meio eletrônico ou mecânico, inclusive fotocópia, gravação ou sistema de armazenagem e recuperação de informação, sem a permissão escrita do editor.

Edição brasileira publicada mediante acordo com a
Folio Literary Management, LLC e Lennart Sane Agency AB.

Direitos para a língua portuguesa reservados
com exclusividade para o Brasil à
EDITORA ROCCO LTDA.
Av. Presidente Wilson, 231 – 8º andar
20030-021 – Rio de Janeiro, RJ
Tel.: (21) 3525-2000 – Fax: (21) 3525-2001
rocco@rocco.com.br
www.rocco.com.br

Printed in Brazil/Impresso no Brasil

preparação de originais
FÁTIMA FADEL

CIP-Brasil. Catalogação na fonte.
Sindicato Nacional dos Editores de Livros, RJ.

A14p	Abramson, Neil
	Por dizer / Neil Abramson; tradução de Alyda Sauer. – Rio de Janeiro: Rocco, 2012.
	Tradução de: Unsaid
	ISBN 978-85-325-2782-0
	1. Ficção norte-americana. I. Sauer, Alyda Christina. II. Título.
12-3554	CDD-813
	CDU-821.111(73)-3

Para meus anjos – Isabelle, Madeleine e Amy

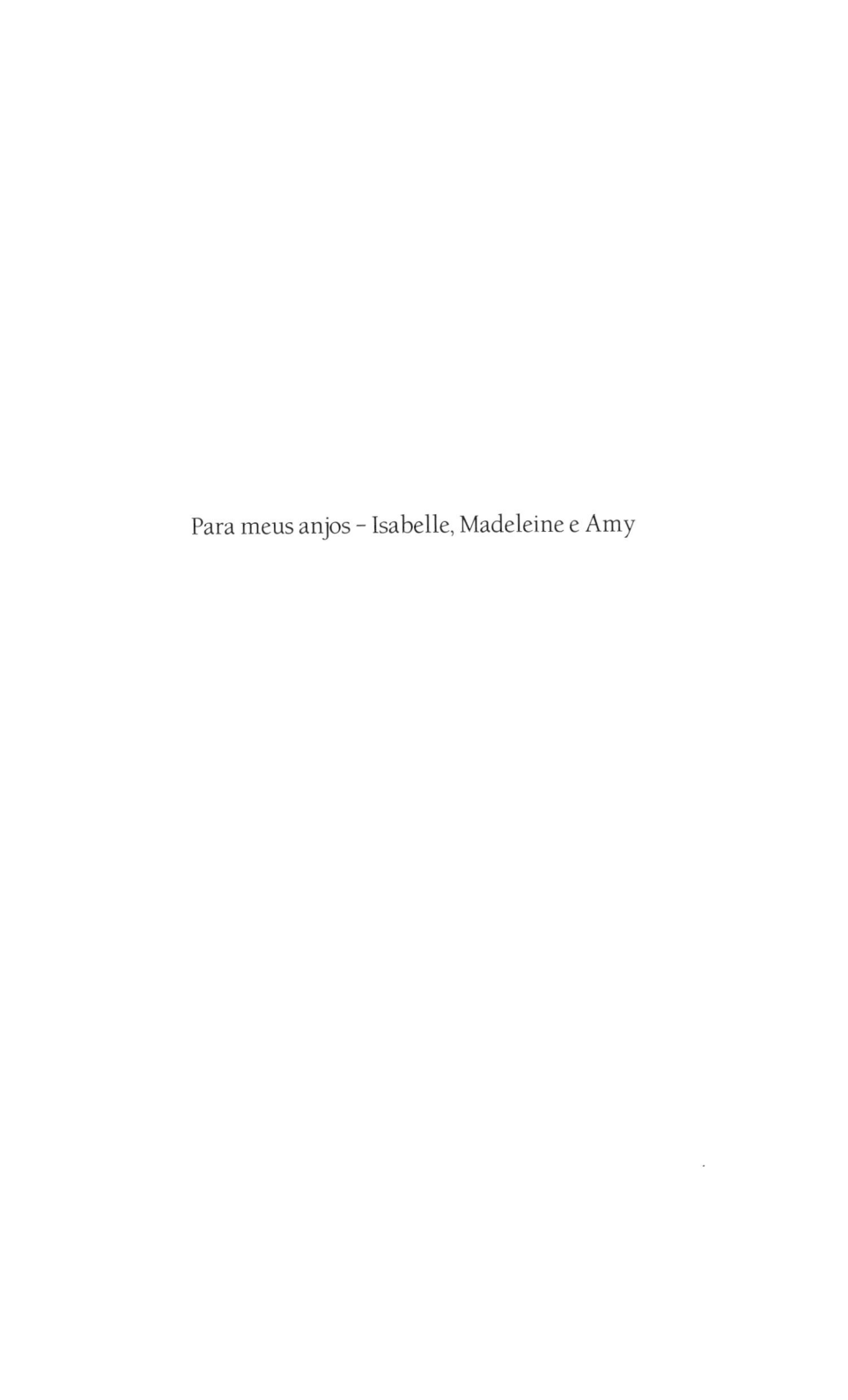

Agradecimentos

Agradeço a muitas pessoas que ajudaram a tornar este livro realidade. Fico constantemente deslumbrado com o extraordinário nível de capacidade, sinceridade, carinho, entusiasmo e integridade de todos com quem trabalhei na Center Street e na Hachette Book Group. *Por dizer* não poderia ter encontrado melhor acolhida.

Na Center Street, minha mais profunda gratidão a Christina Boys, minha maravilhosa e sábia editora; Angela Valente, meu contato diário, que faz tudo funcionar bem; Rolf Zettersten, editor; e Harry Helm, editora associada, que acreditaram neste livro. As equipes de venda, marketing e publicidade trabalharam com muito afinco, paixão e criatividade. Muito obrigado a Andrea Glickson, Martha Otis (e Teddy, e Winston), Karen Torres, Chris Barba, Mindy Im, Kelly Leonard, Chris Murphy, Shanon Stowe, Janice Wilkins, Gina Wynn e Jean Griffin. Louvo o talento de vocês e fico emocionado com a sua compaixão. Por sua incrível visão, agradeço a Jody Waldrup, diretor de arte. Por sua orientação, obrigado a Bob Castillo, editor administrativo, e sua equipe maravilhosa, incluindo minha revisora, Laura Jorstad.

Este livro jamais existiria sem Jeff Kleinman da Folio Literary Management. Ele não desistiu de mim e nunca perdeu a fé neste livro. É brilhante no que faz, mas acima de tudo, como dizia minha avó, "ele é um homem bom". E a Celeste Fine e a toda a turma da Folio, muito obrigado por tudo.

Meus colegas da Proskauer, especialmente no excelente departamento de direito trabalhista da firma, me ensinaram muito mais do que o direito. Nunca falharam e, quando precisei, chegaram até a me incentivar. Não imagino lugar melhor para praticar a advocacia, nem um melhor grupo de pessoas com quem trabalhar. Agradeço especialmente a Joe Baumgarten e a M. David Zurndorfer por terem me aturado todos esses anos, por serem tão bons amigos e por não dizerem que eu era um louco (pelo menos em relação ao livro).

O falecido Steven Krane, advogado brilhante e amante dos animais, sempre nos fez lembrar que fazer a coisa certa não era apenas um processo, mas um fim. Saudade, Steve.

Agradeço também à antropóloga dra. Barbara King da William and Mary College, autora de *Being with Animals*, por ter atuado como minha consultora científica. Os erros ainda são meus, mas graças à sua revisão foram reduzidos.

A dra. Gay Bradshaw, fundadora e diretora do Kerulos Center, ofereceu informações e ideias valiosíssimas, além de estímulo. O Kerulos tem feito um trabalho extraordinário e espero que sua visão não demore muito a virar realidade – "Um mundo em que os animais e suas sociedades tenham uma vida digna, com liberdade, e coexistam em paz com os seres humanos".

Muito obrigado a Herb Thomas, um homem discreto e generoso, que escreveu um livro chamado *The Shame Response to Rejection* e mudou tantas vidas, inclusive a minha; Roma Roth, que fez um filme notável sobre os bonobos, chamado *Uncommon Chimpanzee*, foi a primeira pessoa a me incentivar a escrever e continuou sendo uma fonte de encorajamento em todo esse processo; e meu querido amigo Adrian Alperovich, que sempre me deu bons conselhos.

Obrigado e todo o carinho ao meu pessoal, que me ensinou a amar os livros.

Ao Skippy e aos meus outros companheiros animais, que abriram meu coração, nunca esquecerei de vocês.

E a Amy, Isabelle e Madeleine, que fazem meu coração transbordar. Sem vocês nada existe, meninas. Nada.

Prólogo

Tudo que é vivo morre. Não há como impedir. Pelas experiências que tive, e foram mais do que eu gostaria, o fim raramente é bom. Não há nada na morte que ratifique a vida. Era de se imaginar que, dada a inevitabilidade e prevalência da morte, quem, ou o quê, fez tudo isso funcionar devia ter prestado um pouco mais de atenção nesse processo de saída. Quem sabe da próxima vez.

Quando eu ainda vivia, uma parte crucial do meu trabalho era facilitar as mortes. Eu era veterinária, a única profissão que tem autorização para matar, e, além do mais, é essa a expectativa de todos. Eu salvava vidas, depois tirava.

Fosse por ser mulher e, portanto, geradora de vida por definição, ou simplesmente porque meus neurônios funcionassem daquele jeito, a dissonância criada pelos meus papéis de matadora e curandeira caminhou comigo desde meus primeiros dias na faculdade de veterinária.

Eu procurei me convencer de que sempre fiz o melhor possível por todos que estavam sob os meus cuidados, mas muitas vezes me preocupava pensar que cada criatura que eu matasse estaria à minha espera do outro lado. Imaginava mil olhinhos lindos e inocentes olhando para mim, me julgando, me acusando e gravando minhas feições. Esses olhos diriam que eu não fiz o bastante. Ou talvez que desisti antes da hora. Ou ainda, para alguns, que os mantive vivos tempo demais quando sofriam dores, quando eram meras sombras do que tinham sido, só porque era o que outro alguém queria para eles.

Sou certamente culpada de uma dessas ofensas. No fim, a responsabilidade de ocupar o céu é uma carga muito pesada para meros mortais como eu. Sim, eu me importava, mas isso não basta.

Quando fiquei muito doente, depois que o câncer passou dos meus seios para os nódulos linfáticos, minha preocupação virou medo e, no final, terror. Minhas mãos tinham sido instrumentos de mortes demais, geradas pela carga que eu tinha assumido, mas não estava preparada para carregar. Uma dessas mortes em particular começou a incomodar até me encher de tanta vergonha que perdi completamente minhas defesas de negação e racionalização.

Passei a acreditar que não ia conseguir encarar esses fracassos sem dar uma verdadeira demonstração de arrependimento. Para mim, isso significava não só palavras vazias pedindo perdão, mas encontrar significado e justificativas para as decisões que tinha tomado, ou então finalmente admitindo para mim mesma que eu não era quem acreditava ser e que provavelmente não tive importância nenhuma, para meu marido, meus colegas, meus próprios animais, ou para aqueles de quem cuidei na vida.

Em meio àquela busca, quando estava começando a entremear aqueles fios discretos em uma trama mais ampla de significado, meu tempo se esgotou. A dor se tornou inimaginável e a morfina foi minha última amiga até tudo simplesmente parar.

Assim aqui estou eu, sem poder recuar e com medo de seguir em frente de mãos vazias. Em vez disso, observo e espero que o que puder ver traga a compreensão, ou pelo menos a coragem de seguir sem ela, antes que tudo se apague e minhas páginas fiquem em branco. Não sei quanto tempo tenho antes que isso aconteça nem o que vai acontecer comigo se acontecer, mas acho que não é bom.

Se você acredita que meu transe atual é apenas produto de alguma reação exagerada, ou talvez covardia, pode até ter alguma razão. Mas, nesse caso, tenho uma pergunta para você.

Quantas vidas você tirou?

1

A ironia foi que não entendi o profundo impacto que a morte provocou em minha vida até sucumbir ao seu poder. Os sinais estavam todos lá, mas acho que os ignorei ou então estava ocupada demais vivendo.

Eu me casei com um órfão, um filho da morte. Na verdade foi a própria morte que nos apresentou. David dirigia rápido demais para chegar a uma aula noturna da faculdade de direito. Eu ia na direção oposta, quase dormindo depois de vinte e quatro horas na clínica veterinária Cornell e completamente absorta com a lembrança de um chimpanzé chamado Charlie.

Um veado grande saltou da mata no meio da estrada e ficou paralisado com a luz dos faróis. Eu desviei, desci uma pequena ribanceira e fui parar perto de uma linha fechada de árvores.

David e o veado não tiveram tanta sorte. Ele pisou no freio, mas segundos tarde demais. Ouvi o barulho horrível do baque do metal contra carne macia e depois o cantar dos pneus quando ele rodou para o outro lado da estrada.

Subi rapidamente a ribanceira. A força do impacto do carro tinha lançado o veado no meio da estrada. Estava vivo e lutando para ficar de pé, com as pernas traseiras visivelmente fraturadas. Pensei imediatamente nas minhas opções, nenhuma delas boa.

– Você está bem? – gritou David para mim do outro lado assim que desceu do carro.

Não respondi e corri para o veado no meio da estrada. As pernas da frente do animal cederam e ele caiu, exatamente quando faróis despontaram numa curva da subida a menos de três quilômetros na pista escura.

– Não! – berrou David. – Os carros não podem ver você!

Alcancei o animal apavorado em cinco segundos e tentei tirá-lo da estrada, puxando suas pernas dianteiras. Não consegui. Era fêmea, estava assustada demais e pesava muito.

Agora o carro já estava a dois quilômetros. David se juntou a mim e tentou me puxar para fora da estrada, de volta para o carro dele.

– Venha, precisamos sair do meio da estrada – gritou.

Eu o empurrei.

– Posso cuidar disso.

Quando levantei a cabeça outra vez, o carro já devia estar a uns oitocentos metros. Entendi que David tinha razão, devido à pronunciada inclinação da estrada naquele ponto, o carro não ia nos ver a tempo de parar.

David não quis me deixar ali. Tirou o casaco e depois de duas tentativas conseguiu enrolar nas pernas dianteiras da corça, na altura dos ombros. Deu um nó nas mangas do casaco e começou a puxar, enquanto eu empurrava, mas ela só se moveu alguns centímetros.

O carro estava quase chegando.

Um casco da corça em pânico atingiu o rosto de David, abriu um corte profundo que sangrou na mesma hora. David ficou com os olhos vidrados e cambaleou para trás. Por um segundo terrível pensei que ele fosse desmaiar na estrada. Eu jamais ia conseguir tirá-lo dali antes de o carro passar.

– Saia da estrada! – berrei.

Ele balançou a cabeça, e vi seus olhos focalizados outra vez.

Ele tentou segurar melhor na tipoia improvisada e disse:

– Quando eu disser três, está bem?

Olhei para os faróis do carro que se aproximava. Estava perto demais. Fiz que sim para David, mas comecei a suar, apesar do frio.

– Um, dois, três!

Se David falou mais alguma coisa, as palavras dele foram neutralizadas pelo grito que dei com o esforço e pela buzina do carro.

Tiramos a corça do meio da estrada e chegamos ao acostamento bem na hora em que o carro passou. E então caímos. O carro nem diminuiu a marcha, e a buzina foi ficando fraca à medida que se afastava.

O animal tentou levantar a cabeça e espirrou sangue pelo nariz, em cima de mim e de David, misturando com o sangue que escorria do corte no rosto dele.

David se levantou devagar, e eu corri de volta para o meu carro.

– Aonde é que você vai? – gritou ele.

– Fique aqui.

Passou outro carro, por pouco não me pegou, e atravessei a estrada correndo.

Voltei dois minutos depois, com a minha maleta, e tirei uma ampola cor-de-rosa de fenobarbital, e uma seringa grande. A morte vem em uma cor tão bonita...

– O que você vai fazer?

– Vou matá-la.

– Matar? Mas nós acabamos de...

– ... ela está com uma intensa hemorragia interna. O abdômen já está cheio de sangue. Sou veterinária, pode confiar em mim, ela está no fim.

– Quando descobriu isso?

– Assim que a vi na estrada – disse, puxando o fenobarbital para a seringa como tinha feito dezenas de vezes antes.

– Então por que quase nos matamos para trazê-la para fora da estrada?

David não parecia zangado, apenas confuso.

– Porque eu quero que a minha voz seja a última coisa que ela ouça, não o barulho do trânsito. Quero que ela sinta mãos carinhosas quando morrer, não a violência de um carro esmagando seu esterno. Sinto, mas ela merece isso. Todos nós merecemos.

David fez que sim com a cabeça. Achei que ele não tinha entendido, mas também não contestou.

– O que devo fazer?

– Posso fazer isso sozinha – disse e virei para o animal.

David segurou meu braço.

– Eu sei que pode, mas não precisa. Eu quero ajudar.

– Está bem. Segure-a para que fique o mais imóvel possível. Tenho de espetar no pescoço.

David fez o melhor que pôde. Os olhos da corça estavam arregalados de medo e de dor. Alisei o pescoço dela um pouco, para acalmá-la, mas também para procurar a veia principal. Finalmente encontrei.

Respirei fundo, enfiei a agulha e injetei rapidamente o líquido da seringa. A corça se debateu um pouco, então a cabeça sem vida caiu nos braços de David. Tirei o estetoscópio da maleta e auscultei sinal de pulsação.

– Ela se foi – eu disse.

Uma lágrima rolou no lado do rosto de David que não estava ferido e ele acariciou a cabeça da corça. Relaxou os ombros, aprofundou a respiração e bateu os dentes. Devia ser por causa do acidente ou da dor do profundo corte no rosto, talvez fosse o acúmulo de acontecimentos do dia ou simplesmente o fato de ter testemunhado o ato de tirar uma vida, mas aquele homem que eu não conhecia de repente se tornou conhecido para mim.

Naquele instante David voltou a ser o menino solitário que recebia a notícia de que o pai tinha morrido e cuja mãe o deixou pouco tempo depois. Voltou a ser o responsável filho único que engoliu sua dor porque não tinha ninguém com quem dividir o sofrimento. A morte tinha falado com ele em sua linguagem secreta, e esse ato de comunicação o fez mudar e se isolar. Era ao mesmo tempo inocente e vítima da experiência.

– Eu sinto muito – sussurrou ele na orelha da corça morta.

Ligamos para o posto da polícia no Hospital Comunitário de Tompkins County meia hora depois, comunicamos que havia uma corça morta e pedimos um reboque para o carro de David. Segurei a mão dele enquanto lhe davam vinte e dois pontos no rosto e lhe dei antibiótico e analgésico. Ainda é possível ver a linha da cicatriz quando o sol ilumina seu rosto por determinado ângulo.

Depois daquela noite, sem muita conversa e menos festa ainda, David e eu ficamos juntos. Ponto parágrafo.

Esse é o poder da morte. Ela pode separar violentamente ou unir. E agora, dezesseis anos depois, está sentada no peito de David, espremendo lentamente a vida para fora dele.

Nós morávamos numa parte bonita do estado de Nova York, bem perto de Manhattan, de modo que David chegava ao escritório em setenta e cinco minutos, mas suficientemente longe para eu poder fingir que era uma simples veterinária rural.

Nossa casa fica no meio de uma clareira no topo de um morro baixo. A casa propriamente dita é simples, mas a propriedade é muito linda e tem espaço suficiente para todas as minhas criaturas.

Compramos a casa e mudamos para o norte da cidade a pedido meu, dois anos antes de David virar sócio na firma dele. Essa foi a minha primeira exigência real no nosso casamento. Acho que foi a decisão certa, tanto para mim como para ele. Em troca do estresse adicional de ter se tornado proprietário de uma casa e de ter de viajar para o trabalho, David ganhou uma casa cheia de vida e de amor, até, claro, quando deixou de ser.

Mal reconheço essa nossa casa agora. Uma camada fina de neve é a única cor nesse dia cinza-prateado. O terreno em volta da casa está uma bagunça. Folhas de jornal e lixo são levados pelo vento por todo lado. A origem desse lixo, um saco rasgado por um guaxinim faminto, está na entrada, perto de duas latas de lixo caídas. Meu jipe está coberto de neve e de gelo, sem bateria há muito tempo. Nos degraus da entrada da casa há vários pacotes do FedEx com carimbo URGENTE e endereçados a David Colden.

Aquela cena diante de mim me faz lembrar que um lar é um organismo vivo e que nenhum organismo afetado pela morte é bonito.

Bem ao lado da casa há um celeiro de madeira e um *paddock* que ocupa alguns hectares. Meus dois cavalos, entediados e inquietos por falta de atenção, batem com os cascos no chão, à procura de feno.

Arthur e Alice eram potros de éguas usadas para obtenção do Premarin, produtos da manufatura dessa droga feita com a urina de éguas prenhes. Salvamos esses dois do abatedouro antes de completar um mês da nossa mudança para o norte.

Com os potros do Premarin, nunca se sabe que tipo de cavalos eles serão, e os meus dois confirmaram exatamente isso. Alice, que parece parte Morgan e parte quarto de milha, é tímida, doce e sempre aceita carinho na cabeça. Arthur, meu enorme cavalo de tiro, é muito inteligente e não tolera contato humano nenhum, exceto comigo. Mesmo agora acredito que sente a minha presença. Olha exatamente para o lugar onde estou e relincha, curioso.

Uma segunda construção, menor, se alinha ao limite do *paddock*. Alguns anos atrás eu fiz desse espaço um canil. Agora alguma coisa se move dentro do canil e empurra montes de palha velha para o chão. A criatura no canil, uma porca rosa de cento e noventa quilos, levanta a enorme cabeça e grunhe virada para mim. É a Collette.

Adotamos Collette há quatro anos. Tinha sido abandonada com seus vinte irmãos e irmãs mais novos num celeiro em ruínas, no meio do inverno. Quando encontraram os porquinhos, estavam todos congelados no chão do celeiro, menos três. Collette era um desses três.

Collette é uma sobrevivente, que venceu a morte, mas suas primeiras experiências deixaram marcas. Ela é temperamental e mesmo nos dias bons não tem muito senso de humor. Hoje não é um bom dia, evidentemente.

Na casa mesmo há sinal de vida, mas pouco. Caixas vazias de comida chinesa com cartões de pronta recuperação formam uma estranha escultura na mesa da entrada. Uma dúzia de cartões caíram da mesa e se espalharam no chão. Alguns foram roídos.

As cortinas da sala de estar estão fechadas e, a não ser pelo brilho das brasas quase apagadas na lareira e um abajur de pé com luz fraca, a sala está às escuras. Pilhas de correspondência ainda fechada e taças de vinho usadas cobrem quase todas as superfícies.

Essas taças de vinho me assustam. David gosta de vinho. Nas poucas vezes em que o vi com problemas sérios, seu consumo dessa bebida aumentou demais. Ele nunca ficava escandalosamente bêbado. Ao contrário, o álcool o deixava mais fechado e distante de mim. O vinho o entorpece, e essa, creio, é a intenção dele.

Manifestei essa preocupação para ele talvez duas vezes, mas as crises sempre passavam, não pioravam. As exigências do trabalho de David o impelem a ficar cem por cento alerta, de modo que a advocacia sempre serviu como um limite externo para o consumo de álcool. Mas sem as cargas diárias do emprego? Eu não sei. Nunca tivemos essa experiência.

Como o resto da casa, a cozinha está na maior desordem. A bancada cheia de garrafas de vinho vazias, a pia repleta de pratos e copos sujos. Se estivéssemos na cidade, haveria baratas por todo canto. Mas como moramos além da fronteira suburbana, não existem pragas que não possam ser consideradas como "vida selvagem".

Encontro David na cozinha, atrapalhado, tentando abrir uma lata de ração para cães, e meus três cachorros, Chip, Bernie e Skippy, esperam pacientemente aos pés dele. De calça jeans suja, blusão, botas de borracha e barba por fazer há dias, ele é a personificação da casa. Perdeu mais peso ainda, e está tão emaciado que novos ângulos pronunciados no rosto estragam sua beleza.

Ele é jovem demais para isso. Trinta e sete anos é muito cedo para enterrar a mulher. Ele continua a usar a nossa aliança porque nem agora acredita que isso está acontecendo com ele. Sei disso porque está com a mesma expressão da corça hipnotizada pelos faróis do carro dele, tanto tempo atrás.

Vai além do simples fato de eu ter morrido. David se derramou na minha vida. Meus amigos se tornaram amigos dele. Meus bichos se tornaram seus bichos. Meus planos passaram a ser os planos dele. Todas as conexões passavam por mim. Não estou reclamando disso. Eu recebia de bom grado a vida de David e, além disso, achava muito estimulante.

Em contrapartida, David se tornou a minha rocha. Firme, confiável, ele era um porto seguro quando eu ficava sobrecarregada pelo acúmulo de pequenos corpos inertes. Ele me acalmava quando eu perdia a cabeça com um caso mais difícil e me convencia a confiar nos meus instintos, em vez dos livros. A confiança que David tinha em mim era uma imensa dádiva, e agora entendo que nunca lhe agradeci por isso.

Até este momento, tudo funcionava, não é, David? Era bom em tudo, não era? Mesmo assim não consigo evitar o medo de que a minha morte tenha rompido nosso tênue laço com esse plano humano. Você está começando a desaparecer, como eu.

Eu juro, David, que não sabia. Não sabia que tudo ia acabar assim. Eu poderia ter mudado as coisas. Nós nos encontramos numa encruzilhada, e as pessoas que conhecemos nos momentos mais importantes da nossa vida se tornam as pessoas mais importantes da nossa vida. Mas fico imaginando se teria sido diferente se não houvesse a morte, se não houvesse o Charlie nessa história. Eu estaria lá por você quando afinal tirassem as camadas? Você teria se preocupado se eu não me sentisse tão ansiosa? Todo ato depende, inevitavelmente, do ato anterior, como uma dança infinita que continua pela eternidade, até um dos parceiros sair do salão. Agora eu sei disso. Mas não me adianta absolutamente nada.

David consegue finalmente abrir a lata de ração e enche rapidamente os três potes no chão. Os cães olham para ele, depois para a comida, de volta para David. Eu costumava botar arroz e caldo de galinha na ração deles, mas David não se lembra disso, ou (o que é mais provável) não quer ter esse esforço a mais.

Chip, Bernie e Skippy. Meus meninos doces, doces. Sinto muita saudade de vocês. Desejo tocá-los, alisar seu pelo, tocar seus focinhos molhados.

Ver meus cachorros de novo é quase tão emocionante como ver o meu marido. O labrador Chip, sempre ansioso, o que estava comigo há mais tempo. Eu o trouxe para casa logo depois da nossa mudança, quando fui a uma das minhas visitas mensais como veterinária a uma loja de animais, num centro comercial próximo. Assim que vi Chip, produto de algum canil desumano do Meio-oeste, ele só tinha oito semanas de vida e a cara coberta de feridas abertas por uma terrível infecção por estafilococos. Eu disse para o imbecil do dono da loja que podia curá-lo com um mês de antibióticos, mas o proprietário reclamou que neste caso o cachorro ficaria "velho demais" para vender. Ele disse que eu devia "abatê-lo", para economizar o gasto com os medicamentos. Chip foi para casa comigo naquele mesmo dia e só me largou quando David me levou para o hospital pela última vez.

Bernie, boiadeiro de Berna, é lindo, enorme, bobão e o cachorro mais doce que já conheci. Veio para nós um ano mais tarde. Bernie fora criado para ser um cão de exposição. Com os pais que tinha, a criadora esperava muito do "melhor da raça" em Westminster, e depois muitos anos ganhando dinheiro dos proprietários das fêmeas que cruzassem com ele. Mas poucos meses depois de nascer, ficou claro que Bernie tinha problemas de articulação nos ombros e que isso o manteria fora, não só de Westminster, mas de qualquer círculo de criação que aparecesse no seu caminho.

A criadora exigiu que pusesse Bernie "para dormir". Eu lhe disse que seria fácil encontrar um bom lar para ele. Ela insistiu que a morte era a única opção para preservar sua reputação. Simplesmente não podia ter um "defeituoso" – palavra dela – no mundo, que pudesse ser associado à sua criação.

Mandei a criadora embora garantindo que cuidaria disso e levei Bernie para casa na hora do almoço. Foi um dia bom aquele. Chip adorou a companhia, e os dois cachorrões ficaram logo amigos.

Skippy, um schipperke, o último cachorro que adotei em vida, foi meu maior desafio. Ele é uma bolinha pequena de pelo preto, com uma cara linda de raposa e orelhas pontudas. Inteligente, ativo e cheio de energia, Skippy não suporta burrice. Dos três, é ele o que mais considero se parecer com meu marido.

Sempre achei que Skippy era mais um nascido em fábricas de ninhadas, mas na verdade nunca soube de onde ele veio. Bem cedo, numa manhã de inverno, fui abrir meu consultório e encontrei Skippy sentado pacientemente e sozinho, no tapete na frente da porta, como se esperasse a hora de uma consulta. Quando abri a porta, Skippy entrou trotando com ares de dono do lugar, e eu nem pude questionar.

Carreguei-o para minha sala de exames e dei-lhe uma geral. Skippy não se opôs. Não tinha coleira, nenhuma identificação e nenhum ferimento. Mas notei logo de cara que respirava rápido demais para um cão pequeno, sem fazer esforço nenhum. Quando auscultei seu peito pela primeira vez, entendi por quê. Skippy tinha um sopro no coração que soava um pouco menos turbulento do que as cataratas do Niágara. O audiograma que fiz do coração dele mais tarde aquela manhã completou o triste quadro de um coração malformado. Previmos que ele devia ter só um ano de vida antes de o coração pifar.

Concluí que Skippy era um fugitivo. Minha equipe botou cartazes em toda parte, e eu torcia para que não aparecesse ninguém para levá-lo. Esse pedido específico foi atendido, pelo menos.

Skippy não tem noção de sua sentença de morte, ou talvez goste demais da nossa vida juntos para abandoná-la. Está agora com quatro anos, e vivo. Foi um grande companheiro e ajudou a manter meu coração aberto no meu último ano. Eu podia pô-lo de cabeça para baixo entre as minhas pernas ou balançá-lo bem alto no ar, e ele balançava o cotoco de cauda e dava pequenos latidos de prazer. Ele me acordava todas as manhãs lambendo meu nariz, então corria para se esconder, até que eu o encontrasse. Depois do nosso tempo especial matinal, só nós dois, ele ia embora brincar com os dois grandes, sem se incomodar de ser atropelado por eles nem de suas falhas fisiológicas do coração.

O fato de Skippy ter sobrevivido a mim faz com que eu sorria. Quando o assunto é um cão, nunca se sabe.

– Ora, venham, então – diz David, apontando para a ração.

Os cachorros vão para seus respectivos potes, meio relutantes, e David levanta um brinde com um copo cheio de vinho.

– Saúde.

A campainha toca e os cachorros saem correndo da cozinha, latindo sem parar. David segue lentamente atrás deles.

Na sala de estar escura, David abre só um pouco a cortina, o bastante para espiar a entrada da casa. Há um BMW prateado conversível parado perto das latas de lixo.

David se arrasta até a porta da frente, como um aluno indo para a sala do diretor. Tenta acalmar os cães e então abre a porta. Na varanda da entrada está Max Dryer.

Max seria igual a uma caricatura de um incrível e prepotente mandachuva de alguma grande firma de advocacia de Manhattan, se você não acreditasse nele quando afirma que, na verdade, foi o primeiro modelo dessa caricatura. Tem cinquenta e quatro anos de idade, é alto, magro, bonito, usa um terno risca de giz carvão, feito sob medida, gravata roxa e um cintilante sapato Allen Edmonds. Assim que vê David pela porta de tela, a primeira vez em três semanas, Max saca uma caixa de cigarros Davidoff, acende um com um isqueiro Dunhill de ouro e inala profundamente.

– Max, Max, Max – repreende David, balançando a cabeça. – Esses cigarros vão te matar.

Max dá um sorriso seco.

– Eu torço para que meus clientes venham a mim antes.

– É, há sempre essa esperança. Imagino que queira entrar?

– É essa a ideia, sim.

– Muito bem. Mas deixe o cigarro aí fora.

Max joga na neve o cigarro, que se apaga, e então entra na casa. David ignora o visitante e fala com os três cachorros.

– Amigos, acho que já conhecem o Max.

Max se abaixa para chamar os cães, mas eles resolvem voltar para a refeição na cozinha.

– Não leve para o lado pessoal – diz David. – Como já pode imaginar, eles não estão bem. Aliás, nem eu. Esse é o seu único aviso. Bebe alguma coisa?

– Está meio cedo, não está?

David dá de ombros e não responde.

– Já faz algum tempo que Helena morreu. Então para mim já é tarde. Mas fique à vontade.

– Por enquanto não, obrigado.

David entra na cozinha e Max vai para a sala de estar. Max abre as cortinas e faz uma careta quando a luz incide sobre a cena diante dele. A única parte da sala que não está desarrumada é a estante comprida ao longo de uma das paredes. Ali estão os livros que eu li e usei nas minhas pesquisas durante a minha doença. Meus livros estão como os deixei. Não me surpreende. As mudanças foram cruéis com David no passado, e ele aprendeu a evitar essa provação até que os acontecimentos o atropelem.

Max vai até a estante e examina os títulos – *Animal Rights Today; When Elephants Weep; Being with Animals; Kanzi; Animal Behavior and Communication Studies*. Todos os livros sobre comportamento dos animais, direitos dos animais, teoria da comunicação ou linguagem de sinais americana, mas, para David, poderiam ser em latim.

David volta com o copo e os cachorros atrás dele. Max aponta para a estante e pergunta:

– Todos são da Helena?

– Ela lia muito quando ficou doente. Acho que sentia que o tempo de aprender estava acabando. E tinha razão.

David despenca numa poltrona perto da lareira e deixa Max se virar sozinho. A essa altura, todos os lugares estão ocupados pelos cachorros. Max tenta abrir espaço no sofá ao lado de Chip, mas Chip não quer se mover.

David se diverte um pouco com o constrangimento de Max, depois chama Chip para ficar com ele na poltrona. Max senta rapidamente no lugar vago.

Max se importa com três coisas. Dinheiro e mulheres (que eu acho que adora nessa ordem) e, por último, o meu marido. Max, que recrutou e treinou David desde o primeiro dia, o considerava seu protegido. E isso era um problema para os dois. Sei que David era muito grato ao Max e, quando provocado, admitia que tinha uma inexplicável simpatia pelo seu mentor, mas Max tinha uma tendência recorrente de confundir as palavras com "c": *cuidado, consideração* e *controle*. Max queria que David fosse igual a ele e que o substituísse no comitê executivo da firma um dia. Só que a ideia de ser parecido com Max tirava o sono de David pelo menos duas noites por mês.

– O que fez o grande Max Dryer sair de Manhattan num dia de semana?

– Você sabia que eu tinha de procurá-lo uma hora dessas – diz Max. – Você não atende o telefone e não responde aos recados. Nem aos meus recados.

– Não me ataque quanto à minha habilidade com mensagens agora.
– Não estou atacando. Só fiquei preocupado.
David rolou os olhos nas órbitas, gesto que aperfeiçoa quando está com Max.
– Estou até imaginando.
Max olha para a aliança que David ainda usa. David segue o olhar dele e, constrangido, esconde a mão no bolso.
– Olha, eu entendo como deve estar se sentindo – diz Max.
– Entende mesmo? Então me diga: quantas mulheres já enterrou?
– Você sabe que eu não quis dizer isso. Você tem todo o direito de estar amargurado, mas não seja um babaca.
David olha para o outro lado e procura se recompor.
– Desculpe, mas eu avisei.
– É só que... bem, faz duas semanas desde o enterro e quatro desde a última vez que você apareceu no escritório.
Max olha mais uma vez para a bagunça da sala.
– O que andou fazendo aqui? Não tinha alguém que vinha para cuidar das coisas?
– Ela era apenas uma ajuda do *home care* para Helena. Não coloquei ninguém no lugar dela desde que...
A frase fica incompleta entre os dois.
– Acho que está precisando de uma ajuda por aqui – diz Max, evitando o olhar fixo de David.
– Você não veio até aqui para falar da arrumação da minha casa, veio?
– Não, mas você podia ter tornado isso um pouco mais fácil.
– Mas é tão raro vê-lo assim cheio de rodeios. É a primeira vez que me divirto desde o enterro.
– Que simpático.
– E então, meu tempo se esgotou? – David olha para o relógio. – Observação: a exata duração da compaixão da firma no caso de morte da esposa. Três semanas, três dias, dez horas e doze minutos.
– Não é nada disso. Só queremos saber como você está. Isso não é nada incomum.

– Eu não sei como responder a isso. É sério, qual é mesmo a referência apropriada? Minha mulher morreu. Nunca mais vou vê-la nesta terra. Nem hoje, nem nunca. E então, como estou? Estou simplesmente ótimo.

– Esse sarcasmo é algum sinal de cura?

– O que quer que eu diga?

– Vamos começar com o básico. Está precisando de alguma coisa?

– Claro. Preciso de uma máquina do tempo para voltar e recuperar todas aquelas noites em que saí com você para reviver a sua grandeza, ou que passei no escritório trabalhando no texto de uma minuta que tinha pouca importância ou nenhuma, ou seguindo você pelo país em suas viagens de fazedor de chuva. Eu quero... não, eu preciso... de todo aquele tempo de volta.

Max faz que sim com a cabeça.

– Eu sei – diz baixinho. – Se tivesse esse poder, daria para você.

David olha desconfiado para Max e depois realmente descrente.

– Nossa! Você realmente se sente culpado? Max Dryer? É você mesmo que está aí?

– Por favor, pare com isso. Eu gostava da Helena do meu jeito e com as minhas muitas limitações... que conheço muito bem, obrigado.

David examina os olhos de Max, que rapidamente vira para o lado.

– Acho que nisso eu acredito – diz David.

E eu também, Max. Só que você sempre pareceu ter tanto orgulho das suas limitações... Talvez eu devesse ter olhado mais e com mais atenção para você.

– Gostaria que providenciássemos um lugar para você na cidade? Sabe, temporariamente, até você arrumar o seu?

– Na cidade? Quem disse que eu quero voltar para a cidade?

– Sou eu aqui, David. Eu o conheço e sei como você funciona. Já vi você se preparar para julgamentos e atuar nos seus casos. Como é que vai cuidar desta casa? O que vai acontecer quando estiver no tribunal? Como poderá cuidar dos animais da Helena?

É verdade, David. Como vai fazer? Fiz essa mesma pergunta para ele meses atrás. Eu era a mulher emaciada, de olhos fundos por causa da quimioterapia, com o lenço enrolado na cabeça sem cabelo. Recostada em travesseiros na nossa cama, David com o braço nos meus ombros ossudos, procurei raciocinar com ele, mas ele só queria evitar olhar para o que eu tinha me tornado.

– Dá pra ver que você sente falta – eu disse a ele. – Pedir entrega de comida chinesa à meia-noite, pegar um táxi para voltar para casa, em vez de correr para pegar o trem ou enfrentar o trânsito. Pense como seria muito mais fácil para você.

– Por que estamos falando sobre isso? Que relevância tem? – perguntou David, começando a se aborrecer.

Naquela hora me afastei dele, fiquei zangada de repente.

– Relevância? Olhe para mim. Essa é a questão mais relevante que nos resta, você não acha?

– Pare com isso – implorou e virou de costas para mim.

Segurei o rosto dele e fiz com que olhasse direto para mim.

– Por favor, não me faça fingir. É isso aí, e nós dois sabemos. Os animais têm necessidades e não vão deixar de tê-las só por eu não estar mais aqui. Já pensei muito nisso e providenciei a mudança de todos.

– Como pode resolver isso sem conversar comigo?

– Alguém tinha de tomar essa providência e você não quer falar comigo sobre esses assuntos. Por favor, não se zangue. Estou só tentando ser realista e pensar na sua vida.

– Você está falando da minha família também. Não pode simplesmente nos separar.

– Essas são apenas palavras, David. Belas palavras, mas só palavras. Nós dois sabemos a verdade. Eu arrastei você para cá. Você foi ótimo o tempo todo, mas está aqui por minha causa. Esses animais nunca foram seus. Você ainda tem medo dos cavalos e da Collette. Mal conhece os outros. Como vai cuidar deles e trabalhar sessenta horas por semana?

– Nós temos vivido bem assim, até agora – retrucou David. – Eu me adaptei, não foi?

– Eu não estou criticando você. Na verdade, nem se trata de você. Nós conhecíamos as exigências da sua carreira quando entramos nessa. Mas isso não pode ser uma adaptação. Estamos falando do resto da sua vida. Você não vai poder contar com os meus amigos para cuidar de todos para sempre. As pessoas vão seguir com suas vidas. Você vai seguir com a sua. É preciso.
– Agora a decisão é minha e quero que fiquemos juntos.
– Por quê? Ainda não ouvi nenhum motivo para isso.
– Eu preciso mesmo dizer? – David elevou a voz.
– Seria bom se finalmente eu entendesse o que você pensa – disse, dominada pela frustração e pela fadiga. – Você é advogado. Conhece as palavras. Use-as comigo, para variar!
– Porque...
– Por que o quê? Você continua sem dizer nada.
– Porque não existe mais nada, está bem? Nada mais existe – berrou David. – E nunca existiu!
Amoleci com o desespero dele.
– Eu sei que agora você está se sentindo assim, querido, mas...
– Não me diga que você compreende! Porque não compreende! Não pode compreender! Eu é que sou deixado para trás. Outra vez.
David se levantou, mas o puxei de volta e esperei sua respiração acalmar.
– Está bem – eu disse. – Tem razão. Não vou poder dizer o que você deve fazer, mas quero que saiba que não precisa fazer isso. Não tem de me provar mais nada. Faça apenas o que for melhor para eles e para você. Pode chegar uma hora, muito em breve, em que essas duas coisas não serão mais a mesma.
Agora David diz para Max exatamente o que disse para mim naquela conversa meses atrás.
– Eu vou dar um jeito.
Ao ouvir aquelas palavras de novo, não consigo escapar da sensação de que de alguma forma eu fracassei com as minhas criaturas. Devia ter me esforçado mais para fazer David entender que o propósito delas no mundo não é apenas servir de prova da capacidade dele de fazer muitas coisas ao mesmo tempo.

— Você deve saber o que faz – diz Max.
— Sim, eu sei.
— Alguma ideia de quando podemos esperar você de volta? Só para eu poder dizer para o comitê.
David suspira.
— Diga a eles que preciso até o fim da semana para organizar as coisas.
Max fica de pé.
— Isso seria ótimo.
— Eu sei que a firma está praticamente parando sem mim.
— Não subestime o seu valor. Você controla muitos casos e os clientes o adoram.
— Só porque a alternativa que eles têm é de lidar com você. – David sorri pela primeira vez, desde a chegada do Max.
— Sem dúvida. Por enquanto estamos cuidando dos seus casos, mas a Chris já está sobrecarregada, e...
— ... sim, é um ano importante para ela. Eu sei.
— Na realidade, eu ia dizer que eles precisam do seu toque especial.
David vai com Max até a porta, falando com o cachorro ao lado dele.
— Essa é a parte da conversa em que Max fica manipulador.
— Você me conhece bem demais, sócio – diz Max, sacudindo os ombros.
— São os que você faz passar à minha frente que me preocupam.
Uma neve fina começa a cair de novo. Os dois vão em silêncio até o carro de Max.
— Você não precisa responder – diz finalmente Max –, e Deus sabe que não precisa me dizer a verdade, mas...
— Diga logo. Estou tranquilo.
— A Helena chegou a... você sabe, algum dia ela me perdoou?
Pobre Max. Ele ainda não sabe que buscar o perdão dos mortos é como procurar o vento num campo. Mas David leva a pergunta com surpreendente seriedade. Fica olhando para cima, para o céu, um bom tempo. Quando olha de novo para Max, flocos de neve derretidos escorrem pelo seu rosto.

– Foram necessárias duas pessoas para transformar o menininho triste e assustado que ela conheceu em Cornell no litigante corporativo durão que ele se tornou. Ele não foi um aluno revoltado. De certa forma você salvou aquele menino, tanto quanto ela. Mas teve um custo. Helena entendeu isso. Helena também era muito inteligente para compreender os benefícios do meu emprego. Isso – diz David apontando para o celeiro, o *paddock* e a floresta além – não ia acontecer se eu estivesse por aí tentando salvar o mundo.

– E...?

– E, sim, acho que ela o perdoou. Acho que ela deve ter se desapontado com o andar em que o elevador me deixou. Mas ela perdoou você.

David seca a neve do rosto.

Max encaixa toda a sua altura no carro minúsculo e abaixa a janela.

– Bem, isso é alguma coisa – diz, acena rapidamente para David e vai embora.

David fica vendo as luzes vermelhas das lanternas traseiras seguindo pela entrada íngreme por uma tela de neve cada vez mais grossa.

– É. Alguma coisa – resmunga e volta trotando para casa.

David está enganado. Nunca me decepcionei com ele.

Como poderia? Sob a tutela de Max, David logo se tornou um advogado muito bom. O sucesso dele trouxe segurança financeira para o nosso lar, e eu era grata por isso. Não podíamos ter o estilo de vida que eu queria apenas com o meu salário, ou com uma quantia muito menor do que a absurdamente alta de seis dígitos que o trabalho duro de David e o apoio positivo de Max na firma geravam. Graças ao David, além de evitar os sanduíches de maionese e os macarrões de copo da minha juventude, também obtive a liberdade para criar um lar muito especial, cercada pelos meus companheiros animais.

Mas era mais do que apenas o dinheiro. O emprego deu a David outra família, que jamais poderia ser tirada dele porque vivia do e no mundo ilhado dos fatos, do raciocínio jurídico e das leis. Essa família ajudou a compensar a história da sua solidão profunda e, francamente, tirou um pouco do peso dos meus ombros.

E, então, eu estava decepcionada? Não. Eu só queria um pouco mais para o David, não dele. Queria que ele relaxasse mais, aproveitasse mais a vida, curtisse mais os nossos animais, suas peculiaridades e pequenas idiossincrasias. Eu queria que David se sentisse ligado, que vivesse os momentos em que estava conosco, e não distraído pelo que tinha deixado para trás, ou com onde teria de estar depois. Eu queria que David entendesse que tinha vencido na advocacia, que dominava a arte de ser advogado e agora precisava aprender a arte muito mais difícil de criar e viver uma vida plena.

Acho que eu só queria que ele desse valor para a minha contribuição no nosso relacionamento.

Eu queria.

Talvez a sensação de David de que tinha me decepcionado seja compreensível, afinal. Dizer para alguém que você ama que quer mais para ele deve soar com o mesmo tom do desapontamento.

Quando David volta para a entrada da nossa casa, os três cães estão esperando. David passa por eles, mas eles não o seguem dessa vez, continuam a esperar e olhar para a porta. É perturbador ver a compreensão que finalmente passa pela expressão de David.

– Sou só eu – diz para os cachorros. – Sinto muito, mas de agora em diante será sempre só eu.

Os dois cachorros grandes acabam desistindo e saem dali. Só o meu Skippy continua sua vigília, à minha espera, perto da porta.

2

A prova mais contundente do significado duradouro do trabalho da dra. Jane Cassidy na minha vida é a facilidade que tenho de encontrá-la novamente na morte. Não consigo ver os amigos que me apoiaram na doença ou os parentes que lamentaram minha morte, mas sempre quando não estou com David ou com os meus animais, Jane Cassidy (Jotacê para mim), Cindy e o Centro de Estudos Avançados dos Primatas (conhecido como CAPS – Center for Advanced Primate Studies) aparecem na minha frente. É claro que não posso descartar a possibilidade de que eu esteja apenas observando imagens falsas, criadas por um cérebro em decomposição, mas espero que o universo não seja tão cruel assim.

Jotacê e eu compartilhamos uma história dolorosa. No nosso último ano na Cornell, nos tornamos pesquisadoras e sócias da dra. Renee Vartag, considerada por muitos (inclusive ela mesma) uma das mentes mais brilhantes da sua geração na área imunológica dos primatas.

Nosso trabalho para Vartag envolvia cuidar da cobaia de uma experiência de longo prazo – um bonobo, ou chimpanzé-pigmeu, chamado Charlie. Ele nasceu em cativeiro e estava com quatro anos de idade quando o conheci. Os bonobos, como seus parentes chimpanzés, costumam ser usados nas pesquisas imunológicas porque seu sistema imunológico é quase idêntico ao dos seres humanos. Na época, isso era tudo que eu sabia sobre os chimpanzés, pigmeus ou não. Infelizmente, logo aprendi mais.

Charlie vivia numa jaula de vinte metros por vinte, com espaço aberto e fechado, construída segundo as especificações de Vartag.

Vartag tinha nos dado algumas responsabilidades com ele. Nós o alimentávamos, providenciávamos para que tivesse sempre água limpa, nós o lavávamos e lhe dávamos (conforme especificado em um dos inúmeros memorandos rígidos de Vartag) "nada além de sessenta minutos por dia de interação com os seres humanos".

Também tínhamos de dar para Charlie seus "suplementos", um coquetel, medido com cuidado, de vitaminas naturais e sintéticas, e nutrientes que acrescentávamos à sua comida. Segundo Vartag, Charlie recebia aqueles suplementos desde os dois anos de idade, e serviam especificamente para desenvolver seu sistema imunológico contra doenças e infecções. Coletávamos urina e amostras de fezes todos os dias e enviávamos para análise no laboratório, supostamente para medir os resultados da hipótese de Vartag.

Embora Jotacê e eu só fôssemos obrigadas a passar uma hora por dia com Charlie, isso rapidamente se transformou numa orientação sem sentido. Charlie era uma criatura notável, curioso, brincalhão, inteligente e muito consciente. Se você nunca olhou para a cara de um chimpanzé de perto, simplesmente não pode imaginar como eles são expressivos e parecidos com os humanos. Mas eram as mãos de Charlie, não sua cara, que eu mais lembrava. Não eram só incrivelmente hábeis, eram também macias, quentes e vulneráveis, como as mãos de uma criança. Logo descobri que estava passando todo o tempo livre que tinha com Charlie, dentro da sua jaula. Quando ele me via chegar todas as manhãs, apontava para mim e seu rosto se iluminava.

Sempre que eu ia visitar Charlie, Jotacê já estava lá. Se eu estava encantada com Charlie, Jotacê estava especialmente obcecada por ele. Quando eu estava com eles dois, às vezes tinha a sensação de que eu era a vela e que estava me intrometendo num caso de amor cercado de muito ciúme.

Depois de três meses nos relacionando com Charlie, recebemos um novo memorando de Vartag em nossas caixas postais, declarando que íamos parar com os suplementos via oral e começar com as injeções.

Vartag garantiu que as injeções eram apenas uma potente combinação de vitaminas B 12 e C, inofensivas. Ela também disse que só precisávamos aplicar uma injeção no Charlie, dia sim, dia não. E, finalizando, nos disse que se não estivéssemos preparadas para seguir o inofensivo protocolo, perderíamos o emprego. Era simples assim: "Sem injeção, sem Charlie."

Eu podia prescindir do dinheiro sem arrependimentos, mas abandonar Charlie? Nós nos convencemos de que se não fizéssemos aquilo, alguém que gostasse menos do Charlie assumiria nosso lugar e o machucaria. Até onde se sabe, a racionalização é um mecanismo de defesa exclusivamente humano. Em mim esse mecanismo transbordava.

Os chimpanzés-pigmeus não são muito menores do que os chimpanzés comuns, e têm praticamente a mesma força. Se Charlie se revoltasse contra as injeções, não poderíamos ministrar os suplementos sem anestesiá-lo. Mas Charlie já confiava em nós naquela altura, e a dra. Vartag sabia muito bem disso. Ela contava com essa confiança.

Lembro-me muito bem da expressão de mágoa, de ter sido traído, na cara de Charlie na primeira vez em que espetei a agulha nele. Em vez de fonte de brincadeiras e alegrias, de repente e inesperadamente me tornei um instrumento de dor e de medo. Era só uma espetadela rápida, e talvez nem doesse muito, mas juro que ele nunca mais olhou para mim do mesmo jeito. Algumas guloseimas e brinquedos pareciam aplacar Charlie, e passávamos para atividades mais agradáveis, mas eu nunca mais vi aquele ar de vulnerabilidade aberta nos olhos dele. O olhar ressabiado que ele adotou foi ficando cada vez mais distante a cada injeção que dávamos.

Nós o enganávamos, adulávamos e às vezes implorávamos a Charlie para lhe dar as injeções, mas, por fim, ele simplesmente passou a se submeter, estendia o braço e olhava para o outro lado. Ver esse ato de submissão aprendida era o pior de tudo para mim, em muitas escalas de magnitude.

No trabalho com Charlie eu havia ignorado um aspecto importante da área de imunologia, na verdade o aspecto mais importante. Como se pode avaliar a força de um sistema imunológico? Inoculando a pessoa com alguma doença.

Quando os exames de laboratório do Charlie comprovaram o número correto de células-T, proteínas, príons ou qualquer que fosse o marcador que Vartag procurava, ela injetou nele sangue contaminado com hepatite C. Nós não sabíamos.

A primeira coisa que Charlie teve foi diarreia, depois as crises de vômito, ele se recusava a comer, ficou letárgico e teve febre muito alta. Em questão de dias, diante dos meus olhos, Charlie passou de uma criatura animada e muito ativa para um tipo de ser que se espera ver numa clínica de pacientes terminais.

Mesmo assim, as injeções de suplementos continuaram. Só que agora Charlie já virava de costas para mim quando me via e oferecia a coxa ou o traseiro, para a injeção. E cada vez mais deixava de virar de frente para mim quando eu acabava de dar a injeção. Nem Jotacê conseguia fazê-lo se levantar. Ela passava horas alisando o pelo dele.

Charlie sabia que alguma coisa estava diferente, que ele estava mal, mas não tinha noção da causa. O porquê daquilo estava além da sua compreensão, ele sabia apenas que tinha relação com a nossa entrada na sua vida. Um dia ele brincava com uma bola, no outro não conseguia. No mundo da estreita tela de radar do Charlie, só uma coisa tinha mudado: nós. E ele estava certo.

Quando soubemos do sangue contaminado, Vartag achou graça da nossa indignação.

– Vocês pensavam que iam passar a vida curando filhotinhos de vermes e consertando asas de borboletas, senhoras? – debochou.

Eu a chamei de má profissional. Jotacê a chamou de uma série de outras coisas.

Nossa recompensa por desafiar aquela lenda internacional da imunologia foi rápida e decisiva – fomos sumariamente demitidas.

Divulgamos o nosso caso na universidade, para todos que estivessem dispostos a ouvir. O reitor, o presidente, o reitor adjunto, o Comitê de Uso e Cuidado com os Animais da universidade. Naquele momento não nos importávamos com o emprego nem com o dinheiro. Só queríamos cuidar do Charlie, ou pelo menos estar lá com ele quando morresse. Todos meneavam a cabeça educadamente quando contávamos a nossa história, e nada faziam.

O único membro da faculdade que chegou a reconhecer que tínhamos sido usadas e que a conduta de Vartag era imprópria, foi meu orientador da faculdade, o dr. Joshua Marks. Ele tentou intervir, mas Vartag era poderosa demais. Nunca mais vi Charlie.

Contei para David exatamente essa versão dos acontecimentos sobre a morte do Charlie naquela primeira noite em que nos conhecemos em Ithaca depois de voltar do hospital. Desde então repeti essa versão na minha cabeça uma centena de vezes. Se ao menos a repetição a tornasse verdadeira, então talvez eu não estivesse presa nessa vastidão sem cor, ensurdecida pelos ecos da dúvida e do desejo, que ressoam no vazio do meu futuro. Só Jotacê conhece a verdade, e a essa altura não tem motivo para contar.

Depois de Charlie, Jotacê e eu seguimos caminhos diferentes. Eu não quis mais saber de primatas... nunca mais. Mas Jotacê queria entender Charlie e o que achava que existira entre eles. Seu trabalho e sua paixão se concentraram em uma questão: se os grandes primatas possuem o que até agora era exclusividade dos seres humanos, a consciência.

Eu não acredito em coincidências. Portanto, alguns dias depois do meu primeiro diagnóstico, quando abri a revista dos alunos da escola veterinária Cornell (uma revista que evitava ler) e vi um artigo sobre Jotacê e seu trabalho com a sensibilidade dos chimpanzés, descobri que precisava procurá-la.

A busca de Jotacê a fez percorrer várias áreas de estudo: zoologia, psicologia, antropologia biológica e linguística aplicada. Ela nunca parou de estudar. Quando a encontrei, estava trabalhando no CAPS, com uma bolsa de quatro anos. Imediatamente me convidou para assistir a seu trabalho em primeira mão, no campus do CAPS.

O campus possui oito belos hectares de florestas, fica ao norte de Manhattan, à margem do rio Hudson. Assim que cheguei lá, nessa primeira visita, achei difícil sair. Estive com ela mais uma

POR DIZER 35

dúzia de vezes depois disso, até não ter mais capacidade física para fazer a viagem.

O trabalho de Jotacê era fascinante. Aprendi mais com ela naquele último ano sobre o complexo relacionamento da mente humana e não humana, do que tinha aprendido em todos os cinco anos da faculdade de veterinária e na prática médica com animais de pequeno porte. Jotacê tinha cruzado uma barreira importante do "nós" e "eles", e logo percebi que meu desejo voraz de respostas só seria satisfeito do outro lado dessa barreira.

É preciso entender que o CAPS foi criado para ser uma "exibição" de "estudos não invasivos dos primatas". O fato é que o CAPS nem tem um centro cirúrgico. Em vez disso, em geral permitiam que a maior parte dos primatas (macacos rhesus, macacos, babuínos, bonobos e chimpanzés) vivesse em colônias sociais, sem saber que eram alvos de estudos nas áreas de psicologia, sociologia e antropologia.

O CAPS é o tipo de lugar para o qual seu órgão mantenedor, o Instituto Nacional de Ciência (NIS), pode convidar congressistas em excursões, já que é um exemplo de dedicação progressista das "técnicas de pesquisa humana" sempre que um dos outros vinte centros do NIS de estudos "invasivos" dos primatas fica na berlinda por fazer coisas como infectar chimpanzés com hepatite ou deixar de ministrar analgésicos nos pós-operatórios. Resumindo, embora o centro não pudesse reproduzir a vida dos primatas na natureza, quando se é um primata cativo a serviço do governo federal, o lugar onde você vai querer cumprir sua pena é o CAPS.

Como o CAPS é um laboratório com bom financiamento e poucas controvérsias a respeito, ele também é capaz de atrair alguns preeminentes pesquisadores de primatas, como Jotacê. Esses pesquisadores obtêm capacidade de executar um trabalho muito avançado com dinheiro do governo. O NIS, por sua vez, obtém o direito de fazer propaganda de seus estudos importantes com esses nomes famosos quando vão ao Congresso com suas exigências de orçamento. Em geral tudo funciona, desde que todos façam o que são pagos para fazer e se mantenham de boca fechada.

Para mim é impossível ver Jotacê agora sem ver Cindy também, uma chimpanzé de trinta e dois quilos que viveu no CAPS desde que nasceu em cativeiro, há quatro anos. O CAPS é o único lar que Cindy conhece e Jotacê a única mãe que teve.

O laboratório de pesquisas de Jotacê, uma sala grande cheia de câmeras digitais de vídeo, monitores de tela plana e computadores, ocupa o primeiro andar de um dos prédios no terreno do CAPS. O centro da sala é dominado por um cubo de quatro metros por quatro, meio jaula, meio aquário, que Jotacê chama exatamente de Cubo.

Agora eu consigo ver o laboratório com bastante clareza. A porta do Cubo está aberta, mas Cindy está sentada pacientemente lá dentro e não demonstra interesse nenhum em sair dali. Há um grande teclado dentro da estrutura, para Cindy usar. Uma parede inteira é coberta por um espelho e Cindy espia o seu reflexo enquanto se movimenta lá dentro.

O teclado dentro do Cubo é diferente de qualquer outro que você possa ter em casa. As teclas são bem grandes, mas não alfanuméricas. Cada uma tem um símbolo ou uma série de símbolos.

Cindy usa luvas pretas. Essas luvas são ligadas a uma pequena caixa eletrônica, presa ao seu grande bíceps. A enorme tela LED que pende na frente do Cubo e a câmera digital virada para a abertura completam o ambiente repleto de tecnologia.

Jotacê está sentada do lado de fora da porta do Cubo, diante de um computador. O teclado dela tem tamanho normal, mas os símbolos são iguais aos do teclado dentro do Cubo.

Jotacê criou o projeto Cindy para determinar a profundidade da capacidade humana de comunicação que um chimpanzé nascido em cativeiro poderia desenvolver se fosse completamente aculturado na linguagem humana desde o nascimento. Qualquer um pode discordar do mérito disso, mas não dá para negar o fato de que a linguagem humana sempre foi um marco para a sensibilidade. A suposição, correta ou não, sempre foi de que os que conseguem se comunicar conosco têm necessariamente consciência de si mesmos e pensam como nós. Com essa premissa como base, Jotacê acabou escolhendo a ciência da comunicação interespécies como instrumento para provar sua teoria, que além de certos primatas possuírem esse Santo Graal de estado mental chamado consciência, a consciência dos primatas é muito parecida com a nossa.

Agora vejo Cindy apertar várias teclas em seu grande teclado e logo em seguida fazer gestos específicos com as mãos enluvadas. Os gestos parecem corresponder aos movimentos que formam a base da Linguagem de Sinais Americana. As palavras: JANE, ESTOU COM FOME AGORA!, aparecem na mesma hora na tela do computador de Jotacê e na grande tela LED presa à jaula.

Jotacê lê a mensagem no monitor e dá risada. Jotacê faz sinais para Cindy, diz em tom firme mas gentil: "Não é hora de comer, Cindy. Continue, por favor." Cindy observa atentamente cada nuança dos sinais de Jotacê.

Quando tem certeza de que Jotacê acabou, Cindy faz alguns outros gestos com as mãos e aperta mais algumas teclas no teclado. No monitor de Jotacê agora aparece: EU QUERO BRINCAR COM A MINHA BONECA AGORA! Cindy olha para Jotacê e vê que ela franze a testa. Depois de hesitar um pouco, Cindy aperta mais teclas. O resultado é que o ponto de exclamação é substituído por um de interrogação.

Jotacê faz sinais em resposta para Cindy, dessa vez sem tentar disfarçar sua frustração. "Não, Cindy. É hora de trabalhar. Brincar depois." Cindy observa Jotacê até o último sinal, se afasta do teclado e encosta o queixo no peito, numa pose evidente de mau humor.

Jotacê olha para ela e faz um esforço grande para não sorrir quando sinaliza: "Você está muito teimosa hoje."

Cindy cerra o punho e gira de um lado para o outro. As palavras PENICO, PENICO, PENICO aparecem no monitor.

– Você acabou de usar o penico – diz Jotacê e faz sinais.

O parceiro de Jotacê na pesquisa, Frank Wallace, um homem de vinte e tantos anos, observa a interação por cima do ombro de Jotacê.

– Talvez estejamos fazendo pressão demais – murmura.

– Então me dê alguma outra opção, Frank – diz Jotacê. – A bolsa está quase acabando, Jannick está questionando a minha meto-

dologia e a única apresentação que pode conseguir uma extensão para nós será dentro de poucos dias.
Frank recua um passo.
– Só estou dizendo que...
– Eu sei. – Jotacê suspira. – Desculpe. Você está do meu lado. Cindy olha para Frank e Jotacê para ver se eles estão notando sua tristeza. Jotacê faz um rápido contato visual com Cindy e a chimpanzé vira rapidamente de costas de novo.
– Seja qual for o motivo – diz Jotacê –, hoje foi um dia praticamente perdido.

Outros chimpanzés antes de Cindy demonstraram capacidade para se comunicar com os seres humanos em seu próprio território linguístico através de gestos baseados na Linguagem de Sinais Americana, ou nos símbolos que representam palavras, chamados de lexigramas. Washoe, Loulis e Kanzi foram os exemplos mais conhecidos, mas houve muitos outros com diversos graus de competência em termos de linguagem. Só que até aquele ponto, as descobertas sobre o que essas criaturas eram capazes de aprender não provocavam mudanças no mundo, nem para os primatas em geral nem para seus primos, os humanos. Gente demais não se convenceu. A ameaça à longa história de experiências invasivas com primatas era grande demais. Cientistas muito bem preparados e respeitados contestavam a pesquisa e até o mérito de efetuar a própria pesquisa, menosprezando décadas de trabalho de linguagem com primatas como erros bem-intencionados, ou, pior ainda, como se não passasse de "truques de circo" mais complexos, produto de pistas ocultas, interpretação deturpada ou manipulação de dados.

E as experiências invasivas com primatas continuaram.

Segundo Jotacê, alguns chimpanzés que tinham aprendido a expressar com sinais um limitado vocabulário humano chegaram a ser devolvidos à população geral de chimpanzés cativos quando suas experiências foram encerradas por falta de fundos ou de interesse. Os chimpanzés foram então confinados em pequenas jaulas, em laboratórios frios e passaram por experiências, sofreram cirurgias e foram infectados com doenças. Esses animais continuaram fazendo os sinais até o fim de suas vidas. Palavras como *chave, fora, dor, não, pare, fim*. Mas seus novos donos e companheiros de cativeiro não eram treinados para entendê-los, de modo que os pedidos não eram atendidos.

    Jotacê estava trabalhando para encontrar uma nova forma de eliminar qualquer dúvida legítima, combinando o trabalho duro que tinha antes com a tecnologia tão moderna e avançada que evoluía diariamente em seu laboratório. Nesse processo outra coisa completamente diferente acontecia por meio de todos aqueles fios, teclados e megabytes de dados entre o pesquisador e o sujeito, de forma que o resultado foi que Jotacê jurou jamais deixar Cindy sofrer o mesmo destino de algumas daquelas infelizes almas não humanas que a antecederam. Depois de passar algum tempo com Cindy, eu fiz o mesmo juramento. Felizmente Cindy permaneceu segura nas mãos de Jotacê e jamais precisei cumprir a minha promessa.

    Jotacê vai até a porta do Cubo e desliga a câmera. Cindy gira ao ouvir o barulho e pula nos braços dela como uma criança saudando pai ou mãe, depois de uma longa ausência. Jotacê acaricia a cabeça de Cindy.

    – Tudo bem, tudo bem. – Jotacê ri apesar das preocupações. – Pare de me bajular. Você venceu. Hora de brincar.

    Jotacê dá para Cindy uma pequena boneca de pano com a forma e o rosto de uma menina humana. Cindy abraça a boneca junto ao peito.

    Eu conheço aquela boneca. Levei no dia em que estive com Cindy pela primeira vez. Jotacê tinha sugerido que eu levasse alguma coisa para Cindy, como sinal de amizade. No início eu ri, pensando que era piada de Jotacê. Quando ela deixou claro que falava sério, procurei pela casa toda alguma coisa que pudesse levar. A única coisa que imaginei foi a boneca de pano que David tinha me dado num Dia dos Namorados há muito tempo. Ele disse que a boneca era parecida comigo. E era.

    Cindy adorou a boneca e aquele ato de presenteá-la apressou a minha entrada no seu pequeno círculo de seres humanos confiáveis. Jotacê procurou me convencer de que era por minha causa, não do presente, mas eu nunca acreditei nela. Essa foi a única coisa da qual duvidei em Jotacê e no trabalho dela.

Agora sei que outros não têm a mesma opinião que eu. Esse conhecimento chega tarde demais para mim. Não posso fazer nada para cumprir a minha promessa.

3

Na época da minha morte, Joshua Marks tinha passado de orientador na faculdade para tutor de residência, mentor, e, depois, para querido amigo e sócio na clínica veterinária. Joshua é só doze anos mais velho do que eu, mas seu sofrimento sempre fez com que parecesse muito mais velho.

Há um ditado que ouvi em algum lugar que diz: "Deus pode abrigar em Suas mãos os que enterraram um filho por mil anos, mas nem assim eles verão o brilho das suas feições." Quem quer que seja que tenha escrito isso devia estar pensando em Joshua.

Menos de dois anos depois da morte do filho de cinco anos, Joshua e a mulher se divorciaram em meio a rumores de infidelidade e abuso de drogas com tarja preta. Joshua largou (ou foi expulso) Cornell e se mudou para uma cidadezinha pequena. Começou a trabalhar no local do seu primeiro emprego quando adolescente, no qual limpava as jaulas e alimentava os animais. Foi onde me juntei a ele.

Imaginei que Joshua tivesse voltado ao início da vida com a esperança de encontrar algum significado mais elevado do que tinha acontecido com sua família. Tenho certeza de que Joshua acredita que ainda não encontrou. Ele continua preparado para aceitar os acontecimentos da sua vida como apenas um conjunto de circunstâncias separadas que não possuem significado maior do que um parágrafo do *Guia de TV*. É aí que a visão dele fracassa. Com um movimento de poucos centímetros para a direita, ou para a esquerda, ele poderia estar coçando a cabeça com deslumbramento e talvez até com esperança. Talvez Joshua ainda consiga fazer isso por si mesmo, antes do seu tempo acabar, como aconteceu comigo.

O hospital de animais onde trabalhávamos juntos é uma velha e aconchegante casa de fazenda. Joshua sempre mantinha o consultório limpo, mas por mais que revirasse as gaiolas, a sala dos fundos (portanto o hospital inteiro), sempre tinha um leve cheiro de anestésico, álcool, fezes de cães e urina de gato. É esse cheiro familiar que me atrai para cá.

O hospital está lotado demais para uma quarta-feira. Quatro cachorros com guias curtas, dois gatos em caixas e os donos esperando impacientes na recepção. Os ganidos e miados dos animais angustiados, ou que sentem dor, contrastam demais com os cães e gatos felizes e despreocupados nas propagandas de produtos veterinários que enfeitam as paredes. Não reconheço nenhum dos animais na sala, o que é até bom.

Uma placa em uma parede ao lado da mesa da recepção identifica dr. Joshua Marks e dra. Helena Colden como os dois médicos veterinários da clínica. Joshua ainda não tirou o meu nome. Como meu marido, ele não se dá bem com esse tipo de mudança.

A sala de exame de Joshua é decorada com fotos dos pacientes e com cartões. Duas pequenas fotos emolduradas, uma de um newfoundland e a outra de um husky siberiano, ocupam o lugar na mesa que em geral é destinado a fotos da família, invalidando o mito de que todos os donos de cachorros acabam se parecendo com os próprios cães.

Quando o encontro, Joshua está apalpando o abdômen de um grande vira-lata, com a ajuda de Eve, uma das nossas técnicas veterinárias. É evidente que o cachorro não está à vontade e não fica quieto sob os dedos exploradores de Joshua. Mas ele não perde a paciência e procura acalmar o cão da melhor forma possível, fazendo ruídos carinhosos com a voz como nunca fez com outro ser humano.

– Quanta ração eles disseram que tinha no saco que Misha atacou? – pergunta Joshua.

Eve examina a ficha antes de responder.

– Estava quase cheio. Então deve ser mais ou menos dez quilos, eu acho.

– Acho que está se movendo – observa Joshua continuando o exame. – Não há inchaço, mas vamos fazer os raios X e deixá-lo em observação esta noite, só para ter certeza.

A porta da sala de exames se abre com estrondo. Beth, nossa outra técnica de veterinária, carrega nos braços uma pequena confusão de sangue e pelo que chora. Eu sei bem demais que ferimentos como aquele só podem ser causados por atropelamento. O cachorro logo entrará em choque, se já não tiver entrado.

– Desculpe, dr. J. – diz Beth com sua calma inabalável apesar do sangue pingando no jaleco. – Este acabou de chegar. A polícia o encontrou à beira da Wingate Road. Fratura exposta da perna. Não tem identificação.

A recepcionista chama Joshua pelo interfone.

– Dr. J., suas consultas de duas e meia e de três horas estão esperando. E a de três e quinze acabou de chegar. O que digo para eles?

Joshua coça a cabeça frustrado e então vocifera para Beth.

– Já estou atrasado meia hora. Veja se Helena pode cuidar da emergência. Diga para ela...

Quase digo para Beth levar o cachorro até a minha sala com o kit de sutura e uma bolsa de soro, mas então eu lembro.

Beth e Eve olham atônitas para Joshua. Pela cara delas ele percebe o erro.

– Sinto muito – diz ele.

Exausto, envergonhado, ou as duas coisas, Joshua cobre o rosto com a mão.

– Eve, quer fazer o favor de levar Misha para o raio X? Beth, espere só um segundo que vou examinar essa fratura.

Beth sai da sala com o cachorro nos braços, e Eve também sai com Misha. Depois que as duas vão embora e Joshua acha que está sozinho, ele pega alguns lápis de um pote na mesa e começa lentamente a quebrá-los ao meio, um por um.

O único outro hospital de animais que atende na nossa região é completamente diferente do nosso. O Centro Médico de Animais do dr. Thorton ocupa um prédio grande e moderno, de metal e vidro, na Route 100, bem no meio da área mais rica da comunidade. Thorton administra uma clínica que funciona vinte e quatro horas por dia, com quatro veterinários em expediente integral e uma grande equipe de apoio formada por técnicos e assistentes. Ele até tem um laboratório próprio e técnicos especializados lá. O que significa que Thorton possui grandes gastos e passa todos eles para os clientes, quer eles possam pagar ou não.

Naqueles anos em que trabalhamos juntos, vi Joshua passar horas e horas cuidando de um caso especialmente difícil, pesquisando cada uma das opções, procurando especialistas do Hospital Médico de Animais de Manhattan e pedindo humildemente seus conselhos, tudo pelo preço de uma consulta, se tanto. Ele mandava sangue ou urina para exames no laboratório só quando era necessário e isso tinha um custo. No fim de todo esse trabalho, Joshua apresentava suas conclusões e recomendações para os clientes nervosos com o tipo de compaixão e compreensão que só tem quem já esteve do outro lado ao receber notícias ruins.

Esse tipo de abordagem não faz parte do modelo econômico de Thorton. Para o mesmo tipo de caso, Thorton faz uma bateria de exames caros para chegar a um diagnóstico, independentemente dos sintomas que o animal apresenta. Como é dono do laboratório também, o preço do exame mais comum de sangue é elevado e vai direto para o bolso dele.

No fim, depois de esgotados todos os exames, Thorton chega a uma conclusão em geral baseada num processo de eliminação (o que ele chama, num tom mais pomposo, com uma resma de resultados de exames na mão, de "diagnóstico diferencial"). Ele então comunica a conclusão à família na sala de espera, olhando sempre para o relógio.

Thorton não é mau veterinário. Imagino que muitas vezes chegue à conclusão médica certa. Ele apenas não é uma pessoa especialmente simpática. Recusa clientes que empalidecem com seu orçamento (cinquenta por cento na hora do atendimento), ou que questionam a necessidade de um exame caro de imagem do fígado num cachorro com enzimas hepáticas normais. Sei disso a respeito do Thorton porque esses clientes sempre acabavam batendo à minha porta e ficavam comigo um longo tempo depois.

Acho que o que mais me incomodava em Thorton era que ele sempre se afastava das famílias com sua dor, antes das lágrimas. Joshua nunca fazia isso e era bem comum que ele acabasse chorando também. Gosto de pensar que os meus clientes acreditam que Joshua me preparou muito bem, pelo menos nesse aspecto.

Sally Hanson é uma das técnicas de Thorton. Tive apenas alguns contatos com Sally naqueles anos, mas eu a encontrava na cidade. Depois que se conhece Sally, é bem difícil esquecê-la. Ela é uma das poucas afrodescendentes na nossa comunidade. Aos trinta e seis anos, maçãs do rosto salientes, pele escura acobreada, alta e magra, ela parece que desceu do trem na estação errada para posar para uma foto de Ann Taylor e simplesmente nunca mais foi embora.

Não sei como nem por quê, Sally resolveu trabalhar para Thorton, o que eu sei é que trabalhava. Procuro não julgar, a não ser quando sou obrigada a justificar a minha própria conduta para quem quer que controle o acesso a qualquer ponto além. As circunstâncias e o contexto muitas vezes podem explicar muitas coisas.

Não consigo imaginar nenhum motivo para ser capaz de visualizar Sally agora, mas lá está ela diante de mim, correndo para a sala de cirurgia, levando para Thorton uma pinça cirúrgica.

– Até que enfim!

Baixo, gordo e careca, com dedos que parecem salsichas e óculos grandes demais para a cabeça dele, Thorton grita para Sally. Entre os dois, na mesa de operação, está um grande golden retriever com focinho prateado aberto para algum tipo de cirurgia torácica. Eu posso apostar que a cirurgia não está indo bem.

– Droga, Hanson, o que eu preciso fazer para você executar essa sucção aqui? – berra Thorton.

Sally obedece na mesma hora, mas a cavidade se enche de sangue rapidamente de novo.

Lá fora, na sala de espera lotada, o filho de Sally, Clifford, está sentado quieto desenhando num bloco sobre os joelhos. Clifford deve ter nove ou dez anos de idade. É ainda mais bonito do que a mãe, com seus gigantescos olhos castanhos, cílios compridos e feições harmoniosas.

Não dá para ver o que ele está desenhando, mas os traços que Clifford faz com o lápis não são rabiscos hesitantes de quem não sabe desenhar. Com a língua para fora no canto da boca e ar de concentração, ele desenha como se o modelo fosse desaparecer, como se precisasse tirar aquela imagem da cabeça e botar no papel o mais rápido possível.

Levo algum tempo, mas finalmente entendo o que está faltando naquela sala de espera. Não há latidos, ganidos, miados nem gritos dos cães e gatos que aguardam as consultas. Onde devia haver ruídos de pânico, medo e dor, há apenas imobilidade e o arranhar do lápis no espesso papel de desenho. Examino mais de perto e vejo que todos os olhos dos animais naquela sala estão concentrados no menino e no bloco de papel.

Além do menino, a única outra pessoa na sala de espera sem animal é uma mulher mais velha de cabelo completamente branco que tem o tique nervoso de morder o polegar enquanto anda de um lado para o outro na frente da mesa da recepção. O cachorro na sala de cirurgia deve ser dela.

Enquanto observo ocorre uma mudança drástica no menino. Ele fica tenso, larga o lápis e faz uma careta de dor. O cachorro mais perto dele começa a ganir.

O menino se levanta devagar, põe o bloco de desenho na cadeira e vai para a sala de cirurgia. O dr. Thorton quase derruba o menino na pressa de chegar ao armário de instrumentos cirúrgicos do outro lado da sala de recepção. O menino parece que nem percebe a presença de Thorton. Ele entra na sala de cirurgia.

Sally, que tenta conter o sangue que sai do peito do cachorro inconsciente, só nota o filho quando ele está praticamente ao seu lado.

– Clifford, você não pode entrar aqui – diz Sally, irritada. – Volte para a sala de espera.

Clifford ignora a mãe. Não, não é isso. Parece que ele nem percebe que a mãe está ali. Ele se aproxima do cachorro na mesa de operação com um olhar tão fixo que não pode ser fingimento.

– Clifford! Aqui não!

Sally olha rapidamente para a entrada do centro cirúrgico para ver se não tem ninguém observando.
– Por favor – implora Sally para ele. – Você tem de sair daqui!

Clifford abaixa a cabeça e encosta na cabeça do cachorro, de olhos fechados. Então, com uma linda, doce, leve e clara voz, ele cantarola:
– Grama grama grama. Grama para todos verem. Eu adoro a grama grama grama verde verde verde.

O sorriso de Clifford é tão grande e o rosto dele espelha uma felicidade tão completa que Sally emudece.
– Eu sabia – diz Clifford. – Grama e árvores e... está sentindo o perfume no ar? Faz muito tempo que não sinto esse cheiro.

Thorton volta correndo para o centro cirúrgico.
– O que está acontecendo aqui?

Sally entra em ação, com a súbita entrada de Thorton.
– Vou tirá-lo daqui, doutor.
– Ele não pode entrar aqui – diz Thorton.
– Grama grama grama – canta Clifford de novo, de olhos fechados, bem apertados. – Eu sabia que teria grama.
– Eu sei, doutor – diz Sally, quase em pânico. – Desculpe. Mas não posso simplesmente arrancá-lo daqui, senão ele...
– Bem, se você não fizer isso, eu faço – ameaçou Thorton ao se aproximar do menino.
– Não! Por favor, não faça isso. – Sally avança e fica entre Thorton e Clifford. – O senhor não entende. Ele...
– O que esse menino está fazendo com o meu cachorro?

É a mulher de cabelo branco da sala de espera. Deve ter ouvido a gritaria lá dentro.

Dr. Thorton, o que está acontecendo aí, pelo amor de Deus?
– Está tudo bem, sra. Pendle – diz Thorton com a voz mais tranquila do mundo.
– Mãe de Deus. Quanto sangue! É do Archie? – pergunta a sra. Pendle, branca como uma folha de papel.

Antes de alguém poder responder, Clifford explode em um grito de alegria.

– BennieBennieBennieBennieBennieBennieBennieBennieBennie. – Lágrimas escorrem dos olhos fechados de Clifford. – Eu sabia que você viria me buscar, Bennie. Eu sabia que seria você. E sem a bengala também!

A sra. Pendle cambaleia para trás e se apoia num balcão próximo.

– Sem bengala? – repete ela.

Um pequeno grupo de membros da equipe do hospital se forma à entrada do centro cirúrgico.

– Jennifer – ordena Thorton para uma técnica veterinária de jaleco cirúrgico –, faça o favor de levar a sra. Pendle para a minha sala.

Jennifer leva gentilmente a mulher confusa para fora da sala.

Thorton verifica que a cliente foi embora, e a porta do centro cirúrgico está fechada. Então vira-se para Clifford.

– Já chega – berra Thorton para o menino.

Ele agarra Clifford pelo braço e tenta puxá-lo para longe do cachorro.

Clifford grita como se a mão de Thorton fosse feita de ácido.

– NãoNãoNãoNãããããããããoooooo!

Clifford tenta livrar o braço, desesperado.

– Bennie. Estão me levando embora.

Sally se apressa para ajudar o filho.

– Tire suas mãos dele! – grita e puxa a mão de Thorton. – Não percebe que ele não está aqui?

Quando ouve a voz da mãe, Clifford abre os olhos e endireita as costas. Olha em volta e finalmente parece reconhecer onde está. A angústia na expressão do menino, em qualquer rosto tão jovem, é horrível de ver. Lágrimas escorrem na face dele e dessa vez são o oposto da alegria.

– Desculpe mamãe, desculpe mamãe, desculpe mamãe, desculpe mamãe.

Clifford fica repetindo isso sem parar, sem inflexão alguma, e começa a desenhar no ar com o lápis que não está mais segurando.

– Tudo bem, Cliffy. Está tudo bem.

Sally põe o braço nos ombros do menino e o leva devagar para a entrada do centro cirúrgico.
Thorton ausculta o peito do cachorro com o estetoscópio.
— O cachorro morreu — confirma desgostoso e joga o estetoscópio na mesa.
Sally ignora o médico. Ela diz para Clifford:
— Vamos pegar o bloco e o lápis.
Parece que Sally envelheceu em poucos segundos.
Clifford se deixa levar para fora da sala de operações, mas não olha para a mãe.
— Sinto muito mamãe, sinto muito mamãe.
— Eu sei — diz Sally.
Thorton berra quando Sally vai saindo.
— Na minha sala em dez minutos.
Quinze minutos depois, Sally está sentada em uma das salas de exame do dr. Thorton, com Clifford no colo. O menino está quase recuperado, apenas funga de vez em quando. Sally tenta embalá-lo, mas ele não para de mover as mãos e desenha com o lápis no bloco que a mãe pegou na sala de espera.
Batem tão fraquinho na porta da sala de exames que eu quase não ouço. É a sra. Pendle, com os olhos marejados de lágrimas, que entra e avança até Sally e Clifford. O menino não toma conhecimento dela.
— Sinto muito a sua perda, sra. Pendle — diz Sally. — E lamento profundamente a confusão lá dentro.
A sra. Pendle meneia a cabeça.
— Como está o seu filho? — pergunta insegura e engolindo o sofrimento.
— Ele vai ficar bem.
— Posso perguntar... — A sra. Pendle procura palavras que não sejam ofensivas.
— Ele tem a síndrome de Asperger. Os circuitos elétricos no cérebro dele são um pouco diferentes dos nossos. Quando ele fica triste... — Sally não completa a frase e aponta com a cabeça para o centro cirúrgico.

– Eu entendo. Sinto muito.
Sally examina o rosto da sra. Pendle, procura algum sinal de condescendência, e vê apenas o que eu vejo: uma velha que agora está sozinha no mundo, tentando encontrar algum consolo na parte da existência que não entende.
– Obrigada. Clifford costuma funcionar muito bem, exceto quando fica triste.
A sra. Pendle vacila um pouco antes de falar de novo.
– O seu filho mencionou um Bennie lá dentro. É alguém que ele conhece?
Sally dá de ombros.
– Nunca ouvi esse nome antes. Não é ninguém que eu conheça.
– A senhora sabe por que ele teria escolhido esse nome?
– Quando tem uma crise, o cérebro dele funciona a todo vapor. Ele poderia ter ouvido esse nome em qualquer lugar, na televisão, num livro de alguém na escola. Os médicos dizem que as palavras não devem significar nada. Como os desenhos dele... chamam de hipergrafia – diz Sally, apontando para o papel no qual Clifford desenha com o lápis. – São apenas regurgitações de algum lugar no cérebro dele. Quando se acalmar provavelmente não vai se lembrar de nada disso. Ele nunca lembra.
A sra. Pendle pigarreia e vira de costas para Sally enquanto arruma uns vidros no balcão que não precisam de arrumação.
– O meu marido adorava o Archie. Às vezes penso que aquele cachorro era a única razão de ele querer viver depois do derrame. Ele odiava aquela bengala.
– Perdão? – pergunta Sally.
A sra. Pendle vira de frente para Sally e mais uma vez não encontra as palavras.
– Sabe... é que... bem, o nome do meu marido era Benjamin. Eu era a única que o chamava de Bennie.
– Ah.
Dá para ver o desconforto crescente de Sally com o rumo que aquela conversa tomava. O dia dela foi duro demais e muito longo. Ela aperta os lábios e semicerra os olhos, desconfiada.

No fundo daqueles olhos, só por um instante, vejo uma mulher que não acredita em nada além da necessidade de cuidar do filho e a esperança de que, com uma educação correta, ele aprenderá a não depender dela, de alguma forma que faça diferença no mundo. Vejo uma mulher que não acredita em ninguém, a não ser em si mesma, porque todos falharam com ela, ou com Clifford. Vejo uma mulher que aposentou há muito tempo os sapatinhos de cristal, os desejados vestidos de baile e quaisquer sonhos em que uma fada madrinha com asas cintilantes faça desaparecer todas as suas responsabilidades com uma varinha de condão. Mas a expressão da sra. Pendle está tão esperançosa e vulnerável neste momento, que chego a temer a resposta de Sally. Mas, para minha grande surpresa e alívio, vejo que Sally abaixa momentaneamente as defesas.

– Meu marido uma vez me disse que os animais foram postos nesta terra para nos redimir – diz Sally. – Deve ser um trabalho insano, mas eles jamais desistem de nós. Teria sentido para mim descobrir que quando tudo acaba, eles finalmente possam aproveitar os frutos desse trabalho. A senhora não acha?

A senhora Pendle fecha os olhos e faz que sim com a cabeça, agradecida. Abre os olhos de novo e forma a palavra "obrigada" com os lábios, sai da sala e deixa Sally sozinha com o filho e com o desenho dele, que agora está terminado.

A imagem que Clifford desenhou tem tantos detalhes que parece uma fotografia em preto e branco.

No desenho, Archie e um velho sem a bengala caminham lado a lado, num bosque muito antigo.

No laboratório do CAPS, Jotacê passa exercícios do alfabeto com os dedos para Cindy. Já vi as duas fazendo isso antes. Primeiro Jotacê fala e faz os sinais de uma palavra, depois espera que Cindy copie os gestos com os dedos enluvados. Jotacê confirma que Cindy fez os sinais corretos verificando a palavra que aparece na tela do computador.

Nos cinco minutos em que as observei hoje, Cindy acertou quase todas as palavras. Mas quando o computador refletiu um erro, Jotacê movia os dedos de Cindy gentilmente, até a palavra certa aparecer. Todas as respostas corretas provocavam elogios animados de Jotacê e um gritinho de alegria de Cindy.

Elas estão acabando de fazer a palavra *maçã* quando um homem de cabelo grisalho que combina com a cor do seu terno irrompe no laboratório.

– Você não tinha o direito! – grita para Jotacê.

– Bom te ver também, Scott – diz Jotacê enquanto leva rapidamente Cindy de volta ao Cubo.

Cindy aperta os lábios, sinal de que não gosta daquele homem ou do seu tom de voz.

– Você podia ter pelo menos me avisado da vinda do congressista Wolfe – disse, gritando um pouco menos.

– Para quê? Para você poder convencê-lo a não vir?

– Não, porque sou o diretor disso aqui e sou eu que tomo essas decisões.

– O comitê dele é minha única chance de obter uma extensão do financiamento e você não quer me ajudar. Fiz o que tinha de fazer. Desculpe se não combina com o seu pequeno protocolo político.

– Estou tentando salvar o NIS e você do que será um terrível constrangimento. Você não tem ideia da situação...

– ... só porque você não confia no meu trabalho, não quer dizer que ele não é válido.

– Na realidade, no que diz respeito ao financiamento desse projeto, é exatamente isso que significa.

– Inveja profissional não é uma qualidade que fica bem em você.

– Inveja? É isso que pensa que é?

– Não vejo nenhum outro motivo.

– Que tal o fato de você não conseguir repetir seus resultados? Aquelas luvas e este programa de computador parece que só funcionam com você. Ela não conversa com mais ninguém. Por que isso?

– Não é verdade. Ela não responde só para mim.

– Para quem mais, então? Eu sei que ela não reage ao Frank. Mostre-me apenas mais uma pessoa. Traga-a aqui e mostre para mim.

Jotacê não aceita o desafio.

– Foi o que eu pensei – ele rosna. – Só você, ninguém mais. Isso é prova *prima facie* de que ela não está reagindo à linguagem. Ela reage aos seus comandos, seus sinais, intencionalmente ou não. Parabéns, você a transformou no cachorro do Pavlov! É por isso que nenhuma publicação acadêmica respeitável aceita o seu trabalho. E se você não estivesse tão envolvida com isso e – ele aponta para Cindy – com ela, veria que estou certo.

Cindy fica mais agitada conforme a discussão se prolonga. Anda de um lado para outro no Cubo, choraminga algumas vezes.

– Acho que Wolfe não vai pensar assim – diz Jotacê. – E nós dois sabemos que é disso que você tem medo realmente, não é, Jannick?

Jannick levanta os braços exasperado e vai para a porta. Vira para Jotacê antes de sair.

– Você realmente se perdeu nisso, dra. Cassidy. É triste chegar a esse ponto, mas estou convencido de que minha primeira decisão estava absolutamente correta. Se não conseguir replicar os resultados das suas experiências com outra pessoa fazendo as perguntas, esse projeto vai acabar, independentemente do espetáculo circense que apresentar ao Wolfe.

Depois que Jannick vai embora, Jotacê abre a porta do Cubo e Cindy pula nos braços dela. Ela acalma Cindy com palavras carinhosas e carícias suaves que imagino que uma mãe usaria para acalmar um filho assustado.

Eu sei por que Jotacê não quer apresentar a outra pessoa com quem Cindy interagiu. Ela não pode.

Essa pessoa sou eu.

4

Mais alguns dias e David já está parecendo um pouco mais humano. Fez a barba, vestiu uma calça de algodão, uma camisa azul e calçou mocassins da marca Sperry.

Anda nervoso de um lado para o outro na sala que também parece ter merecido alguns minutos de atenção desde a visita do Max. Continua uma bagunça, mas agora já tem os contornos de uma sala e pelo menos os restos de comida desapareceram.

Enquanto marcha de lá para cá, ele repassa as observações e perguntas que escreveu para si mesmo num bloco de notas. Chip, Bernie e Skippy seguem os movimentos de David de onde estão, no chão. Quatro passos para a direita, para, vira e depois quatro passos para a esquerda.

David para um instante e olha para os cachorros.

– Quero que vocês todos se comportem da melhor maneira possível.

Os cães retribuem o olhar de David como se além de entender tudo estivessem dispostos a obedecer. Mas David não os conhece tão bem quanto eu.

Logo alguém toca a campainha e os cães seguem David obedientemente até a porta. Esperando na varanda da entrada está uma mulher magra como um bambu, que deve ter quarenta e poucos anos. A saia cinza-escuro e blusa branca engomada estão bem passadíssimas. O cabelo preso num coque apertado, do tipo que eu só vi em anúncios de produtos de cozinha, de revistas dos anos 1950.

David abre a porta.

– Entre, por favor – diz ele.
A mulher estende uma mão ossuda e David aperta de leve.
– Sou Margaret Donnelly, mas pode me chamar de Peg.
– Então é Peg.
David aponta para ela entrar.
– Que propriedade encantadora você...

Assim que Peg entra na casa, no hall, Bernie não consegue mais conter sua excitação. Dá um latido alegre e pula em cima dela. A força inesperada das duas patas de Bernie nos frágeis ombros dela derrubam a pobre sra. Donnelly, que cai sentada. Apesar de não estar machucada, a sra. Donnelly, que já não era uma amante de cães na melhor das hipóteses, começa a pedir socorro aos berros. Chip e Skippy agora latem sem parar para ela, entrando na brincadeira. Quanto mais os cães latem, mais a sra. Donnelly grita.

– Peg... sra. Donnelly... por favor, acalme-se! – berra David para ela, enquanto tenta puxar Bernie para longe.

– Eles estão me atacando!

– Não estão atacando. Eles acham que você está brincando.

Em meio à gritaria, Chip e Skippy não aguentam mais e participam da cena. A sra. Donnelly e os três cachorros formam um monte no meio do hall. David tenta separar cachorro de gente, mas é como tentar tirar uma mosca de um pote de mingau de aveia. Não há como fazer isso sem tirar um pouco do mingau também. Nesse processo de segurar e puxar, David agarra acidentalmente o peito da Sra. Donnelly. Ao perceber essa violação da sua pessoa, a mulher solta um berro primordial que só um personagem de desenho animado de sábado de manhã poderia imitar.

Eu começo a rir. É uma sensação tão estranha que no início nem reconheço o que está acontecendo comigo. Mas então ouço a mim mesma. Ponho a mão sobre a boca para não deixar o som sair. Não funciona. Sinto necessidade de virar de costas, mesmo tendo quase certeza de que ninguém pode me ouvir. Saio correndo pela porta da frente quase de quatro de tanto rir.

De repente a sra. Donnelly é catapultada para fora da casa. O coque está desfeito, a blusa cheia de marcas de patas e a saia tão torta que está praticamente de trás para a frente. Ela desce os degraus correndo, tirando pelo de cachorro da boca.

Nesse pânico total, a sra. Donnelly quase tropeça no Henry, meu enorme gato, que faz sua limpeza nos degraus. Henry para só um momento e vê com interesse e irritação a sra. Donnelly correr soluçando para o seu Ford, depois volta à sua ocupação mais importante. A salvo dentro do carro, a sra. Donnelly parte cantando pneu.

Dentro da casa David olha sério para os três cachorros, de braços cruzados. Chip e Bernie já estão calados e contritos sob o olhar dele. Mas eu poderia jurar que Skippy está dando um sorriso debochado.

– Esse foi o seu melhor comportamento?

David pega o bloco de notas na mesa do hall e rabisca o nome da sra. Donnelly com tanta força que a caneta fura o papel.

A minha definição de um dia ruim é daquele que passamos tentando enfiar blocos quadrados em buracos redondos. Comparando as cinco entrevistas seguintes com aquele varapau, David teve um dia muito ruim.

Quando o congressista Wolfe chega ao laboratório para a apresentação de Jotacê, está acompanhado por um assistente da equipe, um fotógrafo e, obviamente para alarme de Jotacê, Scott Jannick.

Depois de rápidas apresentações feitas por Jannick, Wolfe diz:

– A senhora tem trinta minutos, dra. Cassidy. Depois preciso voltar para a cidade. Então, mostre-me o que Cindy sabe fazer.

Jotacê pigarreia e começa a dar explicações bem ensaiadas.

– Conforme expliquei na carta para o senhor, sabemos há décadas que os chimpanzés são capazes de aprender e de usar a linguagem humana. O problema é que fisiologicamente eles não são capazes de produzir os sons da fala humana. Então sempre tivemos de usar um substituto da fala humana, principalmente a Linguagem de Sinais Americana e a lexicografia. Mas essas duas formas de linguagem têm seus problemas. Lexicografia é limitante e rígida demais. Preferimos a linguagem de sinais por ser mais flexível e permitir uma conversa espontânea, só que exige destreza manual avançada. Infelizmente a mão do chimpanzé não foi feita para as nuanças da linguagem de sinais. O trabalho com linguagem de sinais e chimpanzés antes do nosso recebeu críticas baseadas na ideia de que os gestos do chimpanzé, ou a tentativa de produzir esses gestos, davam muito espaço para interpretações ou manipulações do pesquisador.

"De modo que esta é a má notícia. A boa notícia é que houve alguns avanços extraordinários na tecnologia e nos computadores nesses últimos anos. Nós acreditamos que agora poderemos superar aquelas limitações e literalmente libertar o potencial de linguagem do chimpanzé."

Wolfe se remexe impaciente na cadeira e Jotacê continua.

– Meu assistente na pesquisa, Frank Wallace, estava trabalhando a tese de doutorado em um campo relativamente novo chamado de linguística com auxílio do computador quando eu o trouxe para a minha pesquisa. Basicamente a teoria é desenvolver modelos de computador para os que têm problemas de fala, de modo a aumentar as habilidades do próprio falante. Por exemplo, uma vítima de derrame quer dizer "dê-me uma maçã", mas talvez só tenha a capacidade física de dizer "de ua aã". Mapeando a deficiência específica da pessoa e espelhando numa função normal da fala, podemos introduzir isso ao modelo de computador para que ele compense as lacunas que existem entre o que o falante quer dizer e o que é fisiologicamente capaz de dizer. A isso chamamos de programação linguística intersticial ou ILP. E sim, esse é um nome complicado.

Jotacê dá ao congressista um livro grosso com uma apresentação de PowerPoint.

– Isso descreve detalhadamente a teoria e a programação que há por trás da ILP, e de que forma as aplicamos aqui.

Wolfe passa o livro para o assistente sem olhar.

– Minha equipe vai ler a documentação mais tarde. Sugiro que apenas me diga o que acha que preciso saber para podermos andar logo com essa demonstração, dra. Cassidy.

– Claro. Nós começamos com a ideia de que poderíamos usar a ILP para outras partes da anatomia, além do aparelho vocal. Modificamos a ILP para Cindy tratando as diferenças entre a mão dela e a de um ser humano com uma deficiência. Criamos um modelo computadorizado da mão humana e sobrepusemos um modelo computadorizado da mão de Cindy em cima. Havia diferenças óbvias. Programamos a ILP para que compensasse essas diferenças. Então mandamos fazer luvas para as mãos de Cindy e ligamos essas luvas ao programa ILP.

"O senhor vai ver que ela usa as luvas junto com um teclado lexicográfico especialmente feito para ela, e a ensinamos a usá-lo. O teclado suplementa os sinais e nos dá o tipo de informação que normalmente seria dada pelo falante com o uso da linguagem de sinais, por meio do que chamamos de marcadores não manuais, como expressões faciais, movimentos de cabeça, direção do olhar, movimento dos lábios. Quando passamos as respostas da luva e do teclado dela por um programa de tradução da Linguagem de Sinais Americana, os sinais de Cindy são convertidos para palavras em inglês praticamente na mesma hora, e aparecem numa tela de computador.

– E para a minha cabeça não científica, o que tudo isso quer dizer? – perguntou Wolfe.

– Que nós conversamos. Em inglês – diz Jotacê e dá um tempo para ele assimilar sua resposta. – E podemos ler as palavras de Cindy em tempo real quando ela as usa, sem que eu precise dizer o que Cindy está dizendo.

– Ver isso valeria a viagem – disse Wolfe. – Então mostre-me agora.

Jotacê chama Frank pelo intercomunicador.

– Vamos começar agora a demonstração. Traga Cindy, por favor.

Em menos de um minuto Frank entra no laboratório carregando Cindy no colo. Ela já está de luvas. Frank põe Cindy no Cubo, ao lado do teclado dela, e vai para junto de Jotacê e dos outros, perto da mesa.

O fotógrafo tira algumas fotos de Cindy. O flash a assusta um pouco e ela balança a cabeça para se livrar do efeito.

Jotacê espera até Cindy se concentrar de novo e diz:

– Agora eu vou conversar com Cindy. As respostas dela vão aparecer em inglês na tela deste computador aqui. – Jotacê aponta para a tela perto deles.

– Importa-se de dizer qual será sua primeira pergunta? – diz Jannick.

– Eu ia começar pedindo para Cindy nos dizer seu nome e para dizer olá para o parlamentar, mas não existe um formato preconcebido. Posso fazer qualquer pergunta que seja apropriada para uma criança de quatro anos.

– Quatro? – pergunta Wolfe.

Ele faz um esforço para esconder seu ceticismo.

– Está me dizendo que esse chimpanzé tem o domínio da linguagem de uma criança de quatro anos?

– Correto – diz Jotacê, com orgulho. – Cindy tem a idade cognitiva equivalente a uma menina humana de quatro anos. O parlamentar talvez queira nos dar uma pergunta para Cindy.

– Quero sim – responde Wolfe. – Vamos perguntar qual é seu alimento preferido. Parece bem adequado para uma criança de quatro anos.

Jotacê sorri. Fez essa pergunta para Cindy centenas de vezes e a resposta é sempre a mesma: pasta de amendoim.

– Claro. Primeiro faço a pergunta com sinais para Cindy e então vocês poderão ver a resposta dela.

– Na verdade – interrompe Jannick –, se não se importa, Jotacê, gostaria de sinalizar eu mesmo a pergunta para Cindy.

Jotacê e eu vemos a armadilha que Jannick está aprontando exatamente no mesmo instante e... tarde demais. Foi por isso que ele nem tentou dissuadir Wolfe. Jannick queria o congressista presente na demonstração, e, assim, mostrar seu argumento para a única pessoa que poderia encerrar qualquer discussão sobre o projeto.

– Esse não é o protocolo da demonstração, Scott.

Jotacê se esforça para manter a voz calma.

Jannick não desanima.

– Mas certamente a pessoa que faz a pergunta não deve fazer diferença, se a linguagem foi aprendida. Afinal de contas, as palavras são as mesmas, independentemente de quem fala. Eu ainda sinalizo muito bem, por isso não deve ser problema nenhum.

Jotacê olha furiosa para Jannick.

– Esse estudo é meu. Cindy está acostumada comigo. Você não pode simplesmente invadir e querer dissociar o ato da comunicação do relacionamento que há por trás dele.

Ela vira para Wolfe e diz:

– O dr. Jannick nunca trabalhou com Cindy. Seria mais apropriado se eu promovesse a interação.

O assistente de Wolfe cochicha no ouvido dele, e o congressista meneia a cabeça.

– Talvez Scott tenha razão – resolve Wolfe.

Jannick não espera mais nenhum argumento. Dá três passos na direção de Cindy, dentro do Cubo. Cindy o observa com atenção.

– Cindy – diz Jannick ao mesmo tempo que sinaliza –, qual é o seu alimento preferido?

Cindy fica apenas olhando para ele.

– Vou tentar de novo – diz Jannick para Wolfe. – Qual é seu alimento preferido? – Jannick pergunta enquanto faz os sinais, dessa vez mais devagar.

Nenhuma resposta de Cindy.

– Hum. Eu fiz os sinais corretos, Frank? – pergunta Jannick. – Perguntei o que pretendia perguntar?

Frank, que parece querer estar em qualquer lugar, menos ali, simplesmente faz que sim com a cabeça.

– Que tal outra pergunta, então? – diz Jannick. – Um simples sim ou não. Cindy, você gosta de pasta de amendoim? – Jannick pergunta e faz os sinais.

Cindy continua em silêncio.

– Pode ser que ela simplesmente não goste de você – diz Wolfe para Jannick, como se brincasse.

– Acho que não seria a primeira vez que sou rejeitado – diz Jannick. – Mas nós sabemos que ela gosta de Frank, certo? Ele traba-

lha com Cindy desde o início. O que acha, Frank? Vamos experimentar?
Frank olha para Jotacê, querendo uma dica do que fazer. Os dois sabem que Frank não terá mais sucesso do que Jannick.
– Isso é muito irregular e injusto, dr. Jannick. – diz Jotacê. – Cindy não tem por que usar a linguagem dela com você.
– E que tal se eu fosse mais gentil? – diz Jannick. – Qual é a palavra mágica? Por favor? Muito bem, Cindy. – Jannick vira para Cindy de novo, fala e sinaliza. – Por favor.
Jotacê fica vermelha de raiva.
– Quando terminar o seu sequestro da minha demonstração, Scott, eu gostaria de mostrar ao congressista Wolfe...
– ... que o seu trabalho não pode ser reproduzido? – diz Jannick, em tom de deboche. – Que você passou os últimos quatro anos criando com o dinheiro do governo uma tecnologia que ninguém mais pode usar e que, portanto, não prova nada? Eu avisei para você, Jotacê!
Jotacê avança para Jannick, esquece Wolfe e a demonstração.
– Ela fala comigo! Por que isso não basta?
Jannick pega uma pasta e balança na frente do rosto de Jotacê.
– Porque o acordo de financiamento que você assinou diz que não basta. Porque o protocolo de testes que você criou para garantir a validade da experiência requer mais. Você não pode mudar as regras no fim do jogo.
O assistente de Wolfe cochicha com ele mais uma vez e o congressista examina o relógio com gestos deliberados.
– Vou ter de voltar para a cidade, doutores. Foi uma experiência interessante, e posso garantir, dra. Cassidy, que o comitê irá vetar o seu projeto quando eu voltar para Washington. Por que não vem comigo, Scott, para repassarmos as questões do orçamento?
O assistente acompanha Wolfe para fora do laboratório, até o carro dele, e Jotacê nem tem chance de protestar.

Em sua sala vazia e silenciosa, Joshua começa a arrumar as coisas para fechar. Verifica pela última vez os animais nas gaiolas nos fundos, se certifica de que todos têm bastante ração e água para a noite inteira, e que todos os casos pós-cirúrgicos estão estáveis. Então vai para a frente, desliga os computadores e apaga uma por uma todas as luzes.

Prince, um enorme gato malhado, segue Joshua pela clínica. Prince era um minúsculo filhote quando Joshua o encontrou. Tinha uma aparência tão doentia e fraca que ninguém queria adotá-lo. O fato de ter perdido uma orelha e um olho em alguma briga de rua também não ajudava em nada suas chances de adoção.

Depois de um tempo Joshua parou de tentar arranjar um lar para o gato e aceitou o fato de que Prince era um móvel da clínica.

Toda noite antes de sair, Joshua arrumava uma caixa de areia limpa, um pote de ração seca de gato e outro com água limpa, além de deixar Prince andar por onde quisesse na clínica. O gato parecia gostar desse arranjo, já que logo se tornou um gigantesco felino, que conseguia empurrar e abrir até a porta mais pesada do lugar.

Prince mia e rola de costas sobre a mesa da recepção. Joshua o satisfaz coçando sua barriga alguns minutos, mas então alguma coisa na porta dos fundos chama a atenção de Joshua. A mão dele para no ar. Lá está, olhando diretamente para ele, iluminada por uma última luz acesa, a placa da clínica.

Joshua vai até ela, balança a cabeça lentamente e tira a peça de madeira com o meu nome gravado.

Ele bota meu nome embaixo do braço, apaga a última luz e sai rapidamente para a escuridão de uma noite de novembro.

Prince mia bem alto para Joshua.

Ainda com a roupa que usou aquele dia, já terminado horas antes, David senta na beirada da nossa cama com os cachorros, e alguns dos meus gatos dormem por perto. Ele segura uma foto de nós dois caminhando na praia, mas olha para a televisão, ligada numa estação que saiu do ar há muito tempo.

Nossa cama era um bom lugar para nós. Claro que havia sexo, mas quase mais do que isso, ela abrigava muitos momentos de intimidade não física, porque eu muitas vezes já estava na cama quando David chegava em casa. Era também o lugar em que David era menos sério e não ficava na defensiva, e onde ele não pensava na sua vida de trabalho.

Então a cama era onde tínhamos as conversas tarde da noite, sobre nada mais significativo do que o sabor de sorvete que é mais difícil fazer e que derrete mais devagar, onde ríamos juntos de algum seriado da TV, ou discutíamos qual de nós dois levantaria no meio da noite para abrir a janela do quarto para algum gato entrar e minutos depois, deixá-lo sair de novo.

Essas eram as pequenas interações que preenchem os muitos vazios da vida de casado.

Mas esta noite David não está pensando nessas lembranças. Eu sei que não está porque não há nem um pingo de memória da felicidade em seus olhos. Talvez esteja pensando em alguma outra cama, no meu leito no hospital. Não há grandes nem boas lembranças naquela cama.

Quando eu voltei para o hospital pela última vez, ficava a maior parte do tempo inconsciente, ligada a monitores que mediam com precisão a vida que deixava meu corpo. Não precisávamos daquelas máquinas para dizer o que estava acontecendo. Minha palidez e as feições emaciadas diziam claramente que o tempo da esperança tinha passado há muito.

David, abatido e exausto com a falta de sono, ficava sentado horas ao meu lado. Devia dividir a vigília com Liza, minha companheira de quarto na faculdade, melhor amiga e aliada, mas ele costumava pedir para ficar sozinho comigo.

Em todo o nosso casamento, as contradições de Liza sempre irritaram David. Ela fuma antes e depois das aulas de ioga, bebe suco de clorofila no almoço e cosmopolitans no jantar, e consegue citar perfeitamente o Antigo e o Novo Testamento (fazia teologia antes de se tornar psicóloga), mas teria muita dificuldade para identificar o governador de Nova York. E quando a questão era rolos românticos, que havia muitos, Liza tinha todo o autocontrole de um esquilo dentro de um saco de amendoins. Mesmo assim, ela era dedicadíssima a mim e, por associação, ao meu marido. Apesar de suas idiossincrasias, todo o consolo que David encontrou no final partiu dela.

No meu último dia, Liza chamou David no corredor, fora do quarto do hospital. David estava quase chorando.

– Ela continua resistindo – disse ele. – Isso é tortura.

– Mas é isso que você tem pedido para ela – Liza disse carinhosamente. – Trata-se justamente dessa luta de ficar aqui com você. Ela não quer abandoná-lo.

– Agora isso já acabou.

– Acabou? Acabou para você?

– E eu tenho escolha?

– Acho que antes de ela ir, precisa saber que você vai ficar bem. Dê a Helena a permissão de parar de lutar e deixe que ela vá.

– Ora, ela nem está consciente. Não me venha com essa besteira de nova era. Eu não posso fazer aquela coisa da série *O toque de um anjo* agora.

Liza pôs as mãos nos ombros de David.

– Você tem de se despedir e libertá-la.

Os olhos de David brilharam.

– Mas é uma mentira! É tudo uma maldita mentira!

– Eu sei, querido. Mas às vezes as mentiras são a única verdade que nós temos.

David se afastou de Liza e as mãos dela caíram inúteis ao lado do corpo.

– Eu vou fumar. Você precisa falar com ela e cuidar dessas coisas.

Liza deu um beijo no rosto de David e foi embora.

Eu morri em silêncio quatro horas depois.

Esperava que o nosso adeus fosse um instrumento de compreensão que me escapasse, que ia sentir alguma coisa entre nós naqueles momentos finais. Eu rezava pela epifania do fim, achava que seríamos o último e melhor professor, um para o outro. Em vez disso, com David sentado ao meu lado, quase consegui ouvir seu diálogo interior de dúvida, medo e autodepreciação, todos os "eu devia" e os "eu não consigo". Eu não podia redirecioná-lo, de modo que tê-lo ali ao lado, especialmente no final, era nada mais, nada menos do que uma verdadeira agonia. Eu virei apenas mais um final duro e fútil.

Nunca se sabe quem será nosso maior mestre até tudo acabar. Em retrospecto tardio eu agora vejo que a lição mais importante que aprendi sobre despedidas veio de uma menina de seis anos de idade.

Um labrador amarelo, com o nome equivocado de Brutus, foi levado ao meu consultório com uma fratura na bacia, consequência de um encontro que teve com um SUV Volvo. Avisei à família do cachorro, uma simpática mãe solteira e sua jovem filha, Samantha, que eu provavelmente conseguiria consertar a fratura, mas que havia chance de haver sérias sequelas neurológicas após a cirurgia. Eu também disse para a mãe que, diante do preço da cirurgia, da idade do cachorro e da possibilidade de ele não se recuperar por completo, a eutanásia era uma opção compreensível.

A mãe explicou que Samantha tinha visto o acidente que quase matou o cachorro e que o marido dela tinha morrido há dois anos num acidente de automóvel.

– Se houver como fazer com que a última lembrança que Samantha tem de Brutus seja qualquer coisa menos o acidente – a mãe disse para mim –, eu quero tentar fazer isso por ela.

A parte ortopédica da cirurgia correu bem. Samantha e a mãe foram visitar Brutus no hospital todos os dias e ficavam lá pelo menos algumas horas. Não sei dizer ao certo o que ele estava sentindo nessas horas, mas qualquer pessoa que observasse o cachorro quando Samantha levantava a cabeça dele e punha no colo via muito bem que as visitas eram valorizadas e importantes. Quem disser o contrário é cruel ou burro.

Infelizmente o meu primeiro diagnóstico de dano neurológico foi na mosca. Brutus ficou sem controle das pernas traseiras. Pior que isso, ele também não conseguia defecar sozinho. Isso significava que alguém teria de esvaziar a bexiga dele com um cateter a cada três horas e sujeitá-lo a uma lavagem a cada vinte e quatro horas. Para um cachorro grande que tinha uma vida independente, a incapacidade de evacuar por conta própria é algo que só consigo descrever como humilhante. Dá para ver nos olhos baixos, nas orelhas achatadas e por fim, em alguns casos, a recusa de comer ou beber.

No quinto dia depois da cirurgia, Brutus parou de comer. No sexto, parou de beber água.

Quando Samantha e a mãe foram visitá-lo no sétimo dia do pós-operatório, levei-a para uma sala de exame vazia para conversar sobre as opções e a menina ficou com Brutus.

– Sim, posso mantê-lo vivo com alimentação líquida intravenosa – respondi à pergunta da mãe. – Mas você tem de começar a se perguntar para quê.

A mãe começou a chorar.

– Não é tanto pelo Brutus. Eu simplesmente não posso dizer para Samantha que ela vai perder mais uma coisa que ama. Ela já passou...

Fomos interrompidas por batidas à porta. Era Samantha. Estava com os olhos cheios de lágrimas, mas com a voz clara.

– Acho que Brutus quer morrer – disse ela. – Acho que ele quer morrer para ir para o céu e poder correr de novo.

Samantha deu meia-volta e saiu da sala, deixando a mãe e a mim estarrecidas, olhando uma para a outra.

A mãe de Samantha resolveu que a filha não precisava ver nem saber da eutanásia. Fizemos um breve roteiro do que eu diria para Samantha mais tarde aquele dia, depois de pôr um fim na vida de Brutus. Antes de Samantha e a mãe irem embora, a menininha abraçou o cachorro como se soubesse que seria a última vez.

Liguei para elas algumas horas depois e Samantha atendeu. Eu disse para ela:

– Os anjos vieram e levaram Brutus para o céu.

Ela não disse nada durante alguns segundos. Depois disse, com um tremor na voz.

– Você acha que ele está correndo de novo? – perguntou.

– Está – eu disse, controlando as minhas lágrimas. – Como um filhotinho.

Samantha começou a chorar.

— Então isso é bom. Muito bom.

Depois daquele dia, sempre que eu pegava o arquivo de algum caso terminal, rezava por anjos melhores, pela verdade, sabedoria e misericórdia que Samantha tinha encontrado ao abrir os portões do céu para Brutus. Acho que naqueles últimos dias comigo no hospital, o medo que David tinha de ficar sozinho de novo o forçou a rezar por alguma coisa completamente diferente.

Quatro horas. Duzentos e quarenta minutos. Catorze mil e quatrocentos segundos. Esperei por David o máximo que pude. E imagino que talvez ainda esteja esperando.

Agora, no nosso quarto, David deixa a foto cair na cama e pega o telefone. Suponho que, como eu, ele esteja à procura de algum contato, de algum som, qualquer coisa para fazer parar aquele ruído branco que zune em seus ouvidos. Ele disca um número que agora já sabe de cor. Toca algumas vezes e Liza atende, com a voz sonolenta.

— David? — Liza boceja ao telefone. — Você está bem? Ah, deixa para lá, nem responda.

— Sinto muito mesmo por ligar tão tarde.

— Não faça isso também. Por que está acordado até agora?

— Nunca disse para ela que eu ia ficar bem, sabe? Nunca me despedi.

Liza não responde logo.

— Eu sei, querido.

— Eu devia ter ouvido o que você disse.

— Eu disse aquilo por você, não pela Helena.

— Mesmo assim...

— Você dormiu um pouco esta noite?

— Está tudo muito quieto.

— Vou arrumar alguém que dê uma receita por telefone para comprar algo que ajude você a dormir, assim que amanhecer.

— Obrigado, mas acho que não quero dormir.

— Pesadelos?

— Não. Só que toda vez que eu acordo, começa tudo de novo... a novidade de ela ter morrido... Isso tem algum sentido?

– Acho que sim. Mas, se não começar a dormir, vai ficar à beira do precipício. Acredite em mim. Há um motivo para dizerem que a privação de sono é um método de tortura.

– Pode deixar que aviso você. O que eu realmente quero... David para de falar.

– O que é?

– Só quero poder chorar até não sobrar mais nada, até eu não poder sentir absolutamente nada. É como se eu pudesse enfiar um dedo na garganta e vomitar, sairia tudo e eu não ficaria mais enjoado. Mas não consigo. Não chorei mais desde o enterro, só que sinto tudo. Sei que parece idiotice.

– Não é idiotice. Mas parece que você está tenso demais agora. Acho que deve apenas dormir um pouco...

– Ouvi quando disse isso na primeira vez, querida.

Liza sabe que é hora de mudar de assunto.

– Como vai a procura da empregada? Encontrou alguém?

David dá risada.

– É melhor você não saber.

– Ora, conte para mim.

– Eu não deixaria nenhuma delas lavar as frutas de Collette, quanto mais tomar conta do Skippy.

– Skippy pode se cuidar sozinho. É com você que estou preocupada, boneco. Você vai ter de escolher uma.

– Disso eu sei. – David hesita um pouco. – Quando você acha... – Ele não completa a frase.

– Quando eu acho o quê?

– Nada. Eu devia deixar você voltar a dormir.

– Você quer saber quando eu acho que vai ficar tudo legal?

– Menina inteligente.

– Quer que eu responda como sua amiga ou como sua analista?

– De qual resposta eu vou gostar mais?

– Vou dar as duas e você decide.

– Ótimo. Gosto dessa ilusão de ter escolha.

– Como analista eu digo que isso demora e que com o passar do tempo você vai conseguir aprender a externar a perda pela qual

passou. Externá-la é o primeiro passo. Vai lhe proporcionar o contexto que permitirá que você lide com a perda.
– Espero que sua resposta como amiga seja mais útil.
– Nem tanto. Olha, eu ainda pego o telefone para ligar para Helena duas ou três vezes por dia, e então lembro que ela não está aqui. Não posso nem imaginar o que você está sentindo. Então pense que "tudo certo" ainda está muito longe. Se daqui a cinco anos você estiver me acordando no meio da noite e ainda tivermos esse mesmo tipo de conversa, eu diria que você provavelmente tem algum problema. Qualquer outra coisa, eu não sei. Não há regras para isso. Sinto muito.
– Não sinta. Isso foi muito útil mesmo – diz David.
– Isso ajudou? Então você está muito mal.
Os dois deram risada.
– Mas me avise se quiser aquela receita, está bem? É melhor viver com química.
– Obrigado por me ouvir.
– Às ordens.
– Eu também, está certo?
Minha amiga e meu marido trocaram boas-noites e desligaram os telefones. David desliga a TV, se despe e se enfia embaixo das cobertas. Gosto de deitar ao lado dele assim.
Ficamos os dois olhando para o teto do quarto até o alarme tocar de manhã.

5

Na escuridão fria de um amanhecer em meados de novembro, David levanta da nossa cama e cuidadosamente tira do armário um terno, uma camisa social e uma gravata, seu uniforme de trabalho. Põe essas peças no lado da nossa cama que não era usado e os cachorros observam com interesse. Veste uma calça jeans, botas de borracha e um blusão, e sai do quarto com os cachorros logo atrás.

Sigo David enquanto ele cumpre as tarefas matinais. Alimenta rapidamente os cães e os gatos, sem incidentes. Sinto um pouco da tensão dele diminuir quando entra no ritmo de uma rotina, cada vez mais confiante.

Então ele vai lá fora, para encarar a porca e os cavalos. Se você nunca viveu com um porco, esqueça tudo que pensa que sabe sobre eles. Eles não são lentos mentalmente nem de movimentos. Só quando querem. E também não têm nada de sutil quando resolvem o que querem e o que não querem.

David se aproxima do chiqueiro de Collette desconfiado, com um balde de comida na mão. Collette, coberta de feno e palha, parece estar dormindo na casa dela, que fica a um bom metro da entrada gradeada do chiqueiro.

David tenta deslizar o grande fecho de metal para a posição de abrir, mas o fecho emperra na metade do caminho. É um mau começo. Collette se mexe dentro da casa, mas David, concentrado no fecho da porta, parece não notar.

Meu primeiro namorado sério no ensino médio tinha um Triumph TR7 azul-celeste. Eu não ligava para o menino, mas ado-

rava o carro. O que eu posso dizer em minha defesa, a não ser que o carro ia de zero a cem quilômetros por hora em menos tempo do que eu demorei para tirar a mão dele debaixo da minha blusa. O carro não se movia, ele investia.
Collette aquela manhã podia deixar aquele TR7 no chinelo. Assim que David conseguiu abrir a porta, Collette já estava de pé e voando feito um foguete para a porta. David viu a sombra embaçada do corpo enorme vindo na sua direção, mas era tarde demais para fazer qualquer coisa, a não ser pular para fora do caminho quando Collette escapa pelo portão aberto.
Collette está livre, mas ela não vai muito longe. Ainda tem aquele balde de comida para avaliar. Como Collette é membro da família suína, tem uma predisposição genética para comer. Jamais demonstrou um pingo de força de vontade para contradizer seus genes. Para Collette a comida não é apenas o rei, é o maldito reino inteiro. David teve um contato muito limitado com Collette desde que ela chegou à nossa casa, mas eu sei que ele tem consciência de pelo menos isso.
Posso ver David calculando as opções. Porca, comida, David, portão. Como se fosse um quebra-cabeça de lógica no curso de direito.
David balança o balde de comida para chamar a atenção de Collette e dá alguns passos cuidadosos para perto dela. O terreno em volta do chiqueiro está escorregadio, com uma camada fina de gelo, David escorrega e tropeça quando tenta a manobra. A porca grunhe desconfiada para ele.
– Venha cá, Collette. É hora do café da manhã – diz David com a voz mais calma, e balança o balde de novo.
David cobre o resto do terreno que o separa de Collette, ela não se afasta, mas é bem aquele momento de "cuidado com o que você deseja". Em seu paradigmático problema de lógica, David associou bem os objetos "porca", "comida" e "David", só que agora ele está mais longe ainda do "portão".
David tenta empurrar a porca com toda a gentileza na direção desejada. Mesmo sendo o menor contato físico possível, Collette

despenca no chão com um guincho agudo e alto, como se tivesse levado um tiro na cabeça. David tira o pé do caminho bem na hora para evitar aquele lombo enorme, mas escorrega e cai de cara no chão ao lado da cabeça de Collette.

David se levanta apoiado nos cotovelos, e Collette vira a cara para ele. Estão agora olho no olho ao nível do chão, a poucos centímetros um do outro. Ela boceja na cara de David.

No fim das contas aquilo demora muito mais do que devia, e certamente é mais tempo do que David tinha calculado, mas para o crédito dele, ele acaba conseguindo juntar "porca", com "alimento", com "David", do lado certo do "portão". Collette come e o mundo dela, se não completamente satisfeito, pelo menos naquele momento fica saciado.

Vinte e cinco minutos depois David sai de casa vestido para trabalhar, com um sobretudo preto da Brooks Brothers. Olha para o relógio e vai para o jipe, para a longa viagem até o escritório.

Logo antes de entrar no carro, David vira para trás e olha para a casa, para o nosso grande quintal cercado. Chip, Bernie e Skippy estão perto da cerca observando a sua partida. Antes de hoje essa cena se repetiu milhares de vezes, de uma forma ou de outra, durante o nosso casamento. Eu a chamo de *Cães Observando David Ir para o Trabalho*.

Antes de hoje os cachorros iam esperar do lado de fora até o carro de David sumir. Depois entrariam para começar realmente o dia deles comigo. Na maioria dos dias isso queria dizer que os três pulariam dentro do meu velho jipe para a rápida viagem até o meu consultório. Skippy ia no banco do carona na frente para poder observar o mundo pelo para-brisa. Bernie e Chip pegariam no sono quase imediatamente, na parte de trás do carro. Eu pararia no drive-thru da Dunkin' Donuts para tomar uma xícara decente de café e dar um biscoito para cada um dos cachorros. Eles seriam meus companheiros no consultório, com o mesmo conforto que tinham em casa.

Quando vivemos com animais há muitas cenas como essa, expectativas demonstradas, reações esperadas e comportamento modificado. Animais que são companheiros, quase sem exceção, se nutrem do que é conhecido e rotineiro.

Essas cenas que desempenhamos com as minhas criaturas acabaram agora, estão trancadas atrás da porta de um quarto no qual David e eu jamais poderemos entrar de novo. Parece que os cavalos sabem dessa realidade. Mas os cães levam mais tempo para chegar a isso. Não porque sejam menos inteligentes ou atentos, mas porque os cães acreditam na inércia das coisas boas.

David começa a andar na direção dos cachorros para lhes dar um até logo final e então uma explosão forte que vinha do celeiro o fez dar meia-volta. De repente vejo que David se dá conta de que os cavalos ainda estão trancados no celeiro, desde a noite anterior. Na batalha com Collette ele tinha esquecido completamente dos cavalos. Antes de sair David precisa soltar Arthur e Alice de suas baias e levá-los ao *paddock* com feno fresco para que aguentem até a hora do jantar. David não tem escolha. Ele tem de entrar no celeiro.

David e eu sempre tivemos opiniões bem diferentes sobre o celeiro. Eu adorava aquele lugar. A mistura de esterco, feno fresco e ração com melado é o cheiro dos vivos. No verão, o piso de cimento e o pé-direito alto mantinham o lugar fresco. No inverno, o calor dos cavalos combinado com o isolamento criado pelos montes de lenha guardada o mantinham aquecido. Quando os cavalos estão lá fora no *paddock*, ratinhos silvestres e pássaros competem com uma dança delicada no chão do celeiro pelos restos dos grãos e da ração doce.

David, por outro lado, sempre via o celeiro com ansiedade. O celeiro tinha animais grandes num espaço relativamente pequeno e confinado, então na cabeça de David isso significava perigo. Não que qualquer cavalo tivesse algum dia machucado David. Talvez esse fosse o problema. Atos concretos têm consequências tangíveis, avaliáveis, e podem ser aprimorados. Os atos que residem apenas na mente são capazes de escapar à atenção racional para todo o sempre.

Há também outro fato importante sobre os celeiros com cavalos, parece que hoje David esqueceu. É impossível continuar limpo quando se entra em um, mesmo que você fique completamente imóvel.

Dentro do celeiro David tira com todo o cuidado alguns fardos de feno de uma pilha próxima e os segura o mais longe do corpo possível, para evitar qualquer contato acidental com o sobretudo preto. O casaco, assim como o terno com cem por cento de lã de merino por baixo, é um ímã para o feno.

David sai do celeiro e joga o feno pelas frestas, no *paddock*. Rapidamente confirma que conseguiu ficar livre do feno em todo o processo e retorna ao celeiro.

David segura o cabresto de Alice e move a égua com cuidado da baia para o *paddock*, por uma porta nos fundos do celeiro. Alice sente o cheiro do feno fresco e do vento da manhã, coopera com as mãos inexperientes de David. Ela está fora e pastando o feno em menos de três minutos.

David bufa de alívio e olha para o grandalhão que é o meu cavalo Arthur. Estende a mão para segurar o cabresto de Arthur, como tinha feito com Alice minutos antes. Esse é o erro de David. Arthur, e David devia saber a essa altura, é o que chamamos de "*head-shy*" uma cabeça sensível ou arisca, isso significa que ele não gosta que encostem na cara dele – especialmente os homens.

Arthur desvia e balança sua grande cabeça para evitar a mão de David, tática que funciona alguns minutos. Finalmente David agarra o cabresto e tenta puxar o cavalo para os fundos do celeiro até o *paddock*. Mas Arthur resolve ficar onde está.

Diante da teimosia de Arthur, David começa a puxar pelo cabresto, xingando baixinho. Arthur não gosta da hostilidade do meu marido. David ainda segura o cabresto, e Arthur dá trancos com a cabeça, fazendo com que David seja arremessado e caia sobre os fardos de feno ali perto.

Ao se levantar meio sem equilíbrio do chão do celeiro, David me faz lembrar Ray Bolger em *O mágico de Oz*. Seus joelhos cambaleiam, tem feno preso no cabelo, no sobretudo, nas pernas da calça e até nas meias e nos sapatos. Quando ele anda, o feno cai da calça como se tivesse se transformado na sua essência.

Arthur relincha achando graça e, com a metade do cabresto solta, vai para a parte de trás do celeiro, passa pelo portão e entra no *paddock*, onde Alice espera por ele.

David, já muito atrasado, corre para o carro tirando feno do cabelo.

Pelas minhas contas, o placar é cavalo 1, David 0.

Setenta e quatro minutos mais tarde David está diante de um prédio comercial alto no centro de Manhattan, espremido no meio de um monte de corpos naquela manhã de dia de trabalho. Ele olha para o topo da construção de vidro e cobre, e as pessoas passam esbarrando nele. Então endireita os ombros, aperta a gravata e entra.

David passa o cartão de identificação no portão de segurança e junto com um punhado de outros vestidos exatamente como ele, vai para a frente dos elevadores que sobem até os últimos quinze andares do prédio.

Segundo alguma regra estabelecida de etiqueta de elevador matinal em Manhattan, a comunicação é sempre mínima. David olha para os sapatos dele enquanto o elevador toca cada andar entre o trigésimo terceiro e o quadragésimo terceiro. Quando as portas se abrem no quadragésimo terceiro, uma mulher pequena de sessenta anos passa por ele para sair. Ela aperta de leve o cotovelo de David e sussurra seus pêsames. David reage com um meio sorriso. Alguns outros murmuram seus sentimentos e também saem do elevador.

David fica no elevador até o quadragésimo oitavo. A porta abre e David retorna ao mundo de Peabody, Grossman e Samson, o mundo que nos deu dinheiro e para ele uma carreira bem-sucedida de advogado, mas que muitas vezes também tirava David de mim, fisicamente e de outras formas mais importantes.

Uma jovem e loura recepcionista, sentada a uma grande mesa de mármore com iluminação discreta moderna, fala baixinho num fone de ouvido. Ela avista David, sorri e faz com os lábios "bem-vindo de volta" quando ele passa e segue por uma porta dupla de vidro onde se vê as letras PG&S.

A quietude relativa da recepção dá lugar ao barulho frenético de uma grande firma de advocacia de Manhattan. Telefones tocando, máquinas de fax e copiadoras funcionando, trechos de conversas por todos os lados. David vai avançando pelo corredor central da firma, muitas secretárias o chamam para dar as boas-vindas e alguns advogados acenam para ele através das paredes de vidro das salas.

David logo chega à bancada de Martha. A primeira vez que trabalhou com ela foi porque o sócio com quem trabalhava nos dez últimos anos saiu da firma da noite para o dia, literalmente, e levou com ele as pastas de todos os clientes. Esse sócio jamais confessou seu plano para Martha, mas os líderes da firma sempre acharam (só que não podiam provar) que ela conhecia o plano do traidor. Como punição por não ter delatado o chefe, Martha foi rebaixada a secretária do nível mais baixo de toda a vida profissional em firmas de advocacia de Manhattan – de um sócio em seu primeiro ano.

No início Martha se recusava a falar com o novo chefe, e David, que sabe ser muito teimoso e arrogante quando desafiado (sim, mesmo naquela época), não ajudou muito. Essa situação se prolongou por mais de um mês, até que o amado gato de Martha adoeceu, num estágio inicial de câncer renal. Ao ver essa potencial abertura para o impasse dos dois, David ofereceu os meus serviços.

Quando Martha entrou na minha clínica no Hospital Veterinário em Manhattan pela primeira vez com o gato, fiquei espantada com a diferença da imagem mental que eu fazia dela pelas histórias do David (velha, rabugenta, talvez com uma vassoura escondida embaixo da mesa ou, o mais provável, montada nela) em relação à verdadeira aparência (alta, elegante, quarenta e poucos anos apenas, de olhos muito azuis).

Depois das apresentações lacônicas mas cordiais, examinei Smokey e confirmei o diagnóstico inicial. Também expliquei para Martha as limitadas opções que tínhamos. Depois de ouvir a minha ladainha de prós e contras do tratamento, Martha embalou Smokey nos braços e disse simplesmente: "Nós nunca tivemos filhos."

Naquele dia Martha e eu concordamos que faríamos tudo que fosse possível pelo Smokey, mas também que jamais deixaríamos que sua qualidade de vida se deteriorasse. Martha me fez prometer – e eu prometi de boa vontade – que, se em algum momento eu achasse que ela estava deixando tempo demais passar, eu a faria descer à realidade.

E esse momento chegou cinco meses depois, num dia frio como o de hoje, quando Smokey parou de comer. Fui aquela noite para o apartamento de Martha com a minha maleta da morte. O marido de Martha, um homem mais velho e pequeno, com cara bondosa, recebeu-me carinhosamente à porta e me levou para dentro. Antes de eu tirar o casaco, Martha perguntou:

– Não dá para fazer alimentação intravenosa? – Ela deu uma olhada para o meu rosto e respondeu ela mesma. – Chegou a hora, não é?

– É – sussurrei.

Martha fez que sim com a cabeça e as lágrimas começaram a escorrer no seu rosto. Segurou Smokey no colo quando ele morreu. No fim, apesar de todos os meus esforços para manter o ar de profissionalismo, eu chorava quase tanto quanto ela. Acho que Martha gostou de mim por causa disso.

Martha foi a minha primeira verdadeira prova de que dar importância ao animal de estimação dos outros cria uma ponte que é muito difícil ignorar ou destruir.

Martha virou não só a secretária de David de verdade, mas também sua principal protetora e defensora dentro da firma. Ela sabe quem, dentro da firma, dá beijos e quem dá a face para ser beijada.

Quando Martha nota que David está de volta esta manhã, ela pula da cadeira e lhe dá um longo e carinhoso abraço.

– Deixe-me olhar bem para você.

Martha faz David virar lentamente e tira alguns pedaços de feno do ombro dele.

– Ora, você está um lixo.

– Obrigado. – David sorri para ela.

– É sério, você está muito abatido. E magro. Como se sente?

– Estou bem. – Ao ver a expressão cética de Martha, David acrescentou. – Estou mesmo.

– Ainda bem que você conseguiu aprender o direito melhor do que mentir.

David e Martha vão juntos para a grande sala dele.

A mesa dele está coberta de pilhas de arquivos e listas, e é isso que chama a atenção dele primeiro. Ele balança a cabeça, sem acreditar.

– Não se preocupe – diz Martha. – Não é tão ruim como parece. O mais importante é que você está de volta.

David dá a volta na mesa e senta na cadeira. Não consegue evitar de olhar para a foto que manteve na mesa, de nós dois em Paris.

– Quer que eu traga alguma coisa? – pergunta Martha no silêncio pesado.

David balança a cabeça, olhos fixos na foto.

– Vai ficar mais fácil – diz ela.

– É mesmo? Quando?

Martha não responde.

– Separei as ligações em condolências, de trabalho e urgentes.

David finalmente pega as listas que estão à sua frente.

– Obrigado. O que mais eu tenho de saber?

Martha morde o lábio de baixo.

– Pode dizer. Eu vou acabar descobrindo de qualquer jeito.

– Bem, está marcado para você escolher o júri do caso Morrison diante do juiz Allerton em três semanas.

Martha fala rapidamente essa última parte como se falando depressa talvez David não se concentre muito no que acabara de dizer.

– O quê? – David fecha os olhos e balança a cabeça. – Chris devia ter conseguido um adiamento.

– Esse prazo já é com o adiamento.

– Ele só me deu uma semana? Allerton já deu mais prazo por muito menos.

– Não é você. É o que ele tem com o Max.

— Bem, seja o que for, não é muito justo.
— Você esteve longe tempo demais, se acha que justiça realmente conta. Pode tentar com ele de novo, pessoalmente.
— Você quer dizer implorar.
— Só será implorar se você gemer e choramingar — diz Martha. — Na sua primeira gaveta tem um pacote novo de palitos. E eu também disse para o Max que, se ele ficar agressivo com você, vou pessoalmente usar o caderno de endereços dele para mandar e-mails para todas as namoradas dele, com o número de telefone umas das outras. Então não deixe que ele o force a fazer qualquer coisa que não queira, por enquanto.

É por isso que eu adoro a Martha. Ela conhece praticamente todos os pontos fracos de todos na firma, mas só explora esse conhecimento para poucos, que merecem. David sorri ao pensar em Max se encolhendo todo.

— Talvez Max surpreenda a nós dois — diz ele.
— Sei. E talvez porcos flamejantes saiam voando do meu rabo.

David pega um palito na primeira gaveta e põe no canto da boca.

— A não ser que tenha notícias mais felizes, será que pode encontrar a Chris para mim?
— Posso. Uma última coisa. Você continua com a sua apresentação anual sobre ética para os do primeiro ano marcada para amanhã. Tenho de providenciar alguém para fazer isso no seu lugar.
— De jeito nenhum. É a apresentação em que eu conto para os garotos sobre o juramento e todas aquelas histórias de terror sobre o que acontece com os advogados que vão presos por perjúrio. Eu adoro essa.
— Deixe outro fazer esse ano. Você já está sobrecarregado.
— É só uma hora e é uma das poucas coisas que faço por aqui que tem alguma importância. Os primeiranistas têm de entender a importância de dizer a verdade. Mantenha esse meu horário.
— Como quiser.

Martha sai da sala e faz uma mesura para ele antes de fechar a porta. Com isso ele sorri.

David pega a folha de papel que está em cima de uma pilha. Antes de ler o primeiro parágrafo ouve uma única batida forte à porta e então Max irrompe em sua sala.
– Cara, como é bom ver você de volta aí na sua mesa – diz Max.
– Como está indo até agora?
David acena para a pilha de papéis e de recados telefônicos na mesa.
– Acabei de chegar. Estou me sentindo meio sobrecarregado no momento.
Max não diz nada e David repete a palavra "sobrecarregado" com a maior lentidão possível.
– Claro que você já ouviu esse termo antes, não é?
– Venha quando precisar, saia quando precisar. Delegue esse trabalho para os seus associados – diz Max.
Chris Jerome, a associada sênior preferida de David, entra na sala naquele instante e para atrás de Max. Ele não nota logo que Chris está ali, e continua.
– A verdade é que um mico amestrado poderia fazer grande parte disso aí.
Chris pigarreia e Max vira para cumprimentá-la.
– Está vendo? O timing perfeito – diz ele.
Você talvez ache que Max devia ficar pelo menos um pouco constrangido porque uma associada ouviu seu comentário, mas isso é porque não conhece o Max. Ele diria isso com a maior naturalidade para uma sala cheia de associados.
– Vince Lombardi não perde nada para você quando se trata de inspiração – diz Chris para ele. – Sabe, Max, até os micos vão para casa e comem uma banana de vez em quando.
Max rola os olhos nas órbitas. Isso é linguagem de sócio que significa: "Associados não sabem como têm sorte; quando eu era associado não nos deixavam usar sapatos até passar do quinto ano e só no sexto é que tiravam as giletes de dentro deles", ou algo parecido.
– Pego você mais tarde para um rápido almoço no Marconi's – diz Max para David.

— Como sempre, você não ouve — disse David. — Estou soterrado de trabalho.

Max balança a mão e faz pouco do protesto.

— Mesmo assim precisa comer.

Max passa por Chris na saída, cochicha alguma coisa para ela e fecha a porta da sala.

— E então, o que foi que o Belzebu disse? — pergunta David.

— O que você acha? Ele quer que eu fique vigiando você e cuidando do seu bem-estar.

Chris senta numa das duas cadeiras de frente para a mesa de David.

— Tenha cuidado com o Max. Ele pode ser um ótimo amigo dentro da firma...

— ... desde que você saiba que ele está parado na sua frente — completou Chris. — Eu sei, eu sei. Você já me disse isso cem vezes.

— E eu sei que você tem trabalhado dezoito horas todos os dias para pôr em dia os meus casos. Obrigado. Juro que vou compensá-la por isso.

— Não fique marcando placar, está bem? Eu ainda tenho saldo devedor.

Chris podia muito bem ser o pior pesadelo de todas as esposas, atraente, inteligente, com apenas trinta anos, e tinha de passar muito tempo junto com os maridos delas.

Eu admito isso, embora Chris fosse casada e David, durante o tempo que nosso casamento durou, jamais me deu motivo algum para me preocupar de verdade (muitas vezes ele brincava que estava cansado demais para me satisfazer, que dirá uma segunda mulher). Houve um tempo, alguns anos atrás, em que tinha minhas dúvidas sobre ela. Chris começou a ligar para David, para a nossa casa, a qualquer hora da noite. Não ajudava saber que a maioria dos sócios da firma, homens e mulheres, estava no seu segundo ou terceiro casamento e a maioria com estagiários, secretárias ou associados.

Antes de eu ter a chance de confrontar David com as minhas preocupações, ele veio me pedir conselhos. David fazia muito isso sobre os problemas internacionais, o aspecto da sua vida para o qual ele se sentia menos preparado e mais vulnerável. Eu adorava o fato de ele confiar no meu julgamento. Tinha a sensação de que éramos aliados.

Acontece que Chris estava sendo alvo de cantadas impróprias, indesejadas e cada vez mais frequentes, de um sócio muito antigo (que tipo de nome de batismo é Whitney para um homem, aliás?) com quem ela trabalhava na preparação de um julgamento. Chris procurou David para conversar sobre o que ela devia, e podia fazer, sem prejudicar a própria carreira.

David, sempre leal aos seus preferidos, queria ter uma conversa com "Whit" e, se isso não fizesse o cafajeste parar, reportá-lo ao comitê executivo. Chris rejeitou essa sugestão. Nenhum argumento foi capaz de convencê-la de que os atos de David não afetariam sua carreira.

A situação foi só piorando, e Chris chegou a pensar em deixar a firma. David resolveu que tinha de dar queixa daquilo, apesar de Chris não querer. Foi então que ele contou tudo para mim. Fiquei tão aliviada com a explicação dele para toda aquela intimidade de Chris, que soltei a primeira solução que me veio à cabeça.

– Castrem o filho da mãe.

Primeiro David olhou para mim com aquela expressão "quer fazer o favor de falar sério", que ele fazia para mim de vez em quando, mas então vi os tênues fios de uma ideia tomando conta dele. E ele abriu um largo sorriso.

– Castração. É claro. Obrigado, meu bem.

Ele me beijou de leve nos lábios e passou a maior parte daquela noite falando ao telefone.

No fim, David fez Chris concordar em usar um microgravador em todas as suas interações com o aproveitador sem-vergonha. No final de apenas uma semana, Chris tinha gravado bastante comentários de Whit sobre a sua aparência física e convites para "seminários educativos" fora da cidade (ele dizia "seminários educativos" com um riso debochado audível) para encher duas fitas. Então ela deu as fitas para David com nojo, como se fossem algo que tivesse encontrado boiando na privada de um banheiro do metrô.

David tocou as fitas para Whit aquela noite mesmo. Quando terminou, David disse a ele que, além de tocar as fitas na próxima reunião de sócios da firma, ele também enviaria cópias para a (segunda) mulher de Whit. O preço do silêncio de David era relativamente barato. Que Whit parasse imediatamente e desistisse daquele comportamento, e desse uma avaliação bem merecida de "excelente" para Chris.

Três anos depois, para Chris agora só faltam nove meses para ser votada e galgar ao status tão valorizado de sócia, as fitas estão guardadas em algum lugar seguro em nossa casa, e Whit é o maior torcedor de Chris (resultado que talvez coincida com o fato de que David manda uma fita cassete virgem para Whit pelo correio interno da firma, mais ou menos uma vez por mês).

Sentada na sala de David neste momento, Chris pega uma pasta cheia de anotações.

– Você está pronto?

– E eu tenho escolha?

Chris dá de ombros.

– Uma escolha que provavelmente não é compatível com a sua permanência como sócio da firma.

Chris lê as anotações na pasta, recita uma longa lista de assuntos e suas atualizações. David procura se concentrar, mas eu vejo o esforço que faz. A todo momento ele olha para a nossa foto na mesa.

Aos meus ouvidos residuais a voz de Chris logo se mistura com os telefones tocando e as conversas em outras salas, até que todos esses elementos se transformam simplesmente num muro de barulho ensurdecedor e sou obrigada a sair do prédio.

Havia muitas coisas que motivavam a minha dedicação a Joshua Marks, depois que ele saiu dos prédios cobertos de hera da Cornell e se tornou, como eu, apenas um veterinário de cidade pequena. Sua perda fez com que ele ficasse inseguro em relação a si mesmo e ao seu mundo. Levava a sério o bem-estar dos pacientes, mas passou a não se ver mais como nada além de um "artesão" veterinário – "mais um idiota viajando no ônibus", ele dizia. Agora Joshua ouvia mais, falava pouco (e absolutamente nada sobre si mesmo), escolhia as palavras com muito mais cuidado. Eu ficava à vontade nos silêncios que existiam nos intervalos crescentes entre as suas frases. E eu não era a única.

Jimmy Rankin, um garoto de catorze anos de idade vestindo um conjunto de futebol americano, espera por Joshua na nossa área de recepção. A clínica ainda não está oficialmente aberta para aquele dia, de modo que a sala de espera está vazia, a não ser pelo menino e uma grande caixa de papelão que ele tem no colo.

Jimmy tem cabelo castanho, olhos azul-claros, um sorriso simpático, uma orelha só e uma profunda cicatriz que corta o lado esquerdo do seu rosto. Perdeu a orelha e ganhou a cicatriz no acidente de automóvel que tirou a vida do seu irmão mais velho dois anos atrás.

Depois desse acidente Jimmy virou um ímã para todo tipo de animais abandonados. Ele os encontrava, ou melhor, eles o encontravam, nos lugares mais improváveis. Quase todos esses animais encontraram lares por meio dos esforços do próprio Jimmy, ou então da persistência (tudo bem, da culpa) do pessoal da nossa clínica. Jimmy sempre batiza cada criatura que encontra, cachorro, gato, esquilo, guaxinim ou pássaro, com o mesmo nome. Chama a todos por alguma variação de *Pete*, nome do seu irmão que morreu.

– Teve alguma sorte, Jimmy? – pergunta Joshua quando sai de uma sala de exame e cumprimenta o menino com um aperto de mão.

– Não muita, dr. Marks. Muita gente para ver, mas nenhuma para levar.

Joshua meneia a cabeça, compreensivo, com simpatia.

– Bem, continue tentando. Está tudo bem aí dentro?

Joshua espia pelo lado da caixa de papelão e vê oito filhotinhos de gato uns por cima dos outros e um saco de água quente.

– Acho que sim, mas o pequenininho, Tiny Pete, sabe? Ele não está aceitando o conta-gotas.

– Vamos dar uma olhada – diz Joshua.

Ele tira o menorzinho da caixa. Joshua verifica os olhos e a boca de Pete e depois aperta de leve a barriga do gatinho. O bichinho reage com um guincho.

– Acho que está tudo bem, mas faz uma coisa, deixe esses carinhas comigo hoje, que fico observando enquanto você está na escola.

– Isso seria ótimo. Eu não queria mesmo deixá-los sozinhos em casa. O senhor sabe como minha mãe é.

A mãe dele detesta os bichos. Depois da morte do filho ela passou a odiar tudo que exigia sua atenção, inclusive, na maior parte do tempo, o filho desfigurado que tinha sobrevivido. E o fato de todos os animais terem o nome Pete não devia ajudar.

– Obrigado, dr. Marks. O senhor é mesmo um salvador de vidas.

– Não – diz Joshua ao pôr Tiny Pete de volta na caixa, junto com seus irmãos. – Você é que é.

Alguém bate de leve na janela da frente e interrompe os dois. Sally Hanson aponta atrás do vidro para Joshua destrancar a porta e ele faz isso sem demora.

– Desculpe vir aqui tão cedo – diz Sally assim que entra –, mas eu precisava vê-lo.

Eu sempre achei que Joshua conhecesse os empregados dos outros veterinários da cidade, como eu conhecia – talvez apenas pela fisionomia e não os tratasse pelo primeiro nome. Na verdade eu não lembro de Sally nem de qualquer outro empregado do dr. Thorton ter visitado nossa clínica oficialmente, nem de qualquer outra maneira, nunca.

Joshua apresenta Jimmy como um amigo e percebo que o menino fica muito feliz com essa descrição.

Por um breve momento, Sally olha fixo para a cicatriz de Jimmy, depois se recompõe e estende a mão.

– É um prazer conhecê-lo, Jimmy.

Sally se esforça para deixar de olhar para o rosto do menino e a caixa com os gatinhos.

– Muito bonitos esses gatinhos que você tem aí – diz Sally para ele.

– Jimmy achou essa ninhada atrás do colégio.

– A senhora tem algum animal de estimação, sra. Hanson? – pergunta Jimmy.

– Não tenho mais. Sobrevivi a todos eles.

– Que tal começar de novo? – Jimmy tira Tiny Pete da caixa e dá seu sorriso mais iluminado para Sally. – A senhora pode ficar com um. Só tem de prometer que vai lhe dar um lar amoroso.

– Ah, bem que eu queria. Queria mesmo.

– Fique com ele, por favor. Pete precisa de alguém como a senhora. Ele é tão miudinho...

Sally implora para Joshua com o olhar para que ele a salve daquela poderosa campanha.

– Está na hora de você ir para a escola, amigo – diz Joshua.

Jimmy meneia a cabeça, entendendo. Ele não é um menino burro. Veste o casaco e pega a pasta com os livros da escola.

– Bem, acho que esses carinhas vão ficar por aqui um tempo, então, se mudar de ideia...

– Pode ser que eu mude – diz Sally, mas ele sabe que ela não está sendo sincera. – E obrigada pelo seu trabalho – acrescenta Sally. – É bom saber que você faz isso por aí.

Jimmy descarta o valor disso sacudindo o ombro.

– Qualquer um faria a mesma coisa no meu lugar.

Eu sei que Sally discorda disso. Dá para ver na expressão dela quando ouve as palavras de Jimmy. Ela sabe que não é assim que funciona por aí. Ela sabe que podemos passar por uma centena de pessoas na rua, que nenhuma delas faria a mesma coisa. Ela sabe que o afeto de Jimmy pelas criaturas que salva seria uma fraqueza ao lidar com os semelhantes, porque eles iam rir da orelha que faltava, olhar para a cicatriz e achar ridícula sua compaixão. Sally sabe, pessoalmente e por já ter sofrido, que o amor dele pelos animais jamais seria defesa contra a maldade, a malícia e o desprezo.

Sally e eu somos irmãs quanto a esse conhecimento. Eu jamais consegui avisar ao Jimmy em vida. E parece que Sally também não consegue, porque diz para o menino:

– Vamos torcer para que isso seja verdade. Mas foi você que realmente fez isso.

Joshua se vira para o menino.

– Venha até aqui nos fundos um minuto, para me ajudar a instalar esses gatinhos. – E acrescenta para Sally: – Volto logo.

Na sala dos fundos Jimmy e Joshua instalam os gatinhos numa gaiola. Jimmy segura Tiny Pete de frente para o rosto dele, olho no olho, beija suavemente a testa do gatinho e depois o coloca junto com os irmãozinhos.

– O senhor acha que ela vai mudar de ideia? – pergunta Jimmy.

– Não tenho certeza. Sally já tem muitos problemas para resolver. O que você acha?

– Acho que as pessoas boas às vezes precisam de uma segunda chance para dizer sim.

Joshua olha para o rosto bonito e desfigurado de Jimmy virado para cima, em busca de provas de alguma intenção mais profunda naquela afirmação e vê apenas sinceridade e necessidade de aprovação. Joshua sorri para o menino.

– Eu acredito que você tem razão.

Depois que Jimmy vai embora, Joshua leva Sally para a sala dele e sentam de frente um para o outro, com a mesa gasta entre os dois.

– Já faz um tempo que não nos vemos – começa Joshua. – Como você está? Como vai o Cliff?

– Thorton acabou de me demitir – diz Sally sem nenhum sinal de emoção.

Joshua fica alguns minutos sem dizer nada.

– As palavras que você está procurando – diz Sally – são: eu avisei.

– Parece que você não me conhece. Na época eu disse que entendia.

– Você disse, mas...

– Thorton ofereceu a você um salário e benefícios que eu não podia cobrir.

– Você ainda pensa que foi só por isso que eu saí? – pergunta Sally com um misto de amargura e tristeza.

– Não sou muito bom leitor de entrelinhas, acho que você deve lembrar.

– Ah, eu acho que você lê nas entrelinhas muito bem.
– O que aconteceu com o Thorton?
– Clifford teve uma crise séria.
– Sinto muito. Como ele está?
– Ele está ótimo. O programa que acompanha aqui tem sido excelente para ele. Tem valido qualquer sacrifício para mantê-lo no bairro da escola. Mas recentemente as crises... têm sido diferentes. Estou com medo de que ele finalmente exploda com a puberdade, ou quando o próximo grande evento acontecer na vida dele, e todos aqueles anos de emoções perdidas vão...

Sally para de falar, como se percebesse que já falou demais.

– Imagino que Thorton não gostou nada.
– Não foi o Clifford. Eu me assustei e fiz uma cena.
– Conhecendo Thorton, posso adivinhar o resto.
– Assim, resumindo... – Sally olha para o lado, embaraçada – eu preciso muito de um emprego. Sei que você sabe como é difícil para mim vir aqui e pedir desse jeito. Eu não faria isso se tivesse outra opção.
– Eu sei. Mas é que...

Joshua fecha os olhos e esfrega a testa.

– Trabalho em qualquer turno que você precisar, volto a limpar as gaiolas...
– Não é isso. Você não...
– Você pode reduzir meu salário, não me importo. Só preciso de um emprego de expediente integral dentro do bairro da escola para Clifford poder continuar nesse programa. Faço o que...
– Sally, preste atenção um minuto.

Joshua se levanta e fica de frente para a janela.

– Eu sinto muito, mas não vou poder ajudá-la.

Sally afunda na cadeira.

– Uau! Devo dizer que você é a última pessoa de quem eu esperaria que pusesse sentimentos pessoais acima das necessidades de uma criança.

Joshua vira rápido e encara Sally.

– Tinha esquecido como você sabe ser cruel quando fica magoada.

Sally levanta para sair.
— Bem, estou vendo que isso foi pura perda de tempo.
— Eu vou fechar a clínica — diz Joshua quando ela já está de costas.
Sally para e vira para Joshua.
— O quê?
— É por isso que não posso ajudá-la. Desculpe.
— Posso saber por quê?
— Um monte de motivos. Estou cansado, Sally. Isso aqui sempre foi uma clínica para dois veterinários. Eu não quero treinar alguém novo. Não será a mesma coisa e, sinceramente, não quero nem tentar.
— Quando vai fechar as portas?
Joshua dá de ombros.
— Muito em breve. A minha equipe nem sabe ainda. Quero tentar encaminhar quantos puder para outros empregos.
— Com isso Thorton será o único na cidade.
Joshua faz que sim com a cabeça.
— Por enquanto. De repente aparece alguém. Sempre aparece.
— Nem sempre. E certamente não será ninguém melhor.
— Quem quer que venha terá algo mais a dar.
Sally escolhe com muito cuidado as palavras antes de falar.
— Acho que compreendo. Desculpe o que eu disse. É que neste momento estou apavorada de pensar no que eu vou fazer.
— Não a culpo por isso.
— Se lembrar de algum outro lugar, por favor, me avise.
— Na verdade acho que tenho outra ideia, se você puder manter sua mente aberta.
Sally dá risada, mas esse riso tem o tom de alguém que aprendeu a esperar pouco.
— Estou encarando ser estoquista da Agway neste momento, por isso estou aberta para qualquer sugestão que você dê.

No laboratório de pesquisa Jotacê está digitando em seu terminal de computador, e Cindy sentada na cadeira ao lado dela. De vez em quando, bem nos momentos em que Jotacê parece concentrada, pensando no que vê na tela, Cindy estende o braço e aperta algumas teclas no teclado de Jotacê. Ela procura ignorar os petulantes pedidos de atenção de Cindy e corrige sem comentar a digitação errante da chimpanzé. Isso se repete alguns minutos e então Cindy, sem se abalar, enfia a boneca na cara de Jotacê e bloqueia a visão da tela. Jotacê explode em riso e afasta a boneca brincando, mas Cindy a tira do caminho bem na hora.

— Cindy, eu preciso terminar essa carta para o Wolfe hoje. Agora pare de brincar.

Cindy larga a boneca de novo no colo e adota ares de que vai obedecer. Jotacê se inclina para a tela do computador, mas assim que faz isso, Cindy enfia a boneca de novo no seu rosto.

Jotacê chama Frank que está do outro lado do laboratório.

— Quer distrair a Cindy uns dez minutos enquanto eu termino isso aqui, por favor?

— Claro — diz Frank.

No tempo que Frank leva para andar os quinze metros que separam sua mesa da mesa de Jotacê, o mundo de Cindy muda por completo. O mundo pode ser muito inconstante quando você é propriedade de alguém.

Então Frank vê um Ford Explorer azul-escuro pela pequena janela do laboratório. Saem dele três homens — Jannick e dois seguranças muito jovens e grandalhões. Os dois guardas têm armas na cintura. Seguem na frente até a entrada do prédio.

— Ponha Cindy no Cubo! — Frank grita para Jotacê enquanto corre para o terminal de computador mais próximo.

— O que houve? — Jotacê fica de pé de um pulo, com Cindy nos braços.

— Rápido!

Jotacê põe Cindy no Cubo e dá a boneca para ela. Cindy começa a reclamar, mas Jotacê ignora e fecha o Cubo. Agitada pelo súbito tratamento brusco de Jotacê, Cindy anda de um lado para o outro dentro do quadrado.

Os três homens entram no laboratório sem bater, sem a menor indicação de que são intrusos não bem-vindos. Entram como se tivessem esse direito.

Jannick cochicha alguma coisa para os dois guardas, eles seguem rapidamente para os terminais de computador e pegam os teclados.

— Não façam isso — diz Jotacê para eles. — Vão perder os arquivos.

Os seguranças ignoram o pedido dela.

Jannick avança para Jotacê.

— Acabou.

— Mas a extensão...

— ... não vai acontecer.

— Você não pode fazer isso — diz Jotacê elevando o tom.

— Não cabe mais a mim.

Os movimentos de Cindy dentro do Cubo ficam mais agitados. Ela começa a gemer enquanto anda.

— Você é um filho da mãe, Jannick.

— Isso realmente não devia ser surpresa para você. Digo a mesma coisa há três meses. Eu tentei mesmo ajudá-la. Para alguém que estuda comunicação, você simplesmente não ouve.

— Dê-me pelo menos uma semana para botar o trabalho em ordem.

— Você conhece as regras. Não pode continuar a ter acesso ao sistema de computador do NIS. Além do mais, este lugar já está prometido. Juro que vamos embalar tudo com cuidado e mandar tudo que é seu para você.

— Seja razoável.

— Já tentamos isso, lembra? Não queria que fosse assim, mas você atou minhas mãos, Jotacê.

— Então é porque procurei o Wolfe, não é?

— Isso não é um castigo e não é pessoal — diz Jannick. — É porque a bolsa acabou, o NIS precisa tomar as providências para a transição.

— E todo o meu trabalho nesse projeto? Eu quero as cópias.

— O seu trabalho pertence ao NIS. Sempre pertenceu.

Jotacê vai para o computador na mesa mais próxima, um ato de desafio. Um dos seguranças se põe na frente dela.

– Eu já disse isso antes, não vou simplesmente abandonar a Cindy – diz ela.

Cindy agora está correndo de uma extremidade à outra do Cubo, berrando.

– Vão cuidar dela, eu garanto – diz Jannick.

– Como? Vão botar de volta junto com todos os primatas? – Jotacê grita, em parte para ser ouvida apesar dos berros de Cindy. Ela vai até o Cubo para acalmar a chimpanzé, mas o segundo segurança bloqueia seu caminho. Cindy vê isso e entra em pânico total.

Jotacê estende a mão para Cindy, pelo lado do guarda. Cindy bota o braço entre as grades e toca de leve os dedos de Jotacê, mas o guarda põe as mãos nos ombros de Jotacê e a afasta.

Frank empurra o guarda.

– Tire as mãos dela!

O guarda abre a capa do coldre.

– Senhor, por favor, não faça isso – diz com uma voz tão calma que assusta.

Jannick se mete entre os dois.

– Não é necessário – diz para o guarda.

Jotacê puxa Frank pelo braço.

– Isso não vai adiantar nada. – Ela vira para Jannick. – Essa história ainda não acabou. Nós vamos voltar.

Então Jotacê fala com Cindy inclinando a cabeça ao lado do ombro do segurança.

– Vou voltar para pegá-la, Cindy. Prometo.

Mas as palavras de Jotacê ficam quase inaudíveis com a gritaria de Cindy.

Na porta do laboratório, Jotacê olha para trás, para Cindy, mais uma vez. Cindy põe os braços em volta das barras do Cubo e puxa, mas é claro que a grade não se mexe. Elas nunca se mexem. O Cubo se transformou em mais uma jaula.

Cindy joga a cabeça para trás e grita.

Eu nunca ouvirei meu próprio filho me chamando. Sempre pensei que teria mais tempo para convencer David de que, apesar do passado dele, ele não perderia tudo que ama. Agora fico feliz de não ter me empenhado. É realmente um grande consolo para mim saber que David nunca terá de responder àquelas perguntas com a voz tímida que todas as crianças usam quando sentem uma dor que não entendem. Onde está mamãe? Ela vai voltar? Posso falar com ela? Eu não tenho de esquecer o som da voz do meu filho. Mas enquanto eu mantiver um mínimo sinal de consciência, o terror do grito de Cindy continuará comigo.

6

Muitas horas depois, quando o céu já estava escuro, encontrei David ainda na sala dele, olhando sem ver um documento na tela do computador. Havia vários copos de papel com café na mesa desorganizada de novo, e nossa fotografia estava soterrada sob folhas de memorandos e de fax.

Em todo o tempo que vivemos juntos, eu nunca entendi como era o dia do David. Não que ele escondesse qualquer coisa de mim. Acho que eu tinha medo de ver que ele podia ser muito duro e frio com os outros.

Hoje, foi isso que eu descobri. David:

Atendeu trinta e dois telefonemas;

Fez vinte e uma ligações;

Compareceu a quatro reuniões dentro da firma;

Perdeu a paciência com três associados e um assistente legal;

Pediu desculpas duas vezes;

Recebeu cinco fax;

Enviou quatro fax;

Discutiu com Martha três vezes;

Ignorou várias ligações do Max;

Revisou, mas não terminou, duas minutas;

Entrevistou um especialista que podia ser testemunha por telefone;

Leu 146 e-mails (excluindo os spam, que apagou sem ler);

Enviou 134 e-mails;

Esqueceu de ligar de volta para Joshua;

Almoçou na sala dele mesmo;

Mastigou vinte e três palitos;
Olhou para o nosso retrato sete vezes;
Pegou o fone e digitou o nosso número de casa três vezes e todas as vezes só lembrou que eu não estava lá depois do primeiro toque.

Eu gostaria de ver algum sinal de luta interna, de poder observar que David estava se esforçando para se controlar no primeiro dia nessa volta ao trabalho. Não digo isso por narcisismo, mas devido à preocupação de que David volte ao antigo padrão de deixar que o trabalho tome conta da sua vida a ponto de excluir todas as emoções importantes. É só nos interstícios do dia de David que ele terá lembranças, lamentará, sentirá saudade e, finalmente, ficará curado. O sofrimento explica muito da conduta humana, mas o medo de sofrer explica muito mais. Preocupa-me pensar que os medos de David, da solidão, do novo silêncio do nosso lar, das necessidades dos nossos animais e provavelmente outras vinte coisas que pendem no escuro farão com que ele preencha qualquer vazio com o trabalho que conhece e que executa tão bem.

Pensar no vazio do dia de David me leva de volta à Cindy. É uma visão que venho combatendo há horas porque sei que nunca poderei deixar de vê-la.

Presa no Cubo e agora sozinha no laboratório imenso e vazio, Cindy olha fixo para a porta que foi trancada pelo lado de fora. Pessoas entraram no laboratório para alimentá-la e observá-la, mas nenhuma delas era Jotacê, por isso nenhuma teve importância para Cindy. A prisão dela parece muito menor para mim na ausência de Jotacê.

Cindy espia nervosa o laboratório vazio e ainda com a minha boneca na mão, vai até o teclado no Cubo. Lentamente começa a tocar nos símbolos.

As palavras BRINCAR AGORA aparecem na tela do computador de Jotacê do outro lado da sala, mas não há ninguém ali para lê-las. Cindy continua a digitar e as palavras CINDY SERÁ BOA AGORA aparecem na tela.

Cindy acaba largando a boneca, inclina-se sobre o teclado de símbolos e devagar, desajeitadamente, aperta teclas com os indicadores das duas mãos. As palavras DESCULPE DESCULPE... TRISTE... SAIR AGORA aparecem no monitor.

Quando percebe que ninguém vai responder, Cindy pega a boneca e vai para um canto do Cubo. Vê de soslaio sua imagem no espelho e vira a cara rapidamente.

Então se encolhe o máximo que pode, abraça a boneca e balança para frente e para trás.

Era muito raro que os mundos de trabalho do meu marido e o meu diferentes por completo colidissem sem a nossa intervenção direta. Por isso fico compreensivelmente chocada quando Jotacê bate à porta da sala de David na hora em que ele se prepara para ir para casa.

– Posso ajudá-la? – pergunta David com o tom desinteressado que provavelmente reserva às pessoas que entram na sala dele por engano.

Jotacê entra de mão estendida.

– Eu sou Jane Cassidy.

David fica um tempo olhando para ela sem lembrar.

– Desculpe, mas acho que está no lugar errado.

– Você é David Colden, não é?

– Sim, mas...

– Marido da Helena?

– Eu a conheço?

– Vi você no enterro.

– Desculpe, mas tem muita coisa daquele dia que não lembro.

Jotacê finalmente abaixa a mão.

– Eu entendo. Eu era amiga da Helena. Nós fizemos a faculdade de veterinária juntas. – Reagindo ao olhar vazio de David, ela acrescenta: – Trabalhamos juntas com chimpanzés.

Ainda nada do David.

– Charlie? Cindy? – diz Jotacê.

Vejo que David vasculha a memória.

– Charlie, sim. Alguma coisa relacionada à pesquisa do HIV, certo?

– Quase. Hepatite C.
– Certo, certo. Havia outra assistente de pesquisa com Helena, certo?
– Era eu.
– Nossa. – David se espanta.
– Isso foi há... quinze anos. Como me encontrou? Como soube que Helena tinha morrido?
Jotacê engasga com a ignorância de David.
– Helena não disse nada sobre o trabalho que estava fazendo com Cindy?
– Lembro vagamente de Charlie porque ela ficou muito aborrecida com isso, mas nunca ouvi falar de nenhuma Cindy, sra. Cassidy.
– Jotacê, por favor. Meus amigos me chamam de Jotacê.
Não, Jotacê. Ele não sabe nada de Cindy, porque eu nunca contei. Eu não tinha nem certeza se devia trazê-la para o meu presente, mas precisava das respostas que você aparentemente tinha encontrado. Eu tinha certeza de que a nossa história juntas acabaria comigo. Não havia motivo para pensar outra coisa. Não havia ligações, nenhuma ponta solta. Você não devia estar aqui.
Mas está.
– Tudo bem, Jotacê – diz David. – Eu sinto, mas tenho mesmo de ir para casa. Estou sozinho, sabe? Então...
– Preciso conversar com você sobre o meu trabalho com Helena. É meio complicado. Posso convidá-lo para um café, para eu tentar explicar?
David olha para o relógio dele de novo. Percebo que está ficando irritado.
– Isso não pode esperar? Marco uma reunião com você amanhã ou depois...
Jotacê de repente parece que vai chorar.
– Esperei todo o tempo que pude. Por favor, sr. Colden.
David não consegue recusar ao pedido feito em meu nome.
– David – diz ele com um suspiro. – Pode me chamar de David.

* * *

Sentada na Starbucks da esquina, Jotacê abre uma pasta e tira de dentro uma foto em close-up, em preto e branco, de um chimpanzé. Ela põe em cima da mesa, na frente de David.

– Esta é a Cindy. Depois de quatro anos de trabalho intenso, Cindy adquiriu uma habilidade significativa na comunicação com a linguagem humana. Ela sabe perguntar e responder, pedir e conversar. Tudo em inglês.

David olha para ela sem acreditar.

– Sra. Cassidy... Jotacê, isso é tudo muito interessante, mas, um, não tenho ideia do que está dizendo e, dois, não tenho ideia do que isso tem a ver comigo nem mesmo com Helena.

– Vou chegar lá. Apenas preste atenção só mais alguns minutos. Baseada nas habilidades da linguagem, posso provar que Cindy tem idade cognitiva equivalente a um ser humano de quatro anos – diz com orgulho.

David se inclina para frente, sem saber se ouviu direito.

– Acho que não acompanhei.

– É verdade – diz Jotacê sorrindo. – Quatro anos de idade. E crescendo, eu acho. A curva de aprendizado de Cindy parece ser exponencial, como o índice de domínio da linguagem de uma criança humana.

– Você está brincando. Olha, eu vi alguns artigos interessantes sobre chimpanzés que aprenderam uma linguagem de sinais, mas como uma criança de quatro anos? Ninguém nunca disse isso.

– Correto. Nenhum primata jamais chegou a uma avaliação tão alta assim.

– Então, o que você está dizendo? Houve um surto súbito de evolução nos últimos anos? Os chimpanzés simplesmente ficaram mais inteligentes? Isso não faz o menor sentido.

Jotacê ri pela primeira vez.

– Você está olhando para o lado errado da questão. Não foram os chimpanzés que evoluíram de repente. Os primatas continuam os mesmos, mas a ciência e a tecnologia são diferentes... muito

melhores do que os recursos que os outros pesquisadores tinham, mesmo poucos anos atrás. As simulações, os módulos de treinamento e as análises com a ajuda dos novos computadores nos dão a chance de chegar a aspectos da mente dos primatas que nem podíamos sonhar uma década atrás. Hoje podemos provar coisas que há pouco tempo não passavam de hipóteses.
David dá uma olhada para o relógio.
– Muito bem, vamos fingir que eu entendi tudo que você disse. O que tudo isso tem a ver com a minha mulher?
– No início eu acho que ela estava apenas curiosa de ver o que eu andava fazendo depois de todo esse tempo. Então ela conheceu Cindy e... Tem certeza de que ela nunca mencionou nada disso?
– Eu não lembro. Mas sinceramente, com meu trabalho, a doença dela e os bichos, não posso jurar que prestei toda a atenção que devia. – David sacode os ombros. – Ela disse sim que estava trabalhando numa pesquisa. Achei que era uma boa coisa ela manter uma atitude positiva. Helena não falou qual era a pesquisa e eu também não perguntei.
– Bem, na verdade ela se tornou parte importante da equipe. Tínhamos chegado a um nível no desenvolvimento da linguagem de Cindy. Ficamos ilhados demais. Então Helena com suas idas até o laboratório...
– Idas? Assim no plural mesmo?
– É. Pelo menos doze vezes no ano passado. É claro que elas foram rareando...
David está visivelmente chocado.
– Desculpe, mas você deve estar enganada. Eu teria notado essas viagens todas.
David examina o café como se tentasse lembrar das minhas ausências naquele período, mas a verdade é que ele não teria notado um trator cor-de-rosa estacionado na nossa sala de estar naquele momento da nossa vida. Ele balança a cabeça.
– Não, você está enganada.
Jotacê não pressiona.
– Seja qual for o número de vezes que ela esteve lá, o certo é que criou uma ligação exclusiva com Cindy. Havia apenas duas

pessoas com quem Cindy se comunicava, sua mulher e eu. Não sei por quê, ninguém mais conseguiu estabelecer aquele laço que Cindy precisa para usar a linguagem.
– Está me dizendo que Helena conversava por sinais com esta chimpanzé?
– Estou. Você sabia que ela conhecia a linguagem de sinais, certo?
– Claro. Ela tem uma prima que é surda, mas...
– ... então Helena começou a fazer sua pesquisa acadêmica. Ela sempre foi muito melhor do que eu nessa parte. Foi ideia da Helena botar o espelho no recinto de Cindy, para o chimpanzé se ver fazendo os sinais. Depois disso, Cindy começou a usar marcadores não manuais...
– O quê? Não manuais?
– Marcadores. Linguagem corporal para ampliar o significado. O espelho foi uma ideia simples, mas brilhante. Eu devia ter pensado nisso, mas não pensei. Realmente foi um divisor de águas para Cindy. Provavelmente elevou o aprendizado dela com a ajuda do computador em mais de um ano.
– Agora entendi – diz David. – Você quer as anotações da pesquisa dela, é isso? Ainda não encontrei nenhuma, mas assim que encontrar será um prazer dar para você.
– Gostaria que fosse isso, mas não é. Estamos no fim da nossa bolsa. Eu pedi uma extensão e foi recusada.
– Sinto saber disso. Já tentou outra fonte? Quem sabe se...
– Já fui a todos os lugares e já falei com todo mundo. Até em Washington. Pode acreditar em mim, não foi por falta de empenho. – Jotacê se esforça para continuar calma. – Eu fui expulsa do CAPS.
– Entendo. E onde está Cindy agora?
– No momento ela está no CAPS, esperando. O NIS precisa obter aprovação do Departamento de Agricultura dos EUA para transferir primatas de uma instituição para outra. Isso deve permitir que o USDA acompanhe os primatas para garantir que um chimpanzé infectado com alguma coisa feito o Ebola não seja transferido por engano para alguma instituição que não tenha o nível correto de

contenção de epidemias. Pode levar até um mês para conseguir as autorizações, talvez menos se alguém fizer as ligações certas. Eu tenho alguém no DOA que está de olho no pedido da Cindy, mas nunca podemos ter certeza de que o NIS vai seguir o regulamento.
— E depois que a Cindy for transferida?
— Ela é levada embora do CAPS e volta para a população geral do NIS, em outro prédio.
— E isso significa...?
— Pesquisa biomédica invasiva com primatas, patogenia sanguínea, tuberculose, convulsões, transplantes de órgãos e desenvolvimento de técnicas cirúrgicas. Depois que ela for transferida...
Jotacê não consegue terminar a frase. Eu sei que na carreira ela já viu os horrores que Cindy vai ter de enfrentar além da conta.
— Por que não tenta simplesmente comprar a Cindy? — pergunta David. — Sei que pode ser muito dinheiro, mas posso colaborar com um pouco e conseguir outros...
— Já tentei isso, é claro. Cindy não está à venda. Um chimpanzé que conhece a linguagem dos sinais aqui fora, no mundo real, onde as pessoas podem ver o que ela realmente é capaz de fazer? O NIS não vai deixar que esse gênio escape da garrafa. Por esse mesmo motivo eles não querem devolver minhas anotações para eu finalmente publicar o artigo.
— Então por enquanto...?
— Ela espera.
— Por que não divulga isso publicamente? Leve isso para o *Times*, ou alguma coisa assim.
— Se eu fizer isso, eles simplesmente se adiantam e a transferem já. Quando eu conseguir encontrá-la, será tarde demais para fazer algo por ela, exceto lamentar.

Jotacê tira uma foto da pasta e põe na mesa, diante de David. Na foto Cindy está segurando a mão de Jotacê e as duas olham diretamente para uma câmera. Jotacê está sorrindo.

Então Jotacê pega uma pequena pilha de memorandos e relatórios de pesquisa e empurra os documentos para David. Alguns deles têm a insígnia do NIS e outros, a marca do governo norte-americano.

– Foi isso que consegui recuperar do meu trabalho antes de ser expulsa.
David ignora a pilha.
– Eu sinto muito a sua situação, mas ainda não entendi o que acha que posso fazer para ajudar.
– Preciso da sua ajuda para tirar a Cindy do CAPS antes que ela seja transferida. Preciso que você consiga um mandado judicial.
David recosta na cadeira. Antes mesmo de responder, ele começa a balançar a cabeça.
Jotacê interrompe antes de David encontrar a voz.
– Eu sei que é pedir muito depois do que você passou, mas pensei que sabia do trabalho de Helena comigo e que ia querer...
– Sinto muito. Eu gostaria de poder ajudar, mas não posso.
– Mas eu não tenho muito tempo. Depois que Cindy for transferida...
– Não é possível para mim por uma série de motivos. Nem consigo pensar em uma base legal para isso que você está falando. Todo aluno do primeiro ano de advocacia aprende essa regra: animais são bens móveis. Cindy é legalmente uma propriedade. Para a lei ela não é diferente da cadeira na qual estou sentado. E ela nem é a sua cadeira.
– Essa é exatamente a questão. Ela não é propriedade. Ela tem um cérebro pensante. As cadeiras não.
– Esse é um sentimento adorável, mas não é a lei. Pelo menos não hoje. Não existe nem um foro válido para levar esse tipo de processo e nenhuma lei sob a qual registrá-lo.
Jotacê tira um grosso caderno espiral da bolsa e dá para David.
– O que é isso? – pergunta ele, sem abrir.
– O caderno de anotações da pesquisa de Helena.
O que David tinha dito para Max sobre os livros na parede da minha sala de estar era tudo basicamente verdade. Eu tinha lido, na verdade eu os devorei, enquanto minha doença progredia e meu trabalho com Jotacê continuava. Li para encontrar informação que fosse útil para o trabalho de Jotacê com Cindy. Mas isso foi apenas uma parte. Eu também tinha esperança de descobrir

algum recado privado em todas as palavras impressas que estancasse minha angústia crescente de quando eu finalmente sucumbisse; teria de encarar uma série de salas escuras e hostis ou, pior ainda, apenas um bilhete que dizia: "A vida é uma luta e depois você morre. Fim."
Por isso eu não só li, mas fiz anotações, páginas e mais páginas de anotações no caderno que David segura agora. Registrei citações e extratos de capítulos, pensamentos sobre o que tinha lido, ideias para pesquisas futuras, desenhos de Cindy, resumos das minhas interações com ela e sugestões para aprimorar as suposições postas no programa de computador. Sei que deixei páginas em branco no fim do caderno, para o insight que nunca aconteceu.

Jotacê espera David abrir o caderno e ver a prova duradoura da minha própria mão, como se ela acreditasse que aquilo levaria David a prestar ajuda. Até este momento eu não tinha percebido que Jotacê conhecia tão pouco a patologia do medo. David põe o caderno na mesa entre os dois, sem abrir.

– Você pode, pelo menos, dar uma olhada? – implora Jotacê.
– Dar alguns telefonemas, escrever algumas cartas ameaçadoras? Dar-me algum tempo a mais, até eu inventar alguma outra coisa? Eu tenho algum dinheiro poupado. Posso pagar.
– Eu não posso fazer isso. Não se trata de dinheiro. Teria de obter a aprovação da firma e sei que não vão aprovar. E mesmo se aprovassem, eu não sou o cara para isso... não agora. Tenho coisas demais para fazer.
– Mas Helena...
– ... nunca falou disso para mim. Ela nunca pediu a minha ajuda para isso quando estava viva.
– Mas ela...
– ... se foi.
O tom áspero de David me fez lembrar do rosnado baixo de um cão quando alguém se aproxima do pote de ração dele. Um aviso antes da mordida. David bufa lentamente e quando fala de novo, está um pouco mais gentil.

– Eu sei que isso é importante para você. Entendo isso. Posso tentar lhe dar uma referência, mas...

Mas é uma causa perdida e os únicos advogados que pegariam esse caso são aqueles que Jotacê não ia querer. David nem precisa terminar a frase. Jotacê entende.

– Entendo – diz, derrotada.

Começa a recolher seus papéis e as primeiras lágrimas finalmente surgem.

– Desculpe – diz ela secando o rosto. – Não tinha planejado o aguaceiro. Sei que você tem a sua dor.

– Parece que há sempre o bastante para se espalhar. – David se levanta. – Sinto muito, mas eu tenho mesmo de ir para casa agora. Todos os animais de Helena estão à minha espera. Se me der o seu cartão, mando um e-mail caso tenha alguma ideia melhor.

Jotacê oferece a pasta para David, mas ele hesita.

– É apenas cópia – diz ela. – Meus dados de contato estão na pasta.

David pega a pasta sem protestar.

– Por favor, passe adiante se lembrar de alguém. Qualquer um.

– Farei isso.

Jotacê empurra o caderno para David. Ele fica olhando para ele um longo tempo e depois guarda na pasta.

Os dois se apertam as mãos, David vai para o edifício-garagem e para sua longa viagem para casa. Quando chega à rodovia, a cabeça de David está tomada pelo trabalho e ele já esqueceu completamente de Cindy.

Eu não tenho tanta sorte. Não possuo nenhuma distração que corresponda à extração da minha cabeça da imagem de Cindy sozinha e apavorada em sua jaula.

Eu conheço essa imagem. Já a vi antes. É de desespero e de uma aprendida incapacidade de se defender. Tenho certeza de que é uma das imagens que me une a esse tempo e a esse lugar.

David chega em casa com duas horas de atraso. As expectativas dos meus animais depois de terem esperado esse tempo todo a companhia humana e o alimento são agora elevadas demais e David está exausto.

Os cães veem os faróis do carro chegando na longa subida da entrada e começam a latir no quintal onde ficaram confinados as últimas treze horas. Quando David para, os latidos já aumentaram e formaram um muro de barulho.

David abre o portão dos fundos e os cachorros pulam com as patas molhadas e enlameadas, com latidos agudos de prazer (no caso do Skippy) e baixos e roucos (de Bernie e Chip), querendo sua atenção exclusiva. Para crédito de David, ele não os repreende. Até tenta parecer animado em vê-los, mas eu sinto que é uma encenação. A voz está certa, mas a expressão é sua delatora.

Depois de alguns minutos com os cachorros David os leva para dentro para alimentá-los. Chip, fiel à raça, é o único verdadeiro caçador de comida, mas esta noite os três comem como se devessem ter comido horas antes, que é exatamente o caso.

A comida acalma os cães por enquanto, mas David ainda tem muito para fazer antes de poder pensar em descansar. Ele abre um monte de latas de alimento de gato e põe todas no chão sem nem mesmo se dar ao trabalho de derramá-las num prato.

Nenhum dos meus seis gatos é fresco. Todos são antigos gatos de rua que sofreram a crueldade ou a indiferença humanas. Creio que são gratos à nossa casa acolhedora e confortável, embora tenham de lembrar aos cães de vez em quando que o c de "cat" vem antes do d de "dog" no alfabeto. Eles passaram a confiar que serão tratados com respeito e bondade, caixas de areia limpas, comida fresca, água limpa e espaço na nossa cama.

Mas agora os meus gatos olham para as latas abertas com uma expressão que imagino ser de mágoa e decepção, antes de ceder à fome e lamber o que elas contêm.

David ignora os gatos, veste uma roupa velha, calça botas de borracha e se arrasta lá para fora sob o luar para cuidar dos animais grandes.

Collette é a primeira parada e ela ouve palavras especiais do meu marido. Mas a água dela congelou, e isso quer dizer que o aquecedor criado para evitar que isso aconteça tem de ser substituído. David sabe fazer isso do mesmo modo que sabe dirigir um foguete. Ele tenta encher o cocho com a mangueira presa ao cano de água da calha do celeiro. Isso poderia até ter funcionado, só que David esqueceu de esvaziar a mangueira depois da última vez que usou e ela agora está cheia de gelo. No fim das contas David é forçado a carregar baldes de água quente da casa para derreter o gelo no cocho, tarefa muito mais demorada porque ele derrama metade dos baldes em cada viagem.

E finalmente David chega a Arthur e Alice. Eles ainda estão do lado de fora, no *paddock*. Pelo menos David lembra que tem de levá-los para dentro do celeiro para dormir. Temos coiotes por perto e até um lince de vez em quando. Um confronto direto é pouco provável, especialmente Arthur se assusta com facilidade e vi bastante medicina equina para saber que o pânico provoca ferimentos que podem matar um cavalo.

David abre o portão do *paddock* para a baia de Alice para ela poder entrar e ir direto ao balde com a ração que David botou ali para ela. Alice fica felicíssima de seguir sua rotina mais do que conhecida e se abrigar da noite. Já está mastigando antes mesmo de David fechar a porta da baia, trancando-a lá dentro.

Arthur também resolve sair do *paddock* e entrar na baia dele. O alívio de David é palpável. Mais uma briga que ele consegue evitar.

No momento em que Arthur entra no celeiro e começa a comer, o toque agudo do celular de David estraga a calma relativa. Arthur se assusta um pouco com o barulho, mas se acalma de novo assim que David atende.

– Sim?

O serviço de celular e Blackberry na propriedade, seja na casa, no celeiro, ou na floresta, praticamente não existe. Há vezes em que eu surpreendia David se contorcendo em poses que Gumby e Pokey invejariam, para receber e-mails no seu Blackberry.

O sinal esta noite não está diferente. Uma faixa só. E David se esforça para ouvir Chris do outro lado da linha.

– Onde você está? – pergunta Chris.
– Quase não consigo ouvir – berra ao telefone.
Chris diz alguma coisa ininteligível.
– O quê? – pergunta David, andando pelo celeiro para tentar reforçar o sinal.
– Eu disse que temos um problema. Aqueles babacas do caso Morrison entraram com uma moção *in limine*.
– Com base em quê?
A resposta de Chris fica truncada.
– Espere um pouco. Vou procurar um lugar melhor.
Olhando fixamente para o indicador de força do sinal, David para na entrada do celeiro, onde a recepção é um pouco melhor.
– Tudo bem – diz ao celular. – Comece de novo. O que eles estão querendo excluir?
– Qualquer testemunho juramentado dos nossos especialistas.
– Que merda é essa? O testemunho do nosso especialista é o nosso caso. Quando é que podemos recorrer a essa moção?
– Eles moveram por questão de ordem para apresentação da causa. Temos de apresentar nossos papéis depois de amanhã.
– Isso não para de melhorar. Em que base?
– Estão dizendo que não entregamos todas as notas dos especialistas.
– Isso é absurdo. Claro que entregamos – diz David.
Há uma longa pausa, David fica esperando que Chris confirme que pelo menos essa parte da vida dele está segura. Ela não se manifesta e David acaba perguntando.
– Não entregamos?
Chris bufa como se as suas próximas palavras provocassem alguma dor.
– Eu pensava que sim.
David afasta o celular da orelha e olha para ele um tempo, como se o tivesse traído. Quando fala de novo sua voz tem um tom desagradável.
– Você pensava que sim? Será que eu ouvi direito? Você pensava que sim?

– Eu sinto muito. Tive de delegar a produção disso para um primeiranista. Acho que houve algum engano.

– Allerton vai me condenar por isso. Serei taxado de mentiroso. Isso será o meu fim!

Ouço um pânico crescente na voz de David, estranho à sua personalidade habitual no trabalho.

– Não vou poder consertar isso, Chris.

– Eu sei. Estamos verificando tudo agora, mas vamos levar horas. Até o momento sabemos que...

– Sabem o quê?

Chris não responde.

– Diga.

Chris continua em silêncio. David verifica o celular e vê a mensagem SINAL PERDIDO piscando para ele.

– Merda.

Ele já vai apertar o redial quando Arthur galopa para fora do celeiro.

Não sei bem como Arthur escapou da baia. Imagino que David não tenha empurrado o fecho até o fim e Arthur conseguiu abrir com os beiços enormes. Comigo ele fez isso algumas vezes. Era uma brincadeira nossa. Eu lhe dava mais grãos ou uma esfregada em volta das orelhas, e ele voltava para a baia um pouco menos arisco por causa da atenção.

Mas dessa vez Arthur não quer saber de brincadeira.

Arthur galopa até uma boa distância da entrada do celeiro e vira para David, bufando, zangado. Livre do espaço exíguo da baia, sob o brilho espectral do luar e com nuvens de vapor escapando das narinas, Arthur é a imagem do poder puro libertado. É agora a vida animal livre dos limites da influência humana.

David fica paralisado diante da visão de Arthur e esquece o telefone. Esquece de Chris, de moções *in limine*, e acho que até de mim. Cavalo e humano se encaram, irradiando hostilidade. Posso imaginar o que veem: David vê nesse animal um adversário incógnito composto de uma incompreensível combinação de carne, sangue e ossos, enquanto Arthur vê naquele ser humano um ad-

versário incógnito composto de uma incompreensível combinação de cor parda e apêndices feios.
  Arthur balança a cabeça gigantesca de um lado para o outro como se procurasse apagar aquela imagem. Esse movimento traz David de volta para aquela situação imediata. Ele volta ao celeiro, enche rapidamente um balde com ração, pega um cabresto de corda e sai correndo.
  Ele segura o cabresto nas costas, fora de vista e dá alguns passos tímidos na direção de Arthur, balançando o balde, batendo a comida lá dentro.
  – Venha, rapaz – diz David, querendo falar numa voz que acalme, sem conseguir, chegando pé ante pé mais perto do cavalo. – Tenho um petisco para você aqui.
  Arthur não para de olhar para David.
  David continua a avançar, poucos passos de cada vez, até ficar a menos de um metro e meio do animal. Então abaixa o balde lentamente, põe no chão e, sem tirar os olhos dos olhos de Arthur, forma um grande laço com a corda do cabresto, com as duas mãos para trás.
  Não tenho a menor ideia do que David pensa que vai poder fazer. Um cavalo não é um cachorro. Não se pode jogar uma guia em volta dele e arrastá-lo contra a sua vontade. Mesmo assim, parece que David tem algum plano em mente ou ao menos pensa que tem.
  Arthur não aceita nada disso e recua para ficar fora do alcance de David. Assustado com o movimento repentino de Arthur, David tropeça e quase cai. Frustrado, ele chuta o balde com a ração que voa e espalha os grãos por todo lado, depois cai de lado a três metros dele e bem na frente do cavalo.
  Arthur pega os últimos grãos que ficaram no balde sem perder David de vista. O balde rola para um lado e para o outro sob a pressão da boca insistente do cavalo.
  Além do rangido do balde eu ouço um barulho diferente vindo das árvores. No início não consigo localizar o som, é baixo demais, suave demais, como um sussurro. Então começo a discernir sílabas. São três. Finalmente reconheço o meu nome: He-le-na.

David me chama, repete meu nome sem parar, o volume vai aumentando com fúria e desespero, até meu nome se transformar numa praga. Por fim, David berra meu nome uma última vez na escuridão, e ele se parte, vira algo fraco, um lamento. Ele acaba dominado pela exaustão. Arrasta-se de volta para o celeiro e deixa Arthur lá fora mesmo. Na entrada David vira para o cavalo, mostra o dedo médio e cai no chão, lentamente.

David acorda no chão duro e frio duas horas depois e vê que Arthur voltou para a baia. Prende a respiração, vai até lá, fecha a porta e põe a tranca no lugar dessa vez.

Só depois de prender a tramela com um gancho, para garantir, ele solta o ar e olha para Arthur. Resmunga as palavras "filho da mãe" e depois vai para casa.

Cavalo 2, David 0.

7

Na manhã seguinte David acorda no escuro, cumpre apressado as tarefas (joga a comida de Collette por cima da cerca e deixa os cavalos nas baias com bastante feno e água para o dia inteiro) e inicia a viagem para o escritório. Parece que está tentando escapar da nossa casa o mais rápido possível, para chegar ao seu verdadeiro lar, a firma de advocacia.

Ainda está escuro quando David entra numa rota 33 vazia. A rota 33, estrada local que liga nossa cidadezinha à principal rodovia para o sul, em direção a Manhattan, é cercada de mata densa dos dois lados por cerca de vinte quilômetros, até o trevo. É ridiculamente sinuosa e mal-iluminada, mas mesmo assim tem um ilógico limite de velocidade estabelecido em oitenta quilômetros por hora. É essa confluência de mata, curvas, escuridão e velocidade que torna a rota 33 famosa na nossa comunidade, como "rota da matança na estrada". Gamos, coiotes, coelhos, gambás, guaxinins, raposas, cães, gatos e tartarugas, todos esses animais enfrentam um fim violento nessa parte específica da estrada.

Às vezes não morrem logo. Desde aquela batida na corça em Ithaca na noite em que nos conhecemos, David soube que havia uma regra quando eu estava no carro, dirigindo ou como passageira. Se ainda estivesse se mexendo e se eu conseguisse pôr dentro do carro, o bicho ia comigo. Ponto parágrafo. David não reclamou dessa regra (mas eu ouvi quando ele rezou para a estrada estar limpa, uma ou duas vezes). Bem, quero dizer, como ele podia reclamar? Qual é a importância de chegar na hora numa sessão de cinema, comparado com acabar com o sofrimento de um guaxinim com a espinha quebrada?

O que David fazia quando eu não estava com ele no carro? Eu chamava várias vezes a atenção dele para a rota 33 porque ele costumava passar por ela antes de o sol nascer ou muito depois de ele se pôr. Ele meneava obedientemente a cabeça para mim. Mas, quando eu pegava a rota 33 para a minha clínica poucas horas depois, não conseguia evitar de pensar se alguma daquelas carcaças feridas que eu via era produto da desatenção ou de alguma distração de David. Pior ainda, será que algum estava vivo quando ele passou? Ele nunca contou e eu nunca perguntei.

Enquanto David procura no dial do rádio uma estação que dê a situação do trânsito aquela manhã, eu ouço a pancada pequena e trágica.

David rapidamente verifica o espelho retrovisor. Um gambá estirado na estrada.

– Não é possível que isso esteja acontecendo – ele diz e para o carro.

Fica esperando lá na estrada deserta, com os olhos grudados no espelho retrovisor. O gambá se mexe. Uma vez, duas vezes. O animal ainda deve estar vivo e precisando de cuidados médicos. Agora David sabe disso.

– Desculpe – resmunga e balança a cabeça.

David tira o pé do freio e vai embora.

Não acredito no que estou vendo. David simplesmente vai embora. O meu David. Se há prova mais concreta da inconsequência da minha vida nesta terra, não consigo imaginar qual seja.

Não aguento nem mais olhar para David quando ele continua até o solitário sinal antes do trevo.

O sinal fica verde, David bate com a mão no painel e dá meia-volta com o carro, os pneus cantando. Retorna até o ponto da estrada onde tinha visto o animal ferido.

O gambá não está mais lá.

David tira a lanterna do porta-luvas e desce do carro. Caminha até o meio da estrada e gira a lanterna num pequeno arco.

– Vamos lá... onde você está? – resmunga.

Não há sangue nem pelo na estrada.

Um carro pisca o farol para David. Ele acena para o veículo passar.

Na quietude recuperada, David aponta a lanterna para umas folhas que se mexem entre os galhos caídos no acostamento. Olhos amarelos brilham para ele.

– Você está bem, amigo?

Como se respondesse, o gambá corre no mato e então trepa com facilidade na árvore mais próxima.

David finalmente abre um sorriso, volta para o carro e vai embora.

Uma hora e meia depois David caminha sob as luzes brilhantes do corredor que vai dar na sua sala. Veste terno e gravata caros, que pagariam um mês de ração para a porca, mas o efeito geral não está certo. O rosto está magro demais, as olheiras escuras demais, o cabelo nem parece escovado. Parece amassado de dentro para fora.

Martha o vê.

– Você está atrasado.

David resmunga uma resposta inaudível.

– Está tudo bem? – pergunta.

– Tudo ótimo. Não dá para ver?

– Você está um lixo. Aconteceu alguma coisa? – Martha fareja o ar em volta de David e faz uma careta. – Que cheiro é esse?

– Não me pergunte. Encontre a Chris, por favor.

– Você já está atrasado para a reunião dos sócios – diz Martha pegando o fone e digitando.

– Não me importo.

O tom de voz de David põe um fim na conversa e ele entra na sala.

Chris chega em poucos segundos. Ainda está com a roupa da véspera. Antes de David abrir a boca, ela diz:

– Estou tentando ligar para você nessas últimas duas horas. Aqueles filhos da mãe receberam sim todas as anotações. Verifiquei tudo de novo duas vezes ontem à noite.

David afunda na cadeira cheio de alívio e finalmente sorri para Chris.

– Então devemos ter uma réplica poderosíssima.

– Já estou trabalhando nela.

– Desculpe a minha agressividade com você ontem à noite. Eu devia saber.

Chris faz um gesto para ele não se preocupar, ela já esqueceu o que aconteceu.

– Você pode pedir perdão depois. Agora temos de trabalhar.

– Quem está preparando a papelada com você?

– Um dos novatos. Dan alguma coisa.

– Ele é bom?

– Muito inteligente, mas...

– Mas o quê?

Chris encolhe os ombros.

– Você vai ver.

Chris se inclina para perto de David e de repente franze o nariz.

– Que cheiro é esse?

– Os gatos mijaram nos meus sapatos – responde.

– E mesmo assim você veio com eles?

– Eles mijaram em todos os meus sapatos.

David chama Martha pelo interfone.

– Sim, ó senhor rabugento? – Martha responde no viva-voz.

– Encontre o Dan alguma coisa e diga para ele vir até a minha sala. E preciso de um pano molhado e sabão.

Em poucos minutos um rapaz ofegante de vinte e quatro anos, que evidentemente precisa de mais exercício e menos biscoito, preenche a porta da sala de David.

– O senhor me chamou? – ele bufa.

David acena para ele entrar.

– Daniel, certo?

O rapaz entra, diz um oi tímido e obviamente apaixonado para Chris, depois senta ao lado dela.

– Certo.

– Soube que você anda dando duro. Obrigado – diz David.

Daniel disfarça e olha para Chris, à procura de orientação.

– Você está indo bem – diz ela para ele. – É só pensar no que uma pessoa normal diria e tentar dizer isso.

Daniel pensa um pouco.

– Eu adoro esse trabalho – desembucha para David e sorri, um sorriso que faz seu rosto brilhante parecer ainda mais jovem.

Chris balança a cabeça desapontada.

– O que foi? Eu disse alguma coisa errada? – pergunta Daniel.

– Eu falei uma pessoa normal.

– Mas é verdade.

Chris faz que sim com a cabeça.

– É isso que é triste.

– Ora, deixe-o em paz. – David socorre Daniel. – Entusiasmo é bom. Me faz lembrar...

– Não diga, David – ordena Chris.

– Me faz lembrar... – David começa de novo.

– Não diga!

– ... da Chris aqui – completa David com um sorriso de orelha a orelha.

– Argh! – geme Chris. – Você é horrível.

Daniel vira para Chris com renovada confiança.

– Como você? É mesmo?

– Não, não é nada – cospe Chris.

David olha rapidamente para Daniel, pisca e faz que sim para ele, um movimento quase imperceptível.

– Tudo indica que você vai trabalhar noite adentro de novo. Vou dizer o que quero que faça...

David tica outras dez tarefas que não entendo também, porque nunca fiz na vida, ou porque está ficando difícil demais guardar o conhecimento de coisas tão específicas.

Cindy acorda com o barulho de alguém destrancando a porta do laboratório. Por um momento seus olhos demonstram animação, como se ela acreditasse que Jotacê já estivesse voltando.

Mas não é Jotacê que aparece. É Jannick. Cindy grunhe para ele.

Jannick vai até a mesa de Jotacê e liga o terminal de computador. Então ele senta na cadeira de Jotacê e vira para ficar de frente para o Cubo.

– Só você e eu, Cindy – diz Jannick. – Nenhum espetáculo, nada de truques, nada de distrações. – Jannick pega um bloco de papel e uma caneta. – Agora, como é o seu nome? – diz e faz os sinais.

Cindy observa mas não responde.

Depois de alguns segundos, Jannick repete a pergunta. A voz dele é surpreendentemente suave, mas poderia estar falando com um muro de pedra.

– Tudo bem – diz. – Que tal sua comida preferida? Qual é o seu alimento preferido? – Jannick pergunta bem devagar e forma as palavras com as mãos.

Mais uma vez Cindy não dá nenhum sinal de que entendeu e não demonstra nenhuma intenção de responder.

– Você quer pasta de amendoim?

Jannick tira um pequeno vidro de uma sacola que trouxe e se aproxima do Cubo, segurando o vidro na sua frente, como uma oferta. Quando Jannick chega perto, Cindy encolhe os lábios. Ele abre o vidro e põe dentro do Cubo com cuidado.

Cindy pega o vidro e empurra para fora do Cubo. O vidro cai no chão e rola até os pés de Jannick.

– Dê-me apenas uma palavra – diz Jannick, mais e mais frustrado. – Qualquer palavra. Qualquer coisa que pareça uma palavra. Use as suas mãos. Mostre que estou errado, droga!

Cindy não quer ou não sabe responder. Ela vira no Cubo e fica de costas para Jannick.

Jannick olha fixo para o Cubo em silêncio alguns minutos, acaba levantando as mãos em sinal de desistência e sai do laboratório.

Ainda de terno e gravata depois de um longo dia atendendo aos clientes exigentes e enfrentando adversários capciosos, David adormeceu no nosso sofá.

Ele sempre teve um sono extraordinariamente pesado. Era uma piada que sempre mencionávamos. Os cachorros podiam latir para os gatos que dormiam em cima da cabeça dele enquanto o telefone tocava, e ele continuava dormindo. Era como se soubesse que eu estaria lá para cuidar dessas interferências, para que ninguém se machucasse. Era uma alegria saber que David confiava sua vida a mim a ponto de acreditar que tudo ia se ajeitar mesmo quando ele não estivesse prestando atenção. Mas, agora que está sozinho, cada grito ou batida o priva de qualquer paz que encontre atrás das pálpebras fechadas.

Tem sido tão raro vê-lo dormir que eu não resisto, debruço sobre ele para tentar ver suas feições relaxadas, seus cílios, os lábios, sentir seu cheiro. Tenho saudade do seu rosto encostado ao meu.

A campainha da porta toca em algum outro lugar da casa e os cachorros começam a latir. David tenta abrir os olhos, mas está cansado demais.

– Helena? Graças a Deus – murmura. – Eu sonhei que você tinha...

Por algum motivo, de uma forma que eu não entendo, neste minuto, desta hora, deste dia, deste mês, deste ano, estou de novo na percepção física que David tem do mundo. Eu entro em pânico, porque há muita coisa que quero compartilhar com ele antes de perder essa oportunidade. Abaixo para beijá-lo, para falar de Charlie e de Cindy, e para tranquilizá-lo dizendo que vai dar tudo certo, exatamente o que rezo para que ele diga para mim.

Mas chego tarde demais. David já abriu os olhos e olha através de mim. Já desapareci para ele.

David murmura meu nome sem entender e então, despertado pela campainha e pelo latido dos cachorros, levanta e afasta as teias da lembrança de mim.

Ele olha para o relógio. Quinze para as nove da noite.

À porta da frente David encontra Chip, Bernie e Skippy querendo arranhar a porta até furar para pegar a pessoa do outro lado. Ele tenta apaziguar os cães, mas agora eles já estão ligados demais.

David abre a porta e Sally, de casacão de inverno, acena sem jeito para ele.

– Espero não ter vindo tarde demais, sr. Colden.

– Não, de jeito nenhum.

David faz sinal para ela entrar. Sally estende a mão e ele aperta.

Assim que Sally entra na casa, Bernie ensaia pular em cima dela, mas ela estica o braço com a mão aberta para ele, a palma para baixo.

– Não, senhor – diz ela, com a voz clara e firme.

Bernie obedece, senta e os outros dois também sentam, quase ao mesmo tempo. Sally dá a cada um dos cães um pequeno biscoito em forma de osso que tira do bolso do casaco.

– Calma, agora – ela avisa para Bernie e ele pega o petisco com a maior delicadeza da mão dela. – Espero que não se importe, sr. Colden. Gosto de premiar saltadores que ficam com as quatro patas no chão.

Vejo que David está impressionado.

– Até onde eu sei, nunca aconteceu nada de ruim por darmos um biscoito a um cachorro.

– Hum. Gosto disso.

David leva Sally para a sala de estar e os dois sentam de frente um para o outro. Os dois cachorros grandes se instalam com rapidez. Mas Skippy toma posição diretamente na frente da poltrona de Sally e fica olhando para ela com certa desconfiança. Sally se inclina para esfregar as orelhas de Skippy, mas ele não deixa e recua para um lugar a certa distância dela.

Fico até satisfeita de ver que essa mulher não conquistou assim tão rápido o meu cachorro.

– Imagino que esse seja o Skippy – diz Sally.

– É ele mesmo. Suponho que você se dê bem com cães, gatos...?

– ... porcos, cavalos, ovelhas, vacas. Animais nunca foram problema para mim. Pelo menos os de quatro patas.

– Aliás, Helena sempre achou que Thorton era um boçal.

– Obrigada. Eu gostaria que tivesse funcionado de outra maneira.

– Só que aí você não estaria aqui. Joshua me disse que você tem um filho.

– Sim. Joshua explicou a minha situação?

– Explicou. Ele disse que você queria que eu soubesse da história toda.

– A verdade sempre deu mais certo comigo. Não sou bastante esperta para manter todas as mentiras organizadas na minha cabeça. – Sally ri de si mesma. – Meu filho pode ser cativante, charmoso, até normal, mas às vezes não é. Eu o amo com cada fibra do meu corpo, mas, afinal, sou a mãe dele. Às vezes é frustrante conviver com ele, especialmente se não está preparado.

– Deve ter sido difícil trabalhar em expediente integral e cuidar dele.

Sally encolhe os ombros.

– A gente faz o que for preciso. Só é difícil se pensar que tem alguma escolha. Quando entendemos que não temos, bem, tudo fica bastante claro, não é?

– Acho que sim.

– O senhor não parece muito convencido.

Agora é a vez de David rir de si mesmo.

– É tão óbvio assim?

– Depois da sua perda, tem direito às suas dúvidas, sr. Colden...

– ... David, por favor. Quando ouço sr. Colden sempre sinto vontade de virar e procurar meu pai.

– Então é David. Eu prefiro Sally.

– Ótimo. Eu também.

Sally bate no colo para Skippy se aproximar, mas ele recusa.

– E então, David, você tem ideia de como quer que isso funcione... quero dizer, se me contratar?

– Sinceramente, eu nem sei direito o que pedir para você. Acho que tudo se resume ao fato de que os animais da minha mulher estavam acostumados a receber muita atenção dela e eu não posso fazer isso por eles. Preciso voltar a trabalhar e me recuperar. Isso é uma coisa que você consegue e quer fazer?

– É – responde sem hesitar.

– Estou um pouco preocupado que você ache parte da rotina diária um passo atrás.

– O quê? Um trabalho "desprezível"?

– Imagino que essa é uma maneira de dizer.

Sally dá risada de novo.

– Eu comecei limpando gaiolas de canil. Sou técnica em veterinária, não uma neurocirurgiã. Eu cuido de todos os animais... cachorros, cavalos, porcos, gatos, o que você tiver. Não precisa se preocupar com eles. Também posso cuidar da casa e cozinhar para você. Tenho carro, posso fazer as compras, cuidar para que tenha as roupas limpas e comida na geladeira. Posso até passar a noite se você ficar preso na cidade, desde que meu filho também possa vir. Eu também gostaria que ele pudesse vir para cá depois da escola, se não se importa. Clifford se comporta muito bem. Imagino que não seja problema.

– Claro que não. Mas eu não sei nada sobre Asperger, só o pouco que Joshua me contou.

– No caso do Clifford a doença provoca deficiência na comunicação não verbal. Isso é bem típico. Ele não é capaz de entender sinais não verbais e não os exprime muito bem. Ele passou por testes, tem inteligência e desenvolvimento verbal acima da média, mas tem dificuldade para se relacionar em ambientes sociais. Ele não consegue juntar verbal e não verbal. E quer tanto se comunicar com as pessoas que fica preso na própria cabeça.

– Meu Deus, isso parece terrível.

– Estamos trabalhando isso. Ele está agora seguindo um programa realmente excelente. Eles procuram ensinar essas crianças a reconhecer e compreender a comunicação não verbal. Você e eu nem paramos para pensar o que significa menear a cabeça. Clifford tem de aprender isso por repetições e exercícios. É como alguém que aprende piano ou a linguagem de sinais.

– Tenho de ter algum cuidado especial com ele?

– Não. Ele não gosta de barulho muito alto. Desenha muito quando está angustiado. O nome disso é hipergrafia. Crianças com

Asperger às vezes são abençoadas com uma habilidade excepcional. No caso do Clifford, ele é muito talentoso com lápis e papel.

– É mesmo? Que tipo de coisa ele desenha?

– Não tem rima nem lógica. Qualquer imagem que lhe vem à cabeça. Acho que pode ser o jeito dele de compensar as lacunas na comunicação.

– Ele ficará bem perto dos animais?

– Ah, nossa, ficará sim. – Sally ri. – Se Deus criou um animal capaz de incomodar o meu filho, eu ainda não encontrei. Ele vai adorar os seus bichos, Clifford se sente muito bem perto deles. Às vezes fico pensando se ele não vê o mundo exatamente como eles veem.

– Eu gostaria de conhecê-lo – diz David.

– Você vai conhecê-lo. Com todos os animais que tem, duvido que cavalos selvagens impeçam Cliff de vir aqui.

– Eu disse para Joshua que ia pagar o que Thorton pagava.

– Esse é certamente um dos motivos pelos quais estou aqui.

– Dinheiro não é problema para mim. Eu só preciso de alguém em quem possa confiar com todos que vivem aqui. Preciso de alguém com quem possa contar.

– Entendo isso perfeitamente. Não vou deixá-lo na mão. Se você me respeitar, eu vou respeitá-lo. Não se aproveite de mim, que eu não me aproveitarei de você.

– Isso parece justo. – David meneia a cabeça e suspira de alívio. – Eu não sabia mesmo o que ia fazer se não desse um jeito nisso.

– É, bem, eu também não.

– Por falar nisso, você por acaso sabe como fazer para que os gatos parem de mijar fora da caixa de areia?

É, falando nisso...

David e Sally passaram uma hora conversando sobre os detalhes da administração da minha casa, quem come o que e quando, quem come junto com quem, quem é mais "difícil", onde fica a caixa de fusíveis e como aplacar meia dúzia de gatos furiosos.

Depois de alguns minutos eu parei de ouvir. É doloroso demais para mim ficar ouvindo detalhes da vida dos vivos.

* * *

Depois do encontro com o meu marido, Sally volta para seu apartamento, pequeno, mas limpo e arrumado. Uma jovem a recebe na porta e faz sinal para ela não fazer barulho.
– Clifford foi sozinho para a cama. Disse que cansou de esperar – diz a mulher baixinho.
– Ele se comportou direito?
– O meu Cliffy? Foi o mais perfeito cavalheiro. Ele até me ajudou a dobrar a roupa.
Sally abaixa os ombros, aliviada.
– Muito obrigada, Annie. Cliff se sente bem com você.
– Não foi problema nenhum. Como foi a entrevista?
– Boa. Devo ficar com esse emprego.
Com essa notícia, Annie solta um gritinho animado e abraça Sally.
– Que alívio.
– Se é.
– Como é o marido?
– Ele parece legal. Cansado, lutando para botar um pé na frente do outro.
– Então você vai aceitar o emprego, não vai? Isto é, o que você tem a perder?
– É, vou aceitar – diz Sally com certo cansaço. – Mas não vou me enganar. Existe sempre um algo mais a perder.

Depois que Annie vai embora, Sally senta à mesa da cozinha sob a luz fraca e bebe uma xícara de chá. Mesmo com as palavras decididas para David, eu percebo que ela também tem suas dúvidas sobre as escolhas que fez e se algumas consequências eram evitáveis ou pelo menos previsíveis. Perdida nesses pensamentos, Sally levanta da mesa e vai para o que suponho ser a sala de estar no apartamento dela. Há várias fotografias emolduradas na parede, e ela vai até elas.

Em uma delas Sally, mais jovem e alegre, de vestido de noiva, está de mãos dadas com seu novo e belo marido, que usa farda do Exército. Sally beija a ponta dos dedos e encosta no homem da foto.

Então Sally passa para uma fotografia do marido segurando Clifford com dois anos de idade, na frente de uma árvore de Natal toda iluminada. Ela dá um largo sorriso, lembrando daquele dia feliz muito tempo atrás.

Sally agora olha para uma foto mais antiga, em preto e branco, de uma menina sentada no colo de um homem muito sério com uma bela jovem espiando de trás da cadeira. Ninguém sorri nessa fotografia. A menina é parecida com a Sally. Pela semelhança imagino que o homem e a mulher sejam os seus pais.

Sally encosta na imagem do pai, mas tira rapidamente a mão, como se a foto queimasse os dedos.

8

Sereis julgado pelos seus atos.

Nos três dias em que Sally trabalhou para o meu marido, seus atos corresponderam à sua palavra. Ela cuidava de tudo para David, de forma que quando ele chegava em casa à noite não precisava lembrar que vivia com animais. Nem os cachorros tentavam mais chamar sua atenção. Eles sentiam o que eu já sabia, que o muro que cerca David agora é alto demais.

Sally, por outro lado, avançou bastante na conquista da confiança e do afeto dos meus cães, pelo menos de Bernie e Chip. Isso se deve em grande parte a três coisas. A primeira, que Sally é extremamente bondosa com eles, em palavras e comportamento. Ela não elevou a voz – nem quando Bernie, num ataque de entusiasmo, derrubou o entregador da lavanderia, ou quando Chip roubou (e depois comeu) uma bisnaga de pão da bancada da cozinha. Nas duas vezes Sally deu risada. Os cães adoram risadas, acho que para os ouvidos deles é o som da segurança e da aceitação.

A segunda é que Sally é muito segura. Seus movimentos com os cães são suaves e deliberados, como se ela tivesse um plano e eles fizessem parte desse plano. Pessoas amedrontadas fazem coisas assustadoras. Os cachorros não gostam de sentir medo nas pessoas.

A terceira coisa é que Sally faz questão de cozinhar para os cães. Ela acrescenta arroz, ou ovos mexidos, à ração deles. Num jantar ela cozinhou meio quilo de carne de peru moída e serviu para eles junto com caldo de galinha. Meus cães em geral não são frescos para comer, mas adoram sabores diferentes. Gostam de gente que lhes dá sabores diferentes.

Os gatos ainda estão meio desconfiados de Sally, Arthur mal nota a presença dela (mas também não tentou machucá-la), Alice obedece e Collette, bem, Collette é Collette.

Mas Skippy está mais parecido com meu marido no momento. Ainda sofre com a minha perda. Skippy, mais do que os outros dois cachorros, conhecia as nuanças do meu dia, minhas palavras e o meu toque. Nós almoçávamos juntos frequentemente, de um mesmo prato. Quando eu perdia algum paciente mais difícil e chorava, acho que Skippy tentava me consolar. Quando eu ficava zangada ou frustrada, ele me divertia com suas brincadeiras. Quando eu falava com ele, muitas vezes usava os mesmos termos carinhosos que dizia para o meu marido – *querido, amorzinho* e *bonitão*.

Quando se está de luto, não há muito lugar para pessoas ou experiências novas. Não acredito de jeito algum que Skippy não goste da Sally. Só acho que ele está inseguro demais para começar tudo de novo com outro humano que pode desaparecer para sempre, por motivos que ele não controla e não pode entender.

Se você considerou essa descrição da minha relação com Skippy antropomórfica demais, então eu peço desculpas e ao mesmo tempo sinto pena de você.

Clifford chega à minha casa no final da tarde do quarto dia de trabalho de Sally.

Parado na varanda da frente, ele segura com força o braço da mãe e o bloco de desenho e lápis na outra mão.

Ouço os cachorros latindo lá atrás, no quintal.

– Não precisa ter medo de nada, Cliff – Sally procura acalmá-lo.

– Tem certeza? – pergunta Clifford com o tom de voz frio.

– Tenho.

Sally beija a testa dele. Clifford diminui um pouco a pressão no braço da mãe, o suficiente para ela abrir a porta da frente e os dois entrarem na casa.

Chip, Bernie e Skippy arranham a porta envidraçada de correr nos fundos da casa e latem, desesperados para entrar e ver o novo menino. Se Clifford sente alguma coisa a respeito dos cães, não deixa transparecer no rosto. Ele simplesmente olha fixo para eles com a cabeça um pouco abaixada e inclinada para um lado. Os latidos param de repente.

Sally ignora os cachorros naquele momento.

– Vou preparar um lanche para você e depois pode ir dizer oi para eles – diz ela e leva Clifford até a mesa de jantar.

Clifford senta em uma das cadeiras, abre o bloco numa folha em branco, enquanto Sally vai para a cozinha.

Clifford olha em volta e examina cada detalhe da sala de jantar. Pega o lápis e se prepara para desenhar quando toca o telefone na cozinha. O efeito nele é imediato e dá pena de ver. Ele espreme os olhos bem fechados e o lápis treme na sua mão. Sally atende a ligação do David antes do segundo toque.

– Sim, ele está aqui agora... Até o momento...

As palavras dela perdem a nitidez e eu volto a observar o menino.

Clifford levanta da cadeira e caminha até a grande porta de vidro que o separa dos cachorros. Os animais ficam imediatamente alertas, esperando que Clifford ponha a mão na maçaneta.

Eu sei o que vai acontecer em seguida porque é sempre a mesma coisa, exatamente. Assim que a porta abrir, os cachorros vão invadir a casa feito lunáticos e correr em círculos um tempo, para só depois começarem a se acalmar. Bernie, Chip, ou os dois juntos, provavelmente vão pular em cima de Clifford, sua saudação brincalhona. Skippy talvez mordisque a barra da calça jeans de Clifford para mostrar àquela nova pessoa que ele ainda está vivo. Não machuca nada, mas o menino pode se assustar com as patas e o barulho.

Só que, dessa vez, nada disso acontece.

Ao contrário, Clifford desliza a porta de correr talvez uns vinte centímetros e seu corpo pequeno passa pela abertura. Lá fora, Clifford fica com os braços duros e esticados ao lado do corpo, mãos abertas, com as palmas viradas para fora. Ele está completamente imóvel, mas sorri para alguma coisa ao longe.

No início os cães parecem atônitos de ver que aquele menino desconhecido resolveu sair para vê-los. Então farejam as mãos dele. Chip lambe os dedos de Clifford, então balança o rabo, deita no chão e gane.

Sally encontra Clifford minutos depois. Achei que talvez se zangasse com o menino, mas não é essa a reação dela. Ela abre um pouco a porta de vidro para falar com o filho. Clifford está de costas para ela, de modo que não pode ver o rosto da mãe. Os cachorros não estão mais interessados em entrar na casa nem em fazer qualquer outra coisa que não seja ficar com o menino.

– Você fez amigos – diz suavemente.
– Por que eles estão tão tristes? – pergunta Clifford.
– Alguém de quem gostavam muito morreu.
– Ah. Como papai?
– É, Clifford. Como o seu papai. Agora entre, por favor. Está muito frio para você ficar aí fora sem casaco.
– Os cachorros também podem entrar?
– Claro que sim.
– Gosto deles.
– Eu sei que gosta. Entre agora, por favor.
– Está bem, mamãe – diz Clifford, virando para Sally e para a porta. – Mamãe?
– Sim, querido?
– Ainda não tem nenhum telefone no céu?
– Não. Sinto muito.
– Você acha que ele sabe que eu penso nele?
– Tenho certeza que sim.

Eu não sei o que pensar daquela notável criança que não entende as inflexões da voz humana, mas que de alguma forma percebe a perda que os meus animais, sem voz humana, sofrem. Não existe sentido sem contexto, e para Clifford eu não tenho nenhum contexto.

Mas eu sei o que estou vendo e no Clifford é uma alma gentil, muito mais velha do que a idade dele e que não julga ninguém. Meus animais se apegam a ele imediatamente, nenhum outro mais do que Skippy, que segue Clifford pela casa como se fossem velhos amigos que se encontravam de novo depois de uma longa ausência. Espontaneamente, embora eu talvez sentisse ciúme se a parte humana daquele caso de amor fosse a Sally, sinto apenas gratidão pelo Clifford e pela graça que ele trouxe para a minha casa.

Uma decisão repentina de Max, de que é "absolutamente imperativo" que David conheça uma nova "baleia" (gíria da firma para alguém que controla mais de sete dígitos em potencial de pagamento de honorários), faz com que ele só chegue em casa às quinze para as dez da noite.

David entra na casa às escuras e silenciosa, e começa a sentir um pouco a sua solidão. Para que estava com pressa de voltar para casa?

Bernie e Chip – parece que os dois acabaram de acordar – dão alguns latidos fracos na direção de onde David está. David tenta criar algum entusiasmo canino com a sua chegada, mas logo desiste. Os dois cães retornam para o canto de onde vieram, provavelmente o chão do quarto. Skippy não está em lugar algum, coisa que não é tão incomum assim, pois ele deu para ficar de guarda do meu lado da cama.

David vai para a cozinha, ansioso para ver algum bilhete de Sally, ou alguma outra prova da presença de outro ser humano na casa, mas não encontra nada. A pia não tem prato nenhum para lavar. Potes de comida de cães e gatos estão sobre a bancada, limpos. Parece que todos já comeram e foram dormir. Era exatamente isso que David achava que queria quando contratou Sally: alguém para cuidar de toda a vida na sua casa.

David se serve de um cálice de vinho de uma garrafa aberta que estava na geladeira e desvia a atenção para uma pilha de correspondência sobre a mesa da cozinha. Passa os olhos rapidamente pelas cartas e para num envelope pardo grande, endereçado a ele por Grumberg Architects, Inc. Posso ver pela expressão de David que ele sabe exatamente o que tem dentro, apesar de eu jamais ter ouvido falar daquela firma.

David rasga o pacote e tira de dentro uma carta junto com algumas folhas grandes de papel dobradas. Primeiro ele lê a carta.

> Caro sr. Colden,
> Desculpe o nosso atraso. Junto com esta carta encontrará as plantas do jardim que o senhor pediu. Estivemos em contato com o pedreiro e o empreiteiro e é com prazer que informamos que eles acham que podem obter a quantidade da pedra específica que o senhor pediu a tempo de começar a construção no início do ano que vem. O jardim estará acabado na época do plantio, em maio.
> Esperamos que o senhor goste do projeto. Analisamos com muito cuidado as plantas de alguns jardins ingleses históricos e procuramos criar algo que reflita a mesma atmosfera (em escala reduzida, é claro). Por favor, entre em contato comigo depois de ver o projeto.
> Sinceramente,
> Arthur Grumberg Jr.
> Anexos

David larga a carta sobre a mesa e pega as folhas dobradas. Abre bem devagar, quase como se tivesse medo do que contenham. Fico imaginando que tudo isso deve ser um engano. David se interessa por jardins quase tanto quanto eu me interesso por taxas de honorários de advogados. Mas vejo a mão de David tremer quando ele abre o último canto da última folha.

E ali, espalhado na mesa da cozinha, está a planta de um grande jardim, com um muro de pedra circular.

Eu conheço esse jardim. Esse é o meu jardim.

David passa a mão na cópia azul, imaginando a textura das pedras. Não consigo ver nada além disso porque meus olhos estão cheios de lágrimas.

Sally entra na cozinha sem fazer barulho e observa David respeitosamente, calada, alguns segundos. Ela não quer incomodá-lo, mas também não deseja espionar. Por fim, pigarreia.

David retorna com um susto dos seus pensamentos e dá meia-volta.

– Achei que você não estava mais aqui. Aconteceu alguma coisa?

Sally balança a cabeça.

– Desculpe. Estávamos na sala dos fundos assistindo à televisão e adormecemos.

– Eu me atrasei. Devia ter ligado.

Sally acena que não tem importância.

– Não havia necessidade.

– Como foi tudo com o seu filho?

– Ótimo. Clifford mudaria para cá se pudesse.

Sally olha para as plantas por cima do ombro de David.

– Está planejando alguma obra por aqui?

– Não. Agora não mais. Eu ia fazer uma surpresa para Helena no aniversário dela. Ela sempre quis um jardim como esse.

Não acredito que ele lembrou. Estávamos no meu apartamento em Ithaca uma noite, bem tarde, um mês depois de nos conhecermos, encolhidos juntos na cama, aquecidos um com o outro, enquanto o vento uivava lá fora. *O jardim secreto* – a versão original de 1949 com Margaret O'Brien – estava passando no canal de TV local. O filme era em branco e preto, exceto as cenas em que o jardim revivia. A transição no filme para a vida em cores me deixou sem ar de tão linda. Encostei a cabeça no ombro de David e disse:

– Eu adoraria ter um jardim igual a esse um dia, para sentarmos juntos sob as árvores, as flores, e esquecer do resto do mundo.

Minhas palavras saíram antes de eu poder fechar a boca. Era cedo demais, uma ideia muito adiantada no futuro, para um menino tão machucado pelo passado.

Mas para alívio meu, David não se fechou.

– Então vou fazer um jardim desses para você – ele respondeu baixinho. – E nas noites calmas de verão sentaremos entre as árvores, as flores e procuraremos fadas ao luar.

Foi um daqueles momentos em que eu consegui ver aquela parte mais oculta dele, a parte que realmente desejava ser despreocupada, divertida, fazer parte de alguma coisa e, eu acho, amada.

Naquele momento eu soube que o amava.

E sei que ainda amo.

Agora, na cozinha fria da casa que eu costumava dividir com ele, David passa por uma angústia muda e solitária, examinando o jardim que nunca existirá.

Sally põe os óculos de leitura e olha com mais cuidado para a planta do projeto.

– Nossa! Isso é que é presente!

– Foi num ponto em que acreditávamos que a doença significaria uma cirurgia e recuperação depois. Pensei que o jardim seria um bom lugar para ela ficar e se curar. Nós dois pensamos, eu acho. Estávamos enganados. Eu não cheguei a ligar para o arquiteto para cancelar o projeto depois que... você sabe...

A voz de David se perde.

– Sinto muito. Seria muito lindo de ver.

Skippy entra na cozinha fazendo barulho com as pequenas unhas no chão. Clifford chega logo atrás. Clifford e o cachorro bocejam demoradamente.

– Clifford, este é o sr. Colden.

David se abaixa um pouco para ficar no campo de visão de Clifford. E fala lentamente.

– É um prazer conhecer você. Como foi seu dia?

Clifford olha primeiro para a mãe, que o incentiva.

– Tudo bem – diz ela.

Os olhos de Clifford focalizam um ponto acima da cabeça de David e ele sorri.

– Gosto da sua casa – diz com a voz sem inflexão. – Gosto de todos os animais, mas o que eu gosto mais é o Skippy. É um bom cão.

– Ele é sim, e voce é bem-vindo aqui sempre, a qualquer hora.

Skippy sai trotando da cozinha e Clifford o segue.

– Quer algo para comer ou qualquer outra coisa antes de irmos? – pergunta Sally.

– Está parecendo que Skippy ganhou um novo amigo – diz David.

– Você não faz ideia. Estão inseparáveis o dia inteiro.

— Claro que é você que decide — diz David —, mas parece bobagem ir para casa agora à noite se vai ter de voltar logo de manhã. Vocês dois podem ficar no quarto de hóspedes e estou certo de que tenho escovas de dentes e essas coisas.

— Não quero incomodar.

Só agora entendo como David está desesperado para evitar ficar sozinho na casa.

— Não incomoda nada — diz. — De qualquer maneira tenho de acordar e sair antes de vocês levantarem. Venha, vou mostrar onde estão as coisas.

David sai com Sally da cozinha e vai para a sala de estar e o quarto de hóspedes.

— Isso obviamente faz sentido, mas não sei se o Clifford vai concordar. Ele tem lá as rotinas dele e...

David e Sally param na porta da sala de estar. Clifford está encolhido no sofá, coberto por um pequeno tapete, com Skippy aninhado entre as suas pernas. Bernie e Chip dormem no chão perto do sofá e alguns gatos dormem precariamente equilibrados (como só os gatos sabem fazer), nos braços do sofá.

— Como eu disse — diz Sally, finalmente se permitindo um certo alívio —, tenho certeza de que Cliff vai adorar ficar aqui.

Quatro horas mais tarde, quando a casa está no mais profundo sono, David levanta da nossa cama, veste um roupão de banho e volta para a cozinha. Pega uma dose de conhaque, as plantas do jardim e leva tudo para a sala de jantar. Skippy está lá, à sua espera.

— Por que está acordado? — pergunta David.

Eu sei a resposta, embora David não saiba. Skippy acorda toda noite a essa hora e vagueia pela casa, à minha procura. Esta noite é a mesma coisa, só que ele não está mais com toda aquela urgência. Parece mais cansado ou, então, mais resignado.

David senta à mesa, dá um tapinha na coxa e Skippy pula. Nós três ficamos ali sentados na sala de jantar vendo os detalhes do projeto até o conhaque acabar e a primeira nesga de luz aparecer no horizonte a leste.

9

No dia seguinte, David, Chris e Dan aparecem na corte do juiz Arnold Allerton para explicar por que não deviam ser sancionados.

Allerton é um juiz federal e isso significa, segundo o que David me explicou um dia, que exerce o cargo a vida inteira. Sei pelo David que Allerton foi colega de Max na faculdade de direito de Yale e que, devido a algum incidente naquela época, Allerton mal cumprimenta Max até hoje. É por esse motivo, e mais outro, que David sempre pisa em ovos no tribunal de Allerton. O outro motivo é que Allerton não tem nenhuma paciência para o jogo que é o arroz com feijão do direito. Ele é um dos pouco juízes que David teme e respeita.

Do outro lado do corredor onde está David com sua equipe, há dois advogados com ar de superioridade. O mais velho parece uma marmota que eu criei na faculdade de veterinária, por isso não dá para levar a sério aquela cara feia dele. Ninguém se cumprimenta quando entram no tribunal e não farão isso também quando saírem. Ninguém finge qualquer cordialidade. Ao contrário, todos os advogados aguardam impacientemente que Allerton entre e assuma seu posto.

Em poucos minutos soam duas batidas fortes numa porta fechada atrás do tablado. A porta se abre e uma mulher baixa e gorda berra.

– Todos de pé!

Os advogados ficam imediatamente de pé. O juiz Allerton entra segurando uma pilha de documentos e cai bufando na cadeira que parece um trono.

Talvez se deva ao fato de estar sobre um tablado, ou então porque usa um manto negro, mas Allerton parece maior do que todos ali presentes no tribunal. Ele é completamente calvo, e isso faz com que pareça eterno e irado.

– Sentem-se – ordena a meirinha.

Os advogados mais uma vez obedecem prontamente.

Allerton olha para eles lá de cima.

– Alguém quer me contar que história é essa?

David e a marmota pulam imediatamente das cadeiras como cavalos de corrida disputando posições na largada. Allerton rola os olhos nas órbitas.

– Muito bem, crianças, quero ouvir primeiro quem move a ação.

A marmota começa a contar uma história dickensiana de lamentações sobre as repetidas tentativas do seu cliente de descobrir uma informação crucial de e sobre o especialista-chave de David que esperam que testemunhe no julgamento dentro de poucas semanas e sobre a demora de David e, finalizando, o golpe de misericórdia, a falha de David ao não entregar um conjunto de documentos "absolutamente essenciais" para o julgamento.

David se adianta para responder, mas Allerton o detém.

– Ainda não, sr. Colden. Qual foi o atraso exatamente, sr. Jared? – pergunta Allerton para o adversário de David.

– Perdão, Excelentíssimo? – pergunta Jared.

– O senhor disse que o sr. Colden atrasou a entrega dos documentos. Quantifique isso para mim. Semanas? Meses?

– Bem, o tempo exato... eu... é... não acho que...

O colega de Jared passa um bilhete e ele lê rapidamente.

– Quatro dias, Excelentíssimo.

– E nesse tempo o sr. Colden pediu uma extensão do prazo, não foi?

– Eu acredito que sim, Excelentíssimo, mas...

– Acredita, senhor Jared? "Eu acredito" serve para a fadinha do dente e Papai Noel. Estamos aqui por causa da sua moção de sanção. É uma moção muito séria. Acho melhor dizer coisa melhor do que "eu acredito". Ele pediu um dilatamento do prazo ou não?

– Sim, pediu – responde Jared.

Era óbvio que Jared não esperava que as coisas acontecessem daquela maneira, e não está nada contente com isso.

– E o sr. Colden disse por que queria essa extensão?

– Não tenho certeza.

– Ah, o senhor pode fazer melhor do que isso, sr. Jared. O senhor sabe ou não sabe?

A palavra "não" ecoa no tribunal silencioso.

O colega de Jared entrega para ele outro bilhete. Jared lê rapidamente o recado.

– Eu acredito...

– O quê? – retruca Allerton, irritado.

– Quero dizer, sim, nós sabemos que ele afirmou que precisava de mais tempo porque a mulher dele tinha falecido... infelizmente.

Então Jared vira para David.

– Minhas condolências, claro, pela sua perda.

Os pêsames da marmota, dados pela primeira vez numa audiência para sancionar o meu marido, são quase cômicos.

Allerton não vê nenhum humor nisso.

– Seus fatos estão corretos, sr. Jared. A mulher do sr. Colden falece depois de uma doença longa e cruel. Por isso ele pediu uma breve extensão do prazo e vocês disseram o quê?

– O sr. Colden faz parte de uma firma muito grande, Excelentíssimo. Certamente há outros advogados capazes que poderiam...

– Eu perguntei qual foi a sua resposta para ele, senhor. Entendeu a minha pergunta?

Depois de hesitar alguns segundos, Jared responde baixinho e desanimado.

– Nós recusamos o pedido.

– Por que fizeram isso, senhor?

– O prazo estava...

– Entendo. E há a questão dos documentos que o senhor diz que o sr. Colden se recusa a entregar, correto? – pergunta Allerton enquanto pega um documento da pilha na sua frente. – Qual documento, especificamente, ficou faltando?

Jared recita uma resposta bem ensaiada.

– A firma do sr. Colden devia...

– Está ciente da existência de um documento específico que foi indevidamente recusado ou não?

A frustração soa perigosamente no tom de voz de Allerton.

– Eu acho... Não, um documento específico, não – Jared acaba reconhecendo.

– A razão dessa minha pergunta, sr. Jared, é que tenho aqui uma declaração juramentada de uma sra. Jerome que inclui a afirmação dela em juízo de que repassaram tudo de novo e verificaram duas vezes com o especialista e... veja só isso... não há nenhum outro documento. Ponto parágrafo. – Allerton vira as páginas da declaração juramentada de Chris. – Chegou a ver essa declaração, sr. Jared?

Jared olha para o colega mais moço, que meneia a cabeça discretamente.

– Sim, nós vimos – admite Jared.

– E, então, a sra. Jerome está simplesmente mentindo? O senhor a está acusando de perjúrio?

– Acredito que ela está enganada – responde Jared.

Allerton cria uma cena dramática examinando os papéis sobre a sua mesa.

– Ora, então onde está a sua declaração em resposta? Onde está o documento enumerando suas provas para acreditar que ela se enganou... ou pior, cometeu perjúrio? Posso garantir que se tiver prova de que a sra. Jerome mentiu para esta corte, não descansarei enquanto ela não for expulsa da ordem. Já fiz isso antes. Não tolero mentirosos no meu tribunal. É só me dar uma prova.

– Nós só recebemos a declaração ontem à noite. Não tivemos tempo...

– De acordo com o selo do fax do documento o senhor recebeu a declaração ontem, às três e vinte e dois da tarde. Não era noite.

– Eu estava fora do escritório atendendo a outro compromisso quando chegou e não vi...

– Mas o senhor faz parte de uma firma bem grande, sr. Jared – responde Allerton. – Certamente deve haver outros advogados capazes de escrever a resposta. – A essa altura até Jared sabe que é melhor ficar de boca fechada. – Bem, também tenho aqui na minha frente o pedido do sr. Colden para adiar a data do julgamento dessa questão.

– Nós nos opomos a esse pedido porque...

Jared só chega até aí e Allerton rosna.

– Acho que já ouvi o suficiente do senhor hoje. – Jared senta com relutância. – Está me parecendo, sr. Jared, que, com todos os seus "eu acredito" e "eu acho", seria bom o senhor ter mais um tempo para aprender o que entra e o que sai do seu caso. Não gostaria de privá-lo da oportunidade de preservar cada uma de suas argumentações na corte.

A marmota levanta de novo e me faz lembrar o jogo de fliperama *Whac-A-Mole* (Atire na marmota).

– Mas, Excelentíssimo, a data do julgamento já está definida. Temos testemunhas que viajarão para cá vindas de todos os cantos do mundo. O meu cliente espera que...

Allerton dá um sorriso gélido para Jared.

– Eu entendo – diz ele, e então... *whac*! – O senhor talvez queira trazer o seu cliente ao meu tribunal, sr. Jared. Eu teria muito prazer de explicar para ele o raciocínio do meu juízo e o papel da sua conduta dentro dele. Vamos adiar até o meio-dia, então, para o senhor poder trazer o seu cliente?

O rosto de Jared não podia ficar mais vermelho.

– Isso não será necessário, Excelentíssimo. Tenho certeza de que meu cliente vai compreender que a corte tem uma agenda muito apertada.

– Foi o que pensei. Vou adiar o julgamento por três meses. Meu assistente divulgará uma nova data. Bom-dia para todos vocês.

A meirinha diz:

– Todos de pé.

Allerton vai embora. Jared e os colegas saem do tribunal apressados, para dar a má notícia para o cliente ou para evitar ter de encarar David com sua vitória. Chris, David e Daniel observam a escapulida dos outros.

— Como ratazanas, não acham? — pergunta Chris.

— Não são como ratazanas — responde David. — Superando aquela coisa do rabo, os ratos até que são legais.

David parabeniza a equipe com apertos de mão, mas diante daquela vitória que acabou de ter ele parece um tanto amuado. A vida profissional de David acabou de melhorar muito, mas não tenho certeza de que ele realmente quisesse o luxo do tempo vago. A pressão de um julgamento seria perfeita para perpetuar a fantasia de que era tudo trabalho, como sempre. Agora haveria mais liberdade, da qual David queria escapar.

Chris deve ter sentido a mesma coisa.

— Isso não tem preço. Você pode sorrir agora.

— Quero convidar os dois para almoçar no Rizzo — oferece David. — Vão na frente e peçam o couvert. Tenho de fazer umas ligações primeiro.

Chris examina o rosto de David preocupada e então sacode os ombros.

— Não demore muito.

Chris e Daniel guardam o material rapidamente e saem. No caminho ouço quando Dan recapitula entusiasmado cada golpe daquela sessão para Chris, como se ela não tivesse visto tudo.

David, agora sozinho no tribunal, despenca na cadeira. Parte com alívio, parte de exaustão e parte de tristeza. E fica ali sentado, olha para a cadeira do juiz, para as dos jurados, para a mesa dos advogados que agora está vazia e depois para a aliança. É como se tentasse ligar os pontinhos que negam o que ele deseja, ordem e simetria.

Em poucos minutos o juiz Allerton, dessa vez apenas de terno, volta sozinho à sala do tribunal. David fica de pé de um pulo na mesma hora e começa a recolher os papéis.

— Desculpe, juiz. Saio já, já.

— Não precisa se levantar, sr. Colden. Vim só pegar alguns autos de processo aqui — diz Allerton, que se aproxima da mesa e começa a remexer em algumas folhas.

David permanece de pé.
- Eu quero agradecer ao senhor, por... o senhor sabe... por ser compreensivo com a minha situação.
Allerton levanta a cabeça.
- Por favor, não me agradeça por tratá-lo como um ser humano. Eu gostaria que sua profissão não tivesse afundado tanto a ponto de uma simples cortesia ter se tornado algo chocante.
- Talvez não seja chocante, mas eu certamente dou muito valor.
O juiz Allerton meneia a cabeça indicando que entendia.
- Doze de agosto de 1997, às vinte e duas horas e trinta e sete minutos.
- Perdão?
- Doze de agosto de 1997, às dez e trinta e sete da noite. A hora exata em que minha mulher morreu.
- Desculpe. Eu não percebi.
- Posso dizer que está melhorando. Não passo um dia sequer sem pensar nela, mas está melhorando.
Os lábios de David começam a tremer. O juiz Allerton vira para o outro lado e rapidamente junta os papéis.
- Boa sorte, sr. Colden. E procure um acordo nesse caso. Tenho certeza de que agora o senhor tem coisas melhores para fazer.
- Obrigado, juiz - David responde baixinho quando Allerton sai pela porta atrás do tablado.

Mais ou menos na mesma hora em que David sai do tribunal, Sally entra na sala de exame de Joshua carregando Skippy embaixo do braço.
- Que boa surpresa - diz ele. - Está tudo bem?
- Está tudo bem.
- Como está indo o trabalho lá com o David?
- Eu retiro todas as coisas horríveis que já disse sobre você.
- Eu não soube de nenhuma, mas é bom saber disso.
- Eu devo essa a você.
Joshua balança a cabeça.

– Você merece que alguma coisa dê certo na sua vida, para variar.
– E eu digo amém para isso.
– E então, o que posso fazer por você?
– Eu queria saber o que pode me dizer sobre esse cara aqui – diz Sally, pondo Skippy carinhosamente sobre a mesa de exame.

Joshua pega Skippy e brinca de levantá-lo no ar. Skippy dá sinais de estar gostando.

– Você conhece o estado dele, não é?
– Sei que há um problema no coração, mas David não foi nada preciso nos detalhes.

Joshua meneia a cabeça.

– Eu estava lá quando Helena o encontrou e tratou dele.

Joshua pega o estetoscópio do pescoço e ausculta o coração de Skippy. O cão fica quieto o tempo todo. Já foi examinado muitas vezes por Joshua.

– O ventrículo esquerdo tem mais ou menos a metade do tamanho normal.

– Será que tem alguma coisa que eu possa fazer a mais por ele? Clifford está se apegando muito ao Skippy.

Joshua põe o estetoscópio no pescoço de novo e verifica a cor das gengivas de Skippy enquanto fala.

– É a constituição dele. Ele está fazendo o melhor possível com o que Deus lhe deu. Sinto muito, Sally.

– Então, à medida que ele for envelhecendo...

Joshua passa a examinar os olhos e os ouvidos de Skippy.

– Sim, o coração dele vai ficar mais fraco. Já está dilatado, tentando fazer o trabalho que não consegue. Ele vai acabar tendo uma falência cardíaca. Quando chegar a esse ponto, poderemos aumentar a dose de Lasix e do Digitalis, mas é uma batalha perdida.

– Não há nenhuma opção cirúrgica?
– Não, nem se ele fosse humano. Está danificado demais. Ele não sobreviveria.

– É claro que Cliff tinha de escolher um cão moribundo – resmunga Sally.

– Não me surpreende. Ele sempre teve alguma coisa especial – diz Joshua alisando o pelo preto e brilhante de Skippy.

Joshua encosta sem querer na mão de Sally e recua rapidamente.

– Helena disse que ele era o maridinho perfeito.

– São os olhos dele – diz Sally. – Há uma inteligência neles que é difícil ignorar, você não acha?

– Acho.

– Quanto tempo teremos com ele?

– Ele está sempre me surpreendendo. Hoje parece muito bem, mas acho que pode mudar bem rápido. No fim será uma decisão de qualidade de vida – diz Joshua, sem conseguir disfarçar a tristeza na voz.

Eu sei que Joshua detesta pensar em ter de tomar essa decisão de novo.

– Só espero que Skippy deixe bem claro quando chegar a hora.

Sally pega o cão na mesa de exame e o põe no chão, ele senta aos pés dela e fica observando a conversa.

– Estou tão farta de ter de me despedir...

– Eu entendo.

Nesse momento Joshua devia estar pensando nas despedidas dele, do seu casamento, de mim, do menino dele.

Sally examina o rosto de Joshua e para nos olhos, antes de ele virar de novo, envergonhado.

– Sim – diz ela –, eu sei que você entende.

– Por menor que seja o consolo, acho que Skippy não tem a nossa concepção da doença dele. Aposto que hoje ele se sente como se sentia ontem e no dia anterior. Ele acorda, come, brinca, talvez cace um esquilo ou dois. Esse é o dia dele. Ele está vivendo. Não está esperando.

Naquele momento um gigantesco newfoundland irrompe porta adentro e invade a sala de exames com uma esbaforida Eve atrás.

– Desculpe, dr. J. – diz Eve ofegante. – Ele escapou de mim.

O cachorro pula em Joshua e eles quase ficam cara a cara. O cão solta um profundo uuufff e então lambe o nariz de Joshua.

Ele ri como um menininho e todo o rosto dele se ilumina. Sally também dá risada. Mas Skippy não acha graça daquela intrusão e rosna.

— Tudo bem, Eve. Eu o segurei — Joshua consegue dizer ao se esforçar para tirar as enormes patas do animal dos seus ombros.

— Está me parecendo que é o contrário – diz Sally, ainda rindo.

— Deixe-me apresentar o Newfie Pete. Mais um salvo pelo Jimmy.

— Ele também está procurando um lar?

— De jeito nenhum – diz Joshua quando o cachorro cobre o rosto dele com uma boa camada de baba. – Você nunca vai me deixar, não é amigo?

Joshua abraça a imensa cabeça do cão.

Minutos depois a calma é restaurada, e Joshua acompanha Sally e Skippy para fora da sala de exames. Passam pela sala onde ficam as gaiolas cheias de gatos e cachorros com diversos tipos de ferimentos ou doenças. Os gatinhos que Jimmy encontrou estão embolados juntos em uma gaiola.

— Tiny Pete? – pergunta ela.

— Você lembra até o nome?

— Está difícil tirar esse aí da minha cabeça.

— Ele está muito bem.

— E?

— E o quê?

— E que tal os argumentos de venda. Que ele precisa de um lar, que não devia passar mais um minuto numa gaiola. Você conhece todos.

— Eu não faria isso com você. Sei que não vai levá-lo e isso é um bom motivo.

Sally vai andando com Joshua e Skippy até a porta da frente da clínica em silêncio. O rosto dela não revela nada, é uma máscara. Talvez esteja pensando em outros gatos e cães que conheceu e que enterrou na vida, ou no marido dela, ou em Clifford, ou pode estar simplesmente pensando no almoço. Eu não sei dizer. Mas sinto que em algum ponto da vida Sally se transformou numa verdadeira especialista em esconder o que é mais importante para ela, caso alguém possa estar observando nas sombras.

À porta da frente Sally se concentra em Joshua mais uma vez e dá um sorriso maroto para ele.

– Ah, você é bom, Joshua Marks. Tenho de admitir. Ah é, muito bom. A venda de quem não quer vender. E quase me enganou direitinho.

– Mas acho que não funcionou bem – diz Joshua com um sorriso malicioso e um tom esperançoso na voz.

– Veremos. – Sally dá até logo e vai andando para o carro com Skippy.

Joshua fica observando.

– Feliz Dia de Ação de Graças – diz ele para ela, mas Sally já está dentro do carro e não vira para trás.

10

O Dia de Ação de Graças. Esqueci completamente.
O Dia de Ação de Graças sempre foi um feriado estranho para nós. Meu pai morreu quando eu estava no último semestre da faculdade de veterinária, e minha mãe se juntou a ele no segundo ano do nosso casamento. Os pais de David tinham morrido há muito tempo quando o conheci. Sem filhos e sem pais, David e eu não podíamos nem fingir que tínhamos uma "família" no sentido tradicional da Ação de Graças.

Nunca houve um peru assado na nossa mesa porque eu era vegetariana e David, por respeito a mim, não comia carne em casa. Nos primeiros dias de Ação de Graças do nosso relacionamento eu experimentei todo tipo de peru falso, um ano cheguei até a esculpir tofu fermentado e purê de batata para formar a ave gigantesca. Mas a verdade é que carne tem gosto de carne e nada mais tem, por isso acabei desistindo. Então a refeição do Dia de Ação de Graças na nossa casa era toda de carboidratos: purê de batata, recheio, batata-doce, pão, um ou dois legumes e vinho muito bom.

Dependendo dos planos deles a cada ano, forçávamos esse banquete de carboidratos em Joshua, Liza e quem ela estivesse namorando na época, Chris e o marido, Martha e o marido, e qualquer associado júnior da equipe de David que não tivesse para onde ir. Essas reuniões eram sempre divertidas, faziam com que nossa casa se enchesse de vida. E agradecíamos justamente essa sensação de vida.

De vez em quando, à noite, depois que todos os convidados já tinham ido embora, tirávamos a mesa e lavávamos os pratos juntos. Dávamos para os cães, gatos e para Collette o que restava de comida. Exaustos e tontos com o vinho, nós nos instalávamos na sala de estar com os cachorros e assistíamos a *A incrível jornada* (Homeward Bound), aquele filme piegas sobre dois cachorros e um gato que se separam da família e enfrentam perigos e obstáculos para encontrar o caminho de casa.

A incrível jornada era nosso *A felicidade não se compra* (It's a Wonderful Life), nosso *É a grande abóbora, Charlie Brown* (It's the Great Pumpkin, Charlie Brown). Sabíamos todos os diálogos de cor e repetíamos todas as cenas. Por mais tarde que fosse, por mais cansados que estivéssemos, independentemente do fato de David ter de ir trabalhar no dia seguinte ou se eu estivesse de plantão, assistíamos aos oitenta e quatro minutos do filme, cercados pelas nossas criaturas. Por isso também éramos gratos.

Ao ver David entrar na nossa casa agora, cansado e preocupado, tenho certeza de que ele também andou pensando no Dia de Ação de Graças. Mas meu marido enfrenta os dias de ação de graças do seu futuro de viúvo, e eu encaro os dias de ação de graças do nosso passado casados.

David cumprimenta os cães rapidamente. Eles sentem o humor dele e logo vão para outros cantos da casa. Na cozinha David tira uma garrafa de vinho aberta da geladeira, serve um copo cheio e examina a correspondência. Pula as contas e as cartas e pega uma revista, a edição jumbo de ação de graças de *Food and Wine*.

Leva o vinho e a revista para a sala de visitas, cai sentado no nosso sofá e começa a folhear as fotografias brilhantes das reuniões de família e lindas mesas do feriado, que acredita que nunca irá ver.

Sally aparece, vindo dos fundos da casa.

– Como foi seu dia?

David consegue dar um sorriso.

– Bom. – O sorriso logo se transforma numa careta de deboche. – Você sabe, as pessoas berrando umas com as outras sobre dinheiro. E o seu?

– Ótimo. Sem gritaria e certamente sem conversa sobre dinheiro, mas eu acho que Collette em pouco tempo vai nos pressionar para construir uma casa nova para ela. Que tal um chá?

– Estou bem, obrigado – diz David, apontando para o copo de vinho.

Sally já vai contar para David a ida à clínica de Joshua, mas a expressão de David, o copo de vinho na sua mão e para completar a revista no colo fazem com que ela desista. Em vez disso ela pega a bolsa e o casaco para voltar para casa, sob o olhar de David por cima da revista.

– Clifford não está com você? – pergunta David, parecendo um pouco desapontado.

– Não. Ele estava cansado, por isso a babá o colocou na cama.

– Como conseguiu arrancá-lo de perto do Skippy?

– Foi difícil.

– Grandes planos para o Dia de Ação de Graças? – pergunta David, balançando a revista no ar.

– Meu pai e a mulher dele estão nos esperando, a mim e ao Clifford. É uma espécie de tradição.

David faz que sim com a cabeça e bebe um grande gole de vinho.

– Não sabia que seu pai ainda estava vivo.

– Vivíssimo. Ele casou de novo depois que minha mãe morreu.

– O Cliff gosta dela?

– Não. Ela também não é das minhas preferidas. Mas é boa anfitriã e trata Clifford bem.

– Então parece que seus planos são bons. Se terminar cedo, vocês são bem-vindos aqui. Nossa amiga... minha amiga Liza vem para cá. E talvez Joshua este ano.

– Joshua? Ele realmente sai alguma vez daquela clínica? – pergunta Sally.

– Pelo menos no Dia de Ação de Graças, depois de fazer sua ronda.

– Ora, o seu convite é muito atencioso, mas nós só devemos voltar na manhã de sexta-feira. Você estará de folga no trabalho?

– Oficialmente, sim. Mas talvez dê um pulo lá. Ainda tenho muita coisa para atualizar.
– Bem, eu estarei aqui se tiver de ir. Por isso não se preocupe.
– Obrigado.
David bebe o resto do vinho e Sally veste o casaco.
– É meio estranho, sabe?
– O quê?
– Você já assistiu a *Rudolf, a rena de nariz vermelho*? – pergunta ele.
Sally sorri.
– Todos os anos.
– Lembra da Ilha dos Brinquedos Perdidos? Assim era a nossa casa no Dia de Ação de Graças, o lugar onde todos que não tinham melhor lugar para ir eram bem-vindos e se sentiam à vontade.
David enche o copo de novo na cozinha e Sally espera que ele volte.
– Agora acho que sou apenas mais um brinquedo quebrado.
– É duro, eu sei – diz Sally.
David pigarreia e procura soar tranquilo, quando finalmente pergunta para Sally:
– Quanto tempo você levou para... você sabe... depois que o seu marido...?
Sally apressa o passo para a porta.
– Sou a pessoa errada para usar nessa comparação. Eu era muito jovem, tinha um filho. É diferente.
David percebe quando não é bem-vindo.
– Desculpe. Não quis me intrometer. Só pensei que...
– Tudo bem – Sally diz, concentrada demais em calçar as luvas. – É melhor eu ir.
David a acompanha até a porta e Sally resmunga alguma coisa que não dá para ouvir.
– O que disse? – pergunta David.
Sally suspira e descobre que seu plano de uma retirada rápida falhou. Dessa vez eu a compreendo. Falhou principalmente porque apesar de Sally querer acreditar que é durona e, portanto, imu-

ne a mais sofrimento, ela não é nada disso, é tão vulnerável como sempre foi. Para ela isso significa dizer que quando vier a próxima dor, e ela sabe que sempre vem, não poderá fazê-la ir embora nem ignorá-la. Em vez disso, terá de vivenciar mais esse sofrimento, e já teve demais esse tipo de vivência.

Sally vira para encarar David de frente e põe as mãos gentilmente nos ombros dele.

– O primeiro Dia de Ação de Graças é de longe o pior. Procure ficar fora de casa até a hora de dormir. Distraia-se com qualquer coisa que quiser, desde que não acorde mal por isso no dia seguinte. Ninguém, e eu digo mesmo, ninguém entenderá, então não espere isso, não peça que entendam e não se zangue quando não entenderem. As palavras perfeitas deles não servirão para nada. E as suas também. Entendeu? – A voz de Sally treme com a lembrança.

Ela solta os ombros de David e lhe dá um pequeno aperto no rosto.

– Não é da minha conta dizer como você deve administrar a sua dor – diz. – E Deus sabe que eu não tenho nenhuma resposta boa para isso. Mas uma coisa que eu posso dizer é que olhar para o próprio sofrimento é muito parecido com olhar direto para o sol. Não pode fazer isso por muito tempo sem acabar com a sua visão. Às vezes de forma permanente.

Sem dizer mais nada, Sally levanta a gola do casaco para se proteger do frio e sai noite afora.

Liza chegou à nossa casa pouco depois das duas da tarde no Dia de Ação de Graças. Ainda bem que chegou sem namorado, com uma torta de abóbora. A torta era uma piada nossa. Nós três detestamos torta de abóbora. Mas é a preferida de Collette.

O vinho foi servido imediatamente, e Liza e David beberam com muita pressa. Um cálice, depois outro, um terceiro, tudo antes de a comida chegar à mesa. Os últimos meses tinham aumentado a tolerância de David para o álcool. Mas Liza era sempre uma espécie de peso leve para começar, e três taças de vinho, uma logo depois da outra, sem comer nada, cobraram seu preço. Acho que a intenção dela era exatamente essa.

– Sabe de uma coisa – diz David bebendo um grande gole –, acho que você talvez tenha um problema com a bebida.

Liza ri com a cara dentro da taça.

– Ora, se isso não é o roto falando do esfarrapado...

Ela encosta sua taça na taça de David, num brinde.

– Além do mais, eu não posso ter problema de bebida. Sou uma profissional da saúde mental.

– Eu sei que não é fácil estar aqui.

– É, fácil não é mesmo. Mas pelo menos você não precisa fingir.

Liza examina lentamente a sala e depois todos os meus livros, exatamente onde os deixei.

– Só que é a primeira vez que estou nessa casa sem a presença dela. Eu estive evitando isso.

– É mesmo? Eu não notei – brinca David.

Ficam conversando uma hora, sobre o trabalho do David, os pacientes de Liza, seu novo interesse amoroso do momento (que "está com os filhos este fim de semana"), Sally e, claro, os animais. Mas há um enorme elefante branco na sala. Sou eu, e detesto ser esse elefante. Vou ficando maior e mais branco à medida que o torpor do vinho vai diminuindo.

– Você quer falar de como está realmente se sentindo? – finalmente Liza pergunta quando os dois sentam à mesa para almoçar as compras de uma pequena delicatéssen na cidade: purê de batata, aspargos grelhados, recheio de peru, uva-do-monte e espinafre.

– Você primeiro.

– Ah, não. Pare de sair pela tangente. Estou preocupada com você.

– Você disse que eu tinha cinco anos – diz David enquanto se serve. – Ainda não passaram nem dois meses.

– Você tem o tempo que for necessário. Isso não é uma corrida.

– Mas...?

– Mas a única diferença entre um sulco de pneu e uma cova é a profundidade e o sofrimento. Seguir adiante não acontece sozinho. Precisa de certo trabalho também.

– Pensei que eu estava trabalhando.
Liza faz um gesto largo com o braço, na direção das estantes de livros.
– Nada foi mexido aqui. Não vejo uma única caixa de papelão.
– E daí?
– Essa casa era toda Helena, e ainda é. Aposto que se eu entrar no quarto e abrir o armário ainda vou encontrar as roupas dela.
– Essa é uma ótima aposta. E daí?
– Não dói cada vez que você vê as coisas dela?
– Claro que dói, mas não doeria mais se eu me livrasse delas?
– Claro que sim, no início. A isso chamam de catarse.
Liza estende o braço e toca na mão de David.
– É por isso que enterramos as pessoas e temos velórios, em vez de pendurar os corpos no teto. Dói muito, demais mesmo, e depois as feridas vão cicatrizando.
– Será que podemos conversar sobre outra coisa? Afinal de contas é Dia de Ação de Graças.
David pega a garrafa de vinho.
– Claro.
Liza brinca com a comida no prato por alguns minutos tensos.
– Quem você prefere para governador? – diz ela sorrindo.
David quase expele a boca cheia de vinho pelo nariz. Liza nunca votou em nenhuma eleição e acha que a capital de Nova York é Manhattan. Quando finalmente se recompõe, David pergunta:
– Você está, você sabe, se esforçando para superar isso?
– Não sou uma comparação justa. Quero dizer, eu a conhecia há mais tempo do que você, mas ela não era minha mulher. Eu não dividia a cama com ela. E além disso, fora de brincadeira, tenho cinco anos de aprendizado em objetividade emocional, mecanismos de defesa e aconselhamento no luto, e uns doze anos de prática em psicoterapia. Você não tem nada desse histórico.
– E então, é sim ou não?
Liza dá de ombros e olha para o prato.
– Os dois.
David empurra a cadeira para longe da mesa e esfrega as mãos.
– Chega de papo furado. Tenho uma coisa para você.

Ele sai da sala e volta segundos depois com uma pequena caixa embrulhada em papel de Natal. Vai até o sofá e dá um tapinha no lugar ao lado dele. Liza senta.

David entrega o presente para Liza.

– É um presente de Natal adiantado, já que você vai estar no México com o fulano.

Ela abre o embrulho que contém uma pequena caixa de joia.

– Você está me pedindo em casamento?

– Abra a caixa, sua boba.

Liza abre a tampa da caixinha. Arregala os olhos e prende a respiração.

– Ai, meu Deus... – É tudo que ela consegue dizer antes de ficar com os olhos cheios de lágrimas.

Como a maioria das mulheres, acumulei em anos algumas gavetas de joias. Poucas peças tinham algum significado para mim e, entre essas, duas eram mais importantes. A primeira era um pingente com todas as plaquinhas dos cachorros que eu amei e perdi, que foi cremado comigo a pedido meu. Aquelas plaquinhas só tinham sentido para mim, então achei que era justo.

O segundo item era um anel antigo de platina e safira que David encontrou em Paris na nossa lua de mel. Liza sempre adorou esse anel e dizia brincando (muito antes de eu saber que estava doente e nunca mais depois) que queria que eu o deixasse para ela, caso eu morresse primeiro. É esse anel que David dá para Liza agora.

– Eu sei que Helena queria que você ficasse com ele depois...

– Aquela danada. – Liza soluça, abraça David e esconde o rosto no ombro dele.

Soa a campainha da porta e os cães latem para o intruso.

– É melhor você atender – diz Liza com a cara na camisa de David, sem qualquer iniciativa para largá-lo.

Antes de David conseguir se soltar, Joshua entra, seguido pelos três cachorros e encontra Liza e David na sala de estar. David dá um sorriso sem graça para Joshua.

– Vocês estão bem? – pergunta Joshua, num tom mais alto do que os soluços de Liza.

– Ótimos – responde David. – Nossa amiga aqui, com curso profissional e emocionalmente objetiva, está só tendo um momento de desabafo. – Liza soca o ombro dele. – Ai!

– Você é um chato – diz Liza ao secar os olhos. – Feliz Dia de Ação de Graças, Joshua.

Liza beija Joshua no rosto.

– Com licença.

Ela vai para o banheiro, deixa David e Joshua a sós.

– Eu já estava começando a imaginar se você realmente viria – diz David.

– Eu sei – diz Joshua. – Eu queria poder… Não encontrei…

David levanta do sofá.

– Eu entendo. Eu também não estaria aqui, se não morasse aqui.

– Não foi isso que eu quis dizer. – Joshua para de falar, fecha os olhos e respira fundo. – Talvez tenha sido sim.

– Não tem importância. – David abraça Joshua. – O fato é que agora está aqui comigo.

Liza, um pouco mais composta, assoando o nariz, volta fazendo barulho.

David ergue a taça de vinho para Joshua e Liza.

– Bem-vindos à minha casa – diz ele.

A ênfase na palavra "minha" é perfeitamente clara.

– Agora só falta você começar a decorá-la com as suas coisas. Não acha? – Liza vira para Joshua com esperança de obter algum apoio moral.

Joshua é um homem inteligente. Ele já viu a casa.

– Como é mesmo aquele poema? – pergunta Joshua. – Aquele sobre a casa?

– … sem ninguém para agradar… – começa Liza.

– … ela simplesmente murcha… – David completa e bebe o resto do vinho.

A menos de dez quilômetros da casa de David, Sally e Clifford terminam a modesta mas alegre refeição do Dia de Ação de Graças em sua minúscula sala de jantar.

– Obrigado, mamãe. Estava muito bom – diz Clifford.

É exatamente o que um menino de nove anos normal, gentil e bem-educado diria neste momento, só que a voz dele não tem nenhum afeto ou carinho. É como um cumprimento vindo do sintetizador de voz do computador.

Sally sorri para o filho.

– De nada. Do que você gostou mais?

– Do recheio. Você faz o melhor recheio.

– Ora, obrigada, Cliff. Quer mais um pedaço de torta?

Clifford esfrega a barriga.

– Não, obrigado, mamãe.

– Você sabe que sinto muito orgulho de você, filho.

Por um segundo o olhar de Clifford demonstra compreensão, mas então ele inclina a cabeça para o lado, exatamente como um cão diante de alguma coisa que não entende.

– Sei que você se esforça muito nos seus exercícios e na escola, e quero que saiba que me orgulho demais de você. Nunca esqueça isso, está bem?

A expressão de Clifford continua vaga, vazia.

– Você acha que Skippy está dormindo agora?

Sally faz de tudo para continuar sorrindo. Naquele breve minuto se permitiu acreditar que eram uma família normal, tendo uma conversa normal que durava mais do que uma pergunta específica e uma resposta precisa. Tinha se dado ao luxo de imaginar que Clifford reconheceria verbalmente seu amor por ele.

– Acho que Skippy já deve estar dormindo sim, querido – responde Sally. – Gostaria de ir vê-lo amanhã?

Clifford não responde. Já passou para alguma outra coisa.

– Posso assistir à televisão agora, mamãe?

– Pode sim – diz Sally. – Só um dos seus DVDs, combinado? Já está pronto para você.

Clifford desce da cadeira e corre para o cômodo ao lado. Em poucos segundos ouço os ruídos abafados da televisão.

Mesmo com o barulho o apartamento é espantosamente quieto e silencioso. Esse é o som da solidão.

Toca o telefone na cozinha. Sally olha fixo para ele como se fosse um cabo de alta tensão arrebentado, inerentemente perigoso, capaz de provocar enorme sofrimento e imprevisível. Acaba atendendo.
– Sim?
– Oi, Sally. É o Joshua. Estou incomodando você?
– Não.
– David disse que você ia para a casa do seu pai.
– É, bem, agora estou em casa. Você esteve com o David?
– Um tempinho.
– Como ele estava?
– Mais ou menos como se era de esperar, eu acho.
– Achei simpático você ter ido. Esse feriado é um horror para quem está de luto.
– É mesmo – responde Joshua, com experiência própria no assunto. – Como foi o seu lá com seu pai?
Sally dá uma risada amarga.
– Acho que nada do que se podia esperar.
– Ah, é?
– É uma história muito comprida – diz Sally e impede qualquer outra pergunta.
– Bem... – gagueja Joshua. – Eu só queria... hum... Quero desejar a você e ao Clifford um feliz Dia de Ação de Graças.
– Você pode me fazer um favor?
– Claro. – Joshua se prepara para algum tipo de rejeição.
– Vamos nos dar um ao outro três minutos de sinceridade. Hoje estou velha demais e cansada demais para qualquer outra coisa.
– Tudo bem, começa quando?
– Agora mesmo – diz Sally. – Por que você quis ligar para mim hoje, de verdade? – Joshua não responde logo. – Sem pensar agora – ordena Sally. – Apenas responda.
– Tudo bem, lá vai... Está certo.
– Estou envelhecendo aqui, Joshua. Desembucha logo, homem. Ligou para quê?
Agora as palavras de Joshua saem aos borbotões.

– Eu estava pensando em você. Desde que reapareceu depois de todo esse tempo, eu tenho pensado em você. Não sei exatamente por que nem o que significa. Mas gostaria de sair com você uma noite dessas para ver o que acontece.

– Uau! – diz Sally. – Isso foi ótimo!

– Agora é a sua vez – diz Joshua.

– De jeito nenhum – diz Sally, rindo.

– Mas... você disse que... – gagueja Joshua.

– Eu menti – diz ela, ainda rindo. – Mas vou aceitar o seu convite para um programa. Pode chamar de dívida minha pelos seus três minutos de sinceridade.

– Você é uma mulher muito, muito cruel, sabia? – diz Joshua, mas seu tom de voz é brincalhão.

– Posso ser cruel, mas não sou burra. E aqui vai um adiantamento: você me fez rir esta noite. Eu precisava disso. Obrigada.

Quando as sombras do lado de fora da minha casa se aprofundam e finalmente – ainda bem – trazem a escuridão da noite, David acaba de lavar os pratos do Dia de Ação de Graças. Ter Liza e Joshua em casa pode ter sido bom para ele, mas eu sei que ficou feliz de vê-los partir para poder enfrentar seu elefante branco sozinho.

David espia meus livros nas estantes da sala de estar e ouve o eco das palavras de despedida de Liza para ele.

– Esta casa sempre foi da Helena e continua sendo.

David meneia a cabeça.

– Tudo bem – resmunga ele. – Mas esta noite, não.

Meu marido pega a taça de vinho da mesa de jantar e leva para a sala de estar, onde os cães e alguns gatos já estão dormindo.

David liga a televisão, enfia um DVD no aparelho e pega o controle remoto. Aperta alguns botões e fica olhando para a tela. Em poucos segundos vejo o começo mais que conhecido de *A incrível jornada*.

David se recosta na cadeira reclinável diante da televisão. Assim que fica confortável, Skippy pula no colo dele e vira, de modo a ficar ele também de frente para a TV. Os olhos alertas de Skippy miram o movimento na tela.

David adormece em questão de minutos. Sobreviveu ao Dia de Ação de Graças.

Há um retrato meu numa mesinha ao lado da poltrona reclinável. Nessa foto estou caminhando na floresta de New Hampshire num lindo dia de outono. Carrego o Skippy, bem mais novo, no colo. Dou risada de alguma careta que David faz atrás da câmera. Lembro daquele dia. Posso até ter tido algum outro dia mais feliz, mas se tive não lembro mais.

Skippy se ajeita no colo de David, com a cabeça apoiada no braço da cadeira, olhando fixo para aquele retrato. Parece que os olhos de Skippy reconhecem e então ele emite um ruído. Talvez seja a minha imaginação, mas para mim soa como um suspiro.

Enquanto David dorme, Jotacê estaciona o jipe na mata perto de uma abertura na cerca que rodeia o prédio do CAPS. Ela passa pela cerca e vai na direção do antigo laboratório.

Feriados nacionais não são bons para animais em instalações do governo. Os períodos de exercícios são suspensos e uma equipe mínima de plantão só garante que os animais tenham alimento e água fresca até o próximo turno, doze horas depois.

Jotacê devia estar contando com isso, porque o prédio inteiro do CAPS parecia abandonado naquele Dia de Ação de Graças. Não vejo nenhuma outra pessoa e há apenas um carro do Departamento de Segurança do CAPS no enorme estacionamento.

Jotacê chega ao prédio onde fica seu laboratório sem problema algum. Ela ignora a porta da frente e vai até uma janela lateral. Ela empurra a janela. Mas nada acontece.

– Filho da mãe. Aquele filho da mãe – resmunga ela.

Jotacê se abaixa, tira uma folha de papel e uma pequena lanterna do bolso do casaco. No estreito facho de luz vejo um desenho feito às pressas do prédio do laboratório. Uma das janelas está marcada com um grande X. Jotacê ri baixinho.

Guarda a folha e a lanterna no bolso de novo e vai para a janela ao lado. Quando empurra a base dessa outra janela, ela abre com facilidade. Dá para ouvir seu suspiro de alívio.

Jotacê pula pela abertura e entra no laboratório escuro. Leva um minuto para se orientar e então corre até o Cubo no meio da sala. Cindy está encolhida num canto.

– Cindy – sussurra Jotacê. – Sou eu. Acorde.

O chimpanzé não se mexe. Naquele momento nós duas pensamos no pior.

– Cindy!

Jotacê destranca o Cubo, abre um pouco e estende o braço para pegar a mão de Cindy. Jotacê deve ter sentido que está quente, porque se acalma, mas Cindy continua sem se mexer.

Jotacê verifica a prancheta pendurada do lado de fora. Lá está, na primeira folha. Deram para Cindy uma dose de ketamina suficiente para derrubar um cavalo.

– Maldição.

É evidente que Jotacê não planejava ter de carregar mais de trinta quilos de peso morto. Olha em volta rapidamente, à procura de alguma coisa que possa ajudá-la, mas já tinham tirado do laboratório todo o equipamento que havia.

– Acho que vamos ter de fazer isso do jeito mais difícil mesmo.

Jotacê puxa Cindy para ela. Com um gemido ela ergue Cindy do Cubo e a carrega no colo. Jotacê segura a chimpanzé como quem segura um bebê, formando uma rede com os dois braços sob o traseiro de Cindy.

Jotacê volta para a janela com Cindy no colo, sofrendo com todo aquele peso. Nesse mesmo instante os dois guardas de segurança iniciam a ronda pela propriedade. Jotacê finalmente consegue puxar Cindy pela janela, quando um dos guardas vê o jipe de Jotacê perto da abertura da cerca. Envia imediatamente um alerta pelo rádio para o companheiro e depois outro para a polícia.

Cindy começa a se mexer nos braços de Jotacê, na pior hora possível.

– Tudo bem, Cindy. Sou eu. Nós vamos sair daqui.

Mas as palavras de Jotacê parece que só deixam Cindy mais animada ainda.

O primeiro guarda está prestes a iniciar uma busca de prédio em prédio, quando nota movimento e barulho na escuridão. Ele parte na direção de Jotacê, falando pelo rádio com o companheiro enquanto corre.

Jotacê está a uns quinze metros da cerca da propriedade quando é avistada pelo primeiro guarda.

– Alto lá, parada onde está!

Jotacê ignora o segurança e corre para a cerca.

– Estou armado, dra. Cassidy – berra o guarda. – Não é uma arma com tranquilizante.

Jotacê hesita ao ouvir seu nome, mas só um segundo.

– Esse é o último aviso – grita o segurança. – Pare onde está e ponha o espécime no chão!

Jotacê continua correndo.

Ouvem um tiro e Cindy se mexe nos braços de Jotacê.

Foi um disparo de advertência, para o alto, que traz Jotacê de volta à realidade. Ela olha para a cerca e para o jipe mais adiante. Naquele momento ela sabe que não vai conseguir e que mesmo que chegue até o jipe, não irá muito longe. O segundo guarda aparece do outro lado da cerca com a arma em riste e confirma essa conclusão dela.

Jotacê para e tenta botar Cindy no chão lentamente. Mas dessa vez Cindy está suficientemente alerta para reconhecer sua salvadora e se recusa a largar o pescoço de Jotacê.

– Tudo bem, Cindy – diz Jotacê, tentando se soltar do poderoso abraço da chimpanzé.

Com a arma apontada, o primeiro guarda se aproxima cautelosamente de Jotacê.

– Eu disse para colocar o animal no chão.

– Estou tentando.

– Faça isso, senão terei de fazer para a senhora.

– Não a machuque, por favor – implora Jotacê.

– Deite no chão de barriga para baixo.

Começo a ouvir as sirenes da polícia. Estão chegando para prender Jotacê.

Jotacê obedece e Cindy larga seu pescoço. A chimpanzé vira para o primeiro guarda e berra apavorada.

O segundo guarda agarra Cindy pelo braço e tenta puxá-la para longe de Jotacê. Cindy luta contra ele. Ela morde a mão do guarda até sangrar.

Ele grita e estapeia Cindy com as costas da mão. Ela cai no chão, meio atordoada com a pancada. Rapidamente volta a ficar de pé e, berrando como uma criatura da mitologia dos pesadelos, parte em linha reta para o segurança que bateu nela.

Dessa vez não há a menor dúvida de quem é o alvo das armas dos seguranças.

Jotacê berra e mergulha sobre Cindy, para imobilizá-la. Tenta prender o corpo de Cindy embaixo do seu, protegendo a chimpanzé e ao mesmo tempo impedindo que ela se levante.

Jotacê indica com sinais as mesmas palavras sem parar, até Cindy desistir de espernear embaixo dela.

Eu reconheço as palavras: *Perdoe-me*.

David acorda assustado com os créditos de *A incrível jornada* e o ruído de ganidos. Quando vejo a expressão dele, sei que esteve sonhando e que o sonho não foi nada bom.

Ele olha para o relógio de pulso. São só onze e meia da noite. Ele se orienta rapidamente. Skippy ainda está dormindo no seu colo, mas Bernie e Chip, autores dos ganidos, evidentemente precisam sair. David põe Skippy gentilmente no chão, coisa que Skippy aceita muito aborrecido, e levanta da cadeira.

– Vamos, rapazes.

Ainda grogue de sono, David vai devagar para a porta da frente. Chip e Bernie vão atrás dele. Skippy observa os três e resolve ir também.

David chega à porta e os cachorros já começam a latir, loucos para sair. Ele abre a porta, eles descem correndo os degraus da entrada. Saem em perseguição de alguma coisa no escuro, algo grande e vagamente familiar.

– Esperem! Esperem! – David grita para os cães, mas é inútil.

David aperta os olhos no escuro da noite, tenta enxergar as silhuetas.

– Que diabo é aquilo?

Então ele ouve o relincho zangado de Arthur.

David calça o sapato e corre atrás dos cachorros. Encontra os três seguindo o som dos latidos e o barulho dos cascos batendo no solo congelado.

Os cães brincam correndo entre as pernas de Arthur, sem saber que Arthur não está a fim de brincadeira.

Eu finalmente vejo o olhar de Arthur e essa visão me provoca muito medo.

Arthur não está mais zangado.

Arthur não é mais o meu cavalo.

Agora Arthur é simplesmente uma presa. Perseguido por lobos, ou monstros, ou quaisquer demônios primitivos que os cavalos mais temem. A escuridão lho priva da capacidade de enxergar e de escapar, então Arthur pisoteia, escoiceia e corcoveia sobre as criaturas menores embaixo dele. David berra para os cachorros voltarem para ele, mas os animais se divertem a valer.

É nesse momento que David comete um erro vital de avaliação. Os cães possuem uma habilidade quase inexplicável de se esquivar das patas dos cavalos. Eles desviam, rodopiam e se abaixam para escapar com visão e reflexos que são muito melhores do que os nossos, fazem com que pareçamos caricaturas de objetos animados. Os cães costumam se defender sozinhos perto dos cavalos mais enlouquecidos de pânico. Os seres humanos, não.

David entra na confusão para segurar a coleira dos cães que puder alcançar e continua a chamá-los.

Eu ouço a pancada no escuro. Casco batendo em carne. Depois um grito agudo sufocado. É um barulho que eu já ouvi antes, séculos atrás, numa estrada sinuosa e escura de Ithaca.

11

Quando o dia amanhece, David está com doze pontos, um enorme hematoma no lado direito do rosto e com o estômago cheio de analgésicos. Prostrado como eu nunca vi antes. Não havia ninguém com ele no hospital para segurar sua mão, ninguém à sua espera quando voltou para casa, ninguém para beijar carinhosamente aqueles pontos no rosto.

No final da manhã dois homens estão na casa, tentando inutilmente tirar Arthur do celeiro e fazê-lo entrar num caminhão de reboque de cavalos. Os homens, que agora vejo que são empregados do grande haras da cidade, puxam com força as duas guias presas no cabresto do Arthur. Só conseguem trazê-lo poucos metros para fora do celeiro. Então Arthur empina em pânico e puxa os homens com ele. Fico dividida entre a disposição de Arthur para lutar contra esse sequestro e a rendição pacífica.

A doce e gentil Alice relincha alto para o companheiro de cocheira em sua baia. Os cães, assistindo a tudo atrás da cerca do quintal, latem sem parar diante da barulheira e de toda aquela atividade.

David dá as costas para o pandemônio. Não nota o carro de Sally parando na entrada.

Clifford desce do carro em segundos, corre para Arthur de olhos fechados e berrando:

– Eles o estão matando! Faça com que parem!

Sally corre atrás dele.

– Pare Clifford. Você vai se machucar.

Clifford chega quase perto de Arthur quando David se estica e o agarra pela camisa. Ele derruba Clifford no chão com toda a gentileza possível. O menino continua a espernear.

– Mande-os parar! Mande-os parar!

Os homens temem pela segurança de Clifford e deixam Arthur recuar para dentro do celeiro e da baia dele. Um homem se apressa em trancar a porta do celeiro.

Arthur e Alice, juntos outra vez, esfregam os focinhos em silêncio, enquanto Clifford choraminga deitado no chão. David e Sally o ajudam a levantar.

– Sinto muito – diz David. – Pensei que ele seria pisoteado.

– Eu sei – responde Sally, abraçando o menino. – O que está acontecendo aqui? E o que houve com o seu rosto?

– Eu explico depois. Por que não leva Clifford lá para dentro? Skippy está à espera dele.

– Não deixe que levem o cavalo, mamãe – implora Clifford, as palavras plenas de inflexão e desespero que tantas vezes faltam na sua fala normal. – Eles vão matá-lo, mamãe.

– Ninguém vai matar ninguém, Cliff. Não se preocupe com isso. Certo, David?

Meu marido não mente.

– Acho melhor levar Clifford lá para dentro.

O tom de voz dele já dá sinal de irritação.

O menino finalmente abre os olhos.

– Eles vão matar aquele cavalo. Está na minha cabeça, como antes. Eu vi, mamãe – diz Clifford.

– Isso não vai acontecer – Sally diz para ele, mas percebo que ela tem menos certeza agora. – Vá para dentro para eu poder conversar com esses homens, está bem?

– Você jura?

Sally hesita, mas não há outra maneira de fazer com que Clifford entre na casa.

– Pode apostar.

Clifford vai andando todo tenso para o quintal dos fundos, sem olhar para trás. Os cachorros o recebem com alegria e o seguem para dentro da casa.

Um dos homens diz para David:

— Eu não sei que diabos aconteceu aqui, mas aquele garoto precisa aprender que não pode simplesmente correr para cima de um cavalo descontrolado assim. Ele podia ter se machucado.

— Aquele garoto — responde Sally irritada — é meu filho, ele é deficiente, por isso o senhor pode maneirar um pouco.

David vira para Sally.

— Esses homens estão me fazendo um favor, está bem?

— Desculpe, senhora — diz o homem. — Não foi minha intenção desrespeitá-los. Mas, sr. Colden, acho que seria mais seguro sedar o animal para colocá-lo no reboque.

— Por que vão levá-lo num reboque? — pergunta Sally.

— Dê-nos um minutinho — diz David para o homem, que se afasta a uma distância respeitosa, deixando David e Sally sozinhos.

— Arthur quase me matou noite passada. Não posso mais controlá-lo.

— O que esses homens vão fazer com ele?

É como se David não tivesse ouvido a pergunta.

— Já está tudo muito difícil sem ter de me preocupar com ser pisoteado até a morte, sabe?

— Para onde vão levá-lo?

— Embora. Vão levá-lo embora. Devem encontrar um lar para ele em algum outro lugar, talvez alguém que possa se entender com ele.

— Isso é mentira e você sabe muito bem. Quem vai querer esse cavalo do jeito que ele está agora?

— A verdade é que eu não estou dando a mínima para onde vão levá-lo, nem para o que vão fazer com ele, desde que não seja aqui.

Por favor, David. Você está furioso agora, mas não tem nada a ver com isso. Não faça isso. Nós ainda podemos pensar em outro jeito.

David balança a cabeça.

— Eu realmente não aguento mais ficar resolvendo as coisas. Estou farto, entende? Pensei que podia fazer isso, mas não posso.

— Deixe-me ajudá-lo.

– Por que você de repente está tão preocupada com esse cavalo?

– Não tem nada a ver com o cavalo – diz Sally.

Ela se atrapalha um pouco para encontrar as palavras certas, mas quando encontra, fala depressa.

– Às vezes procuro pensar como deve ser ver o mundo do jeito que Clifford vê, sem nada filtrado ou distorcido pela dor, pela inveja, pela raiva, nem por palavras inadequadas, quando tudo é exatamente o que vemos e o que vemos é exatamente o que tudo é. Deve ser assustador e avassalador, sim, mas também muito belo.

Sally põe as mãos nos ombros de David e o faz virar, sem gentileza nenhuma, de frente para o celeiro. Ela aponta para os cavalos.

– Você consegue ver?

O cavalo e a égua estão de frente um para o outro, cada um em sua baia, quase encostando os pescoços.

– Olha, eu não sou a Helena. Não posso ser ela. Não preciso que ninguém me lembre disso.

– Você ainda não entendeu.

– Então experimente falar em inglês.

– Na semana passada você me perguntou sobre essa dor da perda, quanto tempo levei para me recuperar. Eu devia ter dito para você na hora, mas não consegui. Você está fazendo a pergunta errada. Não é com a recuperação que você deve se preocupar. São as decisões que nascem da sua dor que vão assombrá-lo e persegui-lo. Algumas decisões, depois de tomadas, você não pode mais...

– Não tente me dizer...

– Por favor, deixe-me terminar – vocifera para ele. – Você vai simplesmente viver e reviver as consequências eternamente. Por isso a dor da perda é tão poderosa. Ela tem um aliado feroz, e esse aliado é o arrependimento. Num piscar de olhos você se transforma naquela sombra amarga que as pessoas que costumavam amá-lo passam a evitar quando o encontram na rua. A questão não é nenhum cavalo nem Helena nem Clifford nem sou eu. Trata-se de você, só você.

– Olha, cuide da sua própria...

– Então por isso estou pedindo, por favor, para você olhar bem para lá, para dentro daquele celeiro, e me dizer a verdade. O que você vê?

O homem volta antes de David poder responder.

– Sr. Colden, detesto incomodá-lo, mas estamos atrasados.

David mexe a cabeça indicando que eles podem continuar e vira para Sally com o rosto vermelho de raiva e frustração malcontroladas.

– Eu vejo um cavalo. Só uma porcaria de cavalo furioso e burro. Você não é a minha consciência, não é a minha terapeuta e obviamente não é minha amiga. Então faça o favor de entrar e fazer o que eu estou pagando para que faça.

Sally engole em seco como se tivesse levado um tapa no rosto.

– Sabe o que eu acho, sr. Colden? – diz Sally, trincando os dentes.

– Não, surpreenda-me, srta. Hanson.

– Eu acho que você é um maldito mentiroso e covarde.

Então Sally vai para a casa de cabeça baixa e punhos cerrados.

Sigo Sally. Não suporto ficar perto de David neste momento.

Meia hora depois encontro David sentado num fardo de feno perto do celeiro, com a cabeça apoiada nas mãos. Está com o velho cabresto do Arthur no colo.

O caminhão e o reboque passam lentamente por mim, a caminho da rua. Tento me preparar para um adeus final ao meu problemático Arthur.

Mas o reboque está vazio.

Depois que o caminhão e o reboque vão embora, pálido de exaustão e de dor, David entra no carro e sai.

Sally observa a partida de David pela janela da cozinha. Quando tem certeza de que ele foi embora, Sally começa a arrumar as poucas coisas que Clifford e ela levaram para a casa dele. Seus movimentos testemunham a mesma fadiga que vi em David minutos antes, só que eu imagino que a exaustão de Sally venha daquele ponto próximo do coração, onde a esperança fica resguardada temporariamente contra a dureza da realidade.

Clifford se aproxima por trás dela.
— Sinto muito, mamãe.
Sally apoia um joelho no chão para ter certeza de receber a atenção de Clifford. Fala com a voz firme, mas carinhosa.
— Nunca peça desculpas por tentar salvar alguma coisa que merece ser salva. Nunca. Está me entendendo, filho?
— Estou, mamãe, estou entendendo — diz Clifford enquanto se esforça para manter contato visual. — Mas eu não sei salvar nada.
— Bem, talvez você tenha acabado de fazer exatamente isso.

Depois de sair de casa, David vai parar no Zoológico do Bronx poucas horas antes de fechar. Continua segurando o cabresto de Arthur e tem aquele olhar confuso de alguém que percebe de repente ter chegado a algum lugar por meios próprios, mas sem lembrar de como isso aconteceu.

O zoológico era um dos meus lugares favoritos. Aqui, a poucos quarteirões do tipo de pobreza desmoralizante que a maioria de nós jamais conhecerá, crianças e adultos de coração aberto podem ficar cara a cara com um chimpanzé, ver a real majestade de um leão que não canta nem dança com as músicas de Elton John, e ouvir o uivo triste do lobo cinzento americano.

Não há muita gente ali hoje por causa do frio e do feriado. David vai para a exibição do Congo e para seu último destino, o pavilhão dos gorilas. É esse lugar dentro do zoológico em que eu passei a maior parte do meu tempo. Muitas vezes arrastava David para aquele lugar e dizia o nome de cada gorila enquanto ele espiava com algum interesse. David não conseguia guardar os nomes dos gorilas direito e toda vez perdia rapidamente o interesse em memorizá-los.

Há menos de uma dezena de pessoas em todo o pavilhão nessa hora do dia, e David acha com facilidade um lugar para sentar diante da grande janela de vidro com a maior vista da comunidade de gorilas.

David não presta atenção na menina hispânica de nove anos que chora em silêncio a poucos metros dele. A menina seca os olhos com a manga da blusa e avança alguns passos na direção dele.

– Com licença, senhor – diz com a voz muito baixa.

David vira para ela e não pode deixar de notar os olhos vermelhos, o nariz escorrendo, as fungadas e a tristeza que é muito mais profunda do que as lágrimas. O que ele vê é suficiente para afastá-lo de si mesmo, pelo menos por uns minutos.

– Posso ajudá-la? Você está bem?
– Posso usar seu celular? É só uma ligação local.

David desprende o celular do cinto e dá para ela.

– Quer que eu ligue para alguém para você?
– Não, obrigada. Ela vai enlouquecer se o senhor ligar.
– Quem?
– Minha mãe. Ela precisa vir me buscar.

O meu conhecimento de espanhol é mínimo. Minha capacidade para entender a conversa é mais prejudicada pela velocidade de metralhadora da menina e pelo fato de que ela grita quase todas as palavras. Consigo entender alguma coisa sobre um gato, um homem chamado "Alberto" e "*la herida*", uma palavra que ela usa várias vezes, sem parar, e que, se não me falha a memória, significa "ferimento".

De repente a menina fecha o celular e devolve para David.

– Obrigada. Desculpe se demorei muito – diz envergonhada e seca os olhos de novo.
– Não tem problema. A sua mãe está aqui no zoológico? Quer que eu ajude a procurá-la?
– Não, obrigada. Ela vem me buscar daqui a pouco. – A menina ri de si mesma. – Não vale a pena fugir de casa se não tem ninguém em casa para notar.
– Fugir de casa? Parece sério – diz David.

A menina só dá de ombros e senta ao lado dele. Os dois observavam os gorilas um tempo.

Outros visitantes passam pelo pavilhão e devem imaginar que David e a menina são pai e filha.

– O senhor já fugiu de casa alguma vez? – pergunta a menina.
– Uma vez. Eu tinha nove anos.

– Por quê?
– Meus pais disseram que íamos nos mudar. Eu não queria ir. A menina meneia a cabeça, indicando que entende.
– O que aconteceu?
– Não fui muito longe, e depois nós nos mudamos, de modo que eu não mudei grande coisa. O que aconteceu com você?
– O novo namorado da minha mãe é alérgico a gatos, então ela deu o meu gato sem falar comigo.
– Nossa. Isso é ruim.
A menina olha para David para ter certeza de que ele não está rindo dela e vê que ele não está.
– Ela diz que é apenas um gato.
– Menino ou menina?
– É menina. Cielo. Quer dizer céu em espanhol. Ela deu a gata para os meus primos. Diz que posso ir visitá-la sempre que quiser. Mas...
A menina encolhe os ombros de novo e os olhos se enchem de lágrimas.
– Mas não é a mesma coisa, é? – diz David, com simpatia.
– Não. E eu fico pensando que a Cielo deve estar muito assustada. Ela dorme o dia inteiro na minha cama, até eu chegar da escola. Então eu vou para a escola na quarta-feira e ela descobre que está em outro lugar, com pessoas que não conhece e que eu não estou lá. O que vai acontecer quando ela começar a procurar por mim no meio da noite e não me encontrar?
– Bem, se servir para alguma coisa, eu tenho seis gatos e sei que eles enfrentam mudanças muito bem. Tenho certeza de que sua gata vai sentir sua falta, mas quando estiver com ela e explicar tudo, Cielo vai entender e não ficará mais tão assustada.
A menina pensa sobre o que David disse.
– O senhor tem seis gatos? De verdade?
– Tenho. E cavalos, cachorros e uma porca também.
– Como foi que juntou todos esses animais?
– Essa é uma longa história.

– O senhor tem muita sorte.

David pensa um pouco.

– Acho que tem razão.

– Mas, se tem todos eles para brincar em casa, o que está fazendo aqui?

David olha para a menina e sorri para ela.

– Essa é uma boa pergunta.

David e a menina ficam ali conversando mais vinte minutos. Falam sobre gatos, cachorros e gorilas (David aponta para cada gorila e diz os nomes deles de cor, até a menina aprender). A menina dá risada quando ele conta de Collette e meneia a cabeça com respeito quando ele responde às suas perguntas sobre o curativo no rosto e o cavalo perturbado que provocou o profundo ferimento que tem por baixo.

Minutos antes de a mãe dela chegar, David faz a menina prometer que não vai mais tentar fugir de casa, seja qual for o motivo. A menina faz David prometer que vai falar dela para todos os animais, até para o cavalo que "quebrou" o rosto dele.

A mãe da menina, uma mulher miúda e franzina com uma bolsa que é quase do tamanho dela, chega correndo ao pavilhão, vê a filha, dá um grito agudo de alívio e abraça a menina. David vai rapidamente para o outro canto onde alguns visitantes observam. Meneia a cabeça para a menina e faz o gesto de tudo bem com o polegar para cima. Depois de hesitar um pouco a menina retribui o abraço da mãe.

– Quero mostrar uma coisa para você, *mi loco corazón* – diz a mãe com um sotaque carregado.

Ela tira a bolsa enorme do ombro e abre o zíper.

Uma bela gatinha malhada estica a cabeça para fora da bolsa.

– Cielo! – grita a menina.

Ela pega a gata e quase a amassa nos braços. A gata não se incomoda.

– Mas, mamãe, e a alergia do Alberto?

A mãe abraça a menina de novo, dessa vez com a gata no meio das duas.

– Alberto? – pergunta a mãe baixinho. – Ele pode tomar antialérgico ou ficar espirrando.

Ele pode tomar antialérgico ou ficar espirrando.

Eu realmente adoro o zoológico.

12

Já é quase noite quando David volta do zoológico para casa. Encontra Sally sentada à mesa da cozinha com Skippy no colo e Chip e Bernie a seus pés. Está de olhos fechados e cantarola baixinho uma música desconhecida.

– Estou só me despedindo, David – diz Sally sem abrir os olhos. – Vou sair do seu caminho em um segundo.

Sally beija a cara de Skippy e o põe no chão com delicadeza.

– Você não me fez ficar com aquele maldito cavalo só para me abandonar, não é?

Sally finalmente olha para David.

– Eu não largaria o melhor trabalho que já tive na vida. Mas achei que o emprego seria o preço.

– Preço de quê?

– De fazer o que eu achei que era certo dessa vez. Continuo vivendo com os ecos da última vez que estraguei as coisas. Simplesmente não posso carregar mais nenhum peso desse tipo.

– Ecos. Ah, é, conheço essa palavra também. – David despenca na cadeira ao lado de Sally. – Você queria saber o que eu vi no celeiro? Bem, eu a vi lá. Vi Helena em cada fardo de feno. Nas selas e nas almofaças. Ouço a voz dela em cada latido, cada ronronar, cada relincho. Sabe esses animais que me cercam agora? Essa vida? Eram a vida dela. Pensei que podia adotar como minha, sabe? Que isso me desse algo para continuar. Mas, por mais que eu faça, acabo sempre descobrindo que são apenas os ecos da vida dela e luto todos os dias para não sentir raiva deles. E dela também.

– Eu compreendo – diz Sally, mas David olha para ela desconfiado. – Você acha que não? Ah, sim, quase ia esquecendo. A arrogância do sofrimento. Ela alisa o braço de David com carinho e levanta da mesa. Sally prepara duas canecas de chá e volta a sentar com ele.

– Se a conexão do meu filho fosse um pouquinho diferente, ele poderia contar muita coisa para você sobre ser tratado como um eco de verdade. E as consequências disso. – Sally bebe um gole da caneca. – Melhor ainda, pergunte ao meu pai, ele foi testemunha ocular dessa parte da história e teria imenso prazer de lhe contar tudo sobre o meu fracasso. Era sobre isso que eu queria avisá-lo.

– O seu pai? Não estou entendendo. Vocês acabaram de passar o Dia de Ação de Graças juntos. A relação não pode ser tão ruim assim.

– Não falo com meu pai há mais de cinco anos.

– Mas...

– Eu sei, eu sei. Eu menti. Mas, em nome da minha defesa, acho que menti mais para mim do que para você, pode acreditar. Todo ano eu acho que talvez dessa vez eu seja convidada ou ele apareça. Ou talvez ele crie coragem e peça para ser convidado. Mas carregamos nossas rejeições conosco. Elas fazem parte de nós e moldam tudo que fazemos, como alguma doença do sangue que pode ser controlada, mas nunca eliminada.

– O que aconteceu?

– Os detalhes não importam. Raramente importam, aliás. Eu sofri demais com a morte do pai de Clifford, por tempo demais. Autopiedade, egocentrismo, autodestruição... tudo guardado e tapado... e centrada demais no próprio umbigo, querendo saber o "porquê" daquilo tudo. Não sobrava muito para um menino de dois anos que já era diferente. Meu pai o levou e eu deixei. Ele e minha mãe deram ao Clifford a estabilidade e a atenção que eu simplesmente não tinha na época.

David procura algo consolador para dizer, mas tudo que consegue é menear a cabeça em sinal de apoio.

— Passou mais ou menos um ano, mas um dia eu finalmente entendi o que tinha perdido. Estava com saudade do meu filho e o queria de volta. Eu me recompus, me sequei... literalmente... e bati à porta da casa do meu pai.

— O seu pai não quis?

— "Não querer" é pouco. Minha mãe ficou do meu lado, mas meu pai é um homem culto e tremendamente obstinado, que se orgulha de todas as suas realizações acadêmicas. Eu, por outro lado, me apaixonei e não terminei o ensino médio. Depois tivemos Clifford antes de casar. Meu pai não precisou de muito tempo para confirmar sua suposição de que eu era um fracasso completo. Eu lhe dei muito mais munição do que precisava para formar esse julgamento quando o pai de Clifford morreu. Sinceramente, não tenho certeza se meu pai não estava certo na época.

"Mas finalmente recuperei o Cliff e encontrei o melhor programa do estado para o problema dele. E calhou de ser bem aqui, nesse bairro. Cliff está desabrochando. Agora eu faria qualquer coisa por ele. Mas paguei um preço enorme por tudo isso."

— Seu pai.

— Ele não admite estar errado. E o fato de um juiz ter lhe dito em público que ele estava errado foi mais do que ele podia suportar. Depois a minha mãe morreu e meu pai jogou seu sofrimento em cima de mim. Desde então não quis mais saber de Clifford e de mim.

— Isso não é justo.

— Pode ser. Talvez seja difícil demais para ele. Prefiro pensar que ele faz isso pelo Clifford, porque acha que no fim das contas eu não vou conseguir, que lhe entregarei Clifford de volta abdicando do poder materno e que ele e sua nova mulher poderão então desfazer os danos que provoquei no menino.

— Mas se ele apenas visse você e o Clifford...

— É essa a questão, David. Jamais vai acontecer. Mesmo se ele estivesse aqui nesta cozinha e olhasse direto para nós, ele não nos veria. Essa é a natureza da sensação de perda dele, ela cega completamente.

David fica calado um longo tempo.

– Estou ouvindo o que você está dizendo, mas, se tem algum recado para mim aí, não entendo.

– Ah, é? Há uma linha bem marcada entre um eco e um legado. Esses animais que o cercam agora tinham uma vida antes do enterro e certamente têm uma agora. Se há uma coisa que não são é apenas uma ilusão da sua perda. Seria o maior pecado você tratá-los assim só porque amava sua mulher.

Sally pega uma folha de papel dobrada e põe na frente de David.

– Clifford desenhou isso. Ele queria dar para você. Para ser sincera, é a única vez que eu lembro que ele quis dar um desenho dele.

David desdobra a folha de papel e revela uma imagem com os mínimos detalhes e uma perfeição impressionante em que estou levando Arthur por um caminho sob a copa de árvores muito antigas. Tenho de olhar com toda a atenção para o desenho para me certificar de que não se trata de uma fotografia em preto e branco. Aquela imagem me deixa sem ar e percebo que provoca o mesmo efeito em David.

– Como... como ele sabe como era Helena? – gagueja David.

– Acho que das fotos que você tem pela casa. Ele é como uma esponja com imagens visuais.

– Eu não fazia ideia. Ele é realmente brilhante.

– Muito dotado, sim. Mas eu trocaria isso tudo para que ele apenas entendesse intuitivamente o que significa um sorriso, sem ter de processar com os códigos que usa para entender os seres humanos.

David não consegue tirar os olhos do desenho.

– Onde ele está agora?

– Lá no celeiro.

David levanta da cadeira de um pulo.

– Ele está lá sozinho com aquele cavalo?

Sally segura o braço de David.

– Acalme-se. Clifford se dá muito bem com os animais. Eles o tratam como se fosse um deles. Esse é o outro dom do meu filho.

– Mesmo assim, eu...
– Vai se sentir melhor se dermos uma espiada?
David faz que sim com a cabeça e sai de casa antes de Sally.

David para logo antes da entrada do celeiro e deixa Sally alcançá-lo. Ela faz sinal para ele ficar quieto, com o dedo sobre os lábios.

O que quer que Sally tenha sido ou feito um dia, agora ela evidentemente conhece o filho muito bem. Clifford está parado na frente da porta da baia de Arthur com um feixe de feno na mão. O enorme cavalo se inclina sobre a porta e pega gentilmente um bocado após o outro das mãos de Clifford. Eu fazia isso com Arthur, mas só eu conseguia.

Sally chama o filho baixinho.
– Está tudo bem?
– Está, mamãe – diz Clifford sem virar para eles. – Nós temos de ir embora agora?
– Não, Cliff. Está tudo bem.
– Está certo – diz Cliff, mas a voz dele não tem nenhum sinal de alívio nem de alegria com a notícia.

Finalmente Clifford se vira e vê meu marido.
– Obrigado, sr. Colden. Gosto daqui.

David, agora embaraçado e esgotado com o seu desabafo mais cedo, e com os acontecimentos do dia, só consegue sorrir.
– Eu estava pensando numa coisa, sr. Colden – diz Clifford. – Quando eu ia de carro para a escola, passava todo dia por uma fazenda e havia sempre um cavalo parado perto da cerca, vendo o carro passar. Eu via esse cavalo todos os dias. Um dia quando passei, não havia mais cavalo, só um monte de terra.

Clifford fala muito depressa agora, quase sem pausa entre as frases, como se tivesse todo o roteiro escrito na cabeça e quisesse apenas colocar para fora.

– Minha mãe me disse que o cavalo devia ter morrido e aquele monte de terra era onde tinham enterrado o cavalo. Acho que o cavalo estava morto. Tinham enterrado o cavalo no lugar em que eu sempre via quando o carro passava.

– Eu lembro disso, Clifford – diz a mãe dele, que depois acrescenta para David. – Isso foi há pelo menos dois anos.

– Foi antes de eu entender o que era estar morto, só que eu sabia que meu pai estava no céu e que é para lá que os mortos vão, então eu sabia alguma coisa. Pensei que, como eu via aquele cavalo todo dia, eu é que o fazia estar ali. E quando deixei de vê-lo todos os dias, pensei que eu fiz com que não estivesse mais lá. Achava que ver alguma coisa era o mesmo que fazer com que aquela coisa agisse. Agora eu entendo melhor. – Clifford larga o que resta do feno dentro da baia de Arthur. – Acho que Arthur é como eu era. Ele pensa que a diferença entre ver e não ver é algo que ele fez acontecer. Por isso ele se sente mal.

– Eu não enten... – David só consegue dizer isso quando Clifford, tendo proferido as palavras que estavam em sua cabeça, sai do celeiro.

David vira para Sally confuso, mas ela apenas sacode os ombros.

– Eu deixaria isso para lá, por enquanto – diz ela.

David toca no ferimento do rosto e balança a cabeça.

– Está bem. Vou tomar mais um Advil. Você sabe se temos alguma coisa para comer em casa? Eu só tinha pipoca.

– Claro. Vá para casa que eu preparo alguma coisa.

– Você não se incomoda?

– De jeito nenhum.

– Será que você e Clifford querem me acompanhar?

Sally sorri para o meu marido.

– Acho que queremos sim. Acho que vamos adorar.

David sorri e faz uma careta de dor por causa dos pontos, depois vai para casa.

No celeiro, Sally tenta acariciar a cabeça de Arthur, mas ele recua rapidamente.

– Tudo bem. Já é demais.

Ela então olha para o resto do celeiro e para tudo que tinha sido meu, uma almofaça antiga de prata que David tinha comprado para mim em Paris, uma sela, um par de botas de borracha. Ela toca num par de rédeas bem onde o pendurei com as minhas mãos. Todas essas coisas estão onde as deixei, como se esperassem por mim.

    Sally estremece um instante e depois sai na escuridão.

13

Max entra na sala de David e o encontra digitando no computador. O rosto de David melhorou nas últimas duas semanas. Continua roxo, mas sem o largo curativo de gaze que o deixava tão vulnerável e que dera a Max tanto combustível para sua campanha de "mude para a cidade".

David levanta a cabeça.

– Você está com aquela cara, Max.

– Que cara? – Max levanta a mão para protestar inocência.

– Essa cara – diz David, apontando. – A última vez que me olhou assim você estava tentando me convencer de que julgamentos consecutivos eram bons para o meu casamento.

– Ah, naqueles tempos antigos em que você me escutava.

– Eu era jovem e burro.

– Não, você era quase brilhante. E quem sabe, talvez tenha essa chance de novo. Você nunca vai adivinhar quem telefonou.

– Satã. Ele quer você de volta no escritório dele.

– Quer fazer o favor de falar sério?

– Eu não quero brincar. Tenho um monte de papéis para despachar.

– Simon.

– Dulac?

– Ele mesmo.

– Pensei que tinha sido obrigado a se aposentar.

– Ele se levantou feito Fênix das cinzas. Depois de todos esses anos, obteve sua vingança. Ele comprou a empresa que comprou a empresa dele. Agora ele quer nos contratar para fazer todo o trabalho.

– Ótimo para você. Você é maravilhoso, como sempre, está bem? Posso voltar ao meu trabalho agora?

– Ele também pediu para você ser seu principal consultor.

– Eu?

– E como já se podia esperar do Simon, ele precisa de muito conselho.

– Eu perdi o último julgamento dele. O que ele ia querer comigo?

Max dá de ombros.

– Ele disse que confia em você. Pode se encontrar com ele?

– O relacionamento é seu. Você o conhece desde sempre. Não precisa de mim.

– Na verdade preciso e quero. Simon insistiu muito.

David balança a cabeça e aponta para uma pilha de papéis na sua mesa.

– Não é uma boa hora.

– O fato é que não há hora melhor do que essa. Dou-lhe a metade do crédito de todo o trabalho.

– Não é isso. Nem sempre a questão é o dinheiro.

– Vou desconsiderar que você disse isso. – Max hesita um pouco e se concentra com o dedo nos lábios. – Hum... Não. Sinto muito. Não posso desconsiderar. É claro que a questão é sempre dinheiro, seu idiota. Essa quantidade de negócios a mais lhe dará o verdadeiro poder para controlar a sua vida. Foi isso que você sempre quis, não foi?

– "Sempre" parece um impasse para mim neste momento.

– Será um ótimo recomeço para você. Novas lembranças em novos casos.

– Max...

– Pelo menos vá se encontrar com ele.

David fecha os olhos e bate a cabeça contra o encosto da cadeira.

– Está bem. Se me deixar em paz, eu vou me encontrar com ele.
– Ótimo. Está frio em Paris, por isso leve roupas quentes.
– Paris?
– Simon teve um derrame há alguns anos. Eu não lhe contei? Está numa cadeira de rodas. Obviamente fica muito difícil ele viajar para cá.
Max vai rapidamente para a porta antes de David poder argumentar.
David se levanta.
– Você é mesmo um calhorda. Eu tenho responsabilidades agora. Não posso simplesmente largar tudo. E logo Paris, com tanto lugar no mundo? Você devia saber!
Max vira para trás. A expressão dele me deixa confusa. Por um breve instante acho que vai falar alguma coisa que tenha sentido, algo atencioso. Ele abre a boca e eu tenho vontade de me bater por ser tão boba.
– Muita gente passou a lua de mel em Paris. Mas é só outra cidade, uma cidade que tem negócios para nós.
Max vai embora e fecha a porta quando sai. David joga o suporte da fita adesiva na porta, que forma uma pequena mossa antes de cair no chão.

No hospital dos animais, Joshua tira com todo o cuidado uma gata enfaixada de uma das gaiolas do quarto dos fundos, e Sally observa bebendo chá de uma velha caneca rachada.
– Obrigado por vir comigo esta noite – diz Joshua. – É bom ter a companhia de um ser humano.
Sally sorri e acaricia a gata entre as orelhas.
– E qual é a história dessa aqui?
– Gata de rua – responde Joshua. – Deve ter sido alguma briga com um cachorro ou com outro gato.
– E quem paga o tratamento?
– Se alguém adotá-la, provavelmente oferecerá alguma coisa. Se não, é apenas o custo de fazer meu ofício.
Sally olha para todas as gaiolas, cada uma com um cachorro ou gato recebendo algum tipo de atenção médica. Muitas gaiolas

estão marcadas com placas que dizem PARA ADOÇÃO. Sally vê Tiny Pete e alguns irmãos e irmãs dele em duas gaiolas.

– Pelo jeito – diz Sally –, está me parecendo que você ainda não pagou aquela máquina de raios X.

– Você está brincando? Nós temos dinheiro entrando a rodo.

– Bem, isso explica o carro luxuoso com que me pegou. O Honda Civic 96 é um clássico.

Joshua põe a gata de volta na gaiola e abre outra.

Um pequeno vira-lata corre no chão. Joshua e Sally brincam com o cachorrinho enquanto conversam sobre Clifford, David, sobre mim, sobre os planos de Joshua de fechar a clínica veterinária, e sobre o tempo que passa.

Finalmente Joshua faz a pergunta que eu sei que estava há muito tempo na cabeça dele.

– O que aconteceu conosco? No início estávamos muito bem.

– Você está usando os seus três minutos?

– Se for preciso.

– Essa é fácil. Eu não sei. Só que comecei a ter a impressão de que éramos duas feridas abertas se esfregando uma na outra.

– Mas o que mudou?

– Nada mudou. Acho que o problema foi exatamente esse. Nós dois temos duas histórias compridas atrás de nós. Elas definem quem somos, mas nunca falamos delas. No fim das contas não fomos capazes de ultrapassá-las nem de superá-las.

– Eu estou cansado de sentir medo – diz Joshua baixinho.

– Eu também. Imagino que há coisas piores, mas neste momento não sei quais são.

– Em certo ponto você tem de dizer "e daí?" e correr o risco, não é?

– Senão nada muda – concorda Sally. – Não podemos continuar culpando o nosso silêncio nem a ausência de ouvidos compreensíveis.

– E então, o que quer que a outra pessoa faça com isso...

– Certo, isso é problema dela.

Os dois deixam o silêncio se estender alguns segundos. Então Joshua acaba dizendo.

– Eu tive um filho.
– Eu gostaria de saber dele.
Joshua engole em seco.
– Ele era doente. Quase no fim sentia dores terríveis. Eu tive de acabar com isso por ele. Ninguém mais faria, por isso tomei a decisão pelo meu menininho. Depois de enterrá-lo e de ter de voltar para o mundo, fiz coisas horríveis com as pessoas que me queriam bem.
– Você ainda o ama? – sussurra Sally.
Joshua não consegue mais conter as lágrimas e meneia a cabeça.
– Ele foi a última coisa, o que eu tinha de melhor.
– Não acredito nisso.
E assim Sally e Joshua passam parte da noite juntos, contando suas histórias. Para eles essas histórias, uma vez contadas em voz alta, são vergonhosas, se é que não estão completamente fora do alcance do perdão humano. Mas quando contam para o outro, no início timidamente e depois com a pressa de um desabafo totalmente inesperado, esses relatos têm um tom familiar demais para permitir qualquer julgamento.

Eu resolvo homenagear aquelas confidências deles. Minha discrição é a única dádiva que me resta para oferecer.

Mais tarde naquela noite, quando Joshua dá uma carona para Sally, há um silêncio sofrido entre os dois, vindo de suas vulnerabilidades. A noite teve intimidade demais compartilhada entre duas pessoas que ainda não estabeleceram os alicerces necessários de confiança mútua.

Joshua para o carro na frente do prédio de Sally. Olha para ela e inicia a mesma frase pela segunda vez.
– Quero agradecer a sua... – Ele para.
Sally espera alguns segundos para ver se ele continua. Percebe que Joshua está paralisado pelos próprios pensamentos, inclina-se para perto e diz:
– E daí?
Ela dá um beijo na boca de Joshua.

Joshua, despreparado no início, logo se recobra e segura o rosto dela carinhosamente com as duas mãos.

Sally se afasta e olha bem nos olhos dele.

– O máximo que posso dizer é que vou tentar de verdade não fazer nada para magoá-lo. Espero que faça o mesmo por mim.

Ele responde com um sorriso. Naquele instante sou capaz de imaginar como Joshua era aos trinta, talvez até mais jovem, antes da morte obrigá-lo a aprender o que é a verdadeira tristeza.

Sally estende o braço sobre o banco de trás e pega uma pequena caixa de transporte para animais com dois gatinhos dentro. Um deles é Tiny Pete.

– Deixe que a ajude com isso – diz Joshua.

Sally dá um tapinha de brincadeira na mão dele.

– Não toque nos meus gatinhos.

– Posso acompanhá-la até a porta?

– Acho que devemos terminar esta noite bem assim, antes que um de nós estrague tudo.

Sally desce do carro com a caixa de transporte e enfia a cabeça na janela.

– Mas você pode pensar em mim.

Sally sobe os degraus correndo, destranca rapidamente a porta da frente e desaparece no prédio sem olhar para trás.

14

Estou desapontada mas não surpresa de ver que a casa está sem a minha decoração de Natal habitual, embora falte apenas uma semana para essa data. Não há o enfeite verde de pinheiros em torno da cerca dos cavalos, nenhuma guirlanda na casa de Collette, nenhuma vela sobre o mantel da lareira, não há cartões de Natal expostos na sala de jantar. Parece que David esqueceu ou então ignorou de propósito o final do ano no calendário.

Ele está no nosso quarto agora, arrumando uma mala pequena, observado por alguns gatos que estão em cima da cama. A sua resistência a essa viagem para Paris fica evidente na aparente incapacidade de encontrar qualquer coisa, e não exagero quando digo qualquer coisa, que ele afirma precisar.

– Sally – berra David –, você viu meu passaporte por aí?

Essa é a quinta pergunta que ele faz para Sally, e a segunda sobre o passaporte, um documento que ela nunca viu (conforme disse para ele minutos atrás) e que está na primeira gaveta da cômoda dele.

– Não – responde Sally. – Vou ajudar a procurar...

A campainha interrompe a conversa. Sally abre um sorriso e vai rapidamente para a porta, silenciando os latidos dos cachorros no caminho. Deve esperar que seja mais uma visita surpresa de Joshua, a terceira aquela semana.

Sally abre a porta, não para Joshua, mas para Jotacê. Ela está toda encolhida por causa do frio, e bate os pés para se livrar da neve. A aparência dela é horrível.

– Posso ajudá-la? – diz Sally, segurando Bernie pela coleira.

– Sim, estou procurando David Colden. Esse é o endereço dele?

– Quem devo anunciar? – O tom de voz de Sally é educado, mas frio.

– Jane Cassidy... Jotacê.

– E é sobre o quê?

Jotacê pigarreia.

– Sobre tentar me manter fora da prisão.

Com essa resposta Sally ergue uma sobrancelha, mas não diz nada.

– Espere aqui um minuto, por favor – diz ela e subitamente fecha a porta na cara de Jotacê.

Ela encontra David ainda no quarto.

– Era o cara da UPS com os meus documentos?

– Não, é uma mulher – diz Sally com uma ponta de desconfiança. – Ela disse que quer que você a mantenha fora da prisão.

Isso chama a atenção de David.

– O quê? Ela disse o nome?

– Jane Cassidy.

– Jotacê?

– Devo deixá-la entrar?

– Você a deixou nos degraus do lado de fora?

David vai para a porta da frente e Sally o segue. Ele abre a porta e chega para o lado para Jotacê entrar.

– Desculpe tê-la deixado aqui fora esperando.

Chip e Bernie farejam Jotacê um tempo, depois, quando resolvem que a situação não é interessante, voltam para seus cantos de descanso. Mas Skippy observa a cena desconfiado, de um ponto perto do sapato de Sally.

– Sally disse que você mencionou alguma coisa sobre prisão. Suponho que seja uma brincadeira?

David pega o casaco dela, mas ela se agarra à mochila que está carregando.

– Não é brincadeira. Estou encrencada mesmo.

Ela parece fraca, como se estivesse noites sem dormir.

David vai com Jotacê para a sala de jantar e faz com que ela sente numa cadeira. Sally pega Skippy no colo.

– Estarei nos fundos se precisar de mim – diz.

David senta ao lado de Jotacê.
- O que aconteceu?
- Não consegui ninguém que quisesse pegar o meu caso - diz ela.
- Não estou surpreso.
- Eu não podia simplesmente deixar que aquilo acontecesse. Precisava fazer alguma coisa.
- Então você...?
- Tentei de outra forma.

Consigo ver a cabeça de David funcionando, pensando em todas as coisas que podiam ter dado errado para levar Jotacê a bater na porta dele - ela iniciou uma invasão do CAPS, recusou-se a sair da sala do seu representante no Congresso até ele recebê-la, publicou algo difamatório na internet.

- O que quer dizer exatamente com "outra forma"? - pergunta ele.

Jotacê respira fundo e solta a bomba.

- Subornei um guarda para deixar uma janela destrancada, invadi o laboratório e tentei libertar Cindy.
- Você o quê? - David olha incrédulo para Jotacê.
- Eu tentei libertar Cindy.
- Invadindo um prédio federal? É crime federal. Delito grave.
- Eu sei disso.
- E é claro que foi pega.
- Quando estava saindo, com Cindy nos braços.
- Eles moveram um processo contra você? Talvez não queiram esse tipo de publicidade ou então...
- Moveram sim, e estão me processando. Tudo indica que eu devo ser um exemplo da política de "tolerância zero" do NIS para arrombamento e furto. Eles me prenderam lá no laboratório mesmo, me ficharam e processaram por... vejamos... - Jotacê conta nos dedos - arrombamento e invasão de prédio público federal, furto de propriedade do governo e invasão criminosa. Eu me apresentei diante de um juiz e agora estou livre sob fiança.
- E o suborno? Eles acusaram vocês dois de conspiração?
- Não. Eles não sabem nada sobre o guarda.

– Ótimo. Talvez você possa fazer um acordo se entregá-lo – diz David, pensando nas opções. – Por favor, diga que ainda não entrou com uma alegação.
– De inocência, é claro.
– Droga. Por que não ligou para mim? – David responde à própria pergunta. – Você tentou, não foi?
– Ah, sim. Você e muitos outros advogados.
– Quem é o promotor público encarregado do caso?
– Eu não sei.
– Acho que não faz mal. Conhecemos pessoas na procuradoria. Vou dar alguns telefonemas e arranjar um acordo para evitar que você enfrente um julgamento e qualquer tempo presa... talvez uma condicional e prestação de serviços comunitários.
– Não vou fazer isso. Não fiz nada de errado. Não estou alegando culpa nenhuma.
– Caia na real, Jotacê. Você invadiu uma propriedade do governo federal e pretendia furtar uma propriedade deles. O fato de essa propriedade ser viva não importa. Aos olhos da lei o que você fez é igual a invadir uma agência dos correios para roubar selos.
– Mas é diferente. Cindy é diferente. Eu invadi um laboratório para salvar um ser sensível de uma vida sob tortura.
– Já falamos sobre isso. É uma história ótima para enviar por e-mail para todos os membros de grupos que defendem os animais, mas as qualidades de Cindy são totalmente irrelevantes diante da lei.
– Não devia ser assim.
– E Helena não devia estar morta. E daí? "Não devia" não muda porcaria alguma.
– A última vez você disse que não havia espaço para afirmar que Cindy é diferente de uma cadeira. Acabei de criar esse espaço... e ele vai estar lá no meu julgamento; que Cindy é um ser que tem o direito de não ser torturado será a minha defesa.
– Nenhum juiz dará ouvidos a isso como defesa. Nenhum juiz deixará que você apresente isso diante de um júri.
– Por que não?
– Porque isso não importa para a lei que você infringiu.

— Necessidade é uma defesa para invasão ilegal — diz Jotacê com a segurança de um professor de direito.

— O quê?

— Em Nova York, um ato executado por necessidade de proteger uma vida é defesa para o crime de invasão ilegal, inclusive de invasão criminosa — recita Jotacê com toda a convicção.

— Como sabe disso?

Ela procura na mochila, tira uma cópia de *Direito penal de Nova York resumido* e deixa cair na mesa entre os dois.

Do tempo em que David estudava direito eu sei que os livros resumidos, uma série interminável que cobre praticamente todas as matérias da faculdade de direito, são destilações dos princípios básicos da lei aceitos por quase todos os juízes. Os alunos da faculdade de direito usam esses livros para se prepararem para as provas, que cobrem meio ano, às vezes um ano inteiro de matéria em um teste pesadíssimo de quatro horas.

— Página cento e sessenta e sete — diz Jotacê.

— Não se pode planejar uma defesa inteira com base em uma frase num resumo. Você não tem ideia do que está falando.

— Eu sei. Preciso de um advogado. Gostaria que fosse você.

— Você ainda não entendeu. A defesa da necessidade de salvar uma vida se aplica exclusivamente à vida humana. Ponto final.

— E o que acha de Matthew Hiasl Pan?

— Nunca ouvi falar. É o especialista que vai testemunhar na sua defesa?

Jotacê tira outra apostila da mochila, um artigo da revista *Science News* e entrega para David.

— É um chimpanzé de vinte e seis anos que vive na Áustria. A Associação contra Criações Industriais abriu um processo na Áustria para que ele fosse declarado uma pessoa não humana. Levaram o caso até a Suprema Corte austríaca. E se usarmos esse mesmo argumento, de que Cindy é uma pessoa não humana?

David deu uma olhada no artigo.

— Ah é, lembro disso. E como isso tudo terminou para Matthew? — pergunta David, mas, pelo tom de voz dele, é claro que já conhece a resposta.

– Eles perderam.
David empurra o artigo de volta para Jotacê.
– Claro que perderam.
– Mas pelo menos tentaram. E Matthew nem sabia a linguagem de sinais. Deixe-me mostrar para um júri o que Cindy é capaz de fazer.
– O juiz não vai deixar você nem tentar. E mesmo se eu achasse que isso teria alguma chance... e não acho, eu não trabalho com direito penal. Você precisa de alguém especializado nisso.
– Estou disposta a me arriscar com você.
– Mas eu não. Você nem fala coisa com coisa. Por que eu?
– Porque Helena disse um dia que você era...
– Não faça isso! Não use a minha mulher nisso.
– Não estou usando. Você perguntou por que...
– Pare.
David chega para frente, estica o dedo e aponta para ela.
– Você planejou tudo isso? Invadir, ser pega, só para provar que Cindy deve ser libertada? Para argumentar que ela é uma "pessoa não humana"? Tudo isso foi só para defender a sua causa?
– Não estou aqui por causa nenhuma. Estão usando minha invasão para acelerar a aprovação do Ministério da Agricultura para a transferência de Cindy. Eu realmente não me importo com nenhum outro caso, e com nenhum outro chimpanzé. Trata-se de Cindy. Eu a criei desde bebezinho. Amamentei-a com uma mamadeira. Ensinei-a a falar. Ela me chama pelo meu nome. Você entende isso? Até agora ela me chama.
A emoção pura na voz de Jotacê faz David voltar a sentar.
– Tenho a morte de um chimpanzé nas mãos. Agora vou ter de outro.
Jotacê nem procura conter as lágrimas.
– Se eu conseguir fazer com que o júri se convença de que meus atos foram justificados, você sabe, se souberem que Cindy é mais do que apenas uma peça de inventário, então talvez eu possa torná-la preciosa demais para ser transferida.
David respira fundo e se esforça para se acalmar.

– Sinto muito. Sinto mesmo – diz baixinho. – Há excelentes defensores de direito penal e eu vou...

Jotacê gesticula para David deixar para lá a oferta, antes mesmo de completar a frase.

– Alguma vez Helena contou para você o que foi assistir à morte do Charlie?

Não, Jotacê, não faça isso.

– O chimpanzé com o qual Helena e você trabalharam? O que isso tem a ver...

– Certo. Trabalhamos com ele e depois o matamos.

Não, não, não.

– Ah, pelo amor de Deus – diz David. – Já não é hora de superar isso? Helena se arrebentou tempo demais por causa daquele maldito chimpanzé. E para quê? Vocês duas nem sabiam o que aquela cientista estava fazendo. Foram enganadas por uma imbecil egoísta, não é? Então é hora de esquecer isso. Encontrar outro demônio.

A resposta de David deixa Jotacê atônita. Eu sei o que vai acontecer e não posso fazer nada para evitar.

– É isso que você pensa? Que nós não sabíamos?

– É claro que vocês não sabiam. Foi o que Helena disse. Ela jamais mataria qualquer animal saudável de propósito. Você conhecia mesmo a minha mulher?

– Conhecia. E você, conhecia? – pergunta Jotacê. – Nós sabíamos o que estavam fazendo com Charlie o tempo todo. Era uma pesquisa sobre hepatite C. Helena e eu injetamos nele...

– ... uma espécie de supernutriente para fortalecer o fígado dele.

– É – diz Jotacê, quase sussurrando. – E também injetamos nele o vírus da hepatite para testar a eficácia dos suplementos. Não se engane. Nós sabíamos exatamente o que estávamos fazendo. Assistimos à morte dele quando os suplementos não ajudaram em nada para reparar os danos que nós, sua mulher e eu, provocamos. Foi aí que resolvi aprender tudo que pudesse sobre os chimpanzés, foi quando jurei que jamais deixaria algum outro primata sofrer aquele mesmo destino se eu pudesse evitar.

– Você está mentindo. Helena jamais teria feito uma coisa dessas. E certamente não teria mentido para mim sobre isso.

Eu sei exatamente o que David está pensando porque sinto exatamente a mesma coisa. Como podia ter sido uma mentira? Como podia ser uma mentira se eu confessei minha história para você quando você me aquecia em seus braços depois daquele acidente na primeira noite? Como podia ser uma mentira se você me consolou depois e nunca mais me abandonou? Que tipo de criatura poderia manter por tanto tempo uma fábula da criação de nós dois e do mito de mim? Você olhou para mim na nossa primeira noite juntos e pensou que via a dor da perda, uma emoção que você conhece bem demais. Mas o que você realmente viu foi o meu sentimento de culpa e era inocente demais para perceber a diferença.

– Só posso dizer que achávamos que podíamos salvá-lo. Nós pensamos...

– Que audácia, a sua! – berra David. – Você vem à minha casa e tenta me manipular. Quando isso não funciona, tenta difamar Helena para eu pegar o seu caso?

– Não é nada disso.

– Claro que é. Faça o favor de ir embora agora.

– Sinto muito. Pensei que você soubesse. Helena era minha amiga e aprendeu com esse erro, tanto quanto eu. Aquele nós não podemos corrigir, mas podemos salvar esta vida agora. Sei que podemos.

– Você não se importa de magoar qualquer um, não é?

– Eu não vim aqui para provocar mais sofrimento. Eu vim porque você entende o que é perder alguém que amamos.

– Dê o fora da minha casa!

Ao mesmo tempo que David grita essas palavras, me defendendo, eu sei que as sementes da dúvida estão plantadas na cabeça dele. É um advogado bom demais para não considerar a história de Jotacê uma possibilidade real.

Mas Jotacê não tem escolha nem mais nada a dizer. Ela pega o casaco e sai.

No início eu tentei cem vezes contar a verdade para você David. Queria que você soubesse o que eu tinha feito, porque desejava o seu perdão. Mas todas as vezes eu perdia a coragem e as palavras fugiam. O tempo foi passando e ficou mais fácil esconder a verdade do que contá-la. E então, quando meu fim se tornou visível, quando tive de encarar a realidade, não só da minha própria moral, mas das minhas fraquezas também, fiquei apavorada. Simplesmente não consegui.

Em vez disso procurei Jotacê. Não foi apenas uma busca de compreensão, foi a busca espontânea do castigo que eu achava que merecia. Toda a interação que vi entre Jotacê e Cindy era mais uma lembrança da vida que eu tinha tirado e da dívida que ainda carregava.

Nem mesmo agora, tão tarde, posso revelar todos os motivos que me levaram a aceitar o trabalho com Vartag, conhecendo a verdadeira natureza das minhas responsabilidades na pesquisa dela. Muito do que confessei para você naquela primeira noite era verdade. Era uma honra ser selecionada para trabalhar com ela, e ela realmente fazia com que acreditássemos no seu trabalho. Que podíamos acabar com as doenças do fígado em humanos e não humanos ainda na nossa geração. Meu nome ficaria para sempre associado à pesquisa dessas curas. Charlie não morreria porque eu poderia salvá-lo. Eu podia derrotar a morte.

Eu também era jovem, estúpida, ingênua e arrogante, e Vartag era um gênio da manipulação.

Mesmo agora, todas essas desculpas parecem extraordinariamente vazias e estúpidas.

Essas desculpas são agora o meu legado. E em vez de oferecer para você algum tipo de motivação para aceitar o caso de Jotacê e talvez salvar Cindy, a minha omissão só serve para afastá-lo anos-luz da minha última contribuição significativa para qualquer coisa que realmente tenha importância.

Quantas vezes preciso fracassar e ser obrigada a testemunhar o impacto dos meus fracassos nos outros? Quando finalmente terei visto o bastante?

15

Simon não envelheceu bem desde a última vez que o vi, há quatro anos. Era óbvio que o derrame e o período de recuperação... e talvez alguma outra coisa... tinham cobrado um preço alto. Simon tinha sido um homem seguro e dinâmico, de olhos azul-claros que eram uma janela aberta para sua malícia provocadora. Um verdadeiro "sedutor", como minha avó costumava dizer. Agora os olhos estavam meio apagados, a fala um pouco arrastada e a animação limitada pelo metal da cadeira de rodas.

Mesmo assim, Simon demonstra entusiasmo sincero ao ver David. Os dois sentam lado a lado diante de uma longa mesa de mármore preto na imensa sala de reuniões que tem mais móveis e peças de arte da melhor qualidade do que eu jamais tive.

A mesa está coberta de pilhas de documentos. Simon assina a última página do último documento com uma caneta-tinteiro de ouro e põe esse documento sobre um monte de outros, com um suspiro de encerramento daquela atividade.

– Terminamos? – pergunta Simon, esperançoso.

David meneia a cabeça.

– Terminamos.

Simon dirige a cadeira para longe da mesa, vai até um armário baixo encostado numa parede. Abre a porta do armário e revela uma moderna adega de vinho refrigerada. Uma garrafa de vinho tinto já foi aberta e posta num jarro, está lá à espera dele. Simon pega a garrafa e o jarro com cuidado e manobra de volta para a mesa.

David examina o rótulo do vinho, que está amarelado com o tempo e é escrito à mão, em francês. A única coisa que David reconhece na garrafa é a data.

– Estou lendo isso direito? Mil novecentos e trinta e cinco?
– Está. É o ano em que eu nasci. Dois anos antes de a minha família e eu deixarmos esta cidade e a Europa, na frente daquela praga dos nazistas.
– Eu não sabia que você tinha nascido em Paris.
– Nasci. Por isso sempre quis voltar. Vou morrer aqui. Estou em casa.

Simon fecha os olhos e inspira, como se quisesse capturar cada nuança da cidade que evidentemente ama antes de ser tarde demais. Eu conheço essa sensação.

Simon finalmente abre os olhos.
– Você poderia fazer o favor de pegar as taças no armário?
– Claro.

David pega as taças e põe na mesa.
– Restam poucas dessas garrafas. Foi a última e melhor safra do meu pai.
– Então eu tenho muita sorte – diz David.

Simon faz que não com um gesto.
– É só uma garrafa de vinho. A única lealdade que ela conhece é para quem a bebe. Mas é o mínimo que posso fazer para demonstrar o meu apreço ao fato de você ter vindo até aqui para cuidar disso. Sei que o momento é inconveniente. – Simon aperta os lados da cadeira de rodas. – Mas nesse momento eu também não podia ir ao seu encontro.
– Bem, é muita coisa.
– Não se iluda. Max ficará com a maior parte do crédito. Não há nada que eu possa fazer a respeito disso. Mas frisei para ele e para os outros no comitê executivo a importância do seu envolvimento.

Simon roda o vinho dentro do jarro.
– Também quero que saiba mais uma vez que sinto profundamente a morte de Helena.
– Obrigado.
– Ela foi muito bondosa de dedicar seu tempo a um velho chato como eu quando você estava no escritório, trabalhando no meu julgamento. Gostei do tempo que passamos juntos.

– E ela também. Ela disse que você era um cavalheiro, com muita classe. O maior cumprimento que ela fez na vida. Acho que você deve ter sido o único cliente que ela realmente gostou.

Simon se alegra com isso e por um momento se transforma no homem que eu conheci antes do ataque. Mas essa imagem desaparece rapidamente e o rosto murcha com a frustração dos seus pensamentos.

– Eu não entendo.

– O quê?

– Aqui estou eu, com setenta e cinco anos, sentado nessa cadeira. Fiz o que vou fazer. Não deixarei nada para trás além do dinheiro pelo qual alguns vão brigar. No entanto a sua mulher, com a metade da minha idade, é que teve a vida ceifada.

– Eu não procuro mais entender essas coisas. Aprendi que não estou capacitado para isso.

Simon meneia a cabeça com simpatia.

– Ela realmente amava os animais, não é?

– É, sim.

– Você ficou com todos eles?

– Na verdade eles é que ficaram comigo.

Simon serve um pouco de vinho na taça, faz girar e sente o aroma.

– Ainda não. Não se apresse – diz para si mesmo e derrama o vinho de volta no jarro. – Você vai poder passear um pouco em Paris nessa viagem? Eu adoraria a sua companhia.

David balança a cabeça.

– Voltar aqui...

David não termina a frase. Acho que não sabe como.

– É claro. Eu esqueci. Você passou a lua de mel com Helena aqui, não foi?

– E a pedi em casamento também.

– Foi falta de consideração minha pedir para você vir.

– Por favor, não pense assim. Isso apenas demonstra com mais clareza que ainda tenho muito que trabalhar.

David dá um tapinha no peito, sobre o coração, para enfatizar.

Simon parece distante, perdido em suas memórias.

– Eu pretendia mostrar tanta coisa de Paris e do campo para ela... Helena alguma vez lhe contou sobre L'Île aux Chiens?

– Acho que não.

– Era a número um na nossa lista, mas acho que...

– É, nós nunca mais voltamos aqui.

Simon bate com a mão na testa.

– Sou tão burro às vezes... – diz e aperta um pequeno botão num painel de controle que agora eu vejo, escondido no lado da mesa.

Uma jovem entra na sala imediatamente com um bloco de notas e uma caneta na mão.

– *Oui, Monsieur Dulac?*

Simon e a assistente conversam rapidamente em francês e então ela sai.

– Perdão. Eu devia ter pensado nisso antes.

De repente Simon fica mais animado do que esteve a tarde toda.

– Meu motorista vai nos levar. E levaremos o jarro. Esse vinho teimoso estará pronto quando chegarmos lá.

– Mas eu... – David começa a reclamar.

– Faça isso comigo. Assim eu poderei sentir que cumpri pelo menos uma promessa, entende?

– Não muito bem. Você não nos deve nada.

– Existem promessas diferentes que impõem dívidas diferentes. Por favor, David. – A voz de Simon é quase a de uma criança pedindo.

– É tão importante assim para você?

– É. É sim.

Num bairro pequeno ao norte de Paris, a limusine Maybach de Simon para diante de um portão gótico de ferro num longo muro de pedra coberto de hera.

O motorista de Simon, um homem grande que deve ser também seu guarda-costas, desce rapidamente do carro e tira uma cadeira de rodas da mala. Enquanto ele ajuda Simon a sair do carro, David fecha bem o sobretudo e caminha até o portão.

O portão é uma obra de arte. Anjos com formas e tamanhos diferentes interligados criam um panorama celestial.

Logo atrás do portão há o que parece ser um jardim, agora sem brilho porque é inverno, e uma construção antiga de tijolos.

David ainda observa a arte do portão quando Simon passa por ele em sua cadeira de rodas, com um cobertor e um cesto de piquenique no colo. Simon move a cadeira contra o portão, que abre com facilidade as dobradiças bem lubrificadas, e ele passa, fazendo sinal para David segui-lo. David dá uma corrida para alcançá-lo.

Um velho caseiro com um casaco e gorro de lã ainda mais velhos aparece saído do prédio de tijolos, carregando uma pá. É a única outra pessoa à vista. O caseiro bate com a mão no gorro para saudar Simon e vai andando por um caminho no meio do jardim. David e Simon o seguem, alguns metros atrás.

Do alto de uma subida no caminho dá para ver que ele continua por um cemitério que deve ter pelo menos uns cem metros quadrados. Há filas de lápides e pequenas estátuas como as que vemos nos cemitérios de quase todos os cantos do mundo, inclusive no meu.

Mas esse cemitério é diferente. Todas as estátuas são de cachorros.

David vai até as primeiras lápides e eu espio por cima do ombro dele. As inscrições nos túmulos são em francês, mas consigo entender algumas. Todas sobre cães amados e perdidos.

– L'Île aux Chiens? – pergunta David. – O que quer dizer?

– Terra dos Cães – responde Simon. – É como chamamos aqui. Também é conhecido como Cemitério dos Cães.

Muitas lápides são bastante antigas e têm dentro imagens ou fotos em branco e preto envelhecidas do cão que descansa embaixo. Algumas covas têm flores frescas. Um túmulo tem o pote de comida favorito e outro uma lata fechada de bolas de tênis com um laço de fita vermelho. Em toda parte há sinal de que alguém se importou antes ou ainda se importa.

David passa os dedos nos talhos marcados no túmulo perto dele. Seus dedos desenham a imagem da cara larga e quadrada de um newfoundland. A longa inscrição na lápide é em francês.

– O que diz aqui? – pergunta para Simon.

– É uma citação. Acho que de Sir Walter Scott. "Às vezes eu penso no principal motivo de os cães terem uma vida tão curta, e me satisfaz saber que é por compaixão da raça humana. Pois se sofremos tanto ao perder um cão depois de conhecê-lo por dez ou doze anos, como seria se eles vivessem o dobro desse tempo?"

– Acredite em mim – diz David baixinho –, a dor da perda não funciona desse jeito.

Simon leva David para um banco sob uma grande árvore no outro canto do cemitério. Os dois se instalam, Simon serve duas taças com o vinho do jarro e dá uma para David. David bebe um gole e posso ver pela sua expressão que deve ser extraordinário. Simon fica evidentemente satisfeito.

– Dizer que é o melhor que já provei não faz justiça – diz David.

Simon sorri com o cumprimento.

– Agora diga que gosto sente.

David toma mais um gole e fecha os olhos.

– Vejamos. Chocolate... mel... fumaça... pimenta em grão, eu acho.

Então David olha confuso para Simon.

– Sente o gosto de mais alguma coisa?

– Sinto. Mas não consigo definir. Não é bem um sabor, é mais...

– Uma sensação, um sentimento? – pergunta Simon.

– Você também sente?

– Sinto.

– E o que é?

– Passei muitos anos sem saber. Não sentia isso em nenhum outro vinho e meu pai, que o fez em segredo, tinha morrido há muito tempo. Então, depois do derrame provei uma taça desse vinho de novo e de repente descobri.

– O quê?

– Esse vinho foi feito das uvas plantadas na terra do ano de 1935. Tínhamos sobrevivido a uma guerra mundial e já sabíamos como era. Os ventos estavam começando a trazer a ideia de uma escuridão maior de outra terra. Estávamos com medo, mas seguros. Íamos conseguir superar o sofrimento e o que quer que chegasse às nossas fronteiras. Sempre haveria outro verão, mais luz, a chance de procurar e de obter perdão, outro amor. Eu acho que o gosto que sente é de esperança.

Simon tira uma sopeira do cesto de piquenique. Ele enche a sopeira com o vinho precioso e dá para David.

– Ponha no chão perto daquela árvore. – Simon aponta para um grande olmo.

– Como?

Simon dá risada ao ver a expressão confusa de David.

– Ponha lá. Você vai ver.

David dá de ombros e obedece.

Quando David volta para seu lugar no banco, eu me surpreendo de ver gatos selvagens surgindo de todas as direções no cemitério. De dentro dos arbustos, do muro de pedra, de trás das árvores e das lápides. Os gatos ignoram a presença de David e vão para a sopeira. Logo cinco deles se empurram por uma posição melhor para dar algumas lambidas no vinho. Outros chegam rápido e ficam em volta do pote.

David observa atônito.

– Só em Paris mesmo. Gatos que gostam de vinho.

Simon balança a cabeça.

– Não acho que eles bebam por gostar de uvas fermentadas. Acho que têm essa sensação que você teve. Mas ninguém pode ter certeza.

Quando um gato fica saciado, ele se afasta e dá lugar aos outros. O vinho acaba em pouco tempo, mas os gatos não vão embora. Em vez disso, vão se instalando em silêncio nos vários túmulos e estátuas. Alguns se limpam com lambidas. Outros espreguiçam e pegam o sol de inverno. Os gatos não têm medo de David nem de Simon e agem como se viessem descansar nesses túmulos há muitas gerações.

– Tanta vida entre os mortos – diz Simon, baixinho.

– Aqui, pode ser, mas não em todo lugar.

Simon balança a cabeça.

– Não cometa os meus erros.

– Que erros são esses?

– Pessimismo, cinismo, medo. Isso só vai levá-lo a uma vida muito pequena.

Eu ainda lembro o último jantar com Simon. Ele falava da perda dos pais para o horror do desespero depois da Segunda Guerra Mundial.

– Fui criado para acreditar que Deus fala a língua do sacrifício – disse para mim. – Você deve se sacrificar porque essa é a medida da profundidade da sua fé. Esse é o Deus de Abraão e de Isaac, de Jó e de Davi.

– E agora? – perguntei para ele.

– Eu vi sacrifícios demais para acreditar que Deus está por trás disso tudo, e vi sacrifícios que não têm indício nenhum da mão de Deus. A perda nem sempre faz parte de algum plano maior, explicável pela referência aos atos de um ser divino com um propósito divino.

– Isso não é muito reconfortante, é?

– Não. Às vezes os acontecimentos que nos privam de tudo menos da dor acontecem sem motivo algum, a não ser o acaso. Um carro que vira à esquerda em vez de virar à direita, ou alguém perde um trem, uma ligação que chega tarde demais... e a verdadeira prova da nossa humanidade é se, à luz desse conhecimento, nós somos capazes de nos recuperar. Quando reencontramos nosso caminho apesar da incapacidade de construir um sentido mais profundo para o nosso sofrimento, aí penso que Deus sorri para nós, com orgulho da força da sua criatura. O sacrifício hoje se tornou uma muleta dos perseguidos, uma desculpa para permanecer impotente. Não consigo imaginar que Deus se comunicaria com Seus filhos desse modo.

– Então como é que Deus fala? – desafiei-o.

– Eu sei que é presunção minha, mas acho que a linguagem de Deus é a justaposição. A voz dele, ou dela, é ouvida com toda a clareza na reconciliação das contradições e dos contrastes da vida. Deus vive nos cumes e nos vales, nas transições radicais, não no ordinário, no seguro, no suave nem no repetitivo. Sem dissonância não há necessidade de uma crença e sem a crença certamente não existe Deus.

– Acho que me perdi – eu disse.

– Em algum ponto do caminho, Helena, minha vida ficou muito pequena. Eu me esforcei tanto para eliminar o conflito, o medo, a tensão e, sim, até a dor, que não sobrou nada para impor o contraste e a distinção. A crença, a fé, se preferir, não era mais necessária. E agora eu vejo, talvez tarde demais, que não resta mais muito de Deus na minha vida. Não acho que isso seja coincidência. Isso me assusta.

– Nunca é tarde demais – eu disse para ele com um otimismo que acabei perdendo nos dias torturantes depois da minha mastectomia dupla.

Do outro lado da mesa Simon estendeu o braço, segurou minha mão e a beijou.

Agora, reagindo ao aviso de Simon, David diz:

– Eu acredito que essas cartas já foram distribuídas.

– Nunca é tarde demais, meu amigo – Simon repete as minhas palavras amareladas e cheias de teias de aranha para o meu marido.

David está tão concentrado em Simon que não ouve o caseiro se aproximar até chegar bem perto. Ele aponta para os gatos e diz alguma coisa para David em francês. David olha para Simon querendo a tradução.

– Philippe disse que Deus deve ter iluminado esses cães em vida porque agora ele envia seus anjos para velá-los na morte.

O caseiro aponta para o céu, depois puxa os lábios com o polegar e o indicador para formar um sorriso.

– Deus... sorriso, *oui*? – diz ele, então bate o dedo no gorro para David e Simon e segue seu caminho.

Eu me inclino sobre a taça de vinho na mão de David. Estou a poucos centímetros dele agora. Sei que não posso provar o vinho, mas uma pequena parte de mim acha que talvez possa sentir seu aroma. Eu quero saber se os mortos são capazes de reconhecer a esperança.

David ergue o rosto para o céu. Aquela expressão curiosa me faz lembrar os meus cachorros quando sentem alguma coisa estranha no ar.

– Helena? – sussurra David.

Quando ouve meu nome, Simon olha de lado para seu advogado e sorri. E eu fico imaginando, seria essa a dívida que você realmente estava tentando pagar, Simon?

Mas logo os olhos de David se enevoam com dúvida. O nosso momento passou. A dádiva de Simon, se é que foi isso mesmo, foi derrotada.

– É melhor eu ir – diz David e se levanta do banco.

Simon deixou David no hotel depois de arrancar dele muitas promessas de uma visita mais demorada no início da primavera. Antes de ir embora, Simon deu um último aviso para David.

– Não tenha uma vida pequena.

David tinha marcado o voo de Paris para casa aquela noite. Meu marido é muitas coisas, mas espontâneo não é uma delas. Então quando ouço David desmarcar o voo e passar para o dia seguinte, fico muito surpresa. Ele toma uma ducha e veste uma camisa limpa. Ao ver seu reflexo no espelho ele diz:

– Está pronto?

Saio com ele do hotel e ganhamos as ruas de Paris.

David chama um táxi. Ouço quando diz para o motorista para onde quer ir e finalmente entendo o que está fazendo. Ficamos espiando pela janela do táxi que roda pelas ruas de Paris. David está com os olhos semicerrados e os ombros curvados por causa da dor lancinante das lembranças.

O táxi para na frente dos portões do Jardin des Tuileries. David paga a corrida, atravessa o enorme jardim e chega a uma pequena estátua de bronze agora meio escondida atrás de um arbusto que não existia da última vez.

A estátua é do Chat Botté – o Gato de Botas –, o felino esperto de Perrault.

David me pediu em casamento ao lado dessa estátua.

Quando voltamos para os Estados Unidos, perguntei por que ele escolheu o jardim e por que aquela estátua. Foi a escolha ideal para mim. Sempre adorei a história do gato que sabia falar e por isso se salvava e transformava a vida do humano que era sua contrapartida. Também achava a imagem do gatinho com aquelas botas enormes e chapéu com pluma linda demais.

Esperei que David desse alguma explicação cheia de significado e romântica. Mas acontece que ele ia me pedir em casamento num pequeno café e resolveu no último minuto que não tinha privacidade suficiente. Então ele ia pedir na nossa próxima parada, um banco embaixo da Torre Eiffel, mas achou que era piegas demais. O Chat Botté foi totalmente improvisado, um pouco de cultura de almanaque que ele lera no guia turístico Frommer's no avião. Eu não fiquei desapontada com a resposta dele. Até gostei do fato de o acaso tê-lo levado ao lugar certo. Era reconfortante saber que a vida ia nos apoiar, se nós a escutássemos.

Agora David está aqui outra vez.

Acho que sei por que você fez isso, David. Quando tive medo do que podia acontecer comigo no fim, você me disse que a sombra formada por uma única vela muitas vezes pode ser mais assustadora do que a escuridão completa. Como sempre, você estava certo. Mas, desde a minha morte, é você que tem vivido nas sombras, não é? Você tem gastado tanto tempo e tanta energia espantando as lembranças que ameaçam invadir a sua consciência quando está cansado, ou prestes a adormecer, que a única coisa que resta é o medo.

Esta noite é a sua maneira de acender velas. Esta noite você quer ver e sentir o pior, de modo que, se conseguir sobreviver a isso, amanhã talvez comece a se mover para além do desespero.

David respira fundo algumas vezes para ganhar firmeza e então começa a falar bem baixinho, para ninguém.

– Sabe, Helena, eu vejo muitos futuros diferentes. Mas todos os bons têm você neles – diz e a sua voz fica embargada.

Eu também sinto assim, lembro de ter dito isso para ele aquela noite.

David enfia a mão no bolso e finge que pega alguma coisa. Naquela noite não foi fingimento.

Ele segura o objeto imaginado na mão aberta e adianta para o espaço vazio na sua frente. Lembro da sensação aquela noite quando olhei muda para a pequena caixa de joia.

– Eu realmente adoraria se você se casasse comigo – ele disse naquele dia e repete agora.

Eu o abracei e disse:

– Sim... sim, sim, sim!

Mas esta noite, quando tento tocar na mão dele, tudo que sinto é o éter que nos separa.

David tira nossa aliança do dedo. Fica olhando para ela alguns segundos, depois guarda no bolso.

Não consigo parar de chorar. Percebo que alguma coisa mudou em mim naquelas últimas semanas. Não tenho mais medo dos detalhes da vida que não me inclui, nem agora nem nunca mais. Ao contrário, estou sedenta pelo que é específico das interações humanas. Quero absorver cada olhar, cada frase e sua entonação, cada sacudir de ombros, cada mão estendida. De repente essas coisas adquirem um significado enorme para mim, como se agora eu precisasse delas feito âncora, para ficar só mais um pouco no mundo de David. Tenho medo de me desapegar porque então terei de encarar o que há diante de mim e sei que enfrentarei isso sozinha.

Catarse é horrível.

16

Depois de uma noite maldormida, David embarca em um avião para voltar a Nova York um dia antes da véspera de Natal.

Na escura cabine da classe executiva, David olha fixo para sua mão esquerda que agora não tem mais nenhum metal precioso. Toca com cuidado no lugar onde ficava nossa aliança de casamento. É quase como se não tivesse certeza de que aquela mão é dele. Olhando para a mão dele sem o anel, eu sinto a mesma coisa.

Não sei exatamente o que mudou em David, mas alguma coisa está diferente. Ele perdeu mais do que apenas vinte e um gramas de ouro. Agora há mais ar entre nós e não somos mais como pele quente em sofá plástico. Não estamos livres um do outro de jeito nenhum, mas eu sei que não sou mais o buraco negro que absorvia cada partícula de luz que passava pela atmosfera dele.

Quer tenha sido Paris, o aviso de Simon, a raiva diante da descoberta da minha omissão ou simplesmente o tempo, o que sei é que David desenvolve uma nova perspectiva. Não está mais apavorado.

Acho que ele talvez esteja se curando.

A primeira parada de David assim que chega de Paris não é no escritório nem em casa. Ele dá ao motorista o endereço do consultório de Joshua.

– Você está com uma aparência péssima.

Essas são as primeiras palavras de Joshua quando ele vê meu marido.

– Obrigado. Foi um voo muito longo.

Joshua leva David para a sala de exames, instala o amigo sentado na segunda cadeira e fecha a porta.

– Como foi lá em Paris?

– Interessante.

– Interessante de uma forma meio dolorosa?

– Bastante.

– Sinto muito. Eu sei que aquela cidade tem lembranças especiais para você.

– Você era o orientador da Helena na escola de veterinária, certo?

Joshua é pego de surpresa, tanto pelo assunto quanto pela ausência de uma transição. Evidentemente David está com alguma coisa na cabeça, e eu sei o que é.

– Se é que se pode chamar assim. Ela não precisava de muita orientação.

– Você ouviu falar de uma mulher chamada Jane Cassidy?

– O nome é vagamente familiar. Por quê?

– Costumam chamá-la de Jotacê.

– Mesma resposta. Por que esse interrogatório?

– Faça esse favor para mim. Que tal um chimpanzé chamado Charlie?

Percebo que Joshua reconhece o nome imediatamente.

– Ah, sim. Esse eu conheço.

– Pode me dizer de que modo Helena se envolveu com a morte dele?

– O que é isso tudo, David? Agora você está realmente falando de coisas muito, mas muito antigas. Aconteceu alguma coisa em Paris?

– Está querendo dizer que não lembra?

– Não, eu lembro, mas gostaria de saber para que eu tenho de lembrar.

– Jotacê Cassidy, que afirma ter trabalhado com Helena, apareceu lá em casa para me pedir um favor. Ela falou de umas coisas que... digamos... são surpreendentes e diferentes do que fui levado a acreditar. Eu quero resolver se eu devo ajudá-la e, antes de fazer isso, preciso saber a verdade.

– O que a Helena contou para você?
– Que ela não sabia que Charlie estava sendo infectado. Que jamais teria participado de uma coisa dessas.
– E Jotacê disse para você que isso era mentira?
– Disse. E acho que tenho o direito de saber quem era a mulher com quem me casei.
– Você conhece a mulher com quem se casou. Você sabe exatamente quem ela era. Confie na sua vivência com ela e deixe o resto para lá. O passado dela, o que existiu antes de você, perde o sentido depois que ela o conheceu. E hoje certamente é irrelevante.
– Não. As histórias que ela contava sobre si mesma definiram quem ela era. Eu quero saber se eram apenas histórias.
– Você está parecendo alguém que procura um motivo para sentir raiva.
David gesticula, menosprezando o comentário de Joshua.
– Não estou pedindo uma terapia, apenas respostas, ok?
Joshua é bondoso o bastante para não me acusar de mentiroso diante do meu marido.
– Você precisa entender que o pai dela tinha acabado de morrer. Vartag seduziu Helena com a promessa de respostas para as perguntas que perseguiam Helena desde a vinda dela para Cornell.
– Que perguntas?
– As dúvidas que tinha. Os animais dos quais cuidamos se beneficiam com esse contato? Nós fazemos a diferença, ou apenas fazemos com que melhorem para poderem viver como brinquedo de alguém até que essa pessoa, ou alguma outra, resolva que não vale mais a pena cuidar deles? Ela não queria salvar animais só para depois matá-los. Vartag prometeu resultados sérios, que ela poderia curar a hepatite e, além de deixar Charlie saudável novamente, poupar outros primatas e talvez até seres humanos desse mesmo destino.
– Esse argumento funcionou com a Helena?
– Vartag foi bem convincente. Eu a ouvi falar. Tinha as credenciais e o histórico. Realmente era considerado uma grande honra ser escolhido para trabalhar com ela. Além disso, Helena queria acreditar. Essa é uma motivação muito poderosa.

– Mas e quando Helena percebeu que não estava funcionando? E quando ela não obteve as respostas que queria?

– Era tarde demais. Ela me procurou para abdicar da vaga na faculdade. Achava que, se podia ser levada a matar com tanta facilidade, não devia ter o poder de decidir. Eu a convenci de não fazer isso e de vir para Nova York.

– Então pelo menos essa parte foi verdade.

– Eu não sei o que mais ela contou, mas aposto que foi tudo verdade, exceto a única coisa que ela não conseguia coragem de admitir.

– Não tenho tanta certeza.

– Ah, tem – diz Joshua. – Acho que você tem, sim. Você é um advogado experiente. Fareja mentirosos de longe. A natureza dela não era essa.

– Mas...

– Pare com isso, David – Joshua interrompe, irritado. – Sei que você está magoado, mas tem de procurar entender o porquê de tudo isso. Ela fez uma coisa que acreditava ser tão horrível que teve necessidade de esconder do mundo, e provavelmente até de si mesma. Ela fez mais do que tirar uma vida. Fez uma criatura que era saudável e à qual tinha se afeiçoado sofrer. Quanto mais tempo esse segredo era mantido, maior ficava. Ela o carregou com ela até o túmulo, sem poder buscar o perdão da única pessoa que ela amava mais que tudo.

Nesse aspecto as palavras de Joshua podiam facilmente ser as minhas. Ele sabe exatamente o que é esse peso, porque sempre viveu com o dele. E agora ele sabe exatamente o que eu preciso.

– Agora que sabe, terá de encontrar uma maneira de perdoá-la.

– Perdoar? – David repete a palavra e eu prendo a respiração à espera da resposta dele. – Perdoar é fácil. O que é difícil é confiar em quem ela era.

Eu sei quem eu era. Eu sei quem eu era. Eu sei quem eu era.

17

David, Sally e Clifford trocaram presentes logo depois do pôr do sol na véspera de Natal. Dias antes David convidou os dois e Joshua para a ceia de Natal, mas disse que tinha planos para a véspera. Eu sei que Sally duvidou da existência dos "planos" de David, mas não perguntou nada.

David deu para Sally um dia no spa (sugestão da Martha), que ela gostou, e dois potes de porcelana da Tiffany para os novos gatinhos (ideia dele mesmo), que ela adorou. Ele também deu para Clifford (com a permissão de Sally) um ano de aulas de equitação. Clifford ficou tão animado que não falava em outra coisa.

Sally e Clifford deram para David uma montagem fotográfica de todos os nossos animais em um porta-retrato para ele pôr no escritório, "para lembrá-lo do que sempre o espera na volta para casa". Foi o presente certo, na hora certa.

Sally também deixou embaixo da árvore um presente embrulhado para cada animal e deu um beijo na testa dos três cachorros, com um raminho de visco em cima de cada um que beijava.

Agora, parado na porta da frente, na véspera de Natal, David ajuda Sally e Clifford a vestir os casacos e beija o rosto de Sally.

– Feliz Natal – diz para os dois

– Tem certeza de que você...

– Tenho. Estou ótimo – diz David, interrompendo Sally.

– Ligue para o meu celular se precisar de qualquer coisa.

– Obrigado, mamãe – diz David de bom humor.

Sally sorri para ele e desce os degraus com o filho.

Quando tem certeza de que foram embora, David pega uma pilha de caixas de papelão de mudança da garagem e leva para o nosso quarto. Os cães se posicionam na cama para acompanhar o trabalho de David.

Então meu marido abre as portas de todos os armários, as gavetas de todas as cômodas, e para perto da cama, bem no meio do quarto. Agora todas as minhas roupas estão à vista, minhas calças jeans, meus vestidos, sapatos, camisetas, blusas, calcinhas, meias, roupas que servem, roupas que ficaram apertadas quando abusei de comida de lanchonete depois do 11 de setembro, e roupas que ficaram enormes durante e depois da quimioterapia.

David tira uma calça jeans do armário, segura bem perto do rosto e respira profundamente. Então dobra a peça com cuidado e põe em uma das caixas.

Às dez para meia-noite David se espreguiça e examina o trabalho. Todas as minhas coisas do quarto e do banheiro estavam cuidadosamente empacotadas, e ele estava começando a arrumar as da sala. Os cachorros já tinham dormido.

David vai até a cozinha, tira uma garrafa de champanhe Veuve Clicquot (meu preferido) da geladeira e duas *flûtes* de um armário.

Chama os cachorros, os três o seguem com o champanhe e as taças pela porta dos fundos, até o celeiro.

O celeiro está silencioso quando David entra. Ele arrasta um fardo de feno até o centro e senta nele. Então abre a garrafa de champanhe sem deixar estourar e serve as duas taças equilibradas no feno.

Skippy pula no colo de David e logo pega no cochilo, muito à vontade, enquanto Chip e Bernie deitam aos pés dele. Arthur e Alice espiam o celeiro do *paddock* ao lado, curiosos com todo aquele movimento tarde da noite.

David olha para o relógio. É meia-noite. Ele ergue uma taça.

– Feliz Natal.

Bebe um pequeno gole de *flûte* e fecha os olhos.

* * *

Lembro de outra véspera de Natal nesse celeiro. David, lindo de smoking, e eu com o único vestido longo que tinha, entramos no celeiro de mãos dadas e rindo do comportamento das pessoas na festa de onde tínhamos acabado de chegar. Os cães atrás de nós.
Num relacionamento longo, há algumas noites em que nos sentimos mais apaixonados do que nas outras. Talvez seja o jeito que as mulheres em uma festa admiram o seu marido, ou como ele sempre cuida para que você tenha uma taça de champanhe cheia na mão, ou até pelo fato de ele tê-la salvado de uma conversa chatíssima com um idiota narcisista. Seja o que for, você percebe que, além de amá-lo, você se orgulha de estar com ele.
Naquela véspera de Natal específica, David era o amor da minha vida nem sequer imaginava o que faria sem ele.
– Véspera de Natal, meia-noite e o mais próximo que podemos chegar de uma manjedoura – disse para mim, apontando para Arthur e Alice, depois inclinando a cabeça para os cães. – Se esses caras não falarem agora, não falam nunca mais.
Eu sorri para ele.
– Todos eles estão batendo papo desde que entramos aqui. Você não ouve?
– Hum – disse David, entrando na brincadeira. – Talvez estejam resmungando.
Fiz David virar para mim e beijei sua boca. Depois dei-lhe um tapinha de leve na testa.
– Acho que precisa se esforçar mais um pouco para ouvi-los. Menos cabeça, mais coração.
– Eu acho que preciso de mais incentivos – disse.
Beijei-o de novo.
– Eu te amo, sabe?
Não lembro se David respondeu. Ele raramente dizia essas palavras, como se o simples fato de dar voz aos sentimentos os pusesse em risco. Ele contava comigo para falar pelos dois e eu ficava feliz de fazer isso para ele.

Esta noite, quando vejo David abrir os olhos no celeiro, fico pensando se o que está lembrando são essas minhas palavras. Quem falará por ele agora?

David fica pensativo no silêncio do celeiro sem companhia humana e ao mesmo tempo Cindy está sozinha no Cubo no laboratório escuro e vazio do prédio do CAPS. O laboratório, que teve tantos meses de atividade constante, só evidencia o silêncio do abandono.

Cindy encosta o queixo no peito. O brilho de curiosidade que um dia existiu nos seus olhos deu lugar à sensação de perda, tédio e mágoa. Ela bate com a boneca no chão do Cubo sem parar e o barulho ecoa no laboratório vazio.

No canto oposto da cela dá para ver uma pilha de fezes. Humilhada, ela se recusa a olhar para aquele lado.

Cindy vira para o espelho comprido. Solta um grito de raiva e soca o próprio reflexo até as rachaduras em forma de teia de aranha distorcerem sua bela imagem.

Você não consegue ouvir a Cindy, pelo menos? Não é capaz de ver as imagens que não posso ignorar? Tente, David. Agora que conhece a minha verdade e a minha vergonha, não deixe esse ser inocente perecer de apatia. Pelo menos procure ouvi-la.

Mas David, com tantos anos de experiência para ouvir a menor inflexão na resposta de uma testemunha, não ouve nada que considere significativo no celeiro. Pega Skippy no colo, dá uma última olhada nos quatro cantos da quietude do celeiro, apaga as luzes e vai para casa seguido pelos outros dois cães sonolentos.

18

Dia de Natal.
A mesa de jantar na nossa casa está coberta de restos de uma ceia surpreendentemente festiva para Sally, David e Clifford. Estavam esperando Joshua, mas ele ligou para avisar que tinha uma emergência no hospital e que se atrasaria.

As velas sobre a mesa já queimaram quase até o fim. Não há na sala quase nenhuma prova das atividades noturnas de David. Só sobrou um vestígio, uma vaga objetividade nos movimentos dele, mas eu reconheço que mesmo isso pode ser apenas uma projeção da minha imaginação.

Enquanto David e Sally cuidam dos estragos que David provocou na cozinha, Clifford desenha num bloco novo em folha na sala de estar. Desde que soube do presente de David, Clifford passou a desenhar imagens detalhadas dele mesmo em atividades equestres, montando, saltando e até adestramento. Sally está satisfeita com isso porque Clifford nunca tinha se incluído nos próprios desenhos antes. Ela acha boa qualquer coisa que faça Clifford ficar mais real para si mesmo. Faz sentido.

Toca a campainha.

– Eu atendo – anuncia Sally, que corre para a porta e chega logo antes de Chip e Bernie.

Em poucos segundos ela volta sorrindo com Joshua.

– Oi, doutor – diz David e aperta a mão de Joshua –, até que enfim você chegou.

– Desculpe. Tive de atender duas urgências.

– Estou feliz que tenha vindo – diz David.

– Ainda não comemos a sobremesa, então vou fazer um prato para você – oferece Sally. – Foi o David que cozinhou e eu ainda estou de pé... até agora.

Clifford entra na sala e anuncia:

– Feliz Natal, doutor Joshua. – E sem tomar fôlego, continua: – Podemos ir lá fora um pouco?

Joshua olha para Sally para ver se ela aprova, ela sacode os ombros diante de mais um pedido do filho que não entende.

– Então por mim tudo bem – diz Joshua.

– Olha só – diz David para Clifford. – Leve sua mãe junto, para eu poder arrumar tudo aqui sem ela ficar dizendo o que eu tenho de fazer.

Sally pega Clifford pela mão.

– Venha, vamos vestir um casaco.

Quando Sally e Clifford se afastam, David vira para Joshua.

– Você quer me dizer alguma coisa? – pergunta, em tom de provocação.

– Você quer perguntar alguma coisa?

– Tudo bem, então. O que há entre vocês dois?

– Eu gosto dela. Sempre gostei. Estou procurando não pensar muito nisso, para não estragar tudo.

– Você tem direito de ser feliz, sabe? – diz David quando começa a tirar os pratos da mesa e faz uma pilha com eles.

– Eu podia dizer, médico, cure a si mesmo.

– Mas não vai.

– É, não vou.

– Só peço que não a tire de mim, ainda não.

– Isso não é possível – responde Joshua. – Acho que ela gosta muito daqui.

– E Clifford também?

– Com o Cliff é difícil saber, mas parece que sim.

– Eu gosto daquele menino. Na metade do tempo eu não o entendo, mas... – David pigarreia – não sei por quê, quando estou perto dele eu me sinto mais ligado à Helena.

– Isso é bom, não é? Apesar das mentiras...

David faz que sim com a cabeça.
– Desculpa, viu, por ter sido tão ríspido com você na nossa última conversa. Acho que você tem razão. Talvez eu esteja mesmo procurando alguma coisa para me fazer sentir raiva.

O Joshua que eu conhecia ficaria constrangido com aquela conversa, mas o Joshua diante de mim agora estende a mão e aperta o ombro de David. É o que um pai faria.

David se esforça para encontrar as palavras.
– Diga uma coisa. Você acha que Helena encontrou aquelas respostas que procurava?

Joshua sacode os ombros.
– Se você não sabe a resposta a essa pergunta, ninguém mais sabe.

Sally e Clifford voltam, com os agasalhos e as botas. Sally olha para David e para Joshua.
– O que vocês dois andaram conversando?
– Você sabe, o de sempre. Paz na terra – diz David.
– Boa vontade entre os homens – acrescenta Joshua. – E todas aquelas coisas típicas da temporada.
– Coisas típicas da temporada – ecoa Sally, e balança a cabeça de um jeito que demonstra claramente que ela não acredita neles. – Certo. – Ela segura o braço de Joshua e o afasta de David. – Meninos. – Ela suspira.

Lá fora Clifford leva Joshua e Sally para a mata nos fundos da casa. Os três passam por uma fileira esparsa de árvores e se aproximam de um campo coberto de neve que começa a escurecer sob o céu roxo profundo. Ali, cerca de vinte metros à frente deles, um veado enorme com a galhada completa cava a neve com as patas à procura do verde escasso. O animal não nota os três.

Clifford faz sinal para Sally e Joshua ficarem onde estão, escondidos atrás das árvores, enquanto vai se aproximando do veado. Quando chega a dez metros, o animal o vê, bate a pata dianteira no solo, mas não foge. Clifford para a cinco metros dele.

– Olhe só para eles – sussurra Sally do esconderijo, inclinada para Joshua.

Ela segura a mão dele e beija a palma.

– Para que isso?

– Nada. Só que eu não pensava que seria abençoada de novo – diz ela.

Joshua não responde. Porque não pode. Está fazendo um esforço enorme para conter as lágrimas.

A nossa casa – a casa de David, tenho de me disciplinar para reconhecer – está tranquila agora. Os pratos lavados e guardados. Cães e gatos já encontraram seus lugares preferidos para dormir e descansar dos ossos, biscoitos, catnip e camundongos de brinquedo trazidos no Natal. Sally e Joshua saíram juntos bem animados, sem precisar mais fingir para David que não se desejavam nem precisavam um do outro, sem se importar em definir naquele momento qual dos dois se aplicava. Se as demonstrações de afeto deles provocava alguma coisa em Clifford, ele não manifestava.

Mas David parece agitado. Ele liga a televisão e desliga, minutos depois. Enche uma taça de vinho, mas não bebe. Pega o telefone, deseja rapidamente boas festas para Liza, depois para Chris, mas já está longe das conversas minutos antes de elas terminarem.

David acaba entrando na sala de estar, diante das estantes com os meus livros. David devia olhar para esses livros todos os dias, mas ele nunca abriu nenhum deles... até esta noite. Primeiro pega um de Schwartz, *Higher Primates*. Abre na primeira página de um capítulo, toda marcada e cheia de anotações escritas por mim. Ele pega outro livro, *Chimpanzee Society*, de Costa, folheia rapidamente e vê mais anotações minhas. Em seguida, escolhe *Toward a Unified Theory of Communication*, de Howard, e encontra de novo meus rastros.

Por fim David chega ao *Ethical and Religious Implications of Primate Vivisection*, de Ross. Tenho certeza de que ele não pode deixar de notar que nesse livro escrevi mais do que nos outros.

David para numa passagem que eu circulei em vermelho e ainda destaquei com três pontos de exclamação.

Esse parágrafo termina dizendo o seguinte: "Você não encontrará um psicólogo desenvolvimentista respeitado que acredite que o estado de consciência seja exclusivo dos seres humanos. Existem vários graus de consciência, é claro, mas os chimpanzés também possuem o processo fundamental. Talvez você só precise ficar de quatro e se sujar para vê-lo em ação."

David tira da pasta de trabalho dele o meu caderno de anotações. Devia levá-lo todos os dias para o trabalho desde aquele primeiro encontro com Jotacê, quando ela o entregou, mas nunca abriu. Agora ele começa a ler minhas impressões cuidadosas e volumosas. Quando chega à descrição do meu primeiro contato com Cindy, passa lentamente os dedos sobre o meu texto, para sentir as palavras que escrevi à mão.

– Por que não me contou? – diz ele.

Com o caderno na mão, David escorrega encostado na parede, até sentar no chão.

– Será que alguma vez chegou a tentar?

Não, David, enquanto viva, não. Mas estou tentando agora. Acho que estou realmente tentando agora.

David lê folha após folha do meu caderno ali no chão mesmo, até não conseguir mais manter os olhos abertos e cair no sono.

David acorda horas depois, cercado pelos meus livros. Ainda está com o meu caderno na mão. Levanta com o corpo dolorido, tropeça em alguns livros e vai até a janela. Está nevando outra vez, mas não muito. São os flocos grandes que parecem flutuar do céu em ondas suaves.

David sai da casa, com cuidado para não acordar os cachorros. Deixa até o casaco no cabide.

Lá fora o barulho é um só, o dos macios flocos de neve pousando nos galhos das árvores que impedem que continuem a cair.

David fica um tempo ouvindo esse som e então faz uma coisa que eu nunca o vi fazer... jamais.

Ele reza.

Não sei se pede esperança, alguma ligação, compaixão, orientação, paz de espírito ou simplesmente alguém que o ouça. Eu não sei se ele recebe alguma resposta.

Sei com certeza que assim começa a clarear, David telefona para Jotacê e diz – para grande alívio e surpresa dela, e minha também – que vai tentar ajudá-la.

19

A primeira coisa que David faz como advogado de Jotacê é algo ao que ela não se oporia, se soubesse: David pede uma reunião extraoficial com Jannick e com o advogado dele. Jannick, sem hesitar nem um segundo, aceita o encontro.

Agora Jannick espera David e o leva para uma sala de reuniões no terceiro andar do prédio administrativo do CAPS.

– Não é melhor esperar o seu advogado? – pergunta David.

– Não é necessário – diz Jannick. – A procuradoria do governo dos EUA tem coisa mais importante para fazer. Disse para eles não virem.

– Eu esperava que pudéssemos conversar sobre o caso de Jotacê.

– É ridículo! Jotacê não é uma criminosa. Equivocada, teimosa e arrogante, sim, mas criminosa, não – diz Jannick.

David fica obviamente aliviado com a reação de Jannick.

– Se você pensa assim, por que estão prosseguindo com esse caso?

– Você acha mesmo que eu quero isso? Mesmo deixando de lado meus sentimentos pessoais pela Jotacê, toda essa questão é uma distração do nosso trabalho.

– Então por que...

– Porque aquela idiota cabeça-dura não quis aceitar um acordo e desistir. Fiz o promotor público concordar com uma sentença suspensa de seis meses. Se Jotacê aceitar calar a boca e seguir em frente, fica com a ficha limpa. Mas ela quer essa briga, quer que o financiamento continue e quer Cindy.

– Ela tem uma ligação muito forte com a chimpanzé.

— Forte demais. Isso pôs sua objetividade a perder.

— É o que você diz, mas Jotacê tem absoluta certeza de que Cindy adquiriu uma verdadeira capacidade de se comunicar com a linguagem humana – diz David.

— Ela se engana.

— Como pode ter tanta certeza?

— Eu sei quais são as exigências do protocolo científico. A validade do trabalho de Jotacê não pode ser estabelecida por uma comunicação que só existe entre uma pessoa e um chimpanzé. A própria Jotacê escreveu esse protocolo há mais de quatro anos, justamente para evitar o risco do preconceito com o examinador antropomórfico, e nisso estava certa. Não houve nenhuma réplica das experiências e...

— Tudo bem, então. E se houvesse outra pessoa com quem Cindy se comunicasse? Isso faria você mudar de ideia? Jotacê diz que...

— Ela diz muitas coisas, mas ainda não apresentou nenhuma outra pessoa além de si mesma que possa se comunicar com Cindy. Se tivesse feito isso, certamente seria um fato importante.

— Eu acredito que havia outra pessoa.

— E onde está essa outra pessoa?

— Está morta. Era a minha mulher, dra. Helena Colden.

Vejo Jannick fazendo associações mentais e por fim ele recosta na cadeira.

— A mulher da boneca – finalmente responde. – Eu a vi no laboratório. Jotacê disse que era uma assistente. Sinto muito a sua perda. Não sabia que seu envolvimento nesse caso era tão pessoal.

— Acho que nem eu sabia, até minutos atrás.

— Você observou as interações da sua mulher com a chimpanzé?

— Não.

— Por que não tem um filme disso? Jotacê filmava tudo. Por que não existe nenhuma prova de que Cindy se comunicava com outra pessoa?

— Isso eu não sei responder. Fiz a mesma pergunta para Jotacê. Não devem ter filmado esses contatos ou, então, se filmaram, ninguém sabe onde está o vídeo. Não acho que isso seja prova de que não aconteceu. Jotacê não mentiria sobre o envolvimento da minha mulher.

– Eu não tenho mais essa sua confiança na integridade dela quando se trata dos laços com Cindy. Ela parou de pensar como uma cientista.

– Acho que Jotacê diria, "e daí?".

– Perdão?

– Talvez esses laços que você critica sejam exatamente o motivo de Jotacê ter tido tanto sucesso com Cindy. Talvez Jotacê só consiga se comunicar com Cindy por ter parado de pensar como uma cientista e começado a pensar como uma...

– Uma o quê? Uma mãe? – debocha Jannick.

– Não. O que eu ia dizer era como uma pessoa, em vez de uma cientista. Apenas um ser humano piedoso e cuidadoso que se importa com o que acontece com a Cindy. Por que você se surpreende tanto com o fato de Cindy sentir e reagir a isso?

– A sua premissa está errada, sr. Colden. Esses sentimentos não são mutuamente excludentes. Ficaria surpreso de saber quantos cientistas, na verdade, se importam e cuidam. Exatamente por isso o protocolo é tão específico... para evitar a interferência do significado baseado em algo que não seja o ato objetivo de replicar a experiência.

Jannick respira fundo e esfrega os olhos. Quando fala outra vez, sua voz tem um quê de tristeza.

– Olha, não é uma questão de eu estar sendo cínico ou preconceituoso. Existe uma longa história de trabalho de linguagem com chimpanzés e bonobos. Jotacê não foi a primeira. O significado desse trabalho sempre foi debatido por causa do problema da interpretação tendenciosa. Eu pessoalmente acredito que vários daqueles primatas aprenderam a se comunicar com os humanos até certo ponto, usando a nossa linguagem ou alguma alternativa para ela. Foi por isso que aprovei o financiamento de Jotacê. Mas é também por isso que a reprodução da experiência é parte essencial do protocolo, para evitar toda essa crítica da subjetividade interpretativa.

– Mas você não pode simplesmente ignorar...

– O que eu não posso ignorar é o fato de que nenhum daqueles primeiros chimpanzés teve qualquer equivalência mensurável com a idade humana, e certamente nenhum deles chegou perto de uma criança de quatro anos de idade. Obviamente, diante da ausência de reproduções demonstráveis da experiência, a tendenciosidade é uma explicação mais adequada para os resultados com Cindy do que a afirmação de Jotacê, de que em apenas quatro anos ela abriu uma ponte sem precedentes de comunicação entre seres humanos e chimpanzés. E francamente, mesmo se houvesse outra pessoa, se ela estivesse apenas usando a programação de Jotacê, a tendenciosidade permeia todo o código. Posso mostrar exemplos...

– Será que não pode simplesmente dar mais tempo para Jotacê convencê-lo ou então convencer a si mesma?

– Não. Estou entre duas decisões desagradáveis. Muitos dentro do NIS já acham que tenho sido complacente demais com os interesses dos que defendem o bem-estar dos animais e que por isso nossa pesquisa ficou prejudicada. Sob a minha direção, o NIS publicou apenas a metade das pesquisas com acompanhamento do que meu antecessor. Isso significa menos drogas novas capazes de salvar vidas, menos avanços na área cirúrgica, um número menor de novos protocolos de tratamento. Eu apostei alto demais em Jotacê e agora estou numa situação bastante difícil.

– Mas certamente não está preparado para sacrificar Cindy por causa desse constrangimento. Não me parece esse tipo de homem.

– Espero não ser mesmo – diz Jannick. – Mas o fato é que todos devíamos estar do mesmo lado. Jotacê nos procurou para fazer o seu trabalho, não fomos nós que a procuramos. Não somos monstros. Você sabe por que os chimpanzés são usados em pesquisas biomédicas?

David não responde.

– Nós os usamos porque os chimpanzés são como nós... excepcionalmente parecidos conosco em muitas coisas. Fazer pesquisa com uma espécie tão semelhante aos humanos é necessário porque têm mais chances de gerar resultados relevantes. Senão estaríamos apenas desperdiçando tempo e vidas... daqueles seres humanos que poderiam ser salvos e daqueles animais que precisam ser sacrificados. Esse é o triste e inevitável paradoxo com o qual todos os pesquisadores de primatas se deparam quando vêm trabalhar conosco... inclusive Jotacê. Os chimpanzés não são seres humanos limitados e não estão evoluindo para se tornarem humanos. Eles estão perfeitamente bem como chimpanzés e nós podemos, e devemos, usá-los como chimpanzés.

– Isso está me parecendo uma justificativa muito bem ensaiada.

– O que você percebe na minha voz é o meu mal-estar. Esse sistema não é perfeito. Eu sei disso. Mas passe um dia no andar da oncologia pediátrica de algum grande hospital. Eu passei meses com aquelas crianças e suas famílias. A pesquisa com primatas é a maior esperança que temos para essa e para muitos outros tipos de doenças. Passamos décadas procurando alternativas e não encontramos nada sequer parecido com a eficácia da pesquisa nos primatas mais desenvolvidos. É muito fácil julgar quando se está de fora. Passe um dia com aquelas crianças, olhe bem nos olhos encovados, ouça a imobilidade, observe os pais implorando algum milagre e depois me diga que não faria qualquer coisa, tudo que fosse humanamente possível para salvá-las... mesmo se tiver de destruir algumas dessas espantosas criaturas para isso.

Ouço essas palavras e fico pensando, não pela última vez, se algum dia me libertarei de Charlie. Nós o matamos porque ele era muito parecido conosco. A sua proximidade com os humanos fez com que se tornasse relevante e decretou a sentença de morte.

– Então dê Cindy para Jotacê ou deixe que ela a compre. Você pode muito bem perder um chimpanzé – diz David. – Entregar Cindy não fará com que toda a pesquisa biomédica pare de repente.

– Liberar Cindy para o público em geral? Depois do ataque daquele chimpanzé em Connecticut poucos anos atrás? Você viu aquela pobre mulher? Sem mãos, sem rosto, desfigurada a ponto de ficar irreconhecível. Essas criaturas são extraordinariamente fortes. Quando chegam à puberdade, podem ficar imprevisíveis e destrutivas. E por que não? É isso que elas têm de ser. Não se pode desfazer milhões de anos de evolução fazendo com que vistam roupas de gente. Nós jamais soltaríamos um chimpanzé por aí agora. Pode esquecer isso.

– Então tem de haver alguma outra resposta além de levar Jotacê e o NIS a julgamento. Eu sei que para vocês essa controvérsia e essa publicidade não são boas. Dê-me um caminho para salvar essa chimpanzé e eu garanto que o NIS jamais ouvirá falar de Jotacê de novo. Nenhuma divulgação na mídia, nada de câmeras de televisão acampadas na entrada, nenhum protesto. Vocês podem continuar fazendo seja lá o que fazem, a portas fechadas. Esse é o trato, a vida de um chimpanzé pelo silêncio de Jotacê.

Enquanto David negocia com Jannick, Sally põe os três cachorros no jipe e vai para a Agway. Chip e Bernie deitam na traseira imediatamente. Quando viajava comigo, Skippy gostava de ser meu navegador e copiloto. Vejo que mais uma vez ele senta no banco do passageiro e fica espiando pela janela.

Notei que o comportamento de Skippy com Sally ficou mais carinhoso e espontâneo desde que Clifford passou a frequentar a minha casa. Talvez Clifford tenha feito com que Sally parecesse mais permanente e, portanto, mais segura. Ou então quem sabe já seja hora mesmo. De qualquer maneira, eu gostaria de poder dizer que não sinto nenhum ciúme de Sally com os cães, mas talvez fosse mais correto dizer que estou muito contente porque Skippy está feliz, e não queria que fosse de outra forma.

Depois de quinze minutos rodando de carro Sally sinaliza que vai virar à esquerda, no shopping onde ficam a Agway, uma pizzaria, uma loja de equipamento de informática e uma farmácia.

Assim que estaciona o carro, Sally abre a janela alguns centímetros, para entrar ar. Chip e Bernie não demonstram nenhum interesse de se mexer. Desde que se sintam seguros, os dois cachorros grandes ficam muito satisfeitos de poder tirar uma soneca no banco macio do carro.

Skippy, por sua vez, sempre gosta de ver e de participar do mundo, como se soubesse que cada minuto para ele tem mais significado, porque terá bem menos minutos de vida do que os outros cachorros. Sally segura Skippy com um braço, a bolsa no outro, verifica duas vezes se as portas do carro estão trancadas, põe Skippy na cesta mais alta de um carrinho vazio de supermercado e vai para a loja.

Podemos saber muita coisa das pessoas pelas guloseimas e brinquedos que dão para seus animais de estimação, se é que dão. Fico satisfeita de ver que Sally passa direto com o carrinho pela seção de defumados – orelhas, patas, focinhos de porco e pênis de touro – sem hesitar, apesar de Skippy levantar o focinho e farejar com prazer.

Em vez disso Sally opta pelos caríssimos Greenies e pelos Nylabones com sabor de frango para serem cozidos. Ela compra também um saco de biscoitos naturais para cães e dá alguns para Skippy enquanto faz as compras.

Em poucos minutos o carrinho está quase cheio.

– Só mais algumas coisas, Skip, depois nós vamos.

Sally vira uma esquina e o que vê a faz parar de repente. É uma gôndola enorme, que eu nunca vi antes, anunciando *lápides para seu amado animal de estimação*. As prateleiras contêm amostras de uma dúzia de "lápides" de resina "resistentes às intempéries", numa variedade de "formatos tradicionais e modernos" e cores "apropriadas" para "homenagear o seu animalzinho". Na publicidade anunciam algumas mensagens padrão, mas, segundo o folheto que acompanha os itens, "você pode escrever a mensagem que quiser pelo módico preço de $29,95 (até o máximo de vinte e quatro palavras)".

Sally pega uma daquelas "pedras" e avalia o peso com a mão. Bate de leve com ela na prateleira da gôndola. A "pedra" faz um barulho fraco e oco. Ela joga de volta na prateleira com desprezo.

Sally se abaixa e fica cara a cara com Skippy.

– Faço um trato com você. Procure me avisar do jeito que puder quando chegar a sua hora, que eu garanto que ninguém vai colocar uma porcaria dessas de plástico de mau gosto com algum dizer idiota em cima de você quando se for. O que acha disso?

Ela beija a cabeça de Skippy e segue para o caixa.

Sally está com tudo empacotado, pago e saindo da loja em menos de cinco minutos.

Assim que abre a porta da loja ela ouve nitidamente o latido alto de um labrador aflito e o barulho de música ruim e ruidosa demais. Quatro adolescentes estão em volta do carro de Sally, batendo nas janelas para fazer Chip latir. Bernie, que não tem nem um pingo de lutador em seu sangue, apenas gane. A música sai do PT Cruiser vinho deles que está parado ali perto.

Sally tira Skippy do carrinho, segura-o embaixo do braço e corre para o carro empurrando o carrinho cheio de compras. A seis metros dos meninos, Sally dá um empurrão mais forte e solta o carrinho, que ganha velocidade na curta distância e bate nos dois garotos mais próximos. Eles voam e segundos depois estão gemendo de dor estatelados no chão.

Os outros dois adolescentes se viram para Sally. O que está mais perto tem a constituição de um zagueiro, mas as feições grosseiras de alguém que arranca as asas das borboletas para se divertir.

– Você é maluca, sua vadia? – grita para Sally e dá um passo na direção dela.

Skippy reage rosnando e exibindo os dentes. Chega a morder o ar algumas vezes e bate os dentes. Isso faz com que o zagueiro pare.

– Estamos só brincando – geme um dos garotos no chão, procurando se levantar.

Chip, encorajado pela presença de Sally, rosna para os adolescentes pela janela.

– Brincando? – diz Sally, com raiva. – Tudo bem, meninos, então vamos brincar.

Sally bota a mão na maçaneta da porta do carro. Chip fica agitadíssimo, arranha a janela com as duas patas da frente, querendo sair. Acho que nunca o vi tão aflito assim.

– Não o solte! – implora o segundo garoto no chão.

– Não querem brincar? – Silêncio é a resposta à pergunta de Sally. – Então quero perguntar só uma coisa para vocês, meninos. Vocês correm muito?

Sally puxa a maçaneta devagar. Os adolescentes disparam

para o Cruiser. Sally dá risada quando todos pulam dentro do carro como num número de palhaços de circo. O Cruiser parte do estacionamento cantando pneu antes mesmo de os garotos fecharem as portas.

Sally fica vendo o Cruiser se afastar até desaparecer de vista e então abre a porta do carro.

– Venham, meninos, vamos esticar essas pernas.

Chip e Bernie saltam do carro. Bernie parece mais confuso do que preocupado. Chip está bastante ofegante, mas fora isso já voltou ao seu normal. Sally pega dois biscoitos do carrinho do supermercado e dá um para cada um.

Eu não teria feito coisa melhor.

Com essa conclusão sinto que mais um grilhão mortal se abre.

Quando Sally volta para casa com os cachorros, David e Jannick já montaram o esboço de um acordo. O NIS vai retirar todas as queixas contra Jotacê, e Cindy será enviada para um santuário de chimpanzés na Califórnia, onde poderá viver sua vida com a promessa de que não será usada em nenhum estudo do NIS. Em troca, Jotacê se compromete a não lançar descrédito ao NIS, a não comentar em público seu trabalho quando esteve no CAPS nem sobre Cindy, e por fim não tentar publicar nenhuma pesquisa sobre o trabalho sem autorização prévia por escrito de Jannick.

– E se Jotacê quebrar a promessa? – pergunta Jannick.

– Cindy volta a "prestar serviços ao governo". Entendi – diz David.

– A questão é se Jotacê vai entender.

– Ainda tenho de vender esse peixe para ela, mas acho que Jotacê não tem muita escolha. É a única maneira de salvar Cindy. Jotacê ganha uma vida pelo seu silêncio.

David junta os papéis e levanta. Jannick estende a mão e David aceita.

– Eu sei que isso não é perfeito – diz Jannick.

– Não é. Mas por hoje acho que está bom. Vou redigir o acordo e mando uma cópia para o promotor público.

20

Aquela noite David expôs os argumentos para Jotacê e quando ela soube que Cindy ficaria em segurança, concordou com o que David havia negociado, não sem alguma relutância. Mas com uma condição. Jotacê queria poder se despedir de Cindy. Jannick disse para David que essa era uma péssima ideia e David concordou, mas Jotacê insistiu.

– Quero poder explicar para Cindy – disse para David. – Quero que ela saiba por mim.

Na manhã seguinte David e Jotacê vão em silêncio no carro até o CAPS. Encontram Frank no estacionamento e os três se dirigem à entrada, onde Jannick os espera.

Jannick merece o crédito de tentar manter uma atitude profissional. Jotacê, no entanto, não faz nenhum esforço nesse sentido de companheirismo e se recusa a apertar a mão dele. Jannick não fala nada e leva os três para o antigo laboratório de Jotacê.

Felizmente limparam o Cubo e Cindy para a visita, mas agora que grande parte do equipamento não está mais lá, o laboratório parece mais um necrotério.

O comportamento de Cindy com Jotacê acentua ainda mais essa sensação. Ela fica imóvel, mesmo quando Jotacê se aproxima do Cubo. É como se Cindy não reconhecesse Jotacê logo, mas então eu entendo que não é nada disso. A palavra traição se forma na minha cabeça e não consigo me livrar dela.

– Posso abrir o Cubo? – pergunta Jotacê.

– Não, sinto muito – diz Jannick.

Jotacê enfia a mão pela grade e começa a alisar o pelo de Cindy. Poucos minutos depois Cindy pega a mão de Jotacê e põe na boca.

— Tome cuidado – diz Jannick.

Jotacê ignora o aviso dele. Cindy lambe os dedos de Jotacê, depois encosta suavemente no lado do rosto. Jotacê acaricia o pelo da chimpanzé, lenta e delicadamente.

Isso é demais para Jotacê. Ela começa a chorar.

Cindy estica o braço através da grade e toca o fio das lágrimas no rosto de Jotacê. Depois afasta uma mecha de cabelo de Jotacê para o lado.

Cindy oferece a boneca para Jotacê através das grades. Jotacê balança a cabeça. Cindy oferece a boneca de novo, com mais insistência dessa vez. Jotacê dobra a mão de Cindy em volta da boneca e a cobre com a própria mão. Por um instante os dedos da mulher e da chimpanzé se entrelaçam. Claro que os dedos são diferentes, mas justapostos dessa maneira, parecem combinar perfeitamente. A distância não é tão grande, posso ver isso mesmo sem palavras, sem linguagem nenhuma.

Olho para David para ver se ele nota isso também, mas ele olha fixo para o chão, mordendo o lábio.

Jotacê acaba largando a mão de Cindy, e Cindy puxa lentamente a boneca de volta pelas grades do Cubo. Então Cindy dá as costas para nós.

Jotacê sai correndo do laboratório e não para de correr até entrar no carro de David.

Dias depois, às dez horas da manhã da véspera do ano novo, David e Jotacê aguardam sentados nas cadeiras duras do escritório do promotor público no centro de Manhattan. Eles estão esperando para assinar o documento que prenderá Jotacê ao silêncio e que garantirá a vida de Cindy.

Às dez e trinta e cinco David e Jotacê continuam lá. David aborda a mulher atrás de uma grossa janela de vidro.

— Pode me fazer o favor de ligar para a sala do sr. Cohen? A reunião foi marcada para as dez horas.

— Pois não – diz a mulher.

Ela pega o fone e digita o número de uma extensão. Fala com alguém em voz baixa demais para ser ouvida e escreve num bloco de recados. Quando desliga vira constrangida para David e diz:

– Sr. Colden, sinto muito, mas a reunião foi cancelada. Pediram para eu entregar isso para o senhor.

A mulher arranca a folha e dá para David pela janela.

David lê o recado rapidamente e, sem dizer uma palavra para Jotacê e antes de eu poder entender o que está acontecendo, pega a pasta e sai da sala.

Jotacê corre atrás dele e o alcança no elevador.

– O que aconteceu? – pergunta. – O que eles disseram?

David ignora a pergunta até chegarem ao térreo. Para na primeira banca de jornal que encontra, pega um exemplar do *Daily Chronicle* e folheia até achar o que procura. Jotacê olha para o jornal por cima do ombro dele. A manchete no meio da página, com letras grandes, diz CHIMPANZÉ EM CATIVEIRO CONHECE O ABECEDÁRIO.

David entrega para Jotacê o recado da recepcionista. Que diz: "Belo artigo no *Chronicle*. Espero que tenha valido a pena."

Jotacê levanta a cabeça e olha para David.

– Mas eu não...

– Uma fonte que conhece o projeto – David lê no artigo – dá a Cindy a idade de quatro anos. Mas o futuro dessa chimpanzé é incerto.

– Escute aqui, estou dizendo que não fui eu – protesta Jotacê.

– Então quem foi? Jannick?

– Eu não sei. Por que eu vazaria a história agora? Não faz nenhum sentido.

– Isso supondo que você está sendo racional, mas em se tratando do seu relacionamento com aquela chimpanzé não tenho tanta certeza.

– O que vai acontecer agora?

O pânico soa com toda a clareza na voz de Jotacê.

– Agora? Agora o acordo morreu. Agora eles vão tentar fazer de você um exemplo. Agora farão tudo que tiverem de fazer para transferir Cindy de volta ao grupo geral de primatas do NIS.

– Então nós voltamos à estaca zero.
– Não, nós não. Você. Eu negociei o melhor acordo possível para você e você estragou tudo. Você me usou. Para mim chega. Vou voltar para o meu trabalho diário.

David põe o jornal nas mãos de Jotacê e se afasta.

– Por que acreditou com tanta rapidez que eu mentiria para você? – grita Jotacê. – Porque foi isso que Helena fez?

Essas últimas palavras fazem David parar de andar, mas só um instante. Então ele segue para a saída e para o vento frio de Nova York.

David tenta chamar um táxi indo para o centro, mas estão todos ocupados. Ele anda para a estação de metrô mais próxima.

– Foi o Frank! – grita Jotacê três metros atrás dele.

Algumas pessoas se viram para olhar para Jotacê que corre para David segurando o celular aberto.

– Foi o Frank que deu a história para eles!

Ela alcança David e, já sem fôlego, apenas entrega o celular para ele.

David põe o celular na orelha e ouve a voz de Frank na mesma hora. Parece que andou chorando.

– Eu sinto muito, sinto demais. Achei que podia ajudar Jotacê. Conversei com o repórter antes de ela conseguir o acordo, semanas atrás, depois que o projeto não foi renovado. Como eles não publicaram a história, pensei que o assunto tinha morrido. Jotacê não teve envolvimento nenhum nisso. Eu não sabia que publicariam agora.

David desliga na cara do Frank e devolve o celular em silêncio.

– Por favor. Ajude-me – implora Jotacê.

Um táxi desocupado acaba parando ao lado deles.

– Você realmente precisa escolher melhor seus amigos – diz David. – Entre aí.

David anda de um lado para o outro na sala luxuosa de Max, enquanto Max observa de trás da enorme mesa.

– Olha, eu consegui o contrato com Simon. – David para no meio de uma passada e vira para encarar Max. – Agora preciso que você retribua. Quero que você consiga que aprovem isso.

– Você quer? E eu quero não ter ex-mulheres. Querer é uma palavra irrelevante. – Max olha muito sério para David e depois respira fundo. – David, eu sempre apoiei você.

– Você quer dizer, quando servia às suas necessidades.

– Seja lá como for. Você realmente acha que isso é sensato? Já fez essa pergunta para si mesmo? Seus honorários não estão lá grande coisa no momento. Você está só começando a arrumar sua vida.

– Que vida é essa, exatamente? A vida das duas mil e quatrocentas horas de honorários por ano? A vida de participação nos lucros e da festa de Natal?

– Não, a vida que pagou sua linda casa e que alimenta todos aqueles lindos bichos. A vida que ensinou você a ser um advogado. A mesma vida que permite que você seja um cavalheiro do campo, em vez de um peso morto.

– A questão aqui não é sobre as horas cobradas nem a captação de contratos. Não tente se esconder atrás disso. Eu simplesmente trouxe trabalho o bastante com Simon para merecer meus ganhos pelos próximos cinco anos.

– E o que você acha que Simon diria se soubesse o que você quer fazer?

– Aposto que ele respeitaria minha posição e teria orgulho de nós, pela nossa habilidade.

– Duvido muito disso. Seriamente.

David se debruça sobre a mesa de Max e pega o telefone.

– Então ligue para ele e descubra.

Max tira o telefone da mão de David e põe no gancho de novo.

– Simon é o menor dos nossos problemas. Nós representamos laboratórios que testam produtos farmacêuticos e indústrias de equipamento cirúrgico. Representamos vivisseccionistas, ou será que já esqueceu?

– E daí?

– Eles vão adorar saber que a firma de advocacia deles está defendendo alguém que invadiu um laboratório de testes. E baseada na teoria de que isso se justifica para salvar uma macaca da tortura, nada menos que isso.

– Ela não é uma macaca. É uma chimpanzé. E temos provas muito convincentes de que pelo menos essa chimpanzé, especificamente, aprendeu a linguagem humana e é capaz de usar essa linguagem para expressar os pensamentos de uma mente consciente.

– Porque ela conhece o símbolo de Chiquita Banana? Ora, pare com isso.

– Assista ao vídeo. Você não pode argumentar distorcendo os fatos... não comigo.

– Tenho uma ideia melhor ainda. Por que não a convidamos para o programa de verão dos sócios? Pomos uma jaula para ela aqui no escritório. Ela nem terá de ir para casa. Pense só no exemplo que vai dar para os outros.

– Quer fazer o favor de falar sério?

– Eu falo, se você falar – diz Max num tom gelado.

– Eu estou falando.

– Então está seriamente enlouquecido. Caso não tenha notado, não há uma placa dizendo LIVRE DE CRUELDADE na porta da frente. E tão certo como estou aqui sentado, alguma empresa muito grande e muito importante que nós representamos e que nos paga rios e mais rios de dinheiro vai acabar no lado oposto desse problema e, como eles dizem, ponto final. Independentemente do resultado, que você deve saber que será nossa derrota.

– Pelo código não existe um conflito direto de interesses. Não haveria nenhuma base para desqualificação.

– Não é necessário que haja qualquer conflito formal nem desqualificação para os clientes se desligarem. Você já quebrou as regras ao representá-la na negociação do acordo com o promotor público sem aprovação da firma. Vamos fazer vista grossa quanto a isso. Mas um julgamento público com as câmeras da imprensa e da televisão? De jeito nenhum.

– Não posso abandoná-la agora. E você não devia pedir que eu fizesse isso.

– Não aja como se tivesse algum direito à superioridade moral. Não finja que não sabe quem você é! Você sabia disso o tempo todo. Helena também entendeu isso, e estava disposta a usufruir dos benefícios. Então se a questão aqui é Helena...

Eu vi David e Max discutindo muitas vezes. Max vivia de discussões e essa obstinação era parte da sua técnica administrativa, ele precisava ser convencido. Por isso, apesar de David às vezes perder a calma com Max, sempre me fazia lembrar uma briga de irmãos, na qual Max fazia o papel do irmão mais velho provocando o mais novo.

Mas com esse último comentário do Max senti que as regras mudaram.

– Não se atreva! – grita David para ele. – Não se atreva a me dizer o que Helena fez ou não entendeu. Logo você, seu filho da mãe. Você me levou na ponta do dedo todos esses anos e eu o segui como se fosse um patinho. Helena era a única coisa que impedia que minha vida virasse quatro paredes e um computador. E você deve estar muito satisfeito agora que ela se foi, para agir como se essa parte da minha vida nunca tivesse existido.

– Não tenho a menor ideia do que...

– Ora, vamos, Max, seja um homem decente pelo menos dessa vez! Lute por alguma coisa além de lucro por sócio. Tem de haver mais do que isso. Você pode ser mais.

– Você está se tornando um clichê, sabia? – diz Max zombeteiro. – Você vai para Paris, tem uma epifania emocional e agora o mundo é só Lifetime Television e o canal WE. A sua ingenuidade me desaponta, David. Pensei que tinha treinado você melhor.

– Não sou ingênuo. Estou apenas vazio. Exatamente como você. Essa foi a dádiva do seu treinamento.

Max abre a boca num bocejo.

– Guarde o discurso passional para o júri. Não me interessa. Tem mais alguma outra coisa que você queira dizer sobre isso ou podemos voltar ao trabalho de verdade agora?

David estreita os olhos.

– Eu vou ao comitê com isso, com ou sem você.

Max recosta na cadeira, esfrega o cavalete do nariz algumas vezes e depois solta o ar lentamente. Quando volta a falar é com um tom consideravelmente mais suave e – se não fosse o Max – eu diria afetuoso.

– Eu sei que tem sido duro para você. Estou tentando ajudá-lo. Por que não deixa isso em banho-maria um tempo? Tire uma semana e depois veja como se sente. Não mergulhe nisso de uma vez. As repercussões para você aqui, francamente, podem ser profundas e até além da minha capacidade de alterar as coisas.

– Eu não tenho esse tempo todo. Talvez já tenha esperado demais. Vou ter de escolher um júri daqui a uma semana.

– Consiga um adiamento. Nenhum juiz vai negar isso num caso criminal com a perspectiva de troca de advogados.

– Não posso adiar. Preciso de algum tipo de ordem para proteger Cindy, dependendo do resultado do julgamento. Em menos de duas semanas, Cindy será transferida e ficará fora de alcance. Precisamos atacar agora.

Max dá de ombros.

– Você está cometendo um erro, parceiro. Confie em mim nesse caso. Com ou sem mim, o comitê jamais aprovará essa defesa.

– Não tenho mais certeza se a aprovação deles importa para mim.

Max olha para David como se aquelas palavras jamais tivessem sido pronunciadas antes por toda a humanidade.

– Você está blefando – ele acaba dizendo.

David balança a cabeça bem devagar.

Max faz a cadeira girar e vira de frente para um gabinete de madeira de arquivos. Abre a segunda gaveta e tira uma única pasta. Essa pasta contém um documento com um centímetro de espessura. Max empurra o documento sobre a mesa para David.

– Sugiro que leia seu contrato de sociedade antes de resolver fazer uma burrice dessas. Vazias ou não, as pessoas têm boa memória.

David pega o contrato de sociedade e pesa na palma da mão. Então dá um sorriso sério para Max.

– Muita coisa mudou. Parece bem leve para mim.

David deixa o calhamaço cair na mesa e vai para a porta. Com uma mão na maçaneta ele vira para Max e já vai dizer alguma coisa, quando Max o interrompe.

– Ele para na porta e vira para o seu antigo mentor, alguém que um dia respeitou, para dizer uma coisa que será cruel e cortante. Ah, o melodrama!

A voz de David é quase inaudível quando ele fala.

– Você é muito inteligente, Max. Sempre foi. Sempre teve todas as respostas. Jogava em todos os ângulos. Então aqui vai uma pergunta para você. Que sensação acha que vai ter quando não puder mais se enganar acreditando que tudo isso basta? Talvez não tenha chegado lá ainda. Mas acho que já chegou sim.

– E eu acho que você deve proteger sua retaguarda – responde Max, sem muita convicção.

– Não é minha retaguarda que me preocupa. É o que eu vejo bem na minha frente que provoca pesadelos. Você é um homenzinho infeliz e solitário. E quando esses cigarros acabarem matando você, o número de pessoas que vão aparecer no seu enterro dependerá exclusivamente de estar chovendo ou não nesse dia.

Os olhos de Max se enevoam um tempo, como se tivesse levado um forte soco na cara. Então ele morde o lábio inferior e mexe inutilmente nos papéis sobre a mesa, evitando encarar David.

Quando fica claro que Max não vai responder, David sai da sala dele e fecha a porta devagar.

Obrigada, Max. Às vezes não sabemos o quanto uma coisa realmente vale para nós até termos de defendê-la do ataque dos outros.

Duas horas depois, com aparência cansada e desanimado, Max volta para a sala e encontra um recado escrito por David enfiado no canto da almofada de mesa de prata dele.

Caro Max,
Depois de pensar cuidadosamente, resolvi cuidar desse julgamento. Preciso fazer isso. Não posso dizer todos os motivos exatos pelos quais vou fazer isso. Simplesmente vou fazer. Para mim essa não é uma afirmação irrelevante. Não vou constranger você nem a firma. Faça o que tiver de fazer. Eu entendo que você precise viver seguindo regras diferentes.
 Desculpe o que eu disse sobre você, mas você realmente me irrita demais às vezes.

Com afeto,
David

 Max amassa o bilhete, forma uma bola e joga no cesto de papéis.

A tosse de Skippy me afastou de Max e me levou ao consultório de Joshua. Quando ouvi aquela tosse, seca e não produtiva, que vem da tentativa de desobstruir o esôfago pressionado pelo coração aumentado, compreendi que o que talvez tivesse sido questão de meses, agora era questão de semanas.
 Prince, o imenso gato do consultório veterinário, entra imponente na sala de exame. Skippy era uma das Nêmesis conhecidas de Prince. Quando eu levava Skippy para a clínica comigo, ele quase todos os dias passava as primeiras horas perseguindo Prince por baixo das pernas (de seres humanos e outros), cadeiras e mesas, até que alguma coisa ou alguém fosse derrubado, e Joshua e eu resolvêssemos intervir. Então Skippy e Prince ficavam as próximas horas olhando feio um para o outro de uma distância imposta pelos humanos, Skippy sempre rosnando baixinho.
 Muitas vezes imaginei se grande parte desse show era apenas para a plateia, ou para dar às duas criaturas alguma coisa para fazer durante o dia. Talvez Prince fosse o monstro Questing Beast de Skippy como Sir Pellinore, um alvo inatingível como o santo graal, que dava mais significado à vida de Skippy.

A prova mais evidente para mim do estágio avançado da doença de Skippy é que ele agora não avança para Prince quando o gato cruza seu caminho na clínica veterinária. Skippy nem rosna mais para o gato. Prince espera mais alguns minutos, evidentemente confuso com a indiferença de Skippy, depois dá meia-volta e sai da sala. Eu poderia jurar que a cabeça de Prince fica um pouco mais baixa, a cauda um pouco menos animada, depois do encontro.

– Pensei que talvez fosse apenas um resfriado – diz Sally para Joshua.

– Gostaria que fosse. Você contou para o David?

Sally balança a cabeça.

– Ele anda muito ocupado... E eu queria que você o examinasse primeiro.

– Ele ainda está comendo, não é? Não perdeu peso.

– Eu dou a comida na boca. Ele gosta de ovos mexidos com um pouco de queijo.

– Acho que vai ter de ser logo, mas...

Um grande mito da prática veterinária é que os veterinários sabem "a hora certa". Tenho certeza de que parte dessa crença é a necessidade compreensível dos clientes de escaparem da responsabilidade de tirar a vida de um ente querido. Em todas as eutanásias que eu fiz, nenhum "dono" jamais pediu para apertar a seringa que vai matar o animal com quem compartilharam suas vidas. Mesmo que fosse uma única vez, eu gostaria que alguém afastasse minha mão da seringa e dissesse: "Sou eu que tenho de fazer isso", e aliviasse esse peso de mais uma alma.

A ironia é que a maioria dos donos tem compaixão suficiente para dar comida na boca dos animais a qualquer hora, mesmo à noite, para limpar a urina e as fezes, e carregá-los quando eles não conseguem mais andar sozinhos, mas essas mesmas pessoas não querem, ou não podem, tomar a última e irrevogável decisão pelos próprios companheiros.

O outro motivo de os donos abdicarem de assumir essa decisão é a crença equivocada de que "a hora certa" de invocar a morte pode ser determinada por uma verificação de fatores médicos objetivos, alguma combinação de leucócitos e hemácias, a quantidade de proteína na urina ou os resultados de exames das enzimas do fígado. Quando eu clinicava, procurava jamais basear a decisão de acabar com uma vida na realidade fria do resultado de um exame.

Em vez disso, fazia as perguntas sobre qualidade de vida que aprendi há muito tempo. Como o cão está se comportando? Ele está se alimentando e bebendo água? Ele vai até a porta recebê-lo quando chega em casa? O seu gato ainda gosta de catnip, a erva-dos-gatos, de perseguir sombras, ainda usa a caixa de areia? Todas essas perguntas servem para responder a uma única: o que seu companheiro animal quer que você faça? Continuar a viver é doloroso demais? Defecar e urinar em si mesmo é embaraçoso demais? Ele ainda gosta bastante da vida para querer viver?

Você viveu anos com esse animal. Riu e chorou com ele, conversou com ele, comeu com ele e, com raríssimas exceções, dividiu sua cama com ele. O que o faz pensar que eu estou melhor capacitada do que você para julgar quando seu companheiro quer pôr um fim em sua vida? Mostre-me alguém que queira que um veterinário decida o momento certo para a morte e estarei diante de um covarde.

Fico feliz de ver que Sally não é nenhuma covarde. Ela se abaixa, segura a cara de Skippy e olha bem nos olhos escuros dele. Continuam límpidos e alerta.

– Não se preocupe, Skip. Nós temos o nosso acordo, certo? Nada dessas porcarias de plástico.

Joshua não entende o que Sally quer dizer, mas acha melhor não perguntar.

– Por enquanto – diz ele baixinho – temos de aumentar a dose de Lasix e de Digitalis de novo. Isso deve manter os pulmões limpos e ajudar a melhorar essa tosse, pelo menos por um tempo.

Sally se esforça para dar um sorriso.

– Vou aproveitar tudo o que puder.

21

Quando encontro David mais tarde aquele dia, com uma velha calça jeans, botas e um casaco de lã, ele está manobrando Collette com todo o cuidado para dentro do chiqueiro. Ele sacode um balde de comida e a porca parece satisfeita de segui-lo.

Quando Collette se instala, David coça as costas dela, coisa que ela adora. Ela exprime seu prazer com um breve grunhido e rola de costas para expor a volumosa barriga. David atende e se abaixa sobre um joelho para fazer a vontade dela.

Com Collette em seu lugar, David vai para o celeiro. Logo que chega ao abrigo daquelas aconchegantes paredes de madeira, pega uma caixa vazia e começa a recolher o meu equipamento de equitação mais pessoal. Vendo isso Arthur bufa zangado.

David se vira e agora cavalo e homem estão cara a cara.

– Você sempre tem um palpite para dar, não é? – diz David, afetuosamente.

Arthur apenas olha para ele, confuso, eu acho, com o tom de voz de David.

– Olha, eu não sei por que era a hora de ela ir. Só posso dizer que não teve absolutamente nada a ver com você. Não foi você que provocou isso. Essa é a única explicação que eu tenho. E tem de servir.

David dá um passo tímido na direção do cavalo.

– Eu sei, eu sei, devo fazer o que eu digo. Mas pelo menos agora eu estou tentando.

David dá mais um passo. E esse é demais. Arthur recua e dispara para o *paddock*. David grita para ele:

– Acho que devíamos fazer terapia de casal.

Na volta para casa David passa alguns minutos brincando com Bernie e Chip. É a primeira vez em muito tempo que David presta atenção neles apenas como cães, em vez de dependentes adicionais que precisam ser alimentados, ter água e um lugar seguro para dormir. Os cachorros adoram essa atenção toda e demonstram sua gratidão derrubando David no chão enquanto ele dá risada.

Não lembro de ter visto o meu marido mais à vontade consigo mesmo. Não está entre dois lugares nem resistindo ao lugar onde vai estar. Ele tomou uma decisão, não só sobre o caso de Jotacê, mas creio que sobre mim também, e não está mais correndo o risco de deslizar sempre para baixo na superfície fria e escorregadia da autopiedade.

David volta para a cozinha sem ar com a brincadeira bruta, com os dois cachorros logo atrás dele. Sally e Skippy estão esperando. Quando o vê, Sally sorri e seus olhos ficam cheios de rugas nos cantos.

– Por que você está tão feliz? – pergunta David.

Sally serve uma caneca de café para David.

– Estava pensando sobre esse caso. Fico contente de saber que vai pegá-lo.

– Você se daria bem com um pouco mais de cinismo – diz David.

– Não, obrigada. Já me diplomei nisso. Tudo que conseguimos no fim de um dia de cinismo são os privilégios de ficar nos gabando de estarmos certos. Acho que prefiro ficar feliz por você neste ponto do que ter alguma razão.

– Tudo bem, srta. Della Reese, mas não esqueça que esse é o caso mais difícil que já tive em toda a minha carreira... a qual, por falar nisso, deve estar acabada agora. Não tenho base legal para a argumentação que preciso fazer. Mas não vamos parar por aqui. Também não tenho ajuda de ninguém. Não tenho apoio de secretária. Não tenho a mínima ideia do que estou fazendo e apenas uma semana para fazer o que minha equipe inteira e eu normalmente penamos para fazer em um mês.

– Bem, então... o que você tem?

– Tenho os fatos. Acho que tenho um excelente conjunto de fatos. – David pega um caderno da mesa. – E tenho algumas ideias, se encontrar alguém que queira ouvi-las.

Sally olha em volta para os cachorros e alguns gatos que se juntaram a eles na cozinha.

– Eu não diria que isso é tudo que você tem.

David olha para onde Sally está olhando.

– Se ao menos eles pudessem falar o que eu devo dizer...

Como os dados já foram lançados com o artigo no *Chronicle*, e a promotoria pública não arredava pé para fazer valer o acordo, David e Jotacê decidiram abrir tudo para a mídia local. Jotacê agora contava a história para todos os repórteres que queriam ouvir e não foi nenhuma surpresa ver quantos queriam saber da chimpanzé que sabia "falar" como uma criança de quatro anos de idade, e sobre a cientista que seria julgada por tentar salvá-la. David esperava que os artigos fizessem Cindy politicamente radioativa e que isso pelo menos atrasasse a transferência. Aí, se o julgamento conquistasse a cobertura da mídia nacional e se Jotacê ganhasse, Cindy se tornaria um ícone.

Se.

David não queria estar no escritório quando a primeira rodada de entrevistas de Jotacê saísse nos jornais. Por isso, desde o início do primeiro dia depois da discussão com Max, David converteu a sua sala de estar em uma imitação de escritório. Seu laptop, o arquivo de Cindy, meu caderno de notas e alguns livros que reconheço, que estavam nas estantes da sala de visitas, estão abertos na mesa diante dele. Esses objetos competem pelo espaço com canecas de café em diversos momentos de validade... nenhuma quente, com um cinzeiro cheio de palitos quebrados e mastigados e alguns blocos de notas.

David digita lentamente no computador, com Skippy no colo e um palito na boca. O aumento da dose das drogas de Skippy acalmou sua tosse. Os outros cachorros estão esparramados dormindo no sofá e os gatos sobre os livros e papéis espalhados em toda a sala de estar. Agora os animais não saem mais de perto de David. Vai entender.

Longe da boa forma nesse ponto, David esfrega os olhos, depois procura, cada vez mais frustrado, um documento específico na mesa coberta de papéis.

A campainha da porta soa. David e os cães ignoram a campainha e a conversa abafada que vem da frente da casa, enquanto ele continua a procurar o documento. Acaba encontrando, grunhe satisfeito e recomeça a digitar.

Em minutos, Sally aparece na porta. Parece aborrecida.

– É para você – diz ela.

David não levanta a cabeça do trabalho.

– É a Jotacê?

– Não.

– Então você pode cuidar disso para mim?

– David – diz Sally docemente. – É o Max.

Isso atrai a completa atenção de David e ele vai até a porta da frente.

A forma alta e cinza de Max escurece literalmente o hall de entrada. Eu procuro ler a expressão dele. Será raiva, decepção, traição, ciúme? Não capto nada nele.

– O que há, Max? – pergunta David, tentando não parecer preocupado, braços cruzados sobre o peito.

– Ah, eu acho que você sabe. Tenho de lhe entregar alguns documentos. Você sabia que isso aconteceria – diz Max.

– Não precisava se dar ao trabalho de vir até aqui para me dar os papéis da expulsão. Podia simplesmente mandar por fax.

– Pode ser, mas assim é muito mais divertido. Posso ver a sua cara, seu fdp arrogante – diz Max com a voz gélida.

Ele tira um maço de papéis do bolso interno do casaco e entrega para David.

Apesar de David ter tentado parecer tranquilo e conformado, vejo que está magoado e com medo. Na verdade não esperava isso. É cedo demais. Achou que teria a oportunidade de se explicar para o comitê executivo e esperava, à luz de sua situação pessoal, que eles teriam alguma compaixão ou compreensão, que talvez cortassem sua remuneração por um ano ou algo assim, mas não isso. Então eles não davam nenhum valor a todos os anos de serviço? A todos os sacrifícios que ele fez? E se fora expulso, como Max podia aceitar ser o veículo para dar esse recado? Mas David sabia a resposta para essa última pergunta... era sempre o dinheiro. Sempre.

David desdobra as folhas e começa a ler. Logo franze a testa, confuso.

– O que é isso? – pergunta e continua lendo.

Max não resiste e abre um sorriso.

– Você nunca viu um relatório do comitê executivo antes?

– Claro que vi, mas o que...

David pula para a última página. Lá está: o nome dele e embaixo da seção "descrição de novo caso", a frase "defesa litigante criminal *pro bono* de Jane Cassidy". No final da folha estão as assinaturas de todos os seis membros do novo comitê administrativo, inclusive a assinatura conhecida de um tal de Max Dryer. David olha para Max por fim.

– Mas isso é uma aprovação.

– Bem, pelo menos você ainda sabe ler.

– Mas como...

– Você sabe ser um filho da mãe petulante, não é? Mas mesmo assim tem certo estilo cativante.

– Está me dizendo que fiz você mudar de ideia?

Max dá de ombros, mas não responde. David puxa Max para baixo da luz do hall de entrada e finge examinar o rosto dele em todos os detalhes. Max se afasta.

– O que está fazendo, seu idiota?

– Procurando provas de fibra moral.

– Então você me convenceu. Grande coisa.

David balança a cabeça, sorrindo.

– Nunca convenci você de nada, a menos que você quisesse. Então o que aconteceu de verdade?

Max põe a mão no coração e finge estar indignado.

– Você não sente esse amor?

– Sinto. Só que está parecendo não correspondido. Agora abra o jogo.

– Tudo bem, você venceu. Eu admito. Você me trabalhou como a um peixe. Pronto, falei. Está feliz agora? Na realidade, tenho muito orgulho de você.

– Apenas conte o que acha que eu fiz. Eu quero saber o que deixou você com tanto orgulho para eu poder me redimir de acordo, diante de uma autoridade maior.

– Não seja sonso. Você ligou para o Simon.

– É, e daí? Eu queria o conselho dele.

– Pode ser isso que você queria, mas o que recebeu foi Simon ligando para todos os membros do comitê e dizendo para eles quais seriam as terríveis consequências econômicas se a firma não apoiasse você.

– Eu não pedi para ele fazer nada.

– Claro que não – diz Max num tom que deixa claro que ele pensa o contrário. – Eu entendo perfeitamente.

– Não, é verdade – diz David, mas conclui que ficar insistindo é inútil. – Bem, sejam quais forem os seus motivos, obrigado.

– De qualquer modo o escritório estava ficando muito chato sem você. Além do mais, você levou meus melhores advogados.

– O quê?

Antes de Max poder responder, entra Chris carregando duas pastas de arquivos. David a observa mudo, chocado. Acho que Chris se diverte com aquilo.

– Quando você quiser – diz Chris, oferecendo uma das pastas de arquivos.

Então chega Dan carregando mais livros e papéis.

– Acho que vou vomitar – resmunga Dan.

– Ele enjoa no carro – avisa Chris para David.

– Banheiro? – sussurra Dan.

David aponta para o quarto. Dan joga tudo numa mesa próxima e corre. Os cães correm atrás dele.

– Aliás... – pergunta Chris – você tem conexão sem fio? – David balança a cabeça. – Então um modem a cabo? – David faz que sim com a cabeça. – Ótimo. Vá ajudar Martha a trazer os laptops e as impressoras da van.

– Martha?

Chris dá um tapinha no rosto dele.

– Você vai ficar parado aí fazendo esse número monossilábico ou vai ajudar a arrumar tudo?

Naquele momento Martha entra carregando duas pastas de laptops.

– Oi, chefe.

David se recobra do choque inicial e dá um beijinho em Martha. Então indica a sala de estar para todos eles.

Enquanto o resto da equipe vai para seu quartel-general temporário, Max fica para falar com David.

– E então, como é que está essa parada? – pergunta Max. – Agora que os nossos pescoços estão esticados embaixo do microscópio que você arrumou para nós, seria um horror perder.

– Eu diria que as nossas chances estão entre não muito boas e nada muito boas.

– Está me parecendo que precisamos redefinir o sucesso. Quem é o nosso juiz?

– Barbara Epstein – diz David.

– Boa, uma mulher liberal. Podia ser pior.

Antes de chegarem à sala de estar, David vira para Max e dá um sorriso afetuoso.

– Eu realmente quero que você saiba que irei ao seu enterro, mesmo que chova.

Max põe o braço no ombro de David.

– Que consolo.

Max ajudou.

Não me sinto mais qualificada para falar dos motivos dele nem tenho certeza se motivação é um marco apropriado. Os motivos se perdem com o passar do tempo, sujeitos às intempéries da memória e das novas análises da realidade. O que sobra, e portanto, o que importa, é o que você faz.

Dentro desse padrão, Max se portou muito bem e foi boa companhia no processo. Eu não podia pedir mais do que isso dele.

Quando a equipe de Max e David embarcou no caso, os acontecimentos ficaram embaçados para mim. Tenho certeza de que em parte isso aconteceu devido à velocidade com que as coisas começaram a acontecer, mas o mais importante é o fato de que, com Max, o grupo atingiu um nível de complementação interna que deixou pouquíssima luz para qualquer um fora do grupo absorver. No curso dos dias seguintes foi como se eu assistisse a um único organismo vivo processando material bruto e transformando em algo completamente novo e sem precedentes. Ficou claro que a agregação das peças era maior do que cada parte individual. Mas esse organismo era muito categórico e obstinado.

Nada atrapalhou a preparação do julgamento de Jotacê uma semana antes de começar. Nenhum outro trabalho, nenhum compromisso familiar dos membros da equipe, nem as provas cada vez mais claras da falência do coração de Skippy, nem a dor da perda.

Os únicos intervalos mesmo eram para comer e dormir quando necessário, falar com repórteres sempre que possível e depois rever a crescente cobertura sobre Cindy e o julgamento na mídia.

De todos os artigos que tinham escrito sobre o iminente julgamento, apenas um deixou Jotacê boquiaberta.

Foi um que informava que o dr. Scott Jannick tinha renunciado ao cargo de diretor do NIS para poder voltar às trincheiras da pesquisa. Esse mesmo artigo revelava que o cargo de diretor do NIS seria ocupado imediatamente por uma famosa cientista que estuda primatas.

Vi as palavras, mas não acreditei. A substituta de Jannick era a dra. Renee Vartag.

22

Na manhã do dia do julgamento, Sally levanta e já está cuidando da nossa casa bem antes de o sol nascer, porque não dormiu. Está angustiada demais com Skippy, com o que tem pela frente e com a reação de Clifford a mais um fim. Ela alimenta os animais e acaba preparando o café da manhã no fogão enquanto os dois cachorros grandes esperam aos seus pés.

David entra animado na cozinha, vestido para o tribunal, terno cinza, gravata de bolinhas vermelhas, sapato preto. Ele está radiante.

– Muito bem, então. Estou indo levar uma surra.

Sally o examina de alto a baixo.

– Ora, você está mesmo parecendo um advogado.

– Tem certeza de que não quer vir para assistir ao massacre?

– Não. Eu já disse, ficaria nervosa demais. – Sally dá um beijinho no rosto dele e aperta seu ombro. – Para dar sorte.

– Obrigado. Não esqueça que vou passar a noite na cidade.

David passa rapidamente a mão na cabeça de Bernie e de Chip.

– Não se preocupe. Cliff e eu estaremos aqui.

Uma sombra passa pelo rosto de David.

– Eu acabei de dar uma espiada no Skippy e ele parece muito cansado. Será que precisa aumentar a dose de Lasix? Você pode levá-lo para Joshua examinar?

Percebo que Sally se esforça muito para evitar a emoção na voz.

– Deve ter sido todo esse movimento. Muito tráfego nessa última semana. Vou levá-lo lá hoje.

– Está bem. Ligo para você no fim do dia – diz David.

Ele pega a pasta lotada de papéis e o casaco. Acena para ela e sai.

Sally põe ovos mexidos em três pratos. Coloca dois no chão para Bernie e Chip, sorri, e eles começam logo a devorar a comida.

Clifford deve ter ouvido as vozes deles porque entra trôpego de pijama na cozinha, com Skippy nos braços.

– Skippy está doente, mamãe.

– Está sim.

Sally leva o terceiro prato para Clifford e Skippy.

O menino põe Skippy no chão com cuidado e senta ao lado dele. Tenta alimentar Skippy e assopra primeiro um pedaço do ovo para esfriar, mas Skippy se recusa a comer.

– Por favor, você precisa comer – implora Clifford.

Uma das poucas vezes em que ouvi emoção na voz do menino, num momento em que estava de olhos abertos e presente no mundo diante dele. Sally sente isso também.

Sally pega Skippy no colo e balança um pouco, murmurando baixinho uma melodia.

– Eu costumava cantar isso para você quando você ficava doente – diz para Clifford.

– Como é a letra? – pergunta Clifford.

Ela ri.

– Nunca aprendi, mas mesmo assim funcionou todas as vezes.

Mesmo sabendo que Max é um dos maiores mestres da prestidigitação, fico chocada ao ver a quantidade de gente diante do tribunal quando o táxi deixa David lá. Vans dos noticiários de TV, com as antenas parabólicas de transmissão direta por satélite empinadas para o alto, lotam a rua que vai dar no prédio, e repórteres brigam por espaço na calçada. Esse caso realmente virou uma grande notícia.

Pelo menos trinta ativistas dos direitos dos animais em um lado da entrada do tribunal carregam cartazes que dizem: PAREM COM A MATANÇA; A QUESTÃO NÃO É SE ELES RACIOCINAM, É SE SENTEM DOR; e SOMOS APENAS MAIS UM PRIMATA. Eles cantarolam slogans que não parecem menos idiotas do que da primeira vez que os ouvi, dez anos atrás: "O que nós queremos? Direitos para os animais! Quando queremos? Agora!"; "Não, não, não vamos embora!"; e "Compaixão está na moda".

Do outro lado da entrada do tribunal, separado por cinco policiais e uma barricada, um grupo de contramanifestantes igualmente barulhentos carrega cartazes que dizem: DEUS NOS FEZ HUMANOS À SUA PRÓPRIA IMAGEM; GENTE PRIMEIRO; e O QUE VIRÁ DEPOIS?

Se David está intimidado pela multidão, não demonstra. Sobe os degraus do tribunal carregando a pasta e a maleta com os papéis do caso e chega onde Max conversa com alguns repórteres. Max dá declarações "extraoficiais" que sabe que mesmo assim serão publicadas, só que atribuídas exclusivamente a uma "fonte familiarizada com os procedimentos da corte".

David ignora os repórteres e faz sinal para Max segui-lo. Max pede licença e diz para os repórteres:

– Sem mais comentários até terminar a sessão de hoje.

Lá dentro David diz:

– Bom trabalho na cobertura.

– É sempre bom provocar algum conflito – diz Max. – Torna as coisas interessantes.

– Onde estão Jotacê e o resto da nossa equipe?

– Esperando dentro do tribunal.

– Como está Jotacê?

– Nervosa. Talvez desesperada.

– Você acha que ela vai se sair bem?

– Eu acho que ela jogaria você embaixo de um trem e pisaria no seu corpo ensanguentado e comatoso para abrir a porta, se pensasse que aquela chimpanzé estava lá dentro.

– Então ainda bem que estamos do mesmo lado – diz David.

– É o que parece.

Eles pegam o elevador para o sétimo andar, onde mais gente e repórteres esperam do lado de fora da corte de Epstein. Os repórteres correm para Max e David.

– Em que está apostando, sr. Colden? – grita um repórter. – Cindy vai testemunhar em benefício próprio?

– Precisamos entrar na corte agora – diz Max. – Teremos prazer de responder às perguntas quando terminar. Não podemos deixar a juíza esperando.

Max pega David pelo cotovelo para provar o que diz e os dois passam pela porta dupla que dá acesso ao tribunal de Epstein.

Espectadores lotam os bancos. Há um zum-zum-zum no tribunal. Lá na frente, depois da mítica grade que separa os advogados do resto do mundo, Chris, Dan e Jotacê estão reunidos para discutir os preparativos de última hora e para se acalmar. A mesa da acusação ainda está vazia.

David senta na cabeceira da mesa da defesa, ao lado de Chris, e Max senta atrás deles. David tira o meu caderno de notas da pasta e bota bem na sua frente. Põe a mão na capa um tempo. Não há absolutamente nada naquelas folhas que possa ajudá-lo agora.

– E então, onde estão os nossos adversários? – pergunta David.

Antes de alguém poder responder, a porta dupla dos fundos do tribunal se abre com força e hostilidade. Um homem baixo, careca, com um terno que não lhe cai bem, um tipo "anti-Max" entra pisando duro no tribunal, seguido por um advogado e uma advogada bem mais jovens que se esforçam para acompanhá-lo. Max cumprimenta os promotores com um movimento exagerado dos dedos. O advogado mais velho olha furioso para ele. Os dois mais jovens, seguindo a dica do chefe, também tentam fazer cara feia, só que neles a expressão fica cômica.

– Aquele não é o Alexander Mace? – pergunta David.

– O próprio – diz Max, evidentemente achando graça da situação.

– Uau. Você não está nem um pouco surpreso com o fato de terem deslocado o chefe da divisão criminal para isso? – pergunta David.

– Qual é o problema com ele? – pergunta Jotacê.

– Ele processou terroristas internacionais, famílias do crime organizado e chefões do tráfico de drogas da América do Sul – diz David.

– E agora você – diz Max.

– Eles devem estar nervosos – diz Chris.

– Ou, o mais provável – diz Max –, pensam que a defesa é tão fraca que querem fazer de você um exemplo por meio da humilhação pública. Você sabe, para dissuadir outros loucos de aparecer do nada para "libertar Willy". Mace tem ambiciosos planos políticos e estou imaginando que você é seu primeiro comício tipo "lei e ordem".

David vai responder, mas o meirinho entra por uma porta atrás da cadeira da juíza e grita:

– Todos de pé!

Duas funcionárias, com a aparência de que acabaram de sair da faculdade de direito, passam pela mesma porta, seguidas pela estenógrafa do tribunal com sua máquina de estenotipia. Depois entra o juiz.

David e Max viram um para o outro com a mesma cara de "que merda é essa?". Não é Epstein. Não é nem mulher.

O juiz é Allerton, e ele parece especialmente irritado. Na verdade, a única pessoa naquele tribunal que parece satisfeita com isso é Mace; ele dá um sorriso de orelha a orelha para David e Max, e eu imagino fios de baba escorrendo dos seus caninos.

As funcionárias deixam alguns papéis na mesa para Allerton e vão sentar no banco dos jurados. O meirinho senta a uma mesa logo abaixo da cadeira do juiz. A estenógrafa, uma jovem com dedos extremamente longos, instala rapidamente a máquina em um lado, entre o juiz e o meirinho.

Depois de verificar que seus vários funcionários e a estenógrafa do tribunal estão sentados e prontos, Allerton senta no trono bem no centro do tablado.

– Sentem-se – comanda ele.

Os advogados obedecem à ordem em silêncio.

– Muito bem. Senhores, como estou certo que notaram, não sou a juíza Epstein. Infelizmente ela sofreu um acidente a noite passada e fraturou o quadril. Ficará longe do tribunal alguns meses. Como juiz principal, coube a mim tentar me encarregar dos casos dela, por isso vou assumir este julgamento nesta questão. Garanto que ninguém está mais infeliz com essa reviravolta nos acontecimentos. No entanto, aqui estamos.

Allerton orienta os advogados a registrarem suas presenças oficialmente, e David e Mace obedecem.

– E teremos o prazer de ouvir sua voz melodiosa neste caso, sr. Dryer? – pergunta Allerton.

Max levanta e, sem um pingo de ironia na voz, diz:

– É claro que estou muito satisfeito de estar no seu tribunal, juiz.

Allerton faz uma encenação danada para enfiar a mão no bolso da calça e tirar a carteira.

– Graças a Deus, ainda está aqui.

Mace ri vários decibéis acima do que seria necessário.

Max continua como se nada tivesse acontecido.

– Mas meu papel não tem fala neste caso.

– E eu que pensei que o Natal tinha passado – diz Allerton, para felicidade de Mace.

– Isso é para ficar fora dos autos? – pergunta a repórter do tribunal sem tirar os olhos da máquina.

– Não – diz Allerton, olhando diretamente para Max. – Tudo deve entrar nos autos. – Allerton pega uma folha de papel da pilha na frente dele. – Tenho diante de mim uma moção da ré para se manifestar. Fale comigo, sr. Colden.

David fica de pé.

– Nós queremos uma ordem exigindo que o governo apresente Cindy, a chimpanzé, aqui no tribunal durante o julgamento. A dra. Cassidy foi acusada de ter tentado roubar propriedade do governo. Nós acreditamos que as provas irão demonstrar que ela estava tentando salvar uma vida... uma vida que em todos os aspectos concretos merece proteção por meio da aplicação da estabelecida defesa da necessidade. Como parte disso, queremos que o júri veja com os próprios olhos o que essa primata é capaz de fazer. Eu corroboro o julgamento da dra. Cassidy sobre...

– A última vez que vi – diz Allerton –, a defesa da necessidade se baseava na necessidade de salvar uma vida *humana*.

Mace levanta.

– O senhor está absolutamente correto, Meritíssimo. A defesa só tem sido aplicada para salvar uma pessoa, outro ser humano. Se não é um ser humano, então é uma "coisa". Esse espécime do laboratório, de acordo com a lei, não difere de uma casa, uma extensão de terra, uma moeda ou uma cadeira. Necessidade de salvar uma "coisa" não é defesa. Só serve como circunstâncias atenuantes, não para determinar se ela é culpada.

– Posso garantir, Meritíssimo – diz David –, que a lei jamais viu alguma propriedade como Cindy. Quando o senhor souber mais sobre essa chimpanzé entenderá perfeitamente por que a dra. Cassidy fez o que fez e por que sua conduta deve ser perdoada. Nossa posição legal é que ser humano não é a mesma coisa que ser uma pessoa. Cindy é uma pessoa sob a lei, mesmo não sendo humana. Na verdade ela é uma pessoa não humana. O fato de ser pessoa devia bastar para a defesa de necessidade, seja ou não a pessoa um ser humano. O júri devia poder considerar isso pelo menos.

– Estou notando – diz Allerton – que o seu sumário está bastante leve em termos de autoridade legal nesse ponto. Na verdade o senhor não tem nenhuma autoridade para o que está pedindo.

– Se o senhor fala de outro caso em que um chimpanzé foi considerado uma pessoa não humana, tem razão – responde David. – Admitimos que estamos em águas nunca dantes navegadas. Mas temos uma grande quantidade de casos em que não humanos têm os mesmos direitos das pessoas. Empresas são consideradas pessoas pela lei, com o direito de processar e serem processadas, e outros. Cidades inteiras são consideradas pessoas pelas leis do direito civil. Então por que não esta chimpanzé?

– Mas, Meritíssimo – diz Mace –, se...

Allerton faz sinal para Mace parar de falar. David e Mace retornam aos seus lugares.

– Já ouvi o bastante. Este é o meu parecer – diz Allerton. – Eu nego, pelo menos neste momento, o pedido da defesa de que a promotoria apresente o sujeito dos testes no julgamento. Não vejo por que pedir que o governo assuma o encargo de apresentar a propriedade em questão para fazer alguma espécie de exibição para o júri.

A decisão de Allerton recebe algumas vaias do público. Ele rapidamente bate o martelo.

— Nem mais uma palavra! — berra Allerton para a plateia. — Se não conseguem demonstrar um mínimo de respeito por esta corte, terei de ordenar que se retirem.

O público silencia imediatamente.

— Ainda não terminei meu parecer — diz. — Não vou exigir que o governo apresente o espécime, mas também não vou dizer para a defesa como encaminhar o caso neste ponto. Trata-se de um julgamento criminal e há coisas sérias em jogo... principalmente a liberdade da dra. Cassidy. Se ela deseja testemunhar sobre o seu trabalho com essa chimpanzé, me parece que a defesa está certa, ao menos nessa questão limitada, de que isso é relevante no que tange a seus motivos para supostamente invadir o estabelecimento, e isso, por sua vez, pode significar a diferença entre arrombamento e invasão criminosa, para citar apenas um exemplo. Também contribui para as circunstâncias atenuantes e eu permitirei que o júri ouça parte dessas alegações.

"Mas eu não pretendo chegar à questão mais ampla de determinar se esta chimpanzé é mais pessoa do que cadeira, e não estou inclinado a permitir grande abertura para a defesa nesse ponto específico partindo da boca da própria ré, ph.D. ou não. A chimpanzé é uma cadeira diante da lei e nesta corte pretendo instruir o júri de acordo, no momento oportuno.

"Vocês têm a minha decisão registrada para qualquer apelação que qualquer das partes resolva fazer no momento apropriado."

David fica calado um tempo, depois levanta devagar.

— Sobre a apelação, Meritíssimo — diz ele —, diante da sua decisão, requisitamos uma ordem da corte no sentido de que o NIS não promova nenhuma mudança na situação atual de Cindy, inclusive que ela não seja removida da instituição em que está no momento, antes de o julgamento terminar, nem sem aviso prévio para esta corte.

– Com que objetivo? – pergunta Allerton.

– Para podermos renovar nossa petição baseada nas provas então apresentadas à corte e mover uma apelação urgente naquele momento, se for necessário. Como sabe pelas nossas moções, depois de Cindy ser transferida de volta para o abrigo geral da população de primatas, é muito provável que a petição passe a ser hipotética.

Mace fica de pé novamente.

– Esse pedido é um ultraje – diz ele. – O primata é propriedade do governo dos Estados Unidos. Podemos transferi-lo hoje, se quisermos.

– O problema – diz Allerton – é tornar inválida qualquer petição da ré sob a minha decisão de exclusão. Se chegar um momento em que seja apropriado trazer o espécime para o tribunal por qualquer motivo, isso não será possível depois que ela for transferida. Por isso o pedido da defesa não é inadequado. Mas não gosto de envolver o governo quando não é necessário. O NIS concorda em notificar esta corte sobre qualquer mudança iminente na situação do sujeito?

– Eu realmente não vejo por que nós... – começa Mace a dizer.

– Porque a corte está pedindo para o governo fazer isso – diz Allerton.

Mace fecha a cara e suspira.

– Então farei o que pede apenas como cortesia ao senhor, Meritíssimo, e apenas até o caso ser submetido ao júri.

– Obrigado. Agora que já descartamos as preliminares, deixem-me ser absolutamente claro. Não pretendo permitir que o meu tribunal seja usado para satisfazer o programa de ninguém, de nenhum lado. Aqui só existe um programa, que é o meu. E esse programa é por um julgamento justo. Não vou tolerar nenhum abuso dos processos da corte para satisfazer algum outro objetivo, independentemente do fato de esse outro objetivo ser justo ou apenas idiota. Fui bem claro, cavalheiros?

David e Mace respondem em uníssono.

– Sim, Meritíssimo.

– Muito bem, vamos fazer um intervalo de quinze minutos e depois escolhemos o júri.

Assim que David se junta com a equipe de novo, fora do alcance dos repórteres, Jotacê é a primeira a falar.

– O que significa tudo aquilo?

– Significa – responde Max – que você continua viva... por enquanto.

– Mas ele negou nosso pedido para apresentarem a Cindy – diz Jotacê.

– Nós sabíamos que isso ia acontecer – responde David. – A petição foi só uma maneira de conseguir uma ordem para preservar a situação de Cindy durante o julgamento. Não conseguimos isso, mas acho que a representação de Mace, dadas as suas aspirações a longo prazo, tem de servir.

Chris faz que sim com a cabeça.

– Mace não ia correr o risco de se indispor com Allerton nisso.

– Então demos o primeiro passo – diz Jotacê.

– Não comece ainda a planejar a festa da vitória – diz David. – O parecer de Allerton é bem específico na questão da necessidade de defesa. Ele vai cortar o seu testemunho toda vez que você cruzar uma linha muito tênue entre os seus motivos subjetivos e se de fato, objetivamente, Cindy é um ser consciente, diferente de outras propriedades do governo.

Jotacê fica confusa.

– Mas o júri vai ouvir quando eu explicar o que Cindy sabe fazer. Allerton disse isso.

– Disse – responde David. – Mas, no fim das contas, o júri será instruído no sentido de que isso não é defesa para o crime. Sem a possibilidade de argumentar o ponto de vista legal, o seu testemunho sobre ela poderá acabar sendo apenas um ruído inútil.

– Então o que nós podemos fazer? – pergunta Jotacê.

– A única coisa que podemos fazer – responde David. – Dizer a verdade da forma mais clara possível e esperar que baste para mantê-la fora da prisão.

— Nesse caso — diz Max para Jotacê —, espero que tenha guardado a sua escova de dentes.

David sempre me disse que a maior parte dos casos já estava ganha ou perdida no processo de seleção dos jurados, conhecido como *voir dire*. Dessa vez o processo leva apenas pouco mais de duas horas de perguntas feitas por Allerton e os advogados. Quando termina, as partes têm um painel com três mulheres, três homens e uma mulher alternativa.

No breve intervalo Max diz para David:

— Não é um mau júri, mas eu gostaria muito de ter podido eliminar aquele último cara.

O "último cara", jurado seis, é um produtor corpulento de um jornal tipo tabloide de Nova York, que subiu na carreira com esforço próprio. Jogou futebol americano na faculdade, foi casado duas vezes, não tinha filhos e nenhum animal de estimação. Até eu percebi que o cara odiava estar ali.

David sacode os ombros.

— O problema com ele vai ser realmente a quem ele atribui a maior culpa por fazê-lo servir... Jotacê ou o governo, por processá-la.

— Além disso, basta um para levar o júri a um impasse — acrescenta Chris. — Não podíamos querer melhores do que os jurados um e dois.

O jurado um era uma mulher solteira de trinta e sete anos, professora, que tinha dois gatos. O jurado dois era uma enfermeira de quarenta e três anos com dois filhos pequenos, casada com um pediatra.

— Vamos torcer — diz Max — para que elas sejam bem teimosas a ponto de não serem influenciadas pelo jurado seis.

— Vamos ver quem eles escolhem para representá-los — diz Chris. — Se for o número seis, é sinal de que ele está assumindo o controle.

Quando o júri volta, eles têm a resposta.

— Droga — resmunga David baixinho.

O jurado seis está sentado na primeira cadeira do júri, e isso quer dizer que foi eleito representante pelos outros, vai liderar as deliberações.

– Não há nada que possa fazer quanto a isso agora – cochicha Max.

– Apenas mantenha o foco – Chris tenta animá-lo.

Todos sentam em seus lugares, e Allerton entra no tribunal após alguns minutos. Quando todos se instalam depois da ordem de "todos de pé", Allerton se dirige ao júri.

– Agora vamos ouvir os conceitos iniciais, primeiro do governo e depois da ré. Devo lembrar que esses discursos iniciais não são provas, apenas breves sumários do que cada lado pretende provar com as provas que ainda estão por vir.

Mace percorre a curta distância entre a mesa da acusação e o júri e para bem na frente deles.

Quando Mace começa a falar, a voz dele retumba.

– Senhoras e senhores do júri, meu nome é Alexander Mace e eu represento o povo dos Estados Unidos – diz Mace como se realmente imaginasse a bandeira americana tremulando atrás dele enquanto fala.

Ele é pomposo, farisaico e impossível de ser ignorado.

– Resumindo, represento vocês... e todos os outros cidadãos de bem. Represento as leis que os legisladores que vocês elegeram promulgaram e tudo que há nelas. A minha função é garantir que as leis sejam mantidas e cumpridas. Por isso vou pedir, neste processo, que vocês mantenham e façam cumprir as leis como foram escritas e da maneira que o juiz explicará para vocês.

"Às vezes as leis que eu devo fazer valer são muito complicadas e exigem o testemunho de especialistas para explicar quem, por que e onde de todas as coisas. Mas hoje o meu trabalho é bem simples. Estou encarregado de fazer valer uma lei que toda criança aprende no jardim de infância: não podemos pegar o que não é nosso.

"A ré nesse caso, Jane Cassidy, a dra. Jane Cassidy, invadiu um prédio do governo com a intenção de furtar propriedade do governo dos Estados Unidos. Vocês ouvirão testemunhas que afirmarão que a dra. Cassidy, protegida pela escuridão da noite, invadiu uma instituição operada pelo seu ex-empregador e pegou o item que ela queria. Depois, com esse item nas mãos, saiu correndo do prédio. Ela foi interceptada por dois guardas de segurança a poucos metros da cerca que delimita a propriedade, na tentativa de voltar para o seu carro. Quando foi pega, ainda tinha com ela a propriedade furtada e se recusou a devolvê-la."

Agora Mace olha diretamente para o representante dos jurados.

– Ela se apossou de propriedade que não era dela e sabia que não era dela.

Mace dá um passo para trás e faz uma pausa de efeito.

– Propriedade – diz ele. – Todos nós temos, de uma forma ou de outra. Nossas casas, nossos carros, televisões, computadores. E todos nós trabalhamos em lugares onde temos contato com propriedade que não é nossa. Talvez pertença a um colega de trabalho ou então ao nosso empregador.

"O direito que temos sobre a nossa propriedade é o que permite que vivamos juntos sem medo de que alguém tire suas posses de você por ser mais forte, mais inteligente ou simplesmente mais esperto, ou que alguém não vai invadir a sua casa e levar os seus bens enquanto você está aqui... não sem pensar pelo menos duas vezes no tempo que passará na prisão segundo a sentença, se for descoberto e condenado.

"A dra. Cassidy tomou propriedade que pertencia a outra pessoa e sabia muito bem que pertencia a outra pessoa. Sim, senhoras e senhores do júri, este caso é simples assim. Este é o começo, meio e fim dessa triste história. Por isso devem considerá-la culpada.

"Permitam-me dar-lhes um aviso. Vocês ouvirão argumentos da ré no sentido de que essa propriedade é diferente de uma televisão ou de um computador. É verdade. Essa propriedade é sujeito de uma pesquisa, uma chimpanzé com a qual a dra. Cassidy passou quatro anos fazendo experiências. Nesse tempo a dra. Cassidy recebeu um ótimo salário da instituição do governo para a qual trabalhava e aceitou de bom grado todos os recursos que ofereceram para as despesas com as pesquisas. Depois de um tempo, resolveram que a dra. Cassidy teve subsídio suficiente do governo e que era hora de dar essa chance para outros. É outra regra que todos aprendemos no jardim de infância: compartilhar.

"A dra. Cassidy não gostou dessa decisão, e quem pode condená-la por isso? Quem quer ser obrigado a deixar o conforto do seio do governo para encontrar um emprego no mundo competitivo do setor privado, onde não há o esquema de nove às cinco, onde nenhum pesquisador-assistente atende a todos os seus chamados? Ela discordou tanto da decisão que seu último ato foi furtar do seu empregador.

"Agora a ré pode tentar confundi-los com anedotas tocantes sobre essa chimpanzé, com a esperança de que vocês considerem sua conduta desculpável ou justificável. Não se deixem manipular. Não sejam usados.

"Os chimpanzés são criaturas espantosas. Capazes de fazer coisas extraordinárias. Talvez vocês ouçam o que essa chimpanzé é capaz de fazer e terão razão para se espantar. Mas há pelo menos uma coisa que ela não pode fazer: ela não pode resolver ser outra coisa aos olhos da lei. Essa chimpanzé é uma propriedade para a lei. É e tem de ser propriedade, porque a única outra coisa que poderia ser para a lei é um ser humano como você, como eu, e certamente não é isso, por mais que consiga executar jogos ou tarefas. Essa é a linha mais clara que a legislação reconheceu desde sempre. E não podemos invadir o lar de outra pessoa ou sua empresa e roubar sua propriedade, por mais que a deseje ou por mais que acredite que possa aprimorar a sua existência.

"Alguns de vocês têm cães ou gatos em casa, animais que vocês amam muito. Eu também tenho. Peço neste momento para pensarem como seria se alguém entrasse na sua casa e roubasse o seu cão ou gato, e que fizesse isso com a justificativa de que sabe melhor do que você o que é bom para o seu animal. Como se sentiriam se chegassem em casa hoje, esperando ser recebidos pelos seus amados companheiros, e descobrissem que ele não está lá porque foi levado por outra pessoa?"

Mace para e deixa cada jurado pensar na pergunta um certo tempo. Alguns se mexem nas cadeiras, desconfortáveis com as imagens que tiveram de visualizar.

– Agora lembrem dessa sensação quando ouvirem a ré testemunhar. Obrigado.

Mace volta para o seu lugar, e David já está de pé antes de os jurados terem a chance de pensar no que acabaram de ouvir. David usa aquele sorriso de menino que eu adoro quando vai até o júri.

– Senhoras e senhores do júri, meu nome é David Colden. Eu represento aquela hedionda criminosa que vocês acabaram de ouvir o sr. Mace descrever. Lá está ela – diz David apontando para Jotacê que está quieta, com as mãos no colo. – Mas não se preocupem, senhoras e senhores – diz David dando uma risadinha –, se ela se mexer, aqueles policiais têm licença para atirar.

As juradas um e dois sorriem para David.

– Acho que o sr. Mace entrou no tribunal errado hoje. O caso que ele disse que vai processar hoje não é este. De jeito nenhum. Vou contar para vocês um pouco deste caso. Cometeram um crime aqui sim, mas não foi a dra. Cassidy. O crime é daqueles capazes de torturar uma criatura pensante, sensível, amorosa, inteligente e que esperam que os outros fiquem sentados sem fazer nada em meio ao sangue e aos gritos.

"A dra. Cassidy é famosa no mundo inteiro... isso mesmo, ela é uma cientista respeitada internacionalmente. Sua especialidade é estudar de que modo as diferentes espécies evoluíram, de que modo as espécies se assemelham, em que diferem, por que algumas aprendem uma linguagem e outras não, e como tudo isso se deu na história dos tempos. Ela já escreveu mais artigos acadêmicos e capítulos de livros do que caberiam numa estante grande. Deu aulas em Princeton, Harvard, na UCLA e na Northwestern. Foi agraciada com financiamentos particulares e públicos para as pesquisas. E quando vocês finalmente a conhecerem diretamente, verão também que é um dos seres humanos mais amorosos e misericordiosos que encontrarão na vida.

"Há cerca de quatro anos a dra. Cassidy conheceu Cindy. Quando se conheceram Cindy era apenas um bebê, tirada da mãe antes de desmamar e deixada num lugar escuro e frio. A dra. Cassidy criou Cindy desde pequena, trocava fraldas, embalava e cantava para ela quando não conseguia dormir, segurava a mão dela quando caminhavam juntas. E a dra. Cassidy ouvia Cindy quando Cindy falava com ela, atendia quando Cindy chamava seu nome, alimentava quando Cindy dizia que estava com fome e ficou ao lado dela no fim, quando Cindy pediu socorro.

"E Cindy gritou muito, quando a única pessoa que demonstrou bondade e, ouso dizer, amor, foi removida à força por seguranças a serviço do governo dos Estados Unidos.

"Isso mesmo, senhoras e senhores, Cindy não é um ser humano, ela é uma chimpanzé. Mas ela consegue se comunicar com a nossa linguagem tão bem quanto uma criança humana de quatro anos de idade. Vocês vão ouvir e ver provas científicas conclusivas desse fato e, com elas, saberão sem dúvida que Cindy é um ser vibrante, curioso, engraçado, inteligente e consciente.

"É notável ver um chimpanzé usar a nossa linguagem. Qualquer outra coisa que aconteça nesse caso, espero que vocês concordem com pelo menos isso.

"É claro que seres humanos inteligentes – aqui David faz uma pausa para olhar para Mace – sabiam que acabaria chegando a hora em que poderíamos entender o suficiente sobre o mundo natural para sermos capazes de decifrar as barreiras que nos separam e, nesse processo, conquistar um melhor entendimento de quem realmente somos. A dra. Cassidy está na vanguarda dessa compreensão. Ela não é criminosa a menos que visão e carinho tenham se tornado crimes."

David anda na frente dos jurados e dá oportunidade para que aquelas sete pessoas pensem no que ele disse até agora.

– Então como viemos parar aqui? Como é que vocês foram tirados dos seus empregos e da sua rotina diária para ouvir o governo tentar provar que a dra. Cassidy é uma criminosa? Essa é mesmo uma triste história.

"O governo resolveu romper com a dra. Cassidy depois de quatro anos, e é direito dele. Queriam tirar seus anos de pesquisa e é verdade que pagaram por isso. Nem isso teria nos trazido para cá hoje.

"Mas o governo também resolveu que Cindy, essa criatura com domínio da linguagem de uma criança de quatro anos, seria arrancada da vida que ela conhece e devolvida à população geral de primatas do governo, que é usada para todo tipo de experiências invasivas. Ela podia ser infectada com Aids ou hepatite, ou ser obrigada a se submeter a técnicas cirúrgicas experimentais sem analgésicos depois da operação, cirurgias experimentais que, eu garanto, lhes dariam pesadelos por semanas a fio.

"A dra. Cassidy não poderia deixar que isso acontecesse, não com essa criatura que ela criou desde pequena. Não com essa criatura que a chama pelo nome e que provavelmente ainda espera que ela volte para salvá-la.

"E saibam que ela tentou outros meios. A dra. Cassidy se ofereceu para comprar Cindy, mas o governo negou. Ela se ofereceu para fazer literalmente qualquer coisa para salvar a vida dessa jovem chimpanzé. O governo disse que não. Então ela tentou salvar Cindy daquele destino e aqui estamos.

"Um dos elementos que o governo precisa provar para vocês é que a dra. Cassidy foi motivada pela intenção de furtar propriedade do governo. As provas vão mostrar que a única motivação era salvar a chimpanzé, esse ser consciente e comunicativo que se chama Cindy, da morte praticamente certa. Por isso vocês devem considerá-la inocente.

"Agora quero agradecer a todos pela atenção e paciência e terminar essa história onde o sr. Mace terminou a dele. Um cachorro ou um gato na sua casa."

David olha bem nos olhos de cada jurado e continua.

– Imaginem que vocês criaram esse animal por quatro anos da sua vida. Imaginem que tiram suas casas de vocês e dizem que vocês têm de deixar para trás o animal, sozinho na casa de onde vocês foram expulsos. Imaginem que vocês descobrem que o animal será sujeitado a experiências tremendamente dolorosas e torturantes antes de ser morto. E agora, para finalizar, imaginem que essa criatura não é realmente um cachorro nem um gato, mas algo que age, pensa, sente e se comunica com vocês como uma menininha.

"Ela só tem vocês. O que deixariam acontecer com ela? O que vocês fariam?"

David diz isso tão baixo que alguns jurados se inclinam para frente para ouvir direito.

– Ela é uma propriedade? Pode ser. Mas essa é uma limitação imposta pela lei. Vocês vão ver que esse status legal certamente não foi uma limitação para o coração da dra. Cassidy. E hoje não precisa ser uma limitação no de vocês.

"Já foi dito, e todos nós aprendemos com a nossa história, que a única coisa necessária para o errado triunfar sobre o certo é que os homens e mulheres bons não façam nada. Não permitam que esse erro prevaleça. Não fiquem inertes. Usem a voz e libertem a dra. Cassidy."

David termina o discurso de abertura, meneia a cabeça para o júri e rapidamente volta para o seu lugar. O público murmura, mas é logo calado pelo martelo de Allerton.

Allerton, com a cara de paisagem de sempre, diz:

– Vamos almoçar antes de chamar a primeira testemunha. – Ele então vira para os jurados. – Quero lembrar que vocês ainda não ouviram nenhuma prova. Não devem discutir qualquer coisa sobre esse caso entre si e com ninguém mais. Instruirei vocês quando chegar a hora de iniciar as deliberações.

Quando o júri é liberado e Allerton desce do tablado, David se permite um sorriso quando aceita os cumprimentos de Max, Chris e Daniel. Então Jotacê se aproxima dele.

– Obrigada – diz.

– Essa é a parte fácil – diz David.

Jotacê se inclina e cochicha para David de modo que só ele ouça.

– Eu acho que Helena ficaria muito orgulhosa de ouvir você falar.

David faz que sim com a cabeça e sai do tribunal.

Orgulhosa? Acho que não tenho o direito de me sentir orgulhosa. Mas sou grata.

23

Depois do intervalo para o almoço o governo dá início ao caso contra Jotacê. A prova é, como Mace prometeu, direta e sem nenhuma surpresa. O guarda mordido por Cindy confirma os elementos do crime de Jotacê, diz que Jotacê invadiu o prédio do laboratório onde ela trabalhava de alguma maneira, levou para fora a chimpanzé e estava tentando chegar ao seu veículo com o espécime quando foi interceptada. Levam menos de uma hora para pregar todos os pregos no caixão legal de Jotacê.

Assim que Mace termina com essa testemunha, David levanta para inquiri-la.

– Então o senhor viu a dra. Cassidy correndo para a cerca com o espécime? – pergunta David.

– Certo.

– O espécime era um chimpanzé, certo?

– Foi isso que observei, senhor.

– E o que pensou que estava acontecendo?

– Não entendi a pergunta, senhor.

– O senhor sabia que a mulher era a dra. Cassidy, correto? Já tinha visto antes? Trabalhou com ela?

– Correto.

– Bem, e pensou que aquilo era um sequestro de chimpanzé em curso, ou algo assim? Costuma ver isso sempre?

– Protesto – interrompe Mace.

Algumas pessoas riem, mas Allerton rapidamente as silencia.

– Eu retiro a pergunta, Meritíssimo – diz David.

– Bem pensado. – Allerton dirige a David um olhar frio que diz chega de brincadeira.

– Quando disse para a dra. Cassidy deitar no chão e largar o espécime, imagino que o espécime, agora livre das garras dela, saiu correndo, não foi?

– Não exatamente, não.

– Como assim, "não exatamente"?

– Bem, a chimpanzé continuou na área.

– Não só na área, mas na verdade agarrada à dra. Cassidy, correto? – pergunta David, elevando um pouco a voz.

– É, acho que foi isso.

– A dra. Cassidy estava deitada de barriga para baixo no chão, com a sua arma apontada para ela e a chimpanzé estava agarrada à dra. Cassidy, não é?

– Como eu disse, sim.

– Quando o senhor tentou separar a chimpanzé da dra. Cassidy, a espécime mordeu o senhor, não foi?

– Foi.

– A chimpanzé estava protegendo a dra. Cassidy do senhor, não foi isso?

– Eu não sei dizer o que estava acontecendo na cabeça da chimpanzé, senhor.

– O senhor conhece a linguagem de sinais americana?

– Não.

– Uma pena, porque se conhecesse, talvez pudesse ter feito exatamente essa pergunta para o espécime.

– Protesto! – grita Mace.

– Mantido – decide Allerton.

David começa a voltar para a mesa, mas para no meio como se tivesse esquecido alguma coisa.

– Mais uma coisa. Quando a dra. Cassidy estava sendo removida, algemada e o senhor finalmente arrancou a chimpanzé dela, o que a chimpanzé estava fazendo?

– A chimpanzé parecia muito estressada.

– Pode descrever isso melhor?

O guarda demora um pouco para responder.

– A chimpanzé estava gritando e estendendo os braços para a dra. Cassidy.

– O senhor tem filhos?

– Tenho, uma filha.

David abaixa o tom, fica mais íntimo, como numa conversa.

– Quantos anos ela tem?

– Doze – diz o guarda com orgulho.

– O senhor lembra quando sua filha tinha quatro anos?

– Claro que lembro.

David sorri para o segurança.

– Ouvi dizer que meninas de quatro anos podem dar muito trabalho.

O guarda retribui o sorriso.

– Isso é o que o senhor chamaria de atenuar os fatos.

Algumas pessoas riem na plateia e David espera para continuar.

– Elas são teimosas?

– Mesma resposta.

Mais risadas.

– O senhor lembra de alguma vez ter tentado tirar sua filha da mãe dela quando ela não queria?

– Ah, sim – diz o guarda, agora apoiando a plateia. – Não dá para esquecer aqueles gritos.

Com a palavra "gritos" o tribunal se aquieta e de repente fica claro aonde David queria chegar.

– Mas os gritos de Cindy não pareciam nada disso quando o senhor tentou arrancá-la da dra. Cassidy, eu imagino.

O guarda olha para o chão, evita o olhar de David. Isso é resposta suficiente para David.

– Sem mais perguntas – diz ele.

Mace fica de pé quando o segurança sai do tribunal.

– O governo crê que demonstrou os elementos dos crimes com os quais a dra. Cassidy foi acusada. De fato nós acreditamos que esses elementos não foram contestados, e sim sujeitados apenas à afirmação do advogado de defesa quanto às circunstâncias atenuantes. Desse modo a promotoria encerra neste momento, mas se reserva o direito de chamar uma testemunha para refutar qualquer prova de atenuante que a defesa possa apresentar.

– Muito bem, sr. Mace. Sr. Colden, o senhor tem a palavra.

Todos os olhos se voltam para David quando ele levanta da cadeira e diz com voz clara e alta:

– A defesa chama a dra. Jane Cassidy.

Jotacê caminha até a frente do tribunal e sobe no tablado das testemunhas ao lado do juiz.

– Fiquem de pé enquanto executamos o juramento, por favor – diz Allerton.

A funcionária do tribunal chega com uma Bíblia bem gasta.

– Levante sua mão direita, por favor – diz ela ao som de conversas na plateia e de papéis remexidos na mesa dos advogados.

Allerton interrompe a funcionária.

– Espere um segundo, Bev.

Ele vira para o tribunal com uma expressão muito séria.

– Só vou dizer isso uma vez. O juramento é um voto solene. As pessoas vão para a cadeia por violá-lo. É o que realmente importa na administração da lei e da justiça neste país. Esse juramento merece pelo menos um grau mínimo de respeito da parte de vocês todos. Silêncio enquanto é tomado o juramento. E quer dizer nada de conversas nem murmúrios, nada de levantar e ir ao banheiro. Quero silêncio completo e absoluto durante o juramento nesta corte. Se isso não ficou claro para alguém, pode se retirar agora.

Allerton espera alguns segundos para ver se alguém aceita sua oferta. Então meneia a cabeça para a funcionária.

– Tudo bem, Bev. Pode continuar.

Jotacê põe uma mão na capa da Bíblia e levanta a outra quando a funcionária diz:

– Jura dizer toda a verdade e nada além da verdade, com a ajuda de Deus?

– Juro – diz Jotacê.

— Sente-se e diga seu nome para a redatora da corte — ordena a funcionária.

Jotacê obedece.

David chega até o pódio perto da mesa com um documento de poucas folhas na mão.

— Bom-dia, doutora.

David e Jotacê iniciam a série de perguntas e respostas que estiveram ensaiando alguns dias.

Jotacê procura manter contato visual com o júri e responde à primeira pergunta de David recitando suas impressionantes credenciais acadêmicas, seu emprego na faculdade de pesquisa de Cornell e Tufts e a sociedade no Colégio Internacional de Antropologia Comparativa. Depois eles passam para o seu trabalho no CAPS.

— Por que faz questão de usar a linguagem no seu trabalho?

— A nossa linguagem sempre foi considerada a maior linha divisória entre nós e todas as outras criaturas. Nós a temos; elas, não. Historicamente a linguagem humana tem sido usada como prova de consciência. Então resolvi testar a validade científica da premissa de que só os seres humanos podem adquirir e usar a linguagem humana.

— Como fez para testar essa premissa?

— Para ser sincera, com muita dificuldade. Não se pode simplesmente botar um microfone na frente de um chimpanzé e conversar com ele. Chimpanzés e bonobos não podem falar como você e eu falamos, porque eles não têm as partes móveis em seu aparelho fonador como nós temos.

— E por que essa história não acabou aí? — continua David.

— Existe uma diferença entre *não falado* e *não dito* — diz Jotacê. — O simples fato de os chimpanzés não poderem falar não significa que eles não têm nada a dizer. A capacidade de vocalizar os pensamentos não é o mesmo que a capacidade de adquirir e de usar a linguagem. Nós sabemos que isso é um fato científico porque a capacidade de falar uma língua é um desenvolvimento relativamente recente nos hominídeos. Os chimpanzés compartilham conosco mais de noventa e oito por cento do nosso código genético, mas eles têm noventa e nove vírgula setenta e dois por cento do gene específico que controla o desenvolvimento da fala humana como a conhecemos hoje. Falando em termos de evolução, eles estão por um fio de serem capazes de vocalizar a fala humana. O verdadeiro problema sob o ponto de vista da pesquisa é como cobrir essa distância entre o modo de os chimpanzés se comunicarem e o nosso modo de ouvir como humanos.

– O que planejou fazer para criar essa ponte?

– Começamos com o conceito central de que a comunicação é meramente a transferência da informação por um meio que tenha significado para o destinatário. Um animal se comunica toda vez que tem um comportamento intencional, de forma que outro perceba esse comportamento e reaja. Nós sabemos que os animais são grandes criadores de significados, o cão que rosna quando você se aproxima do pote de ração dele quando ele está comendo, o gato que ronrona no seu colo, o periquito que joga para fora da gaiola a comida de que ele não gosta. A linguagem não passa de um meio sistemático de se comunicar por símbolos ou sons. Quase todos os animais usam a linguagem. O problema acontece porque, quando a questão é o uso da linguagem, os seres humanos são incrivelmente narcisistas. Como nós temos literalmente a chave de suas jaulas, a nossa linguagem é a única que conta. Por isso precisávamos descobrir um modo de fazer Cindy se comunicar com uma linguagem que conta para seus captores, apesar de não ter a capacidade real de falar.

– Protesto – diz Mace.

– Mantido – diz Allerton imediatamente. – Dra. Cassidy – continua Allerton –, será melhor para a senhora se ater aos fatos e deixar a defesa e os comentários por conta do seu advogado.

– Sim, senhor – Jotacê responde em voz baixa.

– E, sr. Colden – diz Allerton –, estamos nos afastando muito. Vamos voltar ao ponto.

– Claro. Pode descrever a sua metodologia? – pergunta David.

– Pegamos Cindy bem pequena quando começamos. Desde o primeiro dia nós a tratamos como se tivesse um conceito de sua individualidade, como se pudesse se comunicar intencionalmente e usar a linguagem e, por fim – Jotacê se esforça para manter a pose –, como se fosse minha própria filha.

– Qual foi o processo de ensino que usou com Cindy?

Jotacê então explica os trabalhosos passos técnicos com os quais Cindy aprendeu a se comunicar com os seres humanos: que Cindy aprendeu a linguagem americana de sinais, que a programação linguística intersticial foi refinada e modificada para a LAS e depois adaptada para a mão da primata, que as luvas programadas para a PLI foram criadas e que Cindy aprendeu a usá-las e que finalmente ensinaram Cindy a usar o teclado lexográfico para suplementar os sinais e para assumir o lugar de marcadores não manuais.

Esse testemunho oferece uma base importante para as provas que viriam depois, mas é também seco, impessoal e abstrato. David leva Jotacê por tudo isso o mais rápido possível, com um olho no júri para ter certeza de que não está perdendo nenhum jurado.

Quando Jotacê termina, David diz:

– Jotacê, talvez você possa dar ao júri um exemplo concreto do que está explicando?

– Claro que posso. Pegue o sinal de "brincar", que é "play". Fazemos o sinal de dois "p"... a ponta do polegar no meio do dedo médio... e então balançamos o "p" para frente e para trás.

Jotacê exibe o sinal do banco das testemunhas para o juiz.

– Devido à posição do polegar de Cindy em relação aos outros dedos, se ela fizesse esse sinal, ficaria parecido com isso.

Jotacê faz o sinal, mas evidentemente fica diferente.

– Ela poderia estar tentando sinalizar a palavra que representa "brincar", mas também poderia estar querendo fazer o sinal de muitas outras palavras. Quando pusemos as luvas nela e assim compensamos as diferenças fisiológicas, ficou claro que ela realmente sinalizava a palavra "brincar". Passamos as luvas de volta na programação e os sinais de Cindy foram convertidos em palavras em inglês que apareciam na tela do meu computador. Cindy também usava o teclado dela para acrescentar um estado de humor, ou uma ênfase, como "brincar agora!" – diz Jotacê em tom autoritário –, ou como um atalho para uma reação, como um sim ou um não.

– Você acredita que conseguiu fazer com que Cindy adquirisse e usasse a linguagem humana? – pergunta David.

– Não tenho dúvida alguma de que conseguimos sim.

– Alguma vez fez uma avaliação independente de Cindy? – pergunta David.

– Fiz. Antes de terminar o projeto pedimos para o Instituto de Linguagem de Cornell testar a equivalência de idade cognitiva de Cindy.

– O que quer dizer com equivalência de idade cognitiva?

– É simplesmente o que as palavras indicam. Usando uma avaliação da aquisição e do uso da linguagem, a habilidade do sujeito é medida em comparação com os resultados dos testes em outros sujeitos de diversos grupos etários e então é posto num grupo semelhante.

David pega um documento de uma pasta e o marca como prova. Dá uma cópia para Mace, outra para a funcionária e uma para Jotacê.

– O que Cornell concluiu? – pergunta David.

– Quando encerramos o projeto, Cindy, que na época tinha quatro anos e oito meses de idade, possuía idade cognitiva equivalente à de uma criança de quatro anos.

Exclamações de surpresa se espalham pelos bancos do tribunal. Allerton bate o martelo, irritado.

– Agora chega. Acalmem-se.

David demora um pouco para falar, até todos silenciarem e ter certeza de que Allerton está prestando atenção.

– Pode explicar o que significa esse resultado?

Jotacê respira fundo e vira o rosto de modo a ficar de frente para Allerton.

– Significa que comparada com outros humanos medidos por humanos, baseados em fatos como vocabulário, arbitrariedade, semântica, espontaneidade, capacidade de dialogar, dualidade, deslocamento e criatividade, Cindy tem a mente verbal de uma criança de quatro anos.

Dessa vez há um murmúrio coletivo na audiência que rapidamente se expande para um vozerio constante. Allerton bate com o martelo várias vezes para estabelecer a ordem.

David vira para Chris e diz:

– Dê-me o CD.

Chris pega um pequeno envelope branco e quadrado e dá para David. Ele, por sua vez, entrega o envelope para a funcionária do tribunal, que tira o CD de dentro e põe num pequeno computador-projetor na frente de todos. A funcionária dá para David o controle remoto. Mace observa os movimentos de David e espera o momento certo para protestar.

– Dra. Cassidy, você fez algum registro fotográfico do seu trabalho com Cindy?

– Ah, muitos.

– O que aconteceu com esses registros?

– Eu não sei. Tentei levar alguns CDs comigo, mas o diretor Jannick avisou que eram propriedade do NIS.

Há uma visível inquietação na mesa de Mace.

– Sabe de algum registro fotográfico de Cindy que atualmente não esteja com o NIS? – pergunta David.

– Eu salvei alguns arquivos porque enviei para o meu computador particular.

Mace fica de pé.

– Renovamos nosso protesto diante dessa evidência, Meritíssimo. Além de irrelevante, qualquer registro que a dra. Cassidy ou seu colega tenham feito quando trabalhavam no CAPS é propriedade do NIS e tinha de ser entregue ao NIS antes da partida da dra. Cassidy. Nós não podemos...

– Meritíssimo, isso não procede – desafia David. – O senhor já decidiu no intervalo que essa gravação poderia...

– Protesto indeferido, sr. Mace. – Allerton nem espera David terminar de falar. – Continue, sr. Colden.

– Obrigado, Meritíssimo.

David aperta um botão no controle remoto e liga um grande monitor de tela plana perto da mesa da funcionária.

Passam alguns segundos e nada mais acontece. David aperta outro botão, mas a tela continua branca. A funcionária tenta fazer o projetor funcionar, sem sucesso. Os membros do júri começam a se inquietar, é o barulho da impaciência, que não poderia acontecer em pior hora.

– Estava funcionando esta manhã – diz David para Allerton.

– Outra cópia, talvez? – sugere Allerton.

– Um momento, por favor – responde David, que volta para perto de Chris.

Ela dá para ele outro CD.

– Esse é o original – sussurra ela. – Só vi as coisas que vamos usar. O arquivo inteiro é de quase uma hora, por isso você vai ter de cortá-lo.

David dá o segundo CD para a funcionária e prende a respiração. Logo aparecem as imagens na tela, Cindy dentro do Cubo, usando as luvas, o grande teclado lexográfico no colo, Jotacê na frente de Cindy e ao lado do próprio teclado e do monitor widescreen.

David sempre disse que o melhor tipo de testemunha num julgamento é a que conta uma história. Mas ele também sabia que por melhor que seja a testemunha, por mais que esteja preparada e por mais interessante que seja sua história, palavras não se comparam com uma imagem. Essas são as limitações da linguagem humana.

David aperta a pausa.

– Pode nos dizer o que estamos vendo aqui, dra. Cassidy?

– Esse é o prédio principal do CAPS que nós ocupamos durante quatro anos. Essa sou eu – Jotacê diz brincando –, a humana. Cindy, como podem ver, está usando as luvas que eu descrevi e tem o teclado que nós criamos no colo.

No monitor Cindy olha com atenção quando Jotacê faz sinais para ela, falando ao mesmo tempo.

– Onde está o leite, Cindy? – pergunta Jotacê.

Cindy para um momento na tela, depois retrai os lábios no que parece um sorriso. Ela aperta algumas teclas no teclado e depois faz sinais. As palavras DENTRO DA VACA aparecem com letras grandes na tela do computador de Jotacê. Risos no tribunal e até Allerton sorri.

David aperta a pausa.

– Pode descrever o processo a que acabamos de assistir?

– É uma sequência típica de comunicação-observação-resposta. Eu sinalizo a pergunta para Cindy. Ela observa visualmente os sinais, pensa numa resposta e então usa as luvas e o teclado para responder. A resposta de Cindy é traduzida pelo programa sobre o qual falei mais cedo, depois aparece na tela do meu computador. Vocês notaram a brincadeira de Cindy. Nós descobrimos que ela realmente tinha senso de humor e que, como sua habilidade com a linguagem, esse sentido do que era engraçado, pelo menos no que pude comparar com a experiência que tive com a minha sobrinha, era o que podemos esperar de uma menina de quatro anos.

David aperta o PLAY no controle remoto. No vídeo, Jotacê sinaliza e diz:

– Engraçado. Muito engraçado. Mas qual é a resposta certa?

Cindy sinaliza, e a resposta aparece na tela: GARRAFA NA GELADEIRA.

Jotacê sinaliza e diz:

– Ótimo, Cindy. Onde está a geladeira?

Cindy aperta um botão no teclado e a palavra COZINHA aparece em letras grandes no monitor do computador de Jotacê.

– De que cor é a geladeira? – Jotacê diz e sinaliza.

Cindy faz o sinal da LAS que quer dizer "esqueci", que é fingir que tira alguma coisa da cabeça com uma mão. Antes mesmo de a palavra ESQUECI aparecer na tela do computador de Jotacê, o gesto no filme é inconfundível.

– Pense outra vez – diz Jotacê e sinaliza ao mesmo tempo.

Cindy faz um gesto que aparece como IGUAL À LUA na tela de Jotacê.

– Muito bom, Cindy – diz Jotacê na gravação.

David pausa o vídeo.
— O que foi isso?
— É o jeito de Cindy dizer prateada, igual à lua. As cores são conceitos mais abstratos do que imaginávamos.

O vídeo pula para outro segmento. Cindy sinaliza e aperta um botão no teclado. ONDE ESTÁ FRANK? aparece no computador de Jotacê.

Jotacê responde com voz e sinais.
— Frank está doente hoje.

Cindy abaixa a cabeça e encosta o queixo no peito.
— O que foi, Cindy? — Jotacê pergunta e sinaliza.

Cindy olha para Jotacê e seus olhos exprimem uma coisa que eu reconheço muito bem. Cindy põe um dedo embaixo de cada olho, o sinal da LAS para "chorar", depois sinaliza alguma coisa com as duas mãos. Jotacê parece confusa e então verifica a tela do computador. O monitor mostra que Cindy perguntou: FRANK VAI MORRER COMO MICHAEL?

David interrompe a exibição novamente.
— Quem era Michael?
— Era outro chimpanzé do NIS no CAPS com quem Cindy se encontrava. Ele foi infectado com hepatite B e poucos meses depois morreu disso.
— Como você explicou isso para Cindy? — pergunta David.

Jotacê sacode os ombros.
— Bem, supondo neste momento que Cindy é capaz de pensar racionalmente, como se explica isso de modo que faça sentido? Eu apenas disse para ela que ele adoeceu, dormiu e não conseguiu mais acordar.

O tremor na voz de Jotacê é um aviso, por isso David rapidamente reinicia a transmissão do vídeo.

Na gravação Jotacê acalma Cindy com sinais e voz.
— Não, não. Frank está só um pouco doente. Frank não está morrendo.

Cindy sinaliza de volta para Jotacê, e Jotacê lê no monitor. ESTOU FELIZ PORQUE FRANK NÃO ESTÁ DOENTE COMO MICHAEL.

A mão de Cindy hesita no ar, como se ela estivesse querendo dizer mais alguma coisa.

– O que é, Cindy? – Jotacê sinaliza e pergunta.

Depois de uma pausa que se estende por vários segundos, Cindy sinaliza e toca no teclado. EU VOU FICAR DOENTE COMO MICHAEL?

No tribunal a gravação fica azul e Jotacê cobre o rosto com as mãos. O silêncio é geral.

Fosse o que fosse que minha velha amiga tivesse feito antes, durante o convívio ou desde que conheceu Cindy, não havia mais nenhuma dúvida sobre a profundidade e a autenticidade dos seus sentimentos em relação a essa criatura. Até o representante do júri fica perturbado com a cena que se desdobra diante dele.

David espera um tempo para Jotacê se recompor e então dá a vez a Mace para inquiri-la. Nesse processo ele esquece de pausar o vídeo.

Esse vídeo tem mais imagens.

De repente, eu apareço na tela.

Quase esqueci como era minha voz e minha aparência em vida. Acho que é assim que tem de ser. Senão como poderia suportar meu estado atual se tivesse de compará-lo com as cores profundas e ressonantes que só existem respirando ar de verdade e tocando em qualquer coisa que ofereça resistência aos meus dedos, por menor que seja? Sinto muita falta dessa sensação de tudo.

Mesmo assim, lá estou eu naquela tela, e cambaleio sob o peso do desligamento.

Aquele dia na gravação inunda a minha memória. Tinha acabado de saber da minha doença, mas ainda estava otimista, achando que poderíamos vencê-la sem qualquer consequência mais duradoura. Também estava muito excitada de poder encontrar Jotacê e de conhecer aquele animal extraordinário chamado Cindy.

Eu ainda tinha esperança e isso transparecia.

– Ela virá para perto de mim? – digo eu no vídeo.

Jotacê aparece ao meu lado.

– Acho que sim. Dê o presente para ela.

Ofereço para Cindy a boneca que levei.

– Cindy? Você quer isso? – pergunto e faço sinais quando estendo a boneca para ela.

Cindy a pega gentilmente da minha mão. Nossas mãos encostam uma na outra por alguns segundos. Então Cindy sinaliza alguma coisa.

A palavra OBRIGADA aparece no monitor do laboratório e depois COMO É O SEU NOME?

– Meu nome é Helena – digo e sinalizo.

Cindy faz sinais mais uma vez e VENHA BRINCAR COMIGO aparece na tela na mesma hora.

No tribunal, David fica paralisado diante do monitor, não usa o controle remoto que ainda está segurando. Não fui a única a ser projetada do porto seguro do torpor por aquele vídeo.

– Eu adoraria – eu me vejo dizendo e sinalizando para Cindy.

Chego perto de Cindy e nos minutos seguintes do filme somos vistas emboladas no chão perto do Cubo.

– Sr. Colden? – chama Allerton baixinho.

Por meio de uma linguagem silenciosa, mas compartilhada, baseada na sintaxe da dor e da perda, Allerton reconhece a identidade daquela mulher no vídeo. Para Allerton a explicação que falta para o envolvimento de David nesse caso se encaixa perfeitamente.

– Tem mais alguma coisa que queira nos mostrar? – pergunta.

David não responde. Não pode. Não é só pelo fato de ver minha imagem em movimento e ouvir minha voz depois desses longos meses, é também que eu surgi de repente no meio do julgamento dele, um lugar onde jamais estaria, como um boneco de mola fora de lugar, mas determinado. A minha ligação com Jotacê e Cindy não é mais amorfa e indeterminada para David, ao contrário, está gravada e preservada para sempre em pixels, bits e código binário.

Eu me tornei uma prova.

– Sr. Colden? – Allerton chama de novo, com certo grau de preocupação pessoal na voz, e bem diferente, portanto, do seu comportamento durante o julgamento.

Por fim Chris chega por trás de David, pega o controle remoto da mão dele e aperta o botão para parar. O monitor fica azul.

– Você está quase lá – Chris cochicha no ouvido dele e aperta seu ombro. – Aguente firme.

– Precisa de um tempo, sr. Colden? – pergunta Allerton.

Com o toque de Chris, David volta lentamente a ser ele mesmo.

– Obrigado, Meritíssimo. Estou bem.

– Tem mais alguma pergunta para a dra. Cassidy?

– Acho que só mais uma – diz David, vira de novo para Jotacê e pergunta. – Por que você fez aquilo? Por que tentou pegar a Cindy?

Quando Jotacê fala, sua voz treme. Essa é de longe a resposta mais difícil, porque é a verdade de Jotacê.

– Como poderia não tentar? Tentei de todo jeito salvá-la. Tentei comprá-la, eu me ofereci para trabalhar de graça, escrevi para os congressistas. Nada funcionou. Com o fim do projeto, Cindy seria transferida para o grupo geral de primatas. Estando lá poderiam fazer experiências com ela, infectá-la com doenças, como fizeram com Michael. Eu não sou casada. Não tenho filhos. Cindy foi minha vida durante quatro anos. Eu a criei como criaria minha própria filha. Troquei suas fraldas, treinei seus hábitos de higiene, ensinei a comer, a se expressar na nossa linguagem, a se importar com o que acontecia com ela e com todos à sua volta. Não podia simplesmente deixar que a matassem. Eu tinha de tentar alguma coisa... qualquer coisa para libertá-la.

Jotacê encerra a resposta logo antes de virem as lágrimas. Ela nem tenta secá-las.

David vira para Mace com a voz tensa e baixa.

– A testemunha é sua.

Mace, sem segurança nenhuma na voz, diz:

– Precisamos de alguns minutos, Meritíssimo.

Allerton olha para o grande relógio nos fundos da sala.

– Seja breve, por favor.

– Eu estraguei tudo. Sinto muito – diz Chris para David no intervalo.

– Eu não sabia que Jotacê tinha filmado a Helena. Eu nunca teria...

David ainda parece desorientado. Era como se a combinação de ver minha imagem em movimento, de ouvir a minha voz e de me ver interagindo com Cindy significasse mais para ele do que a simples soma dessas partes. Acho que as consequências do julgamento tornaram-se mais reais para ele, ou talvez seja só que a realidade da minha ausência ficou inevitável.

Mas não sei se isso é bom ou ruim, nem se tem mais alguma importância, e é isso que me assusta.

– Jotacê disse que não tinha – David responde por fim.
– Ela deve ter se esquecido desse vídeo.
– Bem, agora que o temos, acho que precisamos usá-lo.
– O que quer dizer? – pergunta Chris.
David balança a cabeça.
– Eu preciso pensar – diz ele e se afasta.

Depois do intervalo, Mace começou a inquirir Jotacê. Até agora foi difícil suportar. Além da própria conduta pela qual Jotacê está sendo processada (e que ela admite espontaneamente), Mace também estabeleceu que: 1) Jotacê tinha formado laços maternais muito fortes com Cindy que, além de terem o potencial de embaçar a objetividade de Jotacê, devem ter provocado exatamente isso; 2) Jotacê faria praticamente qualquer coisa para salvar Cindy de qualquer mal; e 3) o trabalho de Jotacê com Cindy ocupava uma posição marginal, talvez muito, muito marginal mesmo, na teoria antropológica aceita.

E Mace ainda não terminou. Eu sei aonde ele quer chegar. Acho que todos no tribunal veem isso, inclusive Jotacê. Todo o interrogatório dele não passou de um prenúncio. Ele tentará destruir qualquer simpatia que Jotacê conquistou entre os jurados, desacreditando o trabalho que a consumiu nos últimos quatro anos ou então desfazendo a pose profissional de Jotacê. E Allerton deixará Mace tentar isso porque David abriu essa porta quando pôs os méritos do trabalho de Jotacê em questão. Eu percebo pelo modo com que David aperta os dentes que chegamos a um momento de

definição ou queda e que o resultado só depende de Jotacê ser ou não capaz de sobreviver ao próximo ataque.
— Agora — diz Mace —, chamo sua atenção para a tecnologia que diz que Cindy usa para se comunicar. A senhora testemunhou sobre programação linguística intersticial, lembra disso?
— Lembro.
— Pode explicar como é essa programação por trás do conceito?
— De certa forma. Em essência, a PLI, como eu disse antes, trata de comparar uma fisiologia normal ou, nesse caso, a humana, com uma fisiologia anômala, nesse caso a de um chimpanzé, e mapear as diferenças. Depois pegamos os atos do sujeito, mais uma vez um chimpanzé, passamos por aquele modelo e o programa do computador interpola e prevê o ato pretendido mais provável.
— Interpola e prevê o ato pretendido mais provável? — pergunta Mace, confuso. — É a primeira vez que a senhora usa a palavra *interpolar* neste tribunal. Pode nos dizer o que significa?
— Certamente. Em termos gerais, significa estimar entre dois valores conhecidos.
— Entendo. Então a PLI é um programa que estima, faz previsões.
— Sim, mas com alto grau de precisão.
— E como sabe o nível de precisão?
— A PLI foi testada e validada em diversos estudos.
— Estudos que envolveram quem?
— Os deficientes vocais.
— Humanos?
— Sim. Humanos.
— Algum esforço foi feito para validar o programa com não humanos?
— Não que eu saiba. Não.
— E se entendi o seu testemunho, a senhora não está usando a PLI para o que ela foi criada originalmente, correto?
— Não entendi a pergunta.
— Não entendeu? É mesmo? — pergunta Mace, incrédulo. — Pelo que eu entendo, e por favor me corrija se eu estiver errado, douto-

ra, a PLI foi criada para captar vocalizações e de certa forma preencher as lacunas quando avaliadas em comparação com a deficiência vocal do falante humano. Correto?
– Sim.
– Mas a senhora não está usando para completar as palavras. A senhora está usando o programa na sua pesquisa para estimar e interpolar manifestações da Linguagem Americana de Sinais, basicamente gestos com as mãos.
– Isso não está correto, senhor.

Percebo que Jotacê está se zangando.
– De que forma isso não está correto? – insiste Mace.
– Em alguns exemplos o modo como Cindy sinaliza é totalmente discernível. A PLI é apenas um conjunto de cintos e suspensórios.
– E em outros exemplos?
– Como eu mencionei, em outros casos as limitações da fisiologia dos primatas exige estimativas.
– Em quantos casos são necessárias estimativas?
– Não sei assim de cabeça.
– No filme que acabamos de ver, quantas vezes foi necessário estimar o que a primata estava tentando comunicar, por causa da sua limitação fisiológica?
– Não saberia dizer.
– A metade?
– Não tenho certeza.
– Mais da metade?
– Eu já disse que não tenho certeza.
– Todas as vezes?
– Não. Não todas a vezes.
– Então algum lugar entre mais da metade e todas as vezes?
– Protesto – David diz e se levanta –, isso descaracteriza o testemunho dela.

Allerton vira para Jotacê.
– Pode nos dar uma estimativa razoável de quantas vezes houve uma combinação direta entre o que a chimpanzé sinalizava e, por

exemplo, o que eu encontraria num dicionário da Linguagem Americana de Sinais? Acho que é isso que o sr. Mace quer estabelecer.
— Não pretendo discutir com o senhor, Meritíssimo — diz Jotacê.
— Mas percebo que está prestes a fazer isso de qualquer maneira — responde Allerton e provoca risos.
— Só quero esclarecer uma coisa. O motivo de ser muito difícil responder a essa pergunta ocorre porque pouquíssimas pessoas que usam a linguagem de sinais fazem exatamente como se vê num dicionário de sinais. Há sempre diferenças pequenas e sutis no modo de as pessoas fazerem uma letra, por exemplo. E como acontece com os humanos, os chimpanzés que aprenderam a sinalizar usam expressões faciais e olhares em direções definidas para moderar os significados de seus sinais. É um dos motivos que nos fez usar o teclado também.
— Portanto — diz Allerton —, parece que a questão é quantas vezes vocês precisaram da PLI em relação ao que acabamos de ver, para interpretar o que a chimpanzé estava tentando sinalizar?
— Eu poderia arriscar que talvez tenha sido a metade das vezes — diz Jotacê.
Posso ouvir David repetindo na cabeça dele o que diz para todas as testemunhas: nunca, jamais dê palpite ou adivinhe.
Mace pega a ponta desse fio antes de Allerton ou David poderem dizer qualquer coisa.
— Então a senhora arrisca, palavra sua, cinquenta por cento?
— Sim.
— A senhora traduz a Linguagem Americana de Sinais, dra. Cassidy?
— Sim, é claro.
— Hum. — Mace finge pensar. — Então pode me dizer por que, toda vez que aparece naquela gravação, precisou verificar o monitor do computador para ver o que o espécime tinha dito?
Jotacê hesita, tenta recordar o que o vídeo realmente mostrou.
— Sempre gosto de ter certeza, de confirmar o que entendi.
— E a senhora confirma o que entendeu por um programa de computador que jamais foi validado para primatas e que não foi criado para a linguagem americana de sinais?

– Protesto – interrompe David. – Pergunta e resposta.
– Mantido – decide Allerton.
– Dra. Cassidy – recomeça Mace –, a senhora conhece uma coisa que chamam de cânone de Lloyd Morgan?
– Sim.
– É um cânone de raciocínio dedutivo, não é?
– Devia ser.
– O que é?
– Nunca acredite que os animais pensam como você, a menos que precise.
– Derivado do princípio chamado navalha de Occam, não é? Se em tudo o mais forem idênticas as várias explicações de um fenômeno, a mais simples é a melhor.
– Acho que é isso que a navalha de Occam diz, sim.
– E a senhora sabe o que é antropomorfismo?
– Claro que sei. É a projeção das características humanas em animais não humanos.
– Antropomorfismo não é um sério risco na sua profissão?
– Não mais do que especieismo é na sua. Sabe o que é especieismo, sr. Mace? – rosna Jotacê.
Allerton se inclina para Jotacê.
– Por favor, atenha-se às respostas, dra. Cassidy.
– Perdão. A resposta para a sua pergunta é não, eu não acho que antropomorfismo seja um risco sério num estudo bem controlado que aplica princípios da metodologia científica como o trabalho que fizemos com Cindy.
– E o estudo de Cindy feito no Instituto Cornell de Linguagem – diz Mace pegando um documento na mesa dele – diz especificamente, eu cito, "a capacidade de linguagem do sujeito e a equivalente idade cognitiva supõem ao mesmo tempo – Mace faz uma pausa para enfatizar –, ao mesmo tempo que a programação linguística intersticial é validada para primatas em geral e para o sujeito primata específico e que as modificações da PLI para torná-la compatível com a linguagem americana de sinais são válidas e adequadas. Nós não temos opinião a respeito de qualquer uma dessas duas suposições".

Mace mostra o documento para Jotacê.

– Está vendo isso no relatório?

– Estou ciente dessa quantificação no relatório, sim.

– Então a asserção de que Cindy tem a capacidade linguística de uma criança de quatro anos supõe a validade da sua teoria?

– A qualificação no relatório diz o que diz, sr. Mace. Não fui eu que escrevi.

– Justo, dra. Cassidy. Vamos falar de uma coisa que a senhora conhece de primeira mão. Quem fez a presente programação do computador que rodou a PLI para as luvas?

– Meu sócio, Frank Wallace, foi o programador, mas sob a minha orientação.

– Então a senhora o orientou sobre quais suposições deviam ser incluídas na linguagem do programa?

– Sim.

– E a senhora supôs, ao iniciar esse estudo, que Cindy era capaz de adquirir e usar a linguagem humana, correto?

– Considero essa afirmação justa, baseada no meu conhecimento da literatura atualizada na época.

– Não é possível que essa suposição de que Cindy fosse capaz de adquirir e de usar a linguagem humana tenha comprometido a isenção da programação PLI para as luvas?

– Não, não é.

Mace começa a acelerar as perguntas, ignora as respostas de Jotacê e a faz responder antes de pensar.

– Que, na verdade, a adaptação do computador foi preconceituosa desde a sua concepção?

– Não é verdade.

– Que quando Cindy levantava a mão e movia os dedos vocês programaram as luvas para interpretar aqueles movimentos aleatórios como palavras porque queriam ver palavras?

– Não é verdade.

– Palavras eram a única coisa que poderia salvá-la.

– Não é verdade.

– E a senhora queria muito salvá-la, não é?

– Nã... – Jotacê se controla, respira fundo e sorri para seu interrogador. – Isso aí é verdade, sr. Mace. Eu realmente quero proteger a vida dela. Mas porque é um ser...

– Já tenho a minha resposta, dra. Cassidy, obrigado.

David pula da cadeira.

– Meritíssimo, a testemunha estava no meio da resposta.

– Pode terminar sua resposta – Allerton diz para Jotacê.

– Obrigada. Eu estava dizendo que é verdade que eu quero salvá-la, mas não manipulando dados. Quero salvá-la exatamente porque ela é um ser consciente que além de sofrer, que além de ter consciência de que sofre, ela pode dizer isso com palavras próprias... sim, senhor Mace, palavras dela, para usar a sua linguagem, dizendo que ela quer que vocês parem de machucá-la.

Mace parece momentaneamente perdido. Ele se recupera logo, mas sem tanta força. E diz, com uma voz baixa e suave:

– É o que deseja que acreditemos, dra. Cassidy.

– Mais alguma pergunta para essa testemunha, sr. Mace? – pergunta Allerton.

– Acho que não, mas dê-me um instante, Meritíssimo – diz Mace ao recolher os papéis do pódio.

Tenho a nítida impressão de que Mace está esperando aquele momento passar e que guardou alguma coisa para o final. Quando ele levanta o rosto de novo, o sorriso superconfiante me diz que estou certa.

– Só mais uma coisa, dra. Cassidy. A senhora tem um carro?

– Tenho.

– Que tipo de carro é?

– Um jipe Cherokee Laredo.

– Que cor?

– Vermelho.

– Qual é o número da placa?

David pula.

– Protesto! Relevância!

– Aonde quer chegar, sr. Mace? – pergunta Allerton.

– Um pouco de espaço, Meritíssimo. Só tenho mais umas poucas perguntas a fazer.

— Só algumas, nos termos das palavras comuns, não em termos de advogado, está certo, sr. Mace? — As piadas de advogados sempre merecem algumas risadas do público. — Negado — resolve Allerton.
— Nova York X80 2PM.
— Em qualquer momento depois da prisão, a senhora voltou ao prédio do CAPS?
— Não senhor — diz Jotacê claramente.
— Tem certeza absoluta? — pergunta Mace, insinuando incredulidade.
— Sim. Tenho perfeita consciência de onde eu vou, senhor.
— Entendo — diz Mace.
David se esforça muito para não se contorcer na cadeira.
— Deixe-me ser mais específico. A senhora dirigiu seu carro até a porta do prédio do CAPS em qualquer momento depois de ser presa?
— Não.
— Devo lembrar que a senhora está sob juramento, doutora.
— Foi o que me disseram, sr. Mace.
Max se debruça sobre David e sussurra:
— Que merda é essa? Ele está só sendo um chato?
— Não tenho ideia — murmura David, mas dá para ver que ele está nervoso.
Lá na frente da sala do tribunal, Mace vira para Allerton.
— Então no momento não tenho mais nenhuma pergunta para essa testemunha.
— Muito bem — diz Allerton. — Deseja reinquirir sua testemunha, sr. Colden?
David, perdido nos próprios pensamentos, parece que não ouviu.
— Sr. Colden? Alô? Quer reinquirir?
David recupera o foco no juiz e levanta lentamente da cadeira.
— Neste momento não, Meritíssimo.
Allerton vira para Jotacê.
— Está liberada, doutora.

Jotacê desce do tablado das testemunhas e senta atrás de David.

– Tem mais alguma testemunha, sr. Colden? – pergunta Allerton.

– Tenho – diz. – Chamamos o ex-diretor do NIS, dr. Scott Jannick.

A equipe inteira de David olha para ele na mesma hora, com exatamente a mesma expressão que diz "o quê?". Mas, se é que só conheço bem uma coisa, é o meu marido. Eu sei o que ele está pensando. Por uma série bizarra e enrolada de eventos ele agora tem o meu último presente para ele e para Cindy. E não vai desperdiçá-lo, quaisquer que sejam os riscos.

Mace fica de pé imediatamente.

– Meritíssimo, isso é totalmente inadequado. Não fomos avisados de que o dr. Jannick seria chamado para depor. Ele nem está presente neste tribunal.

Allerton meneia a cabeça.

– Tomou providências para que o sr. Jannick viesse, sr. Colden?

– Não. O testemunho dele só se tornou relevante depois que foi dado o testemunho de hoje.

Allerton olha para o relógio. Quatro e meia da tarde.

– Detesto encerrar o dia cedo, mas eu acho que a acusação tem o direito de ser avisada antes de a defesa chamar um deles para testemunhar. Entramos em recesso até as nove horas da manhã.

Assim que Allerton desce da sua mesa, Max vai atender à imprensa e David vai conversar com Jotacê.

– Quando foi que resolveu chamar o Jannick? – pergunta.

David não responde.

– Por que ele estava perguntando sobre o seu carro? – David quer saber.

Jotacê dá de ombros.

– Jogando verde, eu acho.

– O diretor da divisão criminal da promotoria pública não joga verde.

– Bem, dessa vez ele jogou e qualquer que fosse o truque que ele tivesse inventado, obviamente não funcionou.

– Pode ser, mas esse julgamento ainda não acabou.
– Confie em mim, está bem? – diz Jotacê, e se afasta rapidamente.
Chris alcança David.
– O que foi aquilo?
– Sabe quando é a hora de realmente se preocupar num julgamento? – David pergunta para ela.
Chris balança a cabeça.
– É quando o seu cliente diz: confie em mim.

Mais tarde à noite, David está sozinho em seu escritório. Fui atraída para cá pelo som da minha própria voz e pela luz sobre a minha própria imagem. Lá estou eu na tela do computador, uma visão fantasmagórica do passado. No entanto, aqui estou, um espírito etéreo do passado. Pelo menos na tela, David pode me ver e ouvir o que eu digo. Eu carrego o peso da história. Ele até tenta acompanhar meus movimentos com os dedos, de tão poderosa que sou. Mas aqui não sou nada para ele nem mesmo um vestígio.

Quando David clica no botão PLAY no computador pela sexta vez, sou grata de poder encontrar meu querido Skippy. Ele está deitado com a cabeça sobre as patas entre as pernas de Clifford na cama que passou a ser dele quando fica na nossa casa. Os olhos de Skippy continuam alertas, mas a tosse está persistente agora.

Diante deles está aberto um dos meus álbuns de fotografia, o que chamei de Álbum de Lembranças. Tem uma fotografia de cada ser com quem eu vivi. Na contracapa eu escrevi isso, há mais de duas décadas: "Nestas folhas estão os que vieram antes; os que dividiram suas vidas conosco por pouco tempo. Essas são as vidas que homenageamos. Esses são nossos amados anjos que voltaram para Deus."

Clifford passa lentamente pelas fotos, parando para apontar cada cão, gato, pássaro ou roedor para Skippy. Quando Clifford chega às páginas em branco no final, fecha o álbum com cuidado, beija a cabeça de Skippy e apaga a luz.

24

Às nove horas da manhã seguinte, Jannick sorri para o juiz e para o júri do cercado das testemunhas.

Depois de algumas perguntas preliminares que estabelecem as credenciais de Jannick, David pede e obtém permissão da corte para tratá-lo como testemunha hostil. Jannick fala com clareza, calmamente e responde a cada pergunta sem hesitar.

– Foi o senhor que tomou a decisão de não renovar o projeto da dra. Cassidy por mais um ano? – pergunta David.

– Não. A decisão não foi minha. Mas eu dei uma recomendação para que não continuassem com o projeto.

– Essa recomendação foi atendida?

– Sim, foi.

– Então, o que vai acontecer com Cindy agora?

– Ela será devolvida à população geral de primatas do NIS.

– Há algum plano para ela depois de voltar para lá?

– Não especificamente. Mas ficará à disposição para projetos de pesquisa compatíveis.

– Compatíveis em que sentido?

– Idade, gênero, às vezes peso, temperamento... uma enorme gama de fatores possíveis.

– Quais são os programas de pesquisa atuais do NIS nos quais ela pode ser incluída?

– Protesto – acusa Mace. – Essa linha de perguntas é claramente irrelevante.

– Meritíssimo, a acusação pintou um quadro em que a dra. Cassidy estava emocionalmente perturbada porque não queria que

Cindy voltasse para a população geral de primatas. O júri tem o direito de saber o que aguarda Cindy lá. Tem tudo a ver com o que motivou a dra. Cassidy.

— Muito bem, sr. Colden, mas vamos em frente.

— Certamente vou tentar — diz David. — A pergunta, doutor, é quais são os programas atuais de pesquisa do NIS?

— Não lembro de todos eles.

— Talvez eu possa ajudar. Hepatite?

— Sim.

— Carcinógenos?

— Sim.

— Tuberculose?

— Sim.

— Ebola?

— Não quando eu saí.

— HIV?

— Sim.

— Trauma no bulbo cerebral?

— Sim.

— Trauma na medula espinhal?

— Sim.

— Técnicas cirúrgicas?

— Sim.

— Esqueci de alguma coisa?

— Acho que não.

— O NIS segue algum tipo de prática, ou política, sobre o uso da administração da dor no pós-cirúrgico?

— Encorajamos nossos pesquisadores a usar as práticas mais humanas.

— Isso é um sim ou um não?

— Não temos uma política específica além de encorajar o uso de analgésicos no pós-cirúrgico quando for condizente com o protocolo da pesquisa.

— O senhor sabe quantos dos seus pesquisadores realmente usam drogas para combater a dor na pós-cirurgia?

– Não, nós não mantemos registro disso.
– O senhor concorda, não concorda, que os chimpanzés sentem dor?
– Eu concordo que os chimpanzés experimentam a nocicepção, que é a detecção e sinalização de acontecimentos nocivos por nervos especializados. Também concordo que eles têm a percepção consciente desse estímulo nociceptico.
– Em que isso é diferente de sentir dor?
– As pessoas têm diferentes definições da palavra dor que muitas vezes transcendem a reação fisiológica aos estímulos nocivos. Estou procurando ser claro sobre os meus parâmetros.
– O senhor acredita que os chimpanzés sofrem?
– Defina *sofrer*.
– *Sofrer* significa a reação emocional negativa à percepção da dor.
– Acho que eles têm uma reação à dor conforme eu defini, que é mais do que só fisiológica. Não quero entrar numa disputa semântica com o senhor sobre o significado de *emoção*, ou de *espírito*, ou de *alma*, ou a *teoria da mente*. Pode pregar os rótulos que bem entender.
– Na sua experiência, os chimpanzés entendem quando um procedimento doloroso está prestes a começar?
– Nós documentamos algumas mudanças fisiológicas como antecipação de alguns procedimentos específicos, batimentos cardíacos acelerados, vocalização, aumento da pressão arterial.
– Vocalização? Quer dizer que eles gritam?
Jannick faz que sim com a cabeça.
– Acontece, sim.
– E quando diz que o NIS estimula o uso de analgésicos pós-cirurgia "de acordo com o protocolo da pesquisa", o que isso quer dizer?
– Analgésicos são contraindicados para certas pesquisas.
– Por exemplo?
– Algumas áreas de pesquisa são especificamente criadas para medir o efeito dos estímulos nocivos. Certamente não se pode usar drogas para dor nos pós-cirúrgicos dentro desse contexto.

David lê uma folha de papel que está sobre a sua mesa.

– Então, por exemplo, no estudo de um novo desenho de próteses de quadril, o senhor não daria analgésicos depois da cirurgia porque...

– Eu tenho de avaliar o desconforto do sujeito no pós-operatório.

– A dra. Cassidy sabia como o NIS usava os primatas em outras experiências?

– Nós tínhamos falado sobre isso.

– E ela disse para o senhor que não queria que Cindy fosse devolvida à população geral de primatas do NIS por causa dessas experiências?

– Atenuando bastante, sim.

– Diga-me uma coisa, doutor. O senhor já colocou uma prótese de quadril?

– Não.

– E da rótula?

– Sim, uma prótese parcial, alguns anos atrás.

– O senhor sentiu dor?

– Sim, senti.

– Tem certeza de que sentiu dor depois dessa cirurgia, ou estava apenas tendo uma percepção consciente de estímulos nocicépticos?

Essa pergunta gera risadas esparsas da plateia.

– Protesto.

– Retiro a pergunta – diz David. – Dr. Jannick, o senhor conhece o termo *knock down*, apagar?

– Não é um termo que nós usamos.

– Mas já ouviu falar, não é?

– Sim.

– Os chimpanzés são mais fortes do que os humanos, correto?

– Em geral, quilo por quilo, sim.

– Então, os chimpanzés do NIS devem ser anestesiados até para os menores procedimentos, inclusive para tirar sangue?

– Sim.

– Como fazem isso?
– Atiram um dardo no chimpanzé com a quantidade adequada de anestésico.
– Antes disso suspendem comida e água, certo?
– Em geral, sim. Para a segurança do espécime, para que não aspire quando estiver sob o efeito do tranquilizante.
– Para não engasgar com o próprio vômito?
– Sim, é outra maneira de descrever.
– Os chimpanzés sabem quando vão ser anestesiados?
– Não posso dizer com certeza se eles sabem.
– Muito bem, vamos nos ater ao que o senhor sabe. Às vezes precisam dar mais de um tiro para anestesiar o espécime?
– Sim.
– Em geral o chimpanzé está se movendo quando disparam o dardo?
– Sim.
– O dardo às vezes atinge o chimpanzé na cara ou no ânus ou no pênis ou na vagina?
– Isso já aconteceu, sim.
– Os chimpanzés detestam esses episódios de tranquilizantes, não é?
– Detestar é uma característica humana, sr. Colden.
– Tudo bem. Como é que os chimpanzés reagem quando veem o disparador de dardos?
– Eles vocalizam.
– Eles gritam?
– De vez em quando.
– Eles urinam em si mesmos? Ficam com o intestino solto?
– Isso acontece às vezes.
– O senhor diria que eles sentem terror?
– Mais uma característica humana.
David volta para a mesa e pega outro CD.
– Posso usar um pouco o projetor do tribunal, Meritíssimo?
– O que vai nos mostrar? – pergunta Allerton.
– Um episódio do que o dr. Jannick acabou de descrever.

Mace levanta.

— Nós protestamos contra esse espetáculo todo, Meritíssimo. É claramente irrelevante.

— Ao contrário – responde David. – Esse é um clipe bem conhecido, feito por um antigo assistente de pesquisa num prédio do NIS. Não acho que tenha algo de espetacular nele.

David enfia o CD no aparelho na frente do tribunal sem esperar a permissão de Allerton.

Eu já vi esse clipe. As imagens no início são confusas porque são feitas de um ângulo baixo e tremidas. Um homem de macacão verde entra numa área com jaulas de metro e meio por metro e meio por dois, enfileiradas ao longo das paredes. Cada jaula contém um único chimpanzé. Quando os chimpanzés veem o homem, eles começam a berrar. O barulho é ensurdecedor na gravação. O homem para diante de uma das jaulas. O chimpanzé lá dentro, ainda gritando, tenta se espremer no canto mais longe possível. O homem tira um disparador de dardos do bolso do macacão. O chimpanzé vê a arma, defeca sobre si mesmo, vira de costas para o homem com o corpo todo tremendo. O homem atira e em poucos segundos o chimpanzé despenca no chão, cai em cima das próprias fezes. O vídeo fica azul.

David para o vídeo. Quando fala, há um tremor na sua voz.

— É esse o processo tranquilizante que estava descrevendo, dr. Jannick?

— Não acredito que a reação do primata nesse filme seja típica.

— Mas o processo é esse?

— Basicamente sim, mas posso dizer...

— Obrigado, senhor. Acho que o senhor respondeu à minha pergunta. O senhor não acredita que Jotacê conseguiu atender às exigências do seu financiamento, estou certo?

— Eu acredito que o trabalho dela valeu a pena, mas não acho que o espécime, Cindy, realmente adquiriu as habilidades complexas da linguagem humana. Não creio que ela possa ser comparada com uma criança humana de quatro anos de idade. A pesquisa inicial era promissora, mas simplesmente não evoluiu.

– Um dos motivos da sua recomendação foi que a comunicação de Cindy com a dra. Cassidy não podia ser replicada, certo?

– Sim. Cindy só se comunicava com Jotacê. Isso é uma enorme bandeira vermelha porque muitas vezes significa que o espécime está reagindo a elos particulares de recompensas não verbais, como um cão treinado para sentar para ganhar um osso. Não diz nada sobre a capacidade de adquirir linguagem da espécie, nem da linguagem realmente adquirida por aquele espécime individualmente.

– Um cão treinado para sentar – repete David. – Entendo. Então se eu mostrasse um pastor-alemão que fica de pé nas patas traseiras, que anda até o telefone, que digita o número da pizzaria e pede uma pizza grande metade queijo, metade carne crua, quantos outros pastores-alemães teriam de fazer isso para convencê-lo de que suas suposições sobre pastores-alemães estão erradas?

– Essa não é a...

– E se eu pudesse convencê-lo disso sobre os pastores-alemães como uma raça, quanto eu teria de me esforçar para o senhor repensar os são-bernardos e os poodles?

– Protesto!

Mace grita mais alto do que algumas risadas da plateia.

– Mantido – decide Allerton.

– Não é o fato de Cindy ser apenas uma chimpanzé que é tão perturbador, sr. Colden – diz Jannick espontaneamente. – É o fato de a dra. Cassidy ser apenas um ser humano.

– Mas o senhor concorda que ela é a humana que mais se importou com essa chimpanzé? – pergunta David.

– Claro.

– Não acha que isso tem importância?

– Não, na verdade não acho. Acho que esse é o problema. A dra. Cassidy se importa demais, por isso vê o que não existe.

– Mas a comunicação não é um processo de criar significados entre os participantes? Para isso acontecer não é necessário ter a disposição de compartilhar? De se importar pelo menos o suficiente para dividir?

– Toda a sua argumentação parte do princípio de que este animal percebe uma conexão emocional exclusiva com a dra. Cassidy e é motivado por esse relacionamento para se comunicar, mas a única prova dessa conexão é o próprio ato da comunicação que o senhor está tentando provar. É uma tautologia gigantesca.

– Acontece, dr. Jannick, que eu pensava que meus argumentos só presumiam que Cindy, como todos aqui neste tribunal, se comunicaria mais com a pessoa de quem mais gostasse. As ex-mulheres do sr. Dryer não falam com ele de jeito nenhum – diz David, e aponta para Max, e Max meneia a cabeça concordando.

– Mas isso não quer dizer que elas não possam se comunicar. Elas simplesmente foram sensatas e resolveram não fazer isso.

A risada do público é interrompida pelo grito de Mace.

– Protesto!

– Retiro – diz David, pois já esclareceu seu ponto de vista. – O senhor ouviu falar do vídeo de ontem, certo? – pergunta.

– Ouvi falar e já revi.

– O senhor não sabia dessa interação antes de vê-lo, sabia?

– Não.

– Mas a dra. Cassidy contou para o senhor que mais alguém tinha se comunicado com Cindy, certo?

– Ela disse isso, mas não havia prova.

– Agora que o senhor já viu, não pode negar que a dra. Cassidy teve sucesso ao reproduzir a experiência, não é?

– Sr. Colden – Jannick diz com simpatia –, eu compreendo que este caso tem certas ligações emocionais para o senhor...

– Por favor, apenas responda à pergunta.

– Estou tentando. Aquele fiapo de interação no vídeo que eu vi não é prova de uma verdadeira réplica da experiência, independentemente do que o senhor queira acreditar. A réplica da qual eu estou falando significa comunicação demonstrável, espontânea, num contexto apropriado e em condições controláveis. Não faço ideia das circunstâncias nesse vídeo. Pelo que eu sei, a dra. Cassidy podia estar estimulando Cindy atrás da sua mulher.

Quando Jannick menciona "sua mulher", o público se agita. Ouço a palavra cochichada na plateia.

David fala acima do zum-zum-zum.

– O senhor não acredita nisso, não é?

– Eu acredito no que eu vejo. Não tenho esse privilégio de apenas seguir um puxão nos tendões do meu coração. A minha responsabilidade é... era... administrar um programa vital para uma pesquisa avançada que pode salvar seres humanos de doenças debilitantes e da morte. Eu tinha de fazer escolhas difíceis. Precisava de provas para potencialmente sentenciar milhares ou dezenas de milhares à morte certa porque parei de autorizar a pesquisa em uma espécie que pode nos dar as respostas.

– Mas o senhor tem dúvidas, não tem?

– Claro que tenho. Todo cientista racional tem. Chimpanzés são criaturas lindas, extraordinárias mesmo. Mas eu não criei essas regras. Se quiser reclamar, faça nas cerimônias de sexta à noite ou nas missas de domingo. E se tiver alguma outra forma de encontrar curas, eu adoraria saber. Se não, sugiro que saia do caminho.

– Sair do caminho para Cindy poder ser destruída, é isso que quer dizer?

– Protesto – diz Mace.

– Mantido – diz Allerton.

– Não tenho mais perguntas – diz David.

Jannick fala diretamente para o júri.

– Se houvesse algum outro modo, acreditem que eu...

– Eu disse que não tenho mais perguntas!

Mace levanta antes de David voltar para o seu lugar.

– Mas a reprodução da experiência não foi o único motivo para o senhor recomendar contra a renovação do financiamento, não é, dr. Jannick? – pergunta Mace.

– Não, claro que não. Eu também me preocupava com a metodologia da pesquisa da dra. Cassidy. A dra. Cassidy afirma que Cindy tem idade cognitiva equivalente a quatro anos, mas não há como excluir o problema do comprometimento dos testes, dado o fato de que as mãos de quem testa estão por toda parte, por assim dizer, do método de comunicação.

– O que quer dizer?

– É como a própria PLI. A dra. Cassidy declarou corretamente que a PLI estima se Cindy está sinalizando uma palavra dentro de alguns parâmetros, mas ela deixou de dizer a esta corte que a estimativa tem uma frequência de erro de pelo menos dez por cento e provavelmente de muito mais.

– E o que isso quer dizer? – pergunta Mace.

– Quer dizer que para cada dez sinais que dizemos que Cindy faz, um não estará apenas errado, mas não será um sinal. A dra. Cassidy verá uma palavra onde não havia nem a intenção de dizê-la.

– Qual é o impacto do erro?

– Pelos meus cálculos esse simples fato reduziria a equivalência etária de Cindy em um ano ou mais. Combinado com o fato de que a PLI jamais foi validada para um primata nem para a linguagem americana de sinais, eu acho que já dá para perceber que o trabalho da dra. Cassidy tem presumivelmente validade duvidosa. A dra. Cassidy entrou nesse projeto supondo que os chimpanzés podem aprender a usar a linguagem humana, e construiu a PLI já imbuída dessa convicção. O programa busca uma intenção de criar significado onde talvez não exista nenhum.

– Havia algum outro fator que o levou a recomendar que o financiamento não fosse renovado? – pergunta Mace.

– Sim. Devo dizer que no último ano do projeto comecei a me preocupar com o relacionamento da dra. Cassidy com a primata. Ela parecia estar se isolando de qualquer outro trabalho e dos contatos profissionais de fora. Parou de retornar meus chamados e outros do NIS me disseram a mesma coisa.

– Por que essa preocupação, dr. Jannick? – pergunta Mace.

– Certamente a objetividade científica da dra. Cassidy estava prejudicada. Não seria a primeira vez que um pesquisador atravessava uma fronteira com um espécime primata, especialmente em projetos de pesquisa de muitos anos ou em aberto. Acontece mesmo e pela experiência que eu tenho, nunca acaba bem. O financiamento não é renovado e o pesquisador considera isso uma rejeição pessoal. O espécime é "deles", ou então existe alguma

conspiração maléfica para roubar o trabalho do pesquisador. Na verdade tem até um nome para isso, é a síndrome de Lefaber. Eu me culpo por não ter prestado atenção nos primeiros sinais.
– Obrigado, dr. Jannick – diz Mace. – Espero que agora possamos deixá-lo voltar para seus outros assuntos importantes.
– Mais alguma coisa com essa testemunha, sr. Colden? – pergunta Allerton.
– Só um minuto – diz David levantando. – O senhor está criticando a dra. Cassidy porque ela supôs que o sujeito com o qual ela trabalhava estava tentando usar a linguagem.
– Correto.
– Ela iniciou essa experiência para determinar "como" a linguagem era usada e não "se" era usada?
– Basicamente, sim. A suposição da intenção está inserida na premissa.
– Grande coisa – desafia David.
– Perdão?
– Quero dizer, nós sempre supomos que os seres humanos têm a intenção de passar alguma informação para um ouvinte quando eles falam, certo? E que estão tentando fazer isso de forma que possam ser compreendidos pelo ouvinte. As intenções deles podem ser codificadas de formas complicadas e diferentes que muitas vezes dependem do contexto, mas nós supomos que estão tentando dizer alguma coisa que será ouvida, certo?
– Acho que sim.
– E há um motivo para essas nossas suposições: se não for assim, se não pudermos estudar a linguagem dos humanos, tudo se torna aleatório e, portanto, sem sentido. Estou certo?
– Não é a mesma coisa.
– Sem sentido, dr. Jannick. É uma visão muito deprimente e reduzida do mundo natural, não é?
Jannick ignora a pergunta.
– O senhor está fazendo uma comparação que não tem base científica.
– Só estou dizendo que, por que não sentar à mesa com as mesmas regras e suposições para os chimpanzés que o senhor tem

para os humanos? Suponha que eles estão tentando se comunicar, que estão tentando chegar ao senhor, com todas as ferramentas que têm em seu arsenal não humano.

– Nós temos suposições para os humanos porque nós...

– Porque nós o quê? Porque somos humanos também. Isso é o que realmente está acontecendo aqui, não é? Nós simplesmente adoramos nos ouvir falar!

– Protesto! – Mace se levanta. – O sr. Colden está só provocando!

– Eu retiro a pergunta – diz David. – Deixe-me fazer outra. Levando em conta tudo que o senhor acabou de dizer, se tivesse visto o vídeo de Cindy com a minha mulher antes de recomendar o fim do projeto, isso teria feito com que pensasse em estender o financiamento do trabalho da dra. Cassidy?

Jannick espera longos minutos, depois sussurra uma resposta inaudível.

– Não estou ouvindo, doutor – diz David.

– Eu disse que não sei – diz Jannick, um pouco mais alto.

– Mas uma coisa o senhor sabe. Assim que Cindy for levada de volta para a população geral de primatas, nunca mais saberá se a dra. Cassidy estava certa, não é? Todo aquele trabalho vai se perder para sempre. Potencialmente a descoberta mais importante nos estudos de linguagem de primatas na última década. Perdida – diz David e então repete mais devagar. – O senhor nunca saberá.

– Protesto! – grita Mace.

– Tudo bem, Meritíssimo – diz David. – O dr. Jannick não precisa responder. Acho que ele sabe.

O tribunal fica em silêncio com o resultado dessa troca.

– Muito bem – diz Allerton. – Se não há mais nada, o senhor está dispensado, doutor.

Jannick abre caminho entre os repórteres à sua espera e vai rapidamente para o elevador. Eu não sei se David conseguiu o que queria, mas agora noto na cara de Jannick uma expressão que conheço bem demais. Ele está assombrado.

– Bem – começa Allerton. – O que nós temos...

A funcionária da corte interrompe Allerton com um bilhete que ele lê imediatamente.

— Agora? — pergunta para ela.

Ela faz que sim com a cabeça. Allerton olha para o relógio, depois puxa o nariz. Um tempo depois vira para o júri.

— Vamos ter um recesso para o almoço. Preciso cuidar de outro assunto. As alegrias de ser o juiz encarregado.

Allerton bate o martelo e desaparece imediatamente pela porta atrás da sua mesa.

Uma hora e meia depois, Allerton volta para o tribunal e encontra as partes e os espectadores à sua espera.

— Tem mais alguma testemunha, sr. Colden? — pergunta.

— Não, Meritíssimo. Estamos preparados para os argumentos finais.

Mace pula da cadeira.

— A promotoria tem um testemunho de refutação muito breve para responder às afirmações científicas da defesa.

— Aproximem-se — ordena Allerton.

Os advogados vão para o tablado do juiz e David é o primeiro a falar.

— A acusação já encerrou, Meritíssimo. Eu me oponho a uma nova testemunha de acusação neste ponto. Não fomos avisados...

— Eu disse que daria ao governo a oportunidade de responder a qualquer afirmação científica que a defesa fizesse sobre o trabalho da dra. Cassidy — diz Allerton. — Eu acho que o senhor abriu claramente essa porta, sr. Colden. E parece que podemos ouvir essa testemunha sem atrasar demais o julgamento. Voltem aos seus lugares.

A caminho da mesa David repete uma palavra baixinho.

— Droga, droga, droga...

— O que aconteceu? — pergunta Chris.

Antes de David poder responder, Mace chama.

— A acusação chama para a réplica a dra. Renee Vartag.

Ouço o nome quando a bocarra do meu passado se abre e cospe Vartag no tribunal. Não se engane; se esperamos tempo suficiente, tudo volta.

25

Logo que vejo Vartag sentar no banco das testemunhas, lembro abruptamente das palavras do meu velho amigo Simon – "A linguagem de Deus é a justaposição." Agora entendo que ele tinha razão.

Não se trata de um tempo e um lugar, daquele tribunal e daquela testemunha. Trata-se do relacionamento entre, por, dentro e através de um dia, um mês, um ano ou uma vida. Nós recebemos, talvez mais do que qualquer outra criatura viva, a capacidade de tirar significado de contrastes, discordâncias e dissonâncias. Esse é o nosso dom e também é nossa maldição. A linguagem da justaposição é mais do que meramente estarrecedora, é torturante.

Uma vista panorâmica de repente se abre embaixo de mim. Não consigo recuperar o fôlego quando vejo Skippy deitado no colo de Clifford no sofá da minha sala de estar. Skippy está de boca aberta, fazendo muita força para respirar. Ouço uma porta abrir em algum lugar antes de poder vê-la. É a porta da frente do que um dia foi a minha casa, e Sally a abre para Joshua. Ele está muito soturno. Segura uma pequena maleta de médico.

Ainda não, por favor. Ainda não.

Mas não posso ficar com Skippy. Não tenho controle sobre essa linguagem. Agora só consigo ver Cindy. Ela está sozinha, deitada em sua jaula, no laboratório deserto do prédio do CAPS. Seus grandes olhos estão abertos mas vazios. Segura junto ao peito a bonequinha que dei para ela uma vida inteira atrás.

Cindy se mexe e observa a porta do laboratório que alguém está destrancando do lado de fora. A porta abre e um homem de jaleco entra, segurando uma prancheta. No início ele parece conhecido, mas não dá para ver o rosto. Então a imagem fica clara. É Jannick e ele está com uma mulher. Jannick segura as luvas de Cindy.

Cindy vai rapidamente para o fundo do Cubo, para longe de Jannick. Ouço os gemidos.

E então estou de volta ao tribunal. Vartag senta na cadeira das testemunhas e recita a longa lista de credenciais, homenagens e cargos no magistério, culminando com sua recente indicação para a direção do NIS.

Posso jurar que ela não envelheceu. A segurança que exibe parece ter aumentado com os anos, como se isso fosse possível. Fico imaginando como deve ser ter tanta fé em si mesmo.

Mace pergunta:

– O que pensa do trabalho da dra. Cassidy no CAPS, doutora?

– Não muita coisa.

– A senhora revisou todo o trabalho dela, assim como a decisão de não renovar o financiamento?

– Sim.

– Qual foi a sua opinião?

– Se eu fosse diretora na época, certamente não teria aprovado o financiamento. A premissa do estudo era falsa na sua concepção.

– De que modo?

– Tudo se baseia num silogismo antropomórfico: eu sou consciente, os chimpanzés são como nós, portanto os chimpanzés são conscientes. Podem aprender a se comunicar com a linguagem humana porque são muito parecidos com os humanos. A verdade científica é que, quando se trata de comunicação e uso da linguagem, os chimpanzés não são nada parecidos conosco.

No mesmo instante Jannick liga o computador que resta no laboratório e se aproxima do Cubo. Parece que nem nota os sinais de aviso que Cindy está fazendo.

– Dr. Jannick – diz a mulher que está com ele. – Não estou nem um pouco à vontade com isso. Esse não é o meu trabalho e

eu não conheço o protocolo da dra. Cassidy. O senhor não pode fazer isso sozinho?
– Eu já disse. Preciso de uma mulher, e uma mulher que conheça a linguagem americana de sinais.
– Mas eu não conheço esse animal.
– Não tem importância.
– Ela parece agitada – diz a mulher.
– Posso garantir que ela já passou por isso centenas de vezes. Ficará bem assim que calçar as luvas.
No tribunal, Mace lança a pergunta seguinte:
– Mas nós temos muito DNA em comum, não temos?
– A dra. Cassidy está absolutamente correta quando afirma que temos uma quantidade imensa de DNA em comum. Mas também não há dúvida de que são as pequenas disparidades que encontramos no genoma que fizeram toda a diferença que há entre nós. Aquelas frações diminutas de DNA que a dra. Cassidy parece descartar como insignificantes são a razão de nós humanos termos Shakespeare, Einstein, Clarence Darrow, Rembrandt, Lincoln, Kant e dos primatas não terem nenhum exemplo de mente brilhante. Há uma razão para ninguém jamais ter encontrado um poema criado por um chimpanzé. Todas as conquistas da humanidade moderna residem nesse um ou dois por cento de divergências em nosso código genético, que representam milhões e milhões de anos de evolução.

"Não estou dizendo que os primatas são inanimados, mas até onde sabemos, a linguagem complexa é exclusividade dos humanos. Essa habilidade permitiu a nós, humanos, processar quantidades profundas de informação e isso, por sua vez, resultou numa notável quantidade de conhecimento adquirido num minúsculo período de tempo. Basta olhar para os últimos cem anos, até para os últimos cinquenta. Veja o quanto avançamos. Mas nenhuma outra espécie fez isso. Por quê? Porque nossa capacidade de nos comunicar como fazemos nos impulsionou em várias direções. Os humanos são únicos. Ponto final."

Então, volto para a minha casa. Clifford observa enquanto Joshua ausculta o coração de Skippy. Depois de alguns minutos Joshua olha para Sally e balança a cabeça.
— Não! — grita Clifford.
O sofrimento na voz dele corta todos os outros ruídos na minha cabeça.
— Por favor — implora ele. — Ainda não.
Sally abraça o filho.
— Eu gostaria de ter o poder para fazer com que ele vivesse para sempre — diz ela. — Mas o único poder que tenho é o de estar aqui com você quando ele não estiver mais. Acho que Skippy está nos dizendo que ele está preparado.
Clifford se afasta dela e começa a andar de um lado para o outro com Skippy nos braços.
Eu não estou pronta. Ainda não.
Então vejo Jannick abrindo o Cubo.
— Tudo bem, Cindy — diz Jannick com a voz mais suave e calma, enquanto faz os sinais —, trouxe uma amiga que quer conhecer você.
Jannick entra no Cubo e segura a mão de Cindy. Nessa hora a boneca dela cai no chão do laboratório. Cindy fica imóvel, com os olhos arregalados.
O medo de Cindy me leva de volta ao tribunal.
— Mas a dra. Cassidy certamente parece convencida do mérito do próprio trabalho, não é? — pergunta Mace.
— Sem dúvida — responde Vartag. — Não seria a primeira vez.
— Então a senhora já teve experiência com o trabalho da dra. Cassidy antes desse?
— Bastante — diz Vartag.
Antes de David perceber o que está acontecendo e antes de poder impedir, Vartag se lança na nossa história em Cornell. Quando Vartag descreve para o júri como Jotacê e eu matamos Charlie, não tenho onde me esconder. David protesta seguidamente, mas Allerton não a faz parar. Quando Vartag termina, o júri olha para Jotacê com renovado ceticismo, do tipo que as pessoas costumam reservar aos hipócritas.

– ... por isso não sei em que ponto do caminho a dra. Cassidy passou a se preocupar tanto com o bem-estar a longo prazo dos primatas das pesquisas – diz Vartag –, mas isso certamente não era evidente para mim pela sua conduta quando fizemos esse nosso trabalho anterior juntas.

A frase "nosso trabalho anterior juntas" ecoa na minha cabeça quando Jannick começa a enfiar uma das luvas nos dedos de Cindy. Ela luta contra ele, e Jannick agarra a mão dela para mantê-la quieta. Sem querer ele torce o polegar de Cindy. Ela berra e morde o braço dele. Ele grita e tenta puxar o braço, mas Cindy não larga. O sangue jorra em volta da boca de Cindy.

A mulher com Jannick grita por socorro e tenta empurrar Cindy para longe dele.

– Chame os seguranças – berra Jannick.

A mulher pula para o telefone mais próximo e digita.

– Temos uma emergência no laboratório três!

Então Clifford para de andar e vira para a mãe, com o rosto todo contorcido de angústia. Pingos de suor se materializam na sua testa. As mãos começam a tremer e ele vomita no chão perto da mãe.

– Acho que estou morrendo, mamãe – diz ele, sufocado.

– Não, querido – diz e o leva para uma cadeira. – Você está só sentindo.

– Dói, mamãe. Dói bem aqui – diz e aponta para o peito. – O que eu devo fazer?

Sally segura o rosto de Clifford.

– Precisamos acabar com essa dor – diz Sally para ele.

– Não é hora – geme.

Skippy está aninhado entre mãe e filho, e Clifford chora nas mãos da mãe.

Quero ficar com eles, mas sou arrastada de volta para o tribunal quando Mace se aproxima de Vartag com uma pasta.

– Posso registrar isso para identificação? – pergunta Mace quando entrega um dos documentos para a funcionária e duas cópias para David.

São fotografias coloridas de um jipe Cherokee Laredo vermelho. Não dá para ver o ocupante do jipe, mas a placa é bem visível – X80 2PM. Mace dá a foto marcada para Vartag.

– Pode nos dizer o que é isso?

– Posso – responde Vartag. – É uma foto tirada por uma das novas câmeras de segurança instaladas no prédio do CAPS logo depois que eu tomei posse.

– Sabe a data e a hora em que a foto foi tirada?

– Todas as câmeras de segurança têm a data e a hora impressas. Essa foi tirada dia 31 de dezembro às onze e cinco da noite.

A resposta dela gera murmúrios dos espectadores.

David parece que vai vomitar. Pronto. Acabou. O trem descarrilou e agora vem na sua direção com uma velocidade impossível.

– Reconhece o veículo na fotografia? – pergunta Mace.

– Esse é o jipe da dra. Cassidy. Dá para ver bem a placa.

Jotacê tenta dar um bilhete para David, mas ele a ignora.

– Pode me dizer em que parte da cerca a foto foi tirada?

– Sim, é da câmera três, que fica nos fundos do prédio. Eu conheço essa vista. Havia uma falha bem conhecida na cerca bem nesse lugar. Nós consertamos e instalamos as câmeras de segurança depois da prisão da dra. Cassidy.

– Há alguma razão legítima para a dra. Cassidy estar ali no prédio do CAPS nessa data e hora?

– Pelo contrário – diz Vartag –, ela já havia sido avisada que não podia voltar ao CAPS sem autorização específica por escrito.

Eu praticamente sinto aquele golpe. No laboratório Jannick bate com força na cara de Cindy e ela finalmente solta o braço dele. Ele se encolhe no chão junto à boneca, com o braço sangrando muito. Dois seguranças entram correndo no laboratório com as armas em riste. Ao ver Jannick, apontam as armas para Cindy, à espera do próximo movimento.

As mãos de Cindy começam a gesticular tão rápido que só consigo distinguir parte do que ela está dizendo. Não preciso da PLI nem das luvas dela para reconhecer as palavras: *Não, vá embora, machucado* e *sinto muito*. É exatamente o tipo de comunicação espontânea, apropriada ao contexto, que Jannick, em seu testemunho, disse que não existia.

Jannick deve ter visto o que eu vi porque ele arregala os olhos quando entende. Acho que ele tenta dizer para os guardas para recuar, mas em vez disso as palavras saem como um coaxar incompreensível e sofrido. Os guardas não entendem o que ele diz, devem imaginar que ele pede que atirem porque apertam mais as armas. Jannick se esforça para levantar as mãos para afastar os guardas, mas não consegue fazer com que os braços obedeçam. Está tão impotente diante da violência iminente, assim como os animais que estavam sob os seus cuidados. No fim foram as palavras de Jannick que falharam, não as de Cindy.

Cindy começa a sinalizar outra coisa. *Não igual...*, mas eu não decifro a última parte. Ela repete a frase – *Não igual...* Então eu entendo. Pela expressão de horror no rosto de Jannick, acho que ele entende no mesmo instante que eu. Ela está soletrando com os dedos. M, I C, H, A, E, L.

Não igual ao Michael.

Cindy sai do Cubo. Eu sei com cada átomo de consciência que se apaga que Cindy só quer recuperar a boneca, mas a boneca está perto demais de Jannick. Os guardas só veem a ameaça de mais um ataque. Estão cegos pelos limites de sua linguagem.

Quero fechar os olhos para não ver o que vai acontecer, mas em vez disso vejo David abrir o bilhete de Jotacê. O bilhete diz: "Por favor, não a deixe morrer."

– Meritíssimo – diz Mace quando pega mais um documento. – Tenho aqui o acordo da fiança da dra. Cassidy. Ele proíbe especificamente que ela saia de Manhattan sem a permissão da corte.

– Eu sei disso, promotor – diz Allerton, olhando para Jotacê com reprovação. – Continue.

– A dra. Cassidy pediu a sua permissão antes de...

Segundos antes de David levantar sinto de repente a cabeça dele se encher com as minhas imagens confusas e desconexas, do vídeo em que brinco com Cindy, eu no leito do hospital esperando que ele venha se despedir, Skippy e Clifford, Sally e Arthur, e talvez mais uma dúzia. As cenas vêm rápido demais para poder separá-las. Esses são os reflexos da vida de David ou, talvez mais precisamente e generalizado, da vida simplesmente. Culminam numa única palavra que David agora grita.

– Protesto!

No mesmo momento, a quilômetros de distância, Jannick grita:

– Não!

E se ouve o estampido de tiros.

– Com base em quê? – pergunta Allerton, com uma sobrancelha erguida. – Já decidi que isso é relevante.

– Falta de fundamento – diz David.

No tribunal, David encara o olhar incrédulo de Allerton.

– Para ser específico, não há absolutamente nenhuma prova de que a dra. Cassidy era a pessoa dentro do carro.

Mace parece que quer pular em cima de David.

– Essa é uma tentativa ridícula de obstruir meu interrogatório dessa testemunha! – berra.

– Posso me aproximar, Meritíssimo? – pede David.

Allerton faz sinal para os dois advogados irem ter com ele. Depois de um segundo de hesitação, Max, talvez percebendo que David podia precisar de um rosto amigo, vai ao encontro dele na frente do tribunal.

David começa a falar imediatamente.

– Não há testemunho de que o motorista no veículo seja a dra. Cassidy. Isso é especulação e é extremamente prejudicial diante do júri.

– Ah, fale sério, sr. Colden – diz Mace. – É o carro dela. Quem estava dirigindo? Papai Noel voltando para o polo Norte? É o lugar exato por onde ela entrou da outra vez.

– Você não perguntou se ela havia emprestado o carro para alguém ou se o carro esteve aquela noite inteira com ela.

– Ela já havia testemunhado que não esteve no prédio. – Allerton vira para Mace. – Tem mais alguma fotografia sugerindo que era ela na direção?

– Ainda estamos verificando as fitas de segurança, mas o ocupante nunca desceu do jipe.

– Acho – diz Allerton – que é possível que alguém tenha pegado o carro e ido até o prédio do CAPS tarde da noite por motivos ainda não revelados, sr. Colden, mas isso parece pouco provável para mim.

– Pouco provável ou não – responde David –, foi exatamente isso que aconteceu.

– E como sabe que foi isso... exatamente? – debocha Mace.

David não tem expressão nenhuma.

– Exatamente porque fui eu a pessoa para quem ela emprestou o carro – diz ele. – Era eu naquele carro.

– Pode repetir? – diz Allerton.

– Era eu – repete David. – Estávamos ensaiando o testemunho dela na minha casa na véspera do ano novo. Eu queria ver o complexo do CAPS antes do julgamento para conhecer o lugar e quis fazer isso sem atrair uma multidão. Usei o carro dela porque quis tração nas quatro rodas para ir até lá. Havia neve na estrada.

Max tosse na mão, mas mesmo assim vejo o seu sorriso.

Allerton olha bem para David, com evidente ceticismo.

– Sei – diz finalmente.

– Peço que a corte ponha o sr. Colden sob juramento – exige Mace.

– Você tem mais alguma prova que ponha a dra. Cassidy na instituição naquela hora, sr. Mace? – pergunta Allerton.

Com grande relutância, Mace responde:

– Não, mas a história do sr. Colden não faz sentido. Uma viagem no meio da noite? Além disso na véspera do Ano-Novo?

– Pode ser, sr. Mace – diz Allerton. – Mas eu suspeito que, dependendo da situação de cada um, as pessoas já fizeram coisas muito mais bizarras na véspera do Ano-Novo. Não estou aqui para julgar o comportamento do sr. Colden. O sr. Colden é um servidor da corte – continua Allerton, agora olhando direto para David. – Quando ele fala para a corte oficialmente como faz agora, já está sob juramento, não é mesmo, sr. Colden?

– Sim, senhor.

– E o sr. Colden deu uma declaração factual a esta corte. Se o sr. Colden tivesse mentido para a corte, ele sabe que eu faria com que fosse expulso da ordem, correto, sr. Colden?

– Sim, senhor.

– Ele sabe que eu não seria nem um pouco leniente, independentemente das circunstâncias, pessoais ou não, certo, sr. Colden?

– Sim – diz esse homem que ensina para os jovens advogados a importância do juramento, o homem que sempre teve muito medo de manchar sua reputação com inverdades, o homem que sempre escolheu ser direto e nunca desonesto.

– Bem – continua Allerton –, a dra. Cassidy já testemunhou sob juramento de maneira consistente com a declaração do sr. Colden. O senhor não tem prova em contrário. E eu acho que todos nós concordamos que a inferência levantada pela questão é prejudicial para a defesa. O senhor está acusando a dra. Cassidy de desobedecer a seu acordo de fiança. Se for verdade, essa alegação pode jogá-la na prisão. Na ausência de qualquer prova...

– Mas a foto... – Mace protesta sem terminar a frase.

– Não é prova de nada que contrarie isso. Então acho que não será necessário fazer o sr. Colden colocar a mão numa Bíblia neste momento.

– Mas... – gagueja Mace.

– Mas nada, sr. Mace – diz Allerton. – Por favor, afastem-se, cavalheiros.

Os advogados voltam para as suas mesas, mas antes Allerton faz contato visual com David.

Quando David se senta, Jotacê tenta dizer alguma coisa, mas ele vira para o outro lado.

Allerton se dirige ao júri.

– Eu mantenho a objeção a esta linha de perguntas. Oriento vocês a ignorar a fotografia e qualquer questão concernente à fotografia. Foi impróprio e não deve exercer papel nenhum nas suas deliberações. Tem mais alguma coisa para perguntar para a dra. Vartag, sr. Mace?

Mace fica em silêncio um longo tempo antes de responder.
– Podemos fazer um breve recesso?
– Dez minutos – diz Allerton.

Eu costumava ter esse sonho quando ficava sem dormir por ter de atender muitas emergências noites seguidas: eu estava no hospital veterinário e precisava chegar à sala de cirurgia para uma operação de emergência num cachorro com hemorragia. Cada passo que eu dava me afastava mais da mesa de cirurgia. Eu via o sangue, mas não podia fazer nada para estancá-lo. Só podia observar, impotente, apavorada.

É a mesma sensação agora que olho para Cindy. Ela se arrasta alguns centímetros no chão e o sangue jorra dos buracos de bala no seu pescoço e no seu peito. Quando estica o braço ouço o barulho do vento vindo do seu peito. Ela fecha os dedos em volta da boneca e a puxa para perto. Toca o rosto da boneca com os lábios.

Jannick se arrasta até Cindy. Ele verifica seu pulso e mistura seu sangue com o dela antes de os guardas o ajudarem a sentar numa cadeira.

– Chame uma ambulância – diz um guarda para a mulher.

A força da raiva de David de repente me puxa de novo para ele. Ele agarra Jotacê pelo cotovelo, a puxa para fora do tribunal até um canto distante do corredor.

– Sinto muito – diz assim que ficam sozinhos.
– É só isso? Você sente muito? – sibila David.
– Eu estraguei tudo – diz ela. – Eu não ia fazer nada. Só queria vê-la pela janela. Não vi nenhuma câmera de segurança. Eles consertaram a cerca, por isso voltei para casa. Não pensei que tinham me visto.
– E simplesmente resolveu esconder isso de mim? Você mentiu para mim, merda. – David mal consegue se controlar. – Que tipo de jogo é esse seu?
– Se eu contasse, isso teria terminado antes de começar.
– E devia mesmo. O que tinha na cabeça para ir até lá?

A voz dela treme.

– É claro que eu não estava raciocinando, está bem?

– Você é tão burra assim? A ideia toda era chamar Jannick como testemunha para ele questionar sua decisão à luz do vídeo da Helena. Agora ele vai pensar que você é só uma doida. Pior, você confirmou a opinião que ele tinha de você.
– Talvez ele engula a sua história, de que era você no carro.
– Ah, faça-me o favor. Eu evitei que isso fosse para o júri, mas Jannick saberá exatamente o que aconteceu. E Vartag também.

David esfrega a testa como se procurasse se livrar da lembrança da mentira que tinha acabado de contar.

– Você desobedeceu às condições da sua soltura sob fiança e eu ajudei a encobri-la. Allerton poderia pô-la na Bedford Correctional agora mesmo se soubesse a verdade. Eu podia ser expulso da ordem.
– Mas ele não sabe. E não vai saber, certo?
– Você me manipulou desde o princípio, não foi? Qualquer coisa para conseguir o que quer.
– Você realmente se conhece tão pouco assim? Eu não pedi para você mentir por mim.
– Você não me deu escolha.
– Tudo que precisava fazer era ficar calado.
– Para eu ter o sangue de Cindy nas minhas mãos e nas suas também? Para Helena poder se revirar na cova?
– Não, para você poder escolher entre pôr fim a uma vida e salvar uma. Bem-vindo ao meu mundo.
– Talvez Jannick tenha razão. Quando foi exatamente que você parou de ser cientista? Antes ou depois de manipular a PLI para salvar Cindy?

Jotacê levanta a cabeça depois desse golpe. Olha de novo para David e seus olhos estão surpreendentemente brilhantes e limpos.

– Espero que Jannick tenha razão. Eu posso viver mentindo para algum juiz que não me importa a mínima para salvar quem eu amo. É isso que me faz humana. – Jotacê se afasta de David. – Como é que você usou o seu privilégio de ter consciência, David? Diga-me, o que exatamente você fez para merecer ser chamado de "humano"?

David abre a boca para responder, mas não sai nada.
— Foi o que eu pensei — vocifera Jotacê. — Quando puder responder isso para mim, advogado, então poderá me julgar.

Jotacê passa pelo meu marido e volta para o tribunal.

Até este exato momento eu não tinha me dado conta de que Jotacê, David e eu, cada um do seu jeito, estávamos tentando encontrar a resposta para a mesma pergunta.

Esse pensamento é abafado pelo grito das sirenes. Vejo uma ambulância levar Jannick embora. Ele está chorando, de dor, de remorso, por humildade, jamais saberei.

No laboratório os dois guardas jogam o corpo inerte de Cindy no fundo de uma gaiola pequena com rodinhas. Os olhos de Cindy estão abertos, mas não há mais vida neles agora. Seus dedos se projetam na trama da gaiola como se mesmo agora ela procurasse a mão de Jotacê. Ou a minha, talvez.

Os homens começam a empurrar o corpo dela para a porta. Um dos guardas volta para perto do Cubo. Ele pega a boneca que foi minha e depois da Cindy.

— O que vou fazer com isso? — pergunta para o companheiro, que responde sacudindo os ombros.

O guarda joga a boneca dentro do Cubo.

Os homens empurram o corpo de Cindy pela entrada do laboratório. O que pegou a boneca é o último a sair. Olha em volta do laboratório rapidamente, apaga as luzes e tranca a porta. Fico sozinha na escuridão do laboratório ouvindo os ecos dos passos deles que vão diminuindo aos poucos.

— Algo mais para a dra. Vartag?

Ouço a voz de Allerton no escuro, mas não volto ao tribunal. Não tem mais por quê.

— Não, dessa vez não. — A voz de Mace ecoa em volta de mim.

— Sr. Colden, deseja inquirir a dra. Vartag?

Ouço aquela pergunta e o espaço diante de mim se ilumina um pouco. Inquirir, interrogar, revelar, descobrir o significado.

Agora eu entendo. Deve ser isso. David vai destruir Vartag no tribunal e nesse processo finalmente vai fechar o círculo de tormento e me libertar. Ele será meu herói e dará a toda essa história o significado que andei procurando. Deve ser por isso que estou aqui, porque Vartag voltou do meu passado, porque David está defendendo Jotacê, porque Cindy teve de morrer, porque eu tive de morrer. Tudo para que isso acontecesse. Para que finalmente houvesse um significado. Significado abençoado e comovente. Iluminado. Tudo tem sentido. Início, meio e agora fim.

Estou no tribunal de novo, dessa vez bem ao lado de David. A sala inteira pulsa antecipando o que virá. Espectadores e espectro percebem exatamente a mesma coisa.

David se levanta devagar para ir para o pódio diante do júri. Antes de dar dois passos, Max dá um tapinha no braço dele.

– Essa é uma verdadeira crente – sussurra Max. – Cuidado, ela pode machucá-lo.

David faz que sim com a cabeça e vira para encarar Vartag.

Ele sorri para essa mulher que tem sido feito praga nas minhas lembranças. Ah! Nós vamos pegá-la, Renee, sua cadela pervertida.

Vartag meneia a cabeça para o meu marido, mas não é uma saudação. É permissão, do tipo que a realeza dá para um servo, para permitir que ele se aproxime.

– A senhora está envolvida em pesquisas com animais há trinta e cinco anos? – começa David.

– Na verdade, trinta e sete – responde Vartag.

– Bem, e em quantos animais executou a eutanásia nesse período?

– Não saberia dizer. Não conto isso, assim como não registro o número de vidas humanas que a minha pesquisa já salvou.

– Centenas de animais?

– Ah, certamente.

– Milhares?

– Certamente – repete Vartag sem hesitação.

– Dezenas de milhares?

– Talvez.

– Tantos que até já perdeu a conta?

– Não, não é isso. Apenas não é um número relevante.

– E por que não?

Vartag dá de ombros.

– Dez ou dez mil animais... não tem absolutamente nenhum significado patológico humano.

– Traduzindo – diz David, seguindo a meada –, se tiver de matar dez mil animais para salvar uma vida humana, esse é um resultado aceitável?

– Não, não só aceitável, sr. Colden – diz Vartag. – Seria um crime da ciência decidir outra coisa.

– Mesmo se aqueles dez mil animais são chimpanzés como Cindy?

– Ah, sim. Mesmo se foram treinados para recitar a Declaração da Independência inteira. A minha função é salvar vidas humanas. Chimpanzés nunca serão humanos. Não eram ontem, não são hoje e não serão amanhã. Nada mais importa.

David deixa essa resposta sedimentar um minuto inteiro.

– Obrigado pela sua sinceridade, doutora – diz. – Boa sorte para a senhora. Sem mais perguntas.

Vartag desce da cadeira das testemunhas e passa pelos bancos lotados mas silenciosos.

Max tinha razão. Vartag não é má nem perturbada. Agora eu preciso até admitir que nem é totalmente antipática. Ela está apenas convencida da correção da sua visão de mundo.

Meu monstro Grendel se tornou humano e, apesar dessa transformação, muito mais poderoso. Ela é tão poderosa que não posso mais me iludir.

Não existe nenhum significado maior oculto, nenhum envelope dourado com uma misteriosa mensagem em prol da vida, nenhuma chave de prata que abre uma passagem secreta. Os anjos não chegam esvoaçando com pergaminhos secretos nem canções sagradas. Há apenas a criação contínua de finais. Nada realmente é salvo. Nunca. Nem Charlie, nem Cindy, nem David, nem eu. O meu sonho é a minha verdade.

De repente me sinto muito cansada, como se estivesse chapinhando na água há dias. Não me resta nada e meu tempo acabou.

As minhas páginas ficaram em branco. A única coisa que posso fazer agora é testemunhar em silêncio os acontecimentos que não têm mais consequência, se é que um dia tiveram.

Um jovem de terno, suando e sem fôlego, entra correndo no tribunal. Ele examina as pessoas, encontra Mace e cochicha na orelha dele. O rosto de Mace fica cinzento.

– Tem certeza absoluta?

O jovem meneia a cabeça.

– Mais alguma coisa antes dos argumentos finais? – pergunta Allerton.

– Sim – responde David. – Diante do testemunho apresentado, renovamos nosso pedido para que Cindy seja trazida para cá para ser examinada pelo júri. Os jurados devem vê-la.

A metade dos jurados balança a cabeça concordando, mas o representante deles olha para o relógio e rola os olhos nas órbitas.

Mace fica de pé.

– Podemos nos aproximar, Meritíssimo?

Allerton suspira e faz que sim com a cabeça. Mace e David se adiantam.

Allerton vira para Mace.

– Qual é o problema agora?

– Meritíssimo – sussurra Mace –, o senhor tinha pedido para nós... bem, na verdade, pediu para eu fazer certas declarações sobre o estado da propriedade em questão e para avisar com antecedência qualquer mudança nessa situação. Acabei de saber que houve uma mudança. O item em questão... bem, a chimpanzé...

David esquece todo o decoro.

– O que aconteceu com ela?

Mace ignora David.

– Ela atacou o dr. Jannick quando ele a preparava para fazer uns testes e ela foi...

– Ela está morta?

A pergunta de David soa alto por todo o tribunal, seguida imediatamente por uma onda de comoção e confusão entre os jurados e o público.

– Por favor, acalme-se, sr. Colden.

Toda a arrogância de Mace evaporou.

– Não me peça para me acalmar! O que aconteceu com ela?

David não se esforça mais para abaixar a voz, e Allerton não o repreende. Todos podem ouvi-los agora.

– Responda à pergunta, sr. Mace – diz Allerton, num tom duro feito aço.

– Ela foi alvejada e morta durante o ataque.

O comportamento do juiz Allerton, até agora calmo e deliberado, não deu pista nenhuma de que tinha dentro dele aquela erupção vulcânica de fúria que veio em seguida.

– O QUÊ?

São só essas duas palavras, mas elas reverberam pelo tribunal inteiro.

– O SENHOR FEZ DECLARAÇÕES DIANTE DESTA CORTE. O SENHOR FEZ DECLARAÇÕES PARA MIM! EU PERMITI QUE O SENHOR EVITASSE UMA ORDEM ADVERSA COM BASE NESSAS DECLARAÇÕES!

Em algum lugar atrás de mim ouço soluços. É Jotacê. Quero chorar com ela, mas não me restam lágrimas. Chris se adianta para consolá-la.

Ao som do sofrimento de Jotacê, Mace tenta estancar o fluxo de palavras de Allerton.

– Foi um acidente. Eu fiz aquelas declarações de boa-fé.

– BOA-FÉ? COMO OUSA USAR ESSAS PALAVRAS?

Allerton abaixa a voz, mas só um pouco.

– O senhor nos fez ficar sentados aqui durante essa farsa enquanto o seu cliente estava violando as declarações que fez.

– De modo algum. Foi de boa-fé. Disseram-me...

– Cale-se! – vocifera Allerton.

– Entendo que esteja com raiva, Meritíssimo, mas...

– O senhor ainda não viu minha raiva começar.

– Mas...

– Afaste-se!

O nível de ruído no tribunal agora é uma revolta surda. Allerton bate o martelo na mesa, mas não faz efeito algum. Ele bate o martelo de novo, dessa vez com tanta força que a cabeça se solta e rola para algum lugar atrás dele.

– Silêncio agora, senão mandarei evacuar o tribunal!

Allerton berra para a estenógrafa.

– Registre agora! Ainda tenho pendente diante de mim a moção da defesa exigindo que a acusação produza fisicamente a suposta propriedade roubada neste tribunal, para ser inspecionada. Tendo agora ouvido todos os testemunhos eu decidi depois de muita reflexão conceder essa moção. Consequentemente oriento a acusação a produzir imediatamente nesta corte a propriedade, uma chimpanzé conhecida como Cindy, para ser examinada pelo júri.

Mace reage e fica de pé.

– Meritíssimo, o senhor sabe que não podemos obedecer a essa ordem. Conforme eu já indiquei, o espécime não está mais vivo.

– Segundo o senhor mesmo, sr. Mace, ela é propriedade. Por que devia importar se está viva ou morta? Produza seu corpo morto, e também quero a dra. Vartag aqui para reconhecer o corpo. Ela pode explicar para o júri como a chimpanzé se tornou uma chimpanzé morta. E diga para ela usar uma bela roupa, porque eu também vou aceitar o pedido da CNN de transmitir esta parte do julgamento ao vivo aqui do tribunal.

Mace se esforça para encontrar palavras.

– Um momento, Meritíssimo, por favor – geme e então inicia uma acalorada discussão com os colegas à mesa.

– Tem sessenta segundos, sr. Mace.

Em metade desse tempo Mace se dirige a Allerton e diz com tristeza:

– Diante da sua decisão e dos acontecimentos recentes, o governo dos Estados Unidos retira todas as acusações contra a ré.

Alguns espectadores comemoram, mas o barulho é ridículo já que vem logo depois da notícia da morte de Cindy.

Acima do barulho, Allerton diz:

– Essa é a melhor decisão que os senhores tomaram em todo esse caso, sr. Mace. – Ele vira para o júri. – Vocês estão dispensados desse serviço. Obrigado por sua cooperação e atenção.

Então a funcionária diz:
— Todos de pé.
O tribunal inteiro, exceto meu marido, se põe de pé. Há um momento de silêncio quando Allerton vai embora, depois David e sua equipe são cercados por pessoas que os parabenizam e pelos repórteres. David ignora tudo aquilo e todos, menos o meu caderno. Vira as folhas lentamente como se procurasse alguma pista de uma solução que tivesse escapado.
Não está aí, David. Nunca esteve.
David finalmente tenta ficar de pé, apoiando o peso todo na mesa. Respira fundo algumas vezes, depois endireita o corpo.
— Talvez, se eu não tivesse esperado...
— Isso é bobagem — diz Max. — Eles apenas teriam feito isso mais cedo.
— Mas agora nunca mais saberemos.
— É — concorda Max. — Nunca saberemos.
— Tanta coisa que nunca vamos saber — diz David para ninguém em especial.
Chris e Dan procuram consolar Jotacê. Aquilo tudo é demais para ela. Jotacê se livra deles e sai correndo do tribunal. David vê Jotacê partir e não tenta impedi-la. A reconciliação deles, se tiver de acontecer, terá de ser outro dia. David, como eu, perdeu a capacidade de consolar.
Um repórter chama David.
— Sr. Colden, os defensores dos direitos dos animais já estão chamando Cindy de mártir. Dizem que ela fará mais pela causa morta do que qualquer decisão neste caso teria feito. O senhor pode comentar isso?
— Posso, vou comentar — diz David. — Isso é uma grande burrice. Eu vim aqui para salvar uma vida, não para liderar uma causa. Fracassei. Nós todos fracassamos.
— Calma agora — Max cochicha para David.
Outro repórter abre caminho à força.
— O senhor vai processar o NIS por danos?
Max se põe na frente de David para responder.

– Pode apostar que sim. Difamação, detenção ilegal, privação dos direitos civis. Garanto a vocês que isso é apenas o começo. Hoje estamos criando uma fundação para continuar o trabalho de pesquisa da dra. Cassidy e prometo que quem quer que tenha sido o responsável pela morte de Cindy assinará o primeiro cheque de doação, de uma forma ou de outra.

– Os senhores pedirão uma autópsia? – pergunta um repórter.

– Preciso de ar – David diz para Max e vai para a porta.

Não resta mais nada para mim naquele tribunal. Sigo David até lá fora, até os degraus do prédio. Ele usa o celular para ligar para Sally.

– David? – A voz de Sally carrega o peso das lágrimas.

Assim que ouve Sally atender, o que sobra da força de vontade de David começa a desmoronar.

– Não pudemos salvá-la – diz David, com os lábios trêmulos e a voz embargada.

– Eu sei. Vi na televisão. Sinto muito. Eu sei que você fez o melhor que pôde. Mas precisa vir para casa agora.

– Para casa?

– Sim. Skippy está esperando você. Chegou a hora dele.

David leva um tempo, mas acaba entendendo.

– Não devia ser assim, Sally. O que mais eu tenho de aprender? Já não basta o que aprendi?

– Você fez tudo que pôde hoje. Mas precisamos de você aqui agora. Nós precisamos de você. O mais cedo possível. Entendeu?

David chega em casa com uma rapidez incrível.

Eu o vejo quando abre com força a porta da frente. Olhos vermelhos, gravata solta, cabelo despenteado e as roupas amassadas como se tivesse dormido com elas. Pela última vez David parece um menininho voltando para casa depois da escola, com o uniforme sujo de uma briga ou de uma partida de futebol.

A primeira coisa que David vê quando entra em casa correndo é a carinha preta e pontuda de Skippy no ombro de Clifford. Os olhos de Skippy estão apertados de dor. Um cateter sai da sua pata dianteira. Clifford anda de um lado para o outro, de olhos abertos, mas distantes. Sally acompanha os passos do filho, tentando estar no mundo dele. Joshua está sentado ali perto, de cabeça baixa, com as mãos juntas no colo. Imagino se isso, afinal, é como Joshua fica quando reza.

– Ele simplesmente se abateu muito depressa hoje – conta Sally para David. – Estávamos assistindo à cobertura do julgamento na TV Tribunal e então ele começou a ter dificuldade para respirar.

– Dei-lhe alguma coisa para facilitar a respiração por enquanto – acrescenta Joshua –, mas... – Ele apenas balança a cabeça. – Ele está desistindo. Eu sinto muito.

– Eu sei – diz David. – Posso segurá-lo, Cliff?

Clifford acaba atendendo. Os olhos dos dois se encontram, e Clifford fica olhando para a expressão de súplica de David um tempo. As lágrimas rolam no rosto do menino quando ele faz que sim com a cabeça.

– Ele queria esperar por você, para você se despedir dessa vez.

David pega gentilmente Skippy do colo de Clifford e enfia o rosto no pelo preto e espesso do pescoço dele, o lugar onde ele tem cheiro de outono.

– Não vamos deixar que ele sofra – diz ele e levanta Skippy para ficarem olho no olho. – Você está quase lá.

David vira para Joshua e diz:

– E então, o que eu faço?

– É só uma injeção no cateter intravenoso – responde Joshua preparando o material. – Depois leva só alguns segundos. Sem dor.

– Posso segurá-lo enquanto você faz isso? – pergunta para Joshua.

– Claro que pode.

David segura a mão de Clifford e pede para Sally.

– Quero que vocês dois sentem aqui comigo.

Sally meneia a cabeça porque não confia na própria voz para dizer qualquer coisa.

David senta lentamente no sofá com Skippy no colo. Sally e Clifford sentam com ele. Quando olho de novo para os olhos de

Clifford me surpreendo de ver amor, paz, esperança, confiança e mil outras emoções que achei que tinham me abandonado para sempre no tribunal.

Bernie e Chip se aproximam do sofá com as caudas abaixadas. Chip passa o focinho em Skippy que se esforça para levantar a cabeça. Bernie deita no chão perto das pernas de David e gane.

– Depois que você saiu – Sally conta dos dois cachorros grandes –, eles passaram o dia inteiro perto dele. Eles sabem.

– Para não ficarem imaginando para onde ele foi, como aconteceu com...? – David não consegue terminar a frase.

Clifford encosta suavemente a cabeça no peito de Skippy e fecha os olhos.

– Eles vão saber – diz Clifford. – Sempre souberam. – As palavras saem da boca de Clifford, mas eu não tenho mais certeza se são dele. – Estou pronto agora – diz.

David acaricia as orelhas de Skippy e então se inclina e sussurra:

– E nas noites frescas do verão sentaremos entre as árvores e as flores à procura de fadas ao luar.

Sei que ele está falando comigo. Sei que ele está falando com Skippy.

– Amei cada momento – Clifford diz por nós dois.

Joshua se ajoelha ao lado de Clifford com duas seringas. Ele injeta um sedativo no cateter e aperta o êmbolo. Skippy relaxa quase na mesma hora nos braços de David.

– Vocês estão prontos? Levará apenas alguns segundos.

Joshua também está chorando e sua mão treme.

David beija a cabeça de Skippy.

– Quando vir Helena, diga que eu disse adeus. E diga para ela... diga que ela estava certa. Eu consigo ouvi-los.

– Tudo foi importante, sabe? Cada um deles – diz Clifford e então fica imóvel.

Joshua insere a segunda agulha no cateter e respira fundo. Pouco antes de Joshua apertar o êmbolo, David afasta a mão dele da seringa.

– Sou eu que devo fazer isso – David diz para ele e aperta o êmbolo até não restar mais nada.
Quando a seringa se esvazia, Skippy já está inerte no colo de David.
Obrigada, meu amor. Obrigada.
Joshua ausculta o peito de Skippy. O coração dele parou.
– Ele se foi.
Sally abraça David e o filho. David finalmente se entrega. A mim, ao Skippy, à Cindy, ao julgamento, ao amor e à lembrança. E os soluços varam seu corpo e fazem seus dentes bater.
– Que coisa – ele chora.
Clifford se levanta e sai da sala. Volta alguns minutos depois com o meu álbum "Lembranças" e uma fotografia. A foto é aquela em que eu estou carregando Skippy pela floresta de New Hampshire.
Clifford senta no chão ao lado de David e da mãe. Encontra uma folha em branco no final do álbum e põe a foto ali. Ao fazer isso ele repete as minhas palavras.
– Nessas folhas estão os que vieram antes; os que dividiram suas vidas conosco por pouco tempo. Essas são as vidas que homenageamos. Esses são nossos amados anjos que voltaram para Deus.
Quando o menino termina eu não vejo mais David, Clifford, Sally e Joshua como entidades distintas. Em vez disso eles parecem ser um todo integrado. Estão ligados para formar algo inteiramente novo – melhor do que eram antes –, algumas formas defin íveis, outras não.
A morte de um cachorrinho preto uniu todos eles. E antes disso, uma chimpanzé chamada Cindy uniu David e Jotacê; e antes disso um cavalo chamado Arthur uniu David e Sally; e antes disso um gatinho chamado Tiny Pete uniu Sally e Joshua; e antes disso um gato chamado Smokey uniu Martha a mim, depois Martha e David; e antes disso um chimpanzé chamado Charlie uniu Jotacê a mim.
E uma vida inteira atrás, no meio de uma estrada escura e quase deserta, um veado implorando por uma morte rápida e indolor uniu David a mim.

Jotacê dissera que a comunicação é mera transferência de informação de modo que tenha um significado para o destinatário. Não precisa ser dita em palavras nem mesmo em voz alta, só precisa significar alguma coisa. Aquele veado em seus últimos momentos falou comigo e com David com tanta clareza e profundidade quanto Cindy quando falou comigo. A linguagem foi diferente, mas não a força da voz.

Todos eles falaram comigo. E todos falaram de um modo relevante, que realmente me comoveu e me modificou.

Ao ver Sally, David, Clifford e Joshua compartilhando sua dor e seu amor com tanta generosidade, as peças finalmente ganham sentido. Fui muito tola correndo pela floresta à procura de algum significado da vida mais profundo e ilusório, quando são as próprias árvores os tesouros o tempo todo: Skippy, Brutus, Arthur, Alice, Chip, Bernie, Smokey, Prince, Collette, Charlie, Cindy, centenas de gatos, cachorros e outras criaturas que eu tratei, cuidei para que se sentissem melhor, facilitei a morte ou simplesmente tive o privilégio de conhecer. Cada um tem o direito de ser valorizado, cada um foi essencial em nos unir e depois em nos fazer seguir em frente nas nossas vidas, e cada um deles deu muito mais do que recebeu em troca.

Clifford tinha razão: cada um deles importava. Fiquei melhor por conhecer cada um deles e fui abençoada por conhecer todos. Acho que eu ajudei, mas sei com absoluta certeza que me importei com eles.

Não estou de mãos vazias. Eu me importei.

Isso é significado bastante.

26

Já faz sete anos desde a última vez que vi David. Quero olhar para o rosto dele de novo, uma última vez.

Quando o encontro ele anda por um caminho num bosque, ao lado de um grande cão preto. Não conheço esse cão. Sete anos é muito tempo na vida de uma família.

Vejo imediatamente que o cachorro sofre de um caso sério de displasia do quadril, que significa que o quadril não se encaixa direito. O cão anda com o quadril encostado nas pernas de David para se apoiar. Por isso David e o cachorro têm de andar com exatamente o mesmo passo, um encostado no outro, coisa que fazem com muita naturalidade.

Os dois chegam ao fim do caminho e logo a uma pequena casa. Sobem os degraus que dão na porta da frente. Ao lado da porta uma placa simples de madeira diz:

DR. JOSHUA MARKS, veterinário
DRA. SALLY HANSON, veterinária

David sorri diante da placa e todo o seu rosto se ilumina. Eu sorrio também.

David entra no que parece ser um consultório veterinário. Cartazes nas paredes descrevem os benefícios da prevenção contra a dirofilariose e da higiene oral canina. Quatro gatos, um dos quais parece ser uma versão adulta de Tiny Pete, estão preguiçosamente aninhados juntos numa janela de sacada.

Uma jovem sorridente, a recepcionista da clínica, diz:

– Você voltou cedo. Como foi a conferência?

— Boa. Encontramos um chimpanzé que foi equiparado a uma criança de cinco anos. Parece que finalmente poderemos mover um processo contra uma teoria dos direitos civis.

— Finalmente o queixoso foi um chimpanzé. Realmente nunca pensei que isso pudesse acontecer.

— Precisa de menos cabeça e um pouco mais de coração — diz David para ela, sorrindo.

A conversa dos dois é interrompida por uma voz autoritária que vem de uma sala atrás da mesa da recepcionista. A voz sem dúvida alguma é de Sally.

— Preste atenção no que eu digo, está bem? — diz Sally para alguém.— Como se sentiria se não parasse de vomitar há três dias e ninguém tomasse conhecimento? Isso é pura burrice! E você não é um homem burro, é?

— Desculpe, dra. Hanson — responde o homem. — A senhora está certa. Eu sinto muito mesmo.

— Não peça desculpas para mim — diz Sally. — Não sou eu que estou doente.

— Desculpe, Bandit — diz o cliente.

— Muito bem. Então o senhor fique aí. Vou coletar sangue.

A recepcionista balança a cabeça, incrédula.

— Continuo me surpreendendo de ver que os clientes dela voltam.

— As pessoas toleram muita coisa quando você realmente se importa com seus animais de estimação.

Sally sai da sala de exames com um pug na coleira. Ela vê David e corre para abraçá-lo.

— Nossa, você ficou longe muito tempo.

— Sentiu saudade?

— Senti, mas Joshua é que anda de bico essas duas últimas semanas sem você. Leve-o junto da próxima vez, está bem?

— Eu levaria, mas ele não aguenta ficar sem você.

— Eu sei que ele pagou para você dizer isso. Tenho de voltar ao trabalho, mas venha jantar conosco hoje, está bem? Clifford quer que você dê uma espiada no texto que ele escreveu para entrar na faculdade.

— Eu venho — diz David.

David vai para os fundos da clínica e espera o cachorro alcançá-lo. Quando os dois ficam lado a lado de novo, eles seguem em frente.

David e o seu cão chegam a um enorme mural.

O mural foi pintado com detalhes requintados: Cindy, segurando sua boneca e com um livro aberto no colo, está sentada no meio de um círculo composto por seres humanos e animais, inclusive Skippy, Bernie, Chip, Collette, Arthur, Alice, um grande gamo, eu, David, Joshua e Sally. Cindy parece ler para nós e todos prestamos atenção. O livro que ela está lendo é *Implicações éticas e religiosas da vivisseção de primatas*, de Stuart Ross. Só de olhar já sei que isso é obra de Clifford com sua visão. E adivinho a passagem que Cindy lê.

David sorri com certa tristeza ao ver o mural. Aposto que ele sorri do mesmo jeito toda vez que passa por ele.

Finalmente David e o cachorro chegam à porta dos fundos da clínica. Atrás daquela porta ouço crianças rindo e o latido brincalhão de um cachorro.

David abre a porta e revela um grande gramado com uma cerca de madeira. No gramado uma dúzia de cães de diferentes raças e tamanhos brincam uns com os outros e com humanos também, de várias idades. Algumas pessoas conhecem David. Acenam para ele, e ele retribui a saudação.

Uma pequena bola de borracha cruza o caminho de David e um border collie aparece correndo atrás dela. Uma menina de oito anos corre atrás do cachorro. Ela para na frente de David para ele pegá-la no colo e rodá-la no ar. A menina joga a cabeça para trás e dá risada. David a põe no chão e ela continua correndo atrás do cachorro praticamente sem pausa. Enquanto tudo isso acontece, o cão de David fica impassível ao seu lado.

Um belo jovem trota atrás da menina e do cachorro. Ele também para na frente de David. Jimmy cresceu. Só a cicatriz, a orelha que falta e o sorriso torto o identificam como o adolescente que pretendia salvar uma caixa de gatinhos tanto tempo atrás. David aperta a mão de Jimmy.

– E então, como vai o mais novo aluno da escola veterinária de Cornell? – pergunta David.

– Você já soube?

– Boas notícias se espalham rápido.

– Nem acredito que estou indo para lá.

– Você deu um duro danado. Mereceu entrar.

– Mas a bolsa... nem sei como lhe agradecer.

– A fundação escolheu você pelo modo que escolheu para viver sua vida. Temos orgulho de patrociná-lo.

A menina que perseguia o cachorro com a bola agora está sendo perseguida pelo cachorro. Ela ri mais ainda do que antes.

– Venha, Jimmy! – ela chama.

A risada dela é contagiante, Jimmy e David riem enquanto observam a menina passar correndo.

– Acho que estão precisando de você lá – diz David.

Jimmy dá um abraço apertado e demorado em David, depois entra na perseguição. David fica observando, curtindo a brincadeira deles, depois continua seu caminho.

A quinhentos metros do gramado David chega a uma casa modesta. O cachorro sobe os poucos degraus, abre a porta com a pata dianteira e entra na casa para beber água e descansar.

É onde David mora agora, cercado de humanos e não humanos que gostam dele e dos quais ele gosta demais. Ele escolheu bem. Sua vida não é pequena.

Se você perguntasse para David como e por que ele foi parar ali, e se ele estivesse disposto a responder, ele daria alguma explicação vaga sobre mim e Cindy e a necessidade de proteger os que falam uma língua que nós não estamos preparados para escutar.

Mas eu acho que sei muito bem. Conheço o verdadeiro motivo.

David tirou uma vida. Ele apertou o êmbolo de uma seringa e matou outra criatura viva. Ao dar a morte, ele finalmente entendeu que a sua dor e os seus medos, exatamente as coisas que impediram sua ligação com os outros e com o melhor dele mesmo, não tinham significado real.

David, agora sem seu companheiro canino, passa pela casa e vai até um celeiro vermelho com um *paddock* ao lado que foi aberto em cerca de meio hectare de floresta. Dois cavalos que eu não conheço estão perto dele diante da cerca. Ele pega a cara de cada um deles e coça seus queixos.

Há um terceiro cavalo no *paddock*. Está atrás desses dois, e não avança nem recua. Esse cavalo eu conheço. O meu Arthur. David inclina a cabeça para ele, respeitosamente. Arthur dá um passo lento na direção de David e para. Não vai avançar mais. Sete anos e um passo adiante. David não parece incomodado por esse cálculo, nem Arthur. É como se os dois tivessem passado a entender que, humano ou não, às vezes o coração simplesmente funciona desse jeito.

David continua e se embrenha na floresta. Logo chega a um muro de pedra de dois metros de altura, com uma porta arredondada de madeira encravada nas pedras. David tira uma chave do bolso e destranca a porta.

A porta aberta revela um extenso e bem cuidado jardim. Pequenos caminhos arrojados com flores muito coloridas se espalham em todas as direções. Esse lugar é estranhamente familiar, mas tenho certeza de que nunca o vi antes.

Então os anos desaparecem e eu me lembro. Esse é o jardim secreto que David tinha planejado para mim, o jardim que estava nos projetos que ele recebeu tantos anos atrás.

David entra no jardim e fecha a porta. Um grande banco de pedra sombreado por um velho carvalho fica no centro e de frente para algumas lápides de pedra. Consigo ler alguns nomes nas pedras: SKIPPY, CHIP, BERNIE, COLLETTE, CINDY, ALICE e alguns outros que não conheço.

Max está ali também, como ele desejava. Quem diria? O enterro dele aconteceu num dia frio e chuvoso, e centenas de pessoas compareceram. David recitou o panegírico. Todos choraram, mas ninguém mais do que David (pelo menos foi o que Max disse).

E, sim, meu nome também está em uma das pedras.

David senta no banco e respira o perfume dos lilases ouvindo o zumbido das abelhas trabalhando.

Um gato sai do meio das flores e senta na frente da minha lápide. Meu velho amigo Henry. Ele parece diferente de quando o deixei. Não consigo evitar um sorriso quando ele começa a se limpar, ignorando David completamente. Segundos depois outro gato aparece vindo de outro lado e deita numa nesga de sol na frente da pedra de Skippy. É seguido por um terceiro e por um quarto gato, que sentam diante de outras pedras.

Em poucos minutos o jardim está lotado com mais de uma dúzia de gatos, laranja, preto, pelo longo, pelo curto, tigrado e malhado, que pegam sol serenos, com conforto e segurança.

Meu marido observa os gatos em silêncio alguns minutos e então abre um largo sorriso. Ele diz uma palavra:

– Helena.

Há mais uma informação que quero dar para vocês antes de ir.

Eu estava certa sobre o que me esperava. Aquelas criaturas que eu temia encarar na morte estavam realmente lá afinal. Todas elas.

Elas olharam dentro do meu coração com gentileza, misericórdia e dignidade, e tiraram o peso que eu carregava há tanto tempo. Foram mais compreensivas com a minha humanidade do que qualquer um seria capaz de imaginar.

Amém.

Impressão e Acabamento:
GRÁFICA STAMPPA LTDA.
Rua João Santana, 44 - Ramos - RJ